ATRIUM

ERIN
FLANAGAN

DUNKELZEIT

KRIMINALROMAN

Aus dem Englischen von Cornelius Hartz
und Stefanie Kremer

Atrium Verlag · Zürich

FSC
www.fsc.org
MIX
Papier | Fördert gute Waldnutzung
FSC® C014496

Deutsche Erstausgabe
1. Auflage 2023

Die Originalausgabe erschien 2021 unter dem Titel
Deer Season bei der University of Nebraska Press, Lincoln

Translated by arrangement with the University of Nebraska Press.
Aus dem Englischen von Cornelius Hartz und Stefanie Kremer
Umschlaggestaltung: semper smile, München
Umschlagmotiv: © Getty Images/Will & Deni McIntyre
Satz: Greiner & Reichel, Köln
Druck und Bindung: GGP Media GmbH, Pößneck
Printed in Germany
ISBN 978-3-85535-145-9

www.atrium-verlag.com
www.facebook.com/atriumverlag
www.instagram.com/atriumverlag

Für Judy und Ken Flanagan

1

Alma hielt das vier Wochen alte Ferkel an ihrer linken Hüfte und klemmte es mit dem Ellbogen fest. Mit der rechten Hand knickte sie sein Ohr übers Auge, während Clyle ihm die Spritze senkrecht auf den Nacken setzte und das Antibiotikum injizierte. Das Schwein quiekte und wollte sich aus Almas Griff winden, doch Clyle packte es bei den Hinterläufen, hob es hoch und zog ihm einen grünen Markierstift über den Rücken. Auf dem Boden rutschten die Hufe des Ferkels ein paar Mal auf dem Zement aus, ehe es Halt fand und durch die Bucht zum Rest des Wurfs rannte.

So verbrachte Alma ihren Samstagnachmittag nicht gern. Niemand verbrachte so seinen Samstagnachmittag gern, aber Hal hatte sich am Freitag zusammen mit einigen anderen nichtsnutzigen Kerlen in das erste Wochenende der Jagdsaison verabschiedet. Sie fixierte ein weiteres Ferkel auf dem Knie, damit Clyle ihm eine Spritze geben, es mit dem Stift markieren und auf den Boden lassen konnte. Jetzt waren nur noch drei unmarkierte Ferkel übrig, die sich gegen die Bretterwand am anderen Ende des Stalls drückten. Clyle nahm die Sperrholzplatte, die er immer zum Treiben der Ferkel benutzte, und schob sie von links nach rechts, bis er eines der jungen Schweine eingekeilt hatte, dann bückte er sich und packte es bei den Hinterbeinen.

Kaum zu glauben, dass Clyle all das jede Woche machte und die körperlichen Strapazen, die Monotonie und den Lärm dieser Arbeit auf sich nahm, aber Alma hatte schon vor langer Zeit eingesehen, dass ihr Mann ein besserer und geduldigerer Mensch als sie selbst war. Ein Jahr zuvor war sie in die Wechseljahre gekommen, und ihr Arzt hatte ihr mit einem Grinsen auf seinem nichtssagenden Gesicht mitgeteilt, dass dieser Zustand ein Jahrzehnt lang andauern könne – als wollte er sagen: »Na, wie gefällt Ihnen das?« Sie erinnerte sich nicht mehr daran, wie lange die Wechseljahre bei ihrer Mutter gedauert hatten, aber nach nur einem Jahr hatten sie und Clyle zu spüren bekommen, wie sehr die Veränderungen sie belasteten. Schon früh in ihrer Ehe hatte er einmal gesagt, dass sie eine Frau sei, die sich wegen ihres Naturells kaum schlechte Laune leisten könne.

Clyle reichte Alma das nächste Ferkel – ein großes, sieben Kilogramm schweres –, und sie brachte es in die richtige Position, bedeckte das Auge mit dem Ohr und rieb sanft seine Schnauze, um es zu beruhigen. Es könnte alles noch schlimmer sein, versuchte sie sich ins Gedächtnis zu rufen. Es könnte nicht nur die monatliche Spritze sein, sondern Kastrationstag – etwas, das sie sich geschworen hatte, nach der Anstellung von Hal nie wieder zu tun.

Hal arbeitete jetzt seit fast einem Jahrzehnt auf der Farm, aber dieses Jahr hatte er zum ersten Mal eine Jagderlaubnis bekommen, und Almas Nerven lagen blank, seit er mit seinen Kumpels losgezogen war. Am Donnerstag, als er Alma von der Einladung zur Jagd erzählt hatte, spürte sie ein erstes Unbehagen. Sie verstand nicht, warum Larry Burke und Sam Gary ihn bei ihrem Ausflug nach Valentine dabeihaben wollten. Klar, sie hatte Hal gern um sich, aber sie war mit Waffen und männlichem Imponiergehabe nicht mehr so leicht zu beeindrucken wie mit achtundzwanzig. Am Donnerstag hatte sie Larrys Frau angerufen, um herauszufinden, was da los war. Wie sich herausstellte, hatte Larrys Cousin einen dringenden Termin außerhalb der Stadt und konnte es nicht ertragen, dass sein Hochsitz am ersten Wochenende der Jagdsaison ungenutzt bleiben sollte. Deshalb hatte er Larry eingeladen. »Sag ihnen, sie sollen ein Auge auf Hal haben«, sagte Alma, und sie konnte sich vorstellen, wie sich Cheryl und Larry später darüber amüsieren würden, dass Alma Costagan angerufen hatte, um auf den Deppen aufzupassen. Nein, sie sah in anderen Menschen wirklich nicht nur das Gute. Damit hatte Clyle recht.

Clyle wischte sich über die schweißnasse Stirn. »Eins noch«, sagte er, als ob sie nicht zählen könnte. »Bist du bereit?«

»Ich stehe doch hier, oder?«, blaffte sie ihn an. Sie musste schreien, um das Quieken der Schweine und das Geklirr von Metall auf Metall zu übertönen, wenn die älteren Schweine mit ihren Schnauzen die Futterbehälter aneinanderstießen. Als sie von Chicago nach Nebraska gezogen waren, hatte Alma geglaubt, die Stille hier auf dem Land würde ohrenbetäubend sein, aber in einem Stall mit quiekenden Schweinen war das nur eine ferne Erinnerung.

Sie hob das letzte unmarkierte Ferkel hoch und hielt sein Ohr nach unten. Clyle stach in die feste Haut und drückte den Kolben der Spritze herunter. Das Tier stieß einen durchdringenden Schrei aus. Clyle markierte den Rücken, und Alma ließ das zappelnde Tier zu Boden fallen, wo es zwei Mal buckelte, ehe der kleine Körper im restlichen Wurf verschwand. Sie schüttelte die schmerzenden Arme aus. Morgen würde sie von blauen Flecken übersät sein.

Clyle steckte den Markierstift in die Tasche seiner Jacke und sammelte die leeren Spritzen ein. »Bist bestimmt froh, wenn Hal am Montag zurückkommt.«

Alma schnaubte. »Der kriegt von mir was zu hören.« Das Letzte, was sie zu ihm vor der Abfahrt gesagt hatte, war: »Du rufst mich jeden Tag an, Hal, verstanden? Ich übernehme die

Gebühren, egal wie hoch.« Sie hatte ihm die Telefonnummer noch einmal aufgeschrieben, weil er sie natürlich nicht auswendig konnte, und ihm den Zettel in die Hand gesteckt. Aber jetzt war Samstag, und er hatte noch kein Wort von sich hören lassen. Es gab doch sicher eine Telefonzelle in Valentine, warum hatte er also noch nicht angerufen?

»Er ist bestimmt zu beschäftigt«, sagte Clyle, als ob sie die Frage laut gestellt hätte. »Gestern Abend zu viel Bier und heute Morgen in aller Frühe auf den Hochsitz.«

Vermutlich hatte er recht, trotzdem machte Alma die Sache zu schaffen.

Sie sah sich noch einmal im Pferch um und zählte die grünen Striche auf den Rücken der Schweine, um sicherzugehen, dass sie alle geimpft hatten. Schon jetzt waren die Ferkel von Tag zu Tag ein bisschen weniger niedlich: die Backen wurden fülliger, die Nasenlöcher im Rüssel größer; die Ferkelniedlichkeit begann ab der vierten Woche zu schwinden. Anfang der Woche hatte Hal zwei Ferkeln die Schwänze kupieren müssen, weil die Wurfgeschwister versucht hatten, sie abzubeißen. Je älter, desto hässlicher, dachte sie. Und desto klüger und verschlagener.

Clyle beugte sich vor und kraulte eines der Ferkel hinter dem Ohr, und die anderen kamen herbeigelaufen. Sie schnüffelten wie eine Hundemeute an seiner Hand und hofften auf seine Zuneigung.

»Immer noch unglaublich niedlich«, sagte er, und sie fragte sich, wie zwei Menschen so unterschiedliche Sichtweisen haben konnten.

»Kann sein«, räumte sie ein. »Aber warte mal ab.«

2

Das vertraute Geräusch, mit dem seine Mutter den Bräter aus dem unteren Regal in der Vorratskammer zog, tönte durch das Haus, als Milo Ahern die Treppe herunterkam. Sonntags machte sie immer Braten, den die Familie dann nach dem Kirchgang aß. Piekfein, mit Stoffservietten im Esszimmer. Milo verabscheute Braten mit Kartoffeln und Möhren, genauso wie die welken Zwiebelschalen, die immer im Mülleimer lagen und ihren Gestank im ganzen Haus verbreiteten, bis ihm sein Vater nach dem Essen auftrug, den Müll zur Tonne zu bringen. Vielleicht verabscheute Milo auch gar nicht so sehr den Braten, sondern das, wofür er stand: das ewige Wiederkäuen der Sonntagspredigt, die ganze Familie am Esstisch, Woche für Woche das gleiche verdammte Essen. Wie sagt man: »Vertrautheit bringt Verachtung hervor«? Seine Englischlehrerin hatte ihnen letzte Woche erzählt, dass dieser Ausspruch von Äsop stamme und dass Mark Twain noch »und Kinder« hinzugefügt habe. Das klang ziemlich zutreffend. Sie lasen gerade *Die Abenteuer des Tom Sawyer* im Unterricht. Milo hatte schon *Die Abenteuer des Huckleberry Finn* durch und hielt das für das bessere Buch, aber Mrs. Toner hätte bei dem Versuch, im Klassenzimmer über Schwarze zu sprechen, sofort einen Herzinfarkt bekommen.

In der Küche stand seine Mutter am Schneidbrett, eine Schürze über Bluse und Rock. Tante Sally saß am Tisch. »Guten Morgen, Sonnenschein«, sagte sie und prostete ihm mit einer Tasse Kaffee zu. »Trinkst du so was schon?«

»Noch nicht«, sagte er, und sie nickte.

»George hat vor sechs Monaten damit angefangen. Davon kriegt er Haare auf der Brust. Er hat versucht, ihn schwarz zu trinken, wie sein Vater, aber das hat er nicht runtergekriegt. Also tue ich ihm drei Löffel Zucker in die Tasse. Nur Zucker, keine Milch, dann merkt sein Dad den Unterschied nicht.« George war Milos vierzehnjähriger Cousin und eine richtige Nervensäge. Er hatte letzte Nacht sein Zimmer mit ihm teilen müssen. George hatte ihn gezwungen, auf dem unteren Ausziehbett zu schlafen, und dann hatte er sich über die Bettkante gebeugt und einen Speichelfaden herunterrinnen lassen, um zu sehen, wie nahe er damit an Milos Stirn kommen konnte, bevor er ihn zurückschlürfte. Einmal war es zu spät gewesen, und die Spucke war in Milos Ohr gelandet, und dann hatte Milo die ganze Nacht von Spinnen geträumt.

Milos Tante und Onkel und sein Cousin waren nach Gunthrum gekommen, um bei seiner Konfirmation dabei zu sein, seinem »lebenslangen Treuegelöbnis gegenüber Christus«. Milos bester Freund Scott hatte ihm während einer der ersten Stunden im Konfirmationsunterricht zugeflüstert: »Ich gelobe niemandem lebenslange Treue, und schon gar nicht einem Mann.« Der Unterricht fand nach der Schule statt. Er hatte begonnen, als sie zehn Jahre alt waren, und jetzt, mit zwölf, waren sie reif für das große Finale. Der Unterricht sollte ihnen eigentlich dabei helfen, in der Gemeinde mit gutem Beispiel voranzugehen, aber in Wahrheit hatte er ihnen nur gezeigt, dass man in der Kirche genauso leicht schummeln konnte wie in der Schule. Jedenfalls war das bei Scott so gewesen, Milo hatte heimlich gelernt. Wobei es ihm natürlich viel zu peinlich war, das vor seinem Freund zuzugeben.

Das waren seine zwei großen Geheimnisse: dass er gern lernte und gern Regeln befolgte. Ziemlich dürftig im Vergleich zu den Geheimnissen seiner Schwester. Am Abend vorher hatte er das sachte, gleichmäßige Geräusch gehört, das Peggys Fenster beim Öffnen machte, und danach das vertraute Schaben an der Regenrinne. Im letzten Sommer hatte sein Vater mit zurückgeschobener Basecap draußen gestanden und herauszufinden versucht, was mit dem Haus geschehen war. »Völlig abgerieben«, sagte er und meinte die Farbe, als er das Fallrohr der Regenrinne von der Holzverkleidung zog. Glaubte er, dass in Iowa jetzt die Bären los waren? Dass den Hirschen plötzlich Daumen gewachsen waren? Später an jenem Wochenende war Milo von seinem Vater dazu verdonnert worden, auf die Leiter zu steigen und die Wand hinter dem Fallrohr neu zu streichen. Kein Wunder, dass ihm Tom Sawyer nicht gefiel.

Pastor Barnes hatte ihnen gesagt, dass die Zeremonie heute so ähnlich wie eine Kindstaufe ablaufen würde – nüchternes Taufbecken, Wasser auf den Kopf –, mit dem Unterschied, dass sie die Fragen selbst beantworten würden, statt ihrer Eltern. Lisa Rasmussen, ein Mädchen aus seiner Schulklasse, war mit ihrer Mutter und ihrem Bruder fünfundvierzig Minuten nach Sioux City gefahren. Da waren sie dann in eine Methodistenkirche beim YMCA gegangen, wo die Leute in ihren Badeanzügen am Schwimmbecken getauft wurden. Letzte Nacht hatte er außer von Spinnen auch davon geträumt, dass er zu seiner Konfirmation käme und man es dort genauso wie bei den Methodisten machen wollte. Weil er keine Badesachen dabeihatte, musste er sich nackt ausziehen, und alle lachten ihn aus. Er fragte sich, warum diese Sache mit Gott so anstrengend sein musste.

»Milo?«, fragte Tante Sally noch mal.

»Entschuldigung, ja?«

»Freust du dich auf die Feier heute?«

Ehe er antworten konnte – und was hätte er sagen sollen? *Ja, solange ich nicht nackt sein muss?* –, öffnete sich die Tür. Sein Vater, Onkel Randall und George kamen herein, und sie brachten den frischen, frostigen Geruch des Schnees mit sich. Am Vorabend gegen zehn Uhr hatte ein Sturm eingesetzt, was so früh im November ungewöhnlich war.

»Kalt da draußen«, sagte sein Dad und beugte sich vor, um seine Frau auf die Wange zu küssen, aber Milo wusste, dass das nur Schau war. Seine Eltern gingen liebevoller miteinander um, wenn seine Tante und sein Onkel zu Besuch waren. Als er klein gewesen war, hatte Peggy ihm erzählt, dass Randall und ihre Mom früher mal etwas miteinander gehabt hätten. Das hatte ihn lange Zeit verwirrt – wie konnte es sein, dass zwei Verwandte ein Pärchen waren? –, aber die Sache wurde klarer, als er acht war und die Logik hinter dem Familienstammbaum verstanden hatte. Seine Eltern hatten sich seit einer halben Ewigkeit nicht mehr geküsst, abgesehen von dem obligatorischen Bussi, wenn sein Vater bei *Cagney & Lacey* in seinem Fernsehsessel aufwachte und schlafen ging. Seinem Vater gefiel die blonde Frau in der Serie, die weiche, flauschige Pullis in Pastellfarben trug.

»Randall hat nicht dran gedacht, eine Jacke zum Füttern mitzunehmen«, sagte sein Vater. »Musste eine alte Windjacke anziehen.« Seine Mom hatte eine zweite Waschmaschine für die Sachen, die sie im Stall trugen. Es war ihre alte Maschine, die letztes Jahr um ein neues Modell ergänzt worden war. Joe goss sich eine Tasse Kaffee ein und nahm einen Schluck, dann schenkte er eine zweite Tasse ein und reichte sie seinem Bruder.

»Du hättest ihm doch deine Jacke geben können«, sagte Milos Mom und mahlte Pfeffer aus einer Mühle auf das Fleisch im Bräter.

»So schlimm war es nicht«, sagte Randall, aber seine Hände schienen steif zu sein, und die Haut war rot, mit weißen Falten an den Knöcheln. Onkel Randall lockerte seinen Griff um die warme Kaffeetasse.

»Eins von den Schweinen war tot«, rief George dazwischen und blähte seinen Bauch auf. »Ganz angeschwollen, mit dicken Adern auf dem Bauch.«

»Ach, um Himmels willen«, sagte Tante Sally.

»Das war so geil«, fuhr George fort. »Ich hab's an den Füßen genommen und zu dem Baum gezogen, wo immer die toten Tiere abgeholt werden.«

»Wasch dir die Hände«, sagte Sally, aber George rührte sich nicht. Wenn Milo nicht machte, was seine Mutter sagte, dann … Tja, er wusste nicht mal, was dann passieren würde. Peggy war diejenige, die rebellierte, nicht er. Wie zum Beweis stand er schon mit vom Duschen nassem Haar in der Küche – und trug ein unbequemes Oxfordhemd und eine Cordhose –, während sie noch nicht mal aufgestanden war.

Sally reichte George seine Tasse mit gezuckertem Kaffee, nahm dann die Kanne und goss Randall und Joe nach. »Ihr macht euch jetzt besser fertig, Jungs. Wir wollen doch an Milos großem Tag nicht zu spät kommen.«

Es gab drei Badezimmer im Haus: eines für ihn und Peggy, eines, das an das Schlafzimmer seiner Eltern grenzte, und eines im Keller, wo sein Vater nach der Arbeit duschte. Aber wegen des Wasserdrucks konnte immer nur eine Person im Haus duschen.

Sein Dad meinte, er werde die Dusche im Keller nehmen, George könne in den ersten Stock gehen und Randall in das Bad neben dem Elternschlafzimmer. »Pass auf, dass du den Teppich nicht dreckig machst, Ran«, sagte er. »Du bist ja nicht mehr dran gewöhnt, dass deine Stiefel schmutzig werden.« Dabei hatte Randall die Stiefel schon auf der Veranda ausgezogen – ein Paar, das er von seinem Bruder hatte borgen müssen und das ihm eine Nummer zu groß war.

»Du kannst dir einfach keinen fiesen Witz verkneifen. Stimmt's, Joe?«, sagte Randall.

Joe lachte. »Dafür sind große Brüder da.«

Milos Mom stand am Schneidbrett und schälte Möhren und würfelte sie. »Milo«, sagte sie, »geh doch mal hoch und sieh nach, ob Peggy schon auf ist.«

»Ist sie nicht.«

Sie deutete mit dem Schäler auf ihn: »Dann weck sie auf.« So viel zu seinem besonderen Tag. Reichte es nicht, dass er einen Vertrag mit Christus einging? Musste er jetzt auch noch seine Schwester wecken?

»Und du«, sagte Tante Sally und zeigte auf George, »du stinkst.«

Milo folgte George nach oben, wo George in sein Zimmer ging. Er zog sich dabei schon das Hemd über den Kopf, und Milo sah, dass sein Rücken mit vierzehn kräftiger war als noch vor einem Jahr. Zehn Zentimeter größer war er auch. Milos Brustkorb sah immer noch aus wie mit neun, bloß mit längeren, schlaksigeren Armen dran. Milo wollte gerade an Peggys Tür klopfen, doch dann überlegte er es sich anders und platzte einfach in ihr Zimmer. Er wollte sie erschrecken und ein bisschen ärgern.

Er öffnete den Mund, um »Aufstehen!« zu rufen, aber das Bett war leer und schlampig gemacht wie meistens – unter der zerknitterten Tagesdecke lugte eine lange Ecke des Lakens hervor, das Kissen war ans Kopfteil gedrückt. »Peg?« Er wartete, ob sie antwortete, und ging dann nachsehen, ob sie im Badezimmer war. George kam aus Milos Zimmer, seinen Kulturbeutel aus schwarzem Leder mit goldenem Reißverschluss in der Hand.

»Hast du Peggy gesehen?«, fragte Milo.

George schüttelte den Kopf, während er demonstrativ seinen Rasierapparat hervorkramte. »Warum?«

»Ach, egal.« Milo wollte George nicht um seinen Kulturbeutel beneiden – aber er konnte nicht anders. Er mochte es, wenn Dinge geordnet und gut organisiert waren, und ihm gefiel die Vorstellung, dass er irgendwo hinmusste, ein Hotel mit Zimmerservice vielleicht oder ein Musikcamp im Sommer. Milo dachte an das Schaben des Fensters in der vergangenen Nacht und das verräterische Geräusch, als Peggy sich am Fallrohr abwärts hangelte. Sie musste sich davongeschlichen haben, vermutlich um sich mit Laura zu treffen, und danach hatte es so viel geschneit, dass alle Spuren verschwunden waren. Mit Familienbesuch im Haus war das ziemlich kühn von ihr gewesen. Tante Sally und Onkel Randall übernachteten auf einem Klappbett im Wohnzimmer, gleich neben dem Fallrohr, und alle wussten, dass Onkel Randall wegen seines Rückens nicht gut schlief. Milo stellte sich vor, wie Peggy später kleinlaut nach Hause kommen würde, vielleicht mit Blasen an den Füßen, weil sie irgendwelche bescheuerten Mädchenschuhe getragen hatte. Er wäre dann der frisch konfirmierte Goldjunge, der gerade sein Leben als frommer Diener Gottes begonnen hatte. Milo wollte ja kein schadenfroher Arsch sein, aber Mannomann, wegen dieser Sache würde sie ganz schön Ärger kriegen.

Er ging zurück zu seiner Mom in die Küche. »Kann ich kurz mit dir reden?« Er hatte das Gefühl, dass dies etwas war, was er seiner Mutter besser nicht vor Tante Sally sagen sollte, die immer noch am Tisch saß und mit einer Schere in der Hand eine Ausgabe von *Good Housekeeping* durchblätterte.

»Was ist denn, Milo? Ich habe zu tun.« Seine Mutter hielt ihre nassen Hände in die Höhe, eine Kartoffel in der einen Hand, ein Messer in der anderen.

»Na ja, ich muss dir was sagen.«

»Geht das nicht hier?«

»Es ist wegen Peggy. Sie ist nicht da.«

Tante Sally sah hoch, und seine Mutter hielt inne. »Was meinst du damit?«

»Ich meine, dass sie nicht in ihrem Zimmer ist. Ich glaube, sie hat gar nicht in ihrem Bett geschlafen.«

Tante Sally schüttelte den Kopf und blätterte die nächste Seite um. »Man hört ja immer, dass Mädchen am Anfang leichter sind, aber später schwieriger.« Sie deutete auf die Zeitschrift. »Hab ich hier drin gelesen, vor ein paar Wochen.«

Seine Mom schlug sich mit der Rückseite der Hand, die die Kartoffel hielt, leicht gegen den Kopf. »Ich Dummchen. Habe ganz vergessen, dass sie bei Laura übernachtet hat. Die beiden verbringen kaum eine Nacht getrennt.« Sie legte die Kartoffel hin und wischte sich die Hand an der Schürze ab. »Ich rufe ihre Mutter an.« An der Küchenwand hing ein Telefon, doch sie ging durch den Flur ins Schlafzimmer.

Das könnte sein, dachte Milo. Sie war einfach bei Laura eingeschlafen und deshalb nicht nach Hause gekommen. Aber wahrscheinlicher war, dass Peggy das Ganze geplant hatte, weil sie wusste, dass sie keinen Anschiss kriegen würde, solange Besuch da war. Milo und seine Schwester schienen an Insomnie zu leiden. Milo hatte diese Krankheit neulich in der Bücherei im *Gesundheitsführer A–Z* der Mayo-Klinik nachgeschlagen. Peggy bettelte an Wochentagen darum, aufbleiben und *Letterman* schauen zu dürfen, und an den Wochenenden strich sie bis mindestens zwei Uhr früh durchs Haus. Oder sie stand mitten in der Nacht vor dem offenen Kühlschrank und schaute hinein. »Was suchst du?«, hatte Milo sie einmal dabei angesprochen, und Peggy hätte fast einen Herzinfarkt bekommen. Dann hatte sie ihm einen Schlag auf den Kopf verpasst und ihn ein kleines Ekel genannt, weil er sie so erschreckt hatte.

In den Nächten, in denen beide nicht schlafen konnten, spielten sie manchmal Uno oder Gin Rommé. Es kam sogar vor, dass die Geschwister sich zwischen dem Hinklatschen der Zieh-Vier-Farbenwahlkarte und dem Ende des Spiels wie richtige Menschen unterhielten. Für einen zwölfjährigen Außenseiter und eine Volleyball spielende Cheerleaderin hatten sie mehr gemeinsam, als andere vielleicht vermuteten. Ihre Gespräche drehten sich oft um die Zeit nach der Schule, wenn sie aufs College gehen würden. Wenn ihre Kleinkleckersdorftage in Gunthrum endlich hinter ihnen lagen.

Milo blieb mitten auf der Treppe stehen und hielt sich mit einer Hand am Geländer fest. Sie war doch nicht etwa abgehauen? Hatte ihn allein gelassen?

Es war vielleicht zwei Wochen her, dass sie eine richtige Unterhaltung geführt hatten. Peggy war dienstags nach ein Uhr nachts mit zerknitterten Klamotten und nach Whiskey riechendem Atem ins Haus zurückgeschlichen. Sie hatte den Kopf zu seiner Zimmertür hereingesteckt und gefragt, ob er noch wach sei. »Was sonst, wenn du beim Reinschleichen so einen Lärm machst?«

Sie setzte sich auf die Ecke seines Bettes – merkwürdig! – und fragte ihn, wie es in der Schule so lief.

»Was ist los mit dir?«, fragte er. Schulfragen um ein Uhr morgens? Sie musste betrunken sein. Auf ihrem Hals, direkt über dem Schlüsselbein, leuchtete ein rot-violetter Fleck. »Ist das ein Knutschfleck?«

Sie kicherte und hielt sich die Hand vor den Mund. »Vielleicht.«

»Echt sexy, Peggy. Ein paar Blutgefäße im Namen der Liebe zum Platzen zu bringen.«

»Ich habe nichts von Liebe gesagt«, antwortete sie und kitzelte seinen Fuß. »Aber auch nicht, dass es keine ist«, fuhr sie in einer Art Singsang fort.

Milo holte die Hausschuhe aus dem Schrank, setzte sich auf die Bettkante und schlüpfte hinein. Bei ein paar Runden Uno redeten sie darüber, wie Peggy auf die UNL gehen und einer Sorority beitreten würde, um dann einen Typen aus einer anderen Verbindung kennenzulernen, der in eine richtige Stadt ziehen wollte, mit Einkaufzentren und Fischrestaurants und Kulturkram wie einem Museum voller Kunst, die sie nicht verstand. Milo wollte direkt an die Küste in eines von den besseren geisteswissenschaftlichen Colleges, wo er eine Fremdsprache lernen und versuchen würde, seine Kommilitonen mit einem Monokel zu beeindrucken. Sie meinte, damit würde er wie Charlie McCarthy aussehen, die Bauchrednerpuppe, aber sie hielt ja auch neonfarbene Federohrringe für topmodisch, sie hatte also keine Ahnung. Beide stimmten darin überein, dass sie auf keinen Fall wie ihre Eltern enden wollten, auch wenn Peggy einige der jüngeren Eltern ganz cool fand. »Nicht wirklich cool«, hatte sie gesagt. »Aber so in die Richtung. Erwachsen halt. Das ist es, was ich sein will«, hatte sie gesagt. »Erwachsen.«

Sie versprach, dass er sie am Wochenende besuchen dürfe, wenn sie sich in Lincoln am College eingelebt hatte. Sie würde ihn in die Campusbuchhandlung mitnehmen und ihm im Kino die XXL-Portion Popcorn spendieren. Sie sagte, dass sie ihn sogar auf eine Party mitnehmen würde, obwohl Milo wusste, dass er sich die ganze Zeit im Badezimmer verstecken würde.

Milo schüttelte den Kopf. Nein, sie würde ihn nicht einfach sitzen lassen.

Milo hörte die Absätze seiner Mutter auf der Treppe auf dem Weg in Peggys Zimmer und dann wieder runter in den Keller, wo sein Vater duschte. Milo lief ihr schnell nach, denn im Lauschen war er Profi. Peggys Freundinnen übernachteten am Wochenende oft bei ihnen, und sie unterhielten sich über die läppischsten Sachen, aber so dämlich ihre Gespräche auch waren, wollte Milo doch kein Wort davon verpassen. Den Boden eines Glases an die Tür drücken und das Ohr an seine Öffnung halten?

Das funktionierte überhaupt nicht. Aber durch einen Spalt in der Tür drangen alle möglichen Arten von Informationen.

Seine Eltern unterhielten sich im Flüsterton. Milo konzentrierte sich, bis die Stimmen einzeln erkennbar wurden, wie die Töne eines Liedes. »Ich habe sie zuletzt gesehen, als sie schlafen gegangen ist«, sagte seine Mutter.

»Und um welche Uhrzeit war das?«

»Halb zehn? Zehn?« Milo verdrehte die Augen. Vor Mitternacht ging Peggy niemals wirklich schlafen. »Ich dachte, sie wollte weg von George.« Sie senkte die Stimme, und Milo konnte sie nicht mehr verstehen.

»Tja, wir müssen los«, antwortete sein Vater auf eine Frage seiner Mutter. »Milos verdammte Konfirmation fängt gleich an.«

Kurz darauf klapperten die Absätze seiner Mutter über den Betonboden, und Milo huschte hoch in sein Zimmer, um seine Krawatte zu holen. George stand im Badezimmer. Er hatte ein Handtuch um die Hüfte geschlungen, und sein speckiger Brustkorb war nackt. Der sich entwickelnde Bizeps zuckte, während er den Rasierer durch die zentimeterdicke Schicht aus Schaum zog, die er auf Wangen und Hals verteilt hatte. Ein nasser Waschlappen lag nachlässig auf dem goldenen Schmuckständer in Baumform, der in der Ecke des Waschtisches stand. Peggys Armbänder und Halsketten baumelten von den Ästen herab, und zwischen den Blättern leuchteten Ohrringe hervor, alle paarweise angeordnet und mit der schönen Seite nach vorn. Das silberne Armband mit einem Football, einem Footballhelm und einem Stollenschuh als Anhängern hing vom obersten Ast herab. Sie trug es immer als Cheerleaderin.

»Wo guckst du hin?«, fragte George, und selbst unter der Schaumschicht war sein dämliches Feixen unübersehbar.

»Wohin schon? Gibt ja nichts zu sehen.« Milo starrte demonstrativ auf den schwabbeligen Rumpf seines Cousins, dann verschwand er schnell in seinem Zimmer, bevor George Vergeltung üben konnte.

Zwanzig Minuten später stiegen die beiden Familien in ihr jeweiliges Fahrzeug, traten sich dabei die schneebedeckten Schuhe an den Kanten der Autotüren ab und lenkten ihre Autos in die Stadt – Milo saß im LeSabre seiner Mom, mit seinem Vater am Steuer, und Onkel Randall und seine Sippschaft fuhren in ihrem neuen Cadillac. Als sie am vorangegangenen Abend in dem glänzend weißen Wagen vorgefahren waren, war sein Vater mit einem Bier in der Hand hinausgegangen und hatte, noch ehe er sie begrüßte, »Wie zum Teufel konntet ihr euch den leisten?« gefragt.

Am Ende der Auffahrt sah Milo das tote Ferkel. Es war wahrscheinlich keine neun Wochen alt, und an seiner Schnauze erkannte man, dass die Leichenstarre schon eingesetzt hatte. In dem anderen Auto zeigte George begeistert auf den Kadaver.

Auf ihrem Weg nach Gunthrum lenkte sein Vater wie üblich mit dem Handgelenk. Dadurch konnte er den Zeigefinger zum Gruß heben, wenn sie den spärlichen Gegenverkehr auf dem Highway 57 passierten. »Wo kommt das ganze Geld her?«, fragte er und sah Milos Mom an. »Bislang war er ständig klamm.«

»Jetzt hat er jedenfalls einen Cadillac«, stellte Milos Mom nüchtern fest.

Im Eingangsbereich der Kirche erkundigte sich Pastor Barnes nach Peggy, und Milos Mutter log und sagte, sie liege mit Kopfschmerzen im Bett. Tante Sally und Onkel Randall hatten sich schon auf eine Kirchenbank gesetzt. »Schon wieder?«, sagte Pastor Barnes und schüttelte den Kopf. »Die Arme.«

Aber Milo wusste, was ihre »Kopfschmerzen« in Wahrheit waren: ein Kater. Peggy war eine gute Lügnerin, oder vielleicht waren ihre Eltern auch bloß dumm, denn sie glaubten ihr jedes Mal. Noch so eine mysteriöse Kopfschmerzattacke, und man würde sie im Rettungshubschrauber nach Omaha ins Clarkson-Hospital fliegen. Allerdings war es diesmal keine von Peggys Lügen, es waren ihre Eltern, die logen, und das machte die Sache viel spannender.

Milo nahm seinen Platz zwischen seiner Mom und George ein. Scott und Ross saßen drei Reihen vor ihnen. Scott drehte sich dauernd um und wackelte mit den Ohren. Ein dämlicher Trick, den Milo schon Hunderte Male vor dem Spiegel ausprobiert hatte, aber wie sehr er es auch versuchte, es gelang ihm nicht. Er grinste seinen Freund an, und Scott streckte langsam, ganz langsam die Zunge heraus, bis sie fast das Ohr der Person neben ihm erreichte, einer humorlosen Frau in einem grün-blau karierten Pullover. Sie packte Scotts Zunge mit der Hand, und er würgte überrascht, was die Aufmerksamkeit seiner Mutter rechts von ihm erregte. Milo prustete und hielt sich schnell die Hand vor den Mund, bevor er laut lachen musste. Seine Mutter warf ihm einen scharfen Blick zu. *Nicht der richtige Zeitpunkt zum Danebenbenehmen*, schien dieser Blick zu sagen. Nicht der richtige Zeitpunkt, um Aufmerksamkeit auf die Familie Ahern zu lenken.

Die Frau ließ Scotts Zunge los, und er warf Milo noch rasch einen Blick über die Schulter zu, der so viel wie *Nicht zu fassen!* besagte, aber Milo hatte den Kopf jetzt nach vorn gedreht und sah seinen Freund nur am Rand seines Blickfeldes. Als seine Mutter ihn ein zweites Mal anschaute, hielt er den Blick starr auf Pastor Barnes gerichtet, der gerade über irgendetwas Langweiliges redete. Milos Mutter tätschelte seine Hand und ließ ihre dann auf seiner liegen. *Wahrscheinlich sollte mir das total peinlich sein*, dachte Milo, aber er war zu beschäftigt mit dem Hochgefühl, dass er zumindest dieses eine Mal in seinem Leben das Lieblingskind war.

Pastor Barnes legte eine Pause in seinem weitschweifigen Sermon ein, um die Aufmerksamkeit seiner Zuhörer zurückzugewinnen. »Und nun«, sagte er, »mögen sich unsere Konfirmanden des Jahres 1985 bitte erheben.« Milo und Scott standen gleichzeitig auf, ebenso eine im gesamten Kirchenraum versprengte Anzahl weiterer Zwölfjähriger. »Bitte kommt zu mir nach vorn«, sagte Pastor Barnes, und Milo zwängte sich an den Knien seines Vaters, seiner Tante, seines Onkels und seines Cousins vorbei. Er vermisste es fast, dass Peggy ihn schmerzhaft in die empfindliche Unterseite seines Armes kniff.

Pastor Barnes goss Wasser über Milos Kopf, und ein Rinnsal lief zu seinem Mund herab. Milo presste instinktiv die Lippen aufeinander. Vermasselte er damit die Taufe? Hatte er vielleicht gerade Jesus abgewiesen? Schwer zu sagen, aber es fühlte sich jedenfalls wie Schummelei an. Er sah auf seine Hände und war peinlich berührt, dass er Wundmale erwartet hatte, aber abgesehen von den abgekauten Nägeln waren es ganz normale Hände.

Zwanzig Minuten später begab sich die Gemeinde im Gänsemarsch zurück in den Eingangsbereich. Sein Vater klopfte Milo auf den Rücken, und seine Mutter küsste ihn auf die Wange. Dann tuschelten sie eine Weile miteinander, ob sie sich vor Kaffee und Kuchen drücken konnten oder ob das erst recht Aufmerksamkeit erregen würde. Milo hatte gehofft, sich nach der Konfirmation anders zu fühlen, reiner, vielleicht sogar leichter, aber bis auf einen feuchten Fleck am Hinterkopf fühlte er sich genau wie immer. Und Peggy beschäftigte seine Eltern selbst in ihrer Abwesenheit mehr.

»Wir können uns nicht einfach so davonstehlen, Joe«, flüsterte seine Mutter, und dann kam Tonya Gary zu ihnen. Sie umarmte Milo und gratulierte ihm und erzählte seiner Mutter anschließend von dem Blaubeerkuchen mit Zitronenguss, den sie mitgebracht hatte und den seine Mutter »unbedingt probieren« müsse. Mrs. Gary war eine Freundin seiner Eltern, obwohl sie viel jünger war. Ein Phänomen der Kleinstadt: Die Leute taten sich entsprechend ihrer Interessen zusammen, nicht aufgrund ihres Alters. Im Großen und Ganzen gab es zwei Gruppen von Leuten: solche, die gern Alkohol tranken, und solche, die das nicht taten. Während seine Mutter keine große Trinkerin war, galt das für seinen Vater nicht, und an den meisten Freitagen und Samstagen landeten seine Eltern abends in irgendeinem Partykeller in der Nachbarschaft, während die Kinder im Wohnzimmer vor dem Fernseher geparkt wurden. Weil Tante Sally und Onkel Randall zu Besuch waren, hatten sie am Vorabend zwar auf die übliche Party verzichtet, aber sein Dad und sein Onkel waren trotzdem auf ein paar Drinks aus dem Haus gegangen.

»Ich bleibe nur kurz auf ein Stück Kuchen«, sagte seine Mutter, und Joe warnte: »Aber nicht zu lange.« Da war seine Mutter schon auf halbem Weg in die Küche.

Milo ging zu Peggys Freundin Laura, die mindestens ihren zweiten Donut aß.

»Warum hat deine Mom mich eigentlich wirklich angerufen?«, fragte Laura, den Mund voller Gebäck. Als Mrs. Ahern sie nach dem Gottesdienst angesprochen hatte, hatte sie behauptet, Peggys Kirchenschuhe zu suchen.

»Peggy ist nicht nach Hause gekommen.«

Laura riss die Augen auf, ein Donutkrümel hing in ihrem Mundwinkel. »Du meinst, überhaupt nicht?«

»Sieht so aus.«

»Ach du Scheiße«, flüsterte sie. Eine alte Frau – also, wirklich alt – starrte sie mit geisterhaften Augen an.

»Seid ihr letzte Nacht zusammen gewesen?«, fragte er, und Laura warf ihm einen Blick zu, der *Hältst du mich für bescheuert?*

zu sagen schien. »Ich sag's auch keinem weiter«, fügte er hinzu. »Glaub mir, wenn ich euch in die Pfanne hauen wollte, hätte ich das schon längst tun können.«

»Eine Zeit lang. Auf der Castle Farm.« So wurde die verlassene Farm nördlich der Stadt genannt, weil sie so heruntergekommen war. »Das ist ein ironischer Name«, hatte Peggy ihm einmal erklärt – als ob er eine Erklärung für Ironie bräuchte. Er arbeitete sich damals gerade durch ein Buch über literarische Ausdrücke, das die Bibliothekarin für ihn eigens bei der Wayne State University bestellt hatte. Sie hatte es auf ihren Tisch geknallt und ihm zugeschoben: »So, du Schlaumeier. Test ist in einer Woche.« Aber sie zwinkerte, als sie das sagte, und sie ließ ihn auch nicht wie sonst einen Blutschwur ablegen, wenn Schüler Bücher aus dem College bekamen.

»Meinst du, es geht ihr gut?« Zum ersten Mal spürte er einen Anflug von Furcht. Vorhin hatte er wegen des Ärgers, den sie sich einhandeln würde, Schadenfreude empfunden, und danach war er sauer gewesen, weil er dachte, sie hätte ihn vielleicht im Stich gelassen. Aber jetzt?

»Glaub mir«, sagte Laura und klaute sich ein Stück Donut von seinem Teller, »deine Schwester kann gut auf sich aufpassen.« Damit hatte sie wahrscheinlich recht. Seine Schwester war in einem Drogeriemarkt um eine Anzeige wegen Ladendiebstahls herumgekommen, obwohl sie mehrere Labellos hatte mitgehen lassen, und einmal war sie betrunken nach Hause gekommen und hatte mit ihrem Vater Chips gegessen, ohne dass er was gemerkt hatte. Milo hatte einmal neben ihr im Auto gesessen, als sie ein Stoppschild überfuhr und den Polizisten beschwatzte, ihr keinen Strafzettel zu schreiben. Na gut, der Polizist kannte ihren Dad, aber trotzdem.

Milo dachte darüber nach – dachte richtig gründlich nach –, in welche Art von Ärger Peggy geraten sein könnte.

»Außerdem ist sie jetzt bestimmt schon zu Hause«, fuhr Laura fort. »Ich wette, sie hat sich in ihr Zimmer geschlichen und schafft es irgendwie, eure Mom zu überzeugen, dass sie die ganze Zeit da war. Sie ist so dünn, dass eure Mom sie unter der Bettdecke einfach übersehen hat.«

»Wann hast du sie am Samstagabend zuletzt gesehen?« Milo hoffte, dass er wie Captain Furillo in *Polizeirevier Hill Street* klänge, oder, besser noch, wie Mick Belker. Leider hatte er kein Notizbuch, in das er ihre Antwort schreiben konnte.

»Gestern Abend?« Laura hielt ein Holzstäbchen mit einer Schokokugel in der Hand, mit dem man Kakao machen konnte. Jetzt tippte sie damit auf ihre Unterlippe. Deshalb war sie Milo von Peggys Freundinnen die liebste: Sie stand an einem öffentlichen Ort und sprach mit einem Zwölfjährigen. »Ich schätze mal, kurz vor Mitternacht. Ich bin dann mit Kerry gegangen, weil der bei meinen Eltern unten durch ist, seit er mich letztes Wochenende nicht rechtzeitig nach Hause gebracht hat. Da war alles in Ordnung mit ihr.«

Kerry und Peggy waren im Jahr davor zusammen gewesen, aber wie meistens hatte Peggy die Beziehung schnell beendet. Milo hatte ausgedehnte Unterhaltungen darüber belauscht, dass Laura sich für Kerry interessierte (selbstverständlich, schließlich war er Quarterback in Gunthrums Footballmannschaft und Starting-Center-Spieler im Basketballteam und hatte obendrein eine Föhnfrisur wie Tom Wopat aus *Ein Duke kommt selten allein*), und Peggy hatte Laura ihren Segen gegeben. In einer Klasse mit dreiundzwanzig Schülern waren gewisse Wiederholungen beim Spuckeaustausch nicht zu vermeiden.

»Wollte sie jemand nach Hause fahren?«

Laura pustete in ihren Pony und stupste Milo mit der Schulter an. »Sie meinte, das würde schon passen. Mindestens zwei von den Footballspielern waren noch nicht hackedicht, die hatten am nächsten Tag Gewichtstraining. Es gab also genug Leute, die sie nach Hause bringen konnten.« Sie blinzelte Milo an. »Meinst du, ich hätte bei ihr bleiben sollen?«

»Nein, sie hätte nach Hause kommen sollen, aber dafür kannst du nichts.«

Laura lachte. »So wie ich Peggy kenne, heißt das bloß, dass sie eine tolle Geschichte zu erzählen hat.«

Auf der anderen Seite hielt seine Mutter die Hand mit fünf weit gespreizten Fingern in die Höhe: noch fünf Minuten, bis es Zeit zu gehen war. »Ich hole unsere Mäntel«, sagte Milo, als George mit geschwellter Brust herbeistolzierte und Laura anzüglich angrinste.

»Träum weiter«, sagte Laura, und George sackte wieder in sich zusammen. Sie hielt Milo zurück, indem sie ihm eine Hand auf den Arm legte. »Sag ihr, dass sie mich anrufen soll, ja?«

»Ja, sobald sie ihren Anschiss hinter sich hat.« Bei der Lautstärke, mit der sein Vater brüllte, würde ein vorsichtiges Lauschen kaum nötig sein.

Im Eingangsbereich fand Milo den schwarzen Mantel, den sein Vater nur an Sonntagen trug. Es war ein schwerer Wollmantel, und er unterschied sich von denen der anderen Väter nur dadurch, dass er auf demselben Haken hing wie Milos eigener, kindischer Anorak, den er seit der fünften Klasse trug und der mittlerweile an den Handgelenken zwei Zentimeter zu kurz war. Wenn ihm seine Mutter das Fünfminutenzeichen gab, blieben Milo normalerweise noch mindestens fünfzehn Minuten Zeit für Donuts und Preiselbeersaft, und dann hockte er immer noch eine ganze Weile auf dem Rücksitz des Buick und las in einem Buch, bis sich seine Eltern endlich von all ihren Bekannten losgeeist hatten. Er zog seinen Anorak an und trug den Mantel seines Vaters in den Gemeinschaftsraum. Seine Mutter hatte ihren bereits angezogen und ihre Handtasche über die Schulter gehängt.

»Komm schon«, sagte sie zu Milo, und an die Frau gerichtet, neben der sie stand, fügte sie hinzu: »Wir fahren jetzt besser nach Hause und sehen, wie es Peggy geht.«

»Die Arme«, sagte die Frau, und Milos Mutter lächelte.

Sie gingen zu Tante Sally und Onkel Randall, die sich mit Pastor Barnes unterhielten, der vom Kindergarten bis zum letzten Schuljahr mit Randall in dieselbe Klasse gegangen war. Es war eine seltsame Vorstellung, dass Pastor Barnes – der ihn die Apostel gelehrt hatte, aber mit den Jungs in der Klasse auch ein hochpeinliches Gespräch über die Bienchen und die Blümchen in einer ehrbaren christlichen Ehe zu führen versucht hatte – genauso wie alle anderen zur Highschool gegangen war. Es war genauso seltsam, dass sein Vater da hingegangen war und dass der vier Jahre jüngere Onkel Randall einst auf ihrer Farm gelebt hatte. Pastor Barnes klopfte Randall auf den Rücken und sagte, dass es schön sei, ihn mal wieder getroffen zu haben.

»Ja, Harry, das finde ich auch«, sagte Randall. Milo konnte gar nicht glauben, dass jemand den Pastor beim Vornamen nannte. Selbst seine Eltern, die zwar älter waren, sich aber an seine Rolle im Ort gewöhnt hatten, nannten ihn Pastor Barnes.

Draußen fielen dicke, feuchte Schneeflocken. Tante Sally und seine Mutter liefen mit ihren Absätzen in Trippelschritten zu ihren Autos. Seine Mutter hielt sich zum Schutz gegen den Schnee den Programmzettel des Festgottesdienstes über den Kopf. Die Druckerschwärze, mit der dort Milos Name geschrieben stand, verlief auf der Rückseite zusammen mit der aller anderen evangelisch-lutherischen Kinder seiner Klasse. Peggys Konfirmationsprogramm hing bei ihnen gerahmt in der Diele.

Milo malte sich aus, wie sie zu Hause ankommen würden: Sein Vater würde den Buick auf der Garagenseite seiner Mutter abstellen, während Randall noch zwei oder drei Kilometer zu fahren hatte, weil er die unbefestigten Straßen nicht mehr gewohnt war. Er und seine Eltern würden die Autotüren hinter sich zuknallen, das Kurbelgeräusch der sich schließenden Garagentür würde wegen der Kälte lauter sein als sonst. Sie würden zur Haustür laufen – Milo wahrscheinlich vorweg – und sie öffnen, der strenge Geruch des fast durchgegarten Bratens würde ihnen entgegenschlagen. Ein Geruch, bei dem ihm zuerst das Wasser im Mund zusammenlaufen würde, bis ihm wieder einfiel, dass er keinen Braten mehr mochte, dass er das ausgetrocknete Fleisch satthatte.

»Peggy?«, würde ihre Mutter die Treppe hochrufen, und dort auf dem Parkplatz vor der Kirche stockte Milo fast der Atem bei der Frage, ob sie antworten würde.

3

Clyle sah auf seine Uhr, während Hals Pick-up über die verschneiten Spuren der Fahrbahn holperte. Es war fast halb neun. Clyle konnte an beiden Händen abzählen, wie oft Hal nach acht Uhr morgens bei der Farm angekommen war – normalerweise war er schon gegen Viertel vor da, weil er hoffte, Alma zu Eiern mit Schinken überreden zu können, wenn er es schaffte, sie zwischen ihrer Schulbustour und dem nächsten Punkt auf ihrer Aufgabenliste abzupassen. Normalerweise klappte das.

»Heute morgen Ärger gehabt?«, erkundigte sich Clyle, als Hal vom Fahrersitz sprang.

»'tschuldigung. Hab vergessen, meine Uhr zu stellen.« Hal sah so aus, wie er nach Clyles Erfahrung eigentlich jeden Montagmorgen aussah: geschwollene Augen, aschgraue Haut – das Ergebnis einer zwei oder drei Nächte dauernden Sauftour. Clyle war sich sicher, dass es nach zwei Tagen im Hochsitz mit Larry und Sam noch schlimmer sein würde. Auch er hätte in dieser Situation sicherlich einiges getrunken.

»Wie war der Jagdausflug?«

Auf Hals Gesicht breitete sich ein Lächeln aus, doch er wich Clyles Blick aus. »Ich habe einen Hirsch geschossen. Eine Kuh, aber eine richtig große.«

Clyle versuchte, seine Überraschung zu verbergen. Er brachte Hal jetzt seit neun Monaten das Schießen bei, hätte aber nicht geglaubt, dass er, wenn es darauf ankam, auch den Mumm hatte, wirklich den Abzug zu drücken und ein Tier zu töten. »Gut gemacht!«

»Wirklich groß. Fast wie ein Bock.« Hal wandte sich um und holte seine Hausschuhe aus der Fahrerkabine des Pick-ups, um sie dann neben denen von Clyle auf den Küchenteppich zu stellen.

Almas Ford Vega bog von der Schotterstraße am Ende der Zufahrt ab und holperte über die Auffahrt auf sie zu. Sie stellte den Motor ab, stieg aus dem Auto und zeigte mit ihrem behandschuhten Finger auf Hal. »Mit dir habe ich ein Wörtchen zu reden.«

Er hob schützend die Hand vor die Brust. »Mit mir?«

»Ja, mit dir. Du solltest mich aus der Jagdhütte anrufen und Bescheid geben, dass du gut angekommen bist. Aber du hast keinen Mucks von dir gegeben. Keinen Ton.«

Hal streckte das Kinn in die Höhe und warf Alma einen herausfordernden Blick zu. »Ich muss mich bei dir nicht melden. Ich bin kein Kind.«

»Nein, das bist du nicht«, stimmte sie zu. »Du bist erwachsen. Und als Erwachsener trägst du die Verantwortung, dich an deine Versprechen gegenüber anderen Menschen zu halten. Hast du das verstanden, Hal?« Sie sprach in ihrem Busfahrerton, wie Clyle das nannte, den sie normalerweise benutzte, um Kinder dazu zu bringen, still zu sein und auf sie zu hören – streng genug, dass ein Zwölftklässler sich brav hinsetzte. Manchmal schlug sie den Ton auch ihm gegenüber an – Warum hast du den Müll noch nicht rausgetragen, Clyle Costagan? Glaubst du, ich bin dein Dienstmädchen? –, und obwohl ihm das nicht gefiel, tat er doch, was sie wollte.

»Lasst uns reingehen und frühstücken«, sagte Clyle.

Alma nickte kurz. »Ja, gut. Aber nur, weil ich hungrig bin.« Sie drehte sich zu Hal um. »Rührei oder Spiegelei?«

»*Ich* bin nicht hungrig.«

»Ach, jetzt stell dich nicht so an. Ich habe gerade eine ganze Busladung voller Jammerlappen chauffiert, die sich die ganze Zeit darüber beschwert haben, dass der Schneesturm ausgerechnet am Wochenende gekommen ist und die Schule nicht ausgefallen ist. Jetzt will ich mich nicht auch noch von dir volljammern lassen, Hal Bullard.« Hal kniff die Lippen zusammen. »Also dann«, sagte sie und ging ins Haus. Sie ließ die Tür hinter sich zuknallen.

Drinnen steckte Clyle zwei Scheiben Toast in den Toaster und nahm die Butter und die Erdnussbutter aus dem Schrank. Er schenkte sich und Hal Kaffee ein, für Hal wie immer mit viel Sahne und Zucker. Sie saßen auf ihren angestammten Plätzen, und Clyle schaltete das Mittelwellenradio ein, um den morgendlichen Bericht für Schweinezüchter zu hören. »Na, erzähl mal von deinem Ausflug«, sagte Clyle. »Hat's Spaß gemacht?« Er wusste, dass Alma sich das ganze Wochenende Sorgen gemacht hatte, auch wenn sie das natürlich nicht zugab. Er hatte es an der gereizten Art gesehen, mit der sie die Fehler in ihrer Häkelarbeit korrigierte und anmerkte, dass dieser aufdringliche Remington Steele die arme Laura Holt wirklich mal in Ruhe lassen könne. Gesprächiger war sie selten geworden.

»Keiner hat gedacht, dass ich so eine große Hirschkuh schießen kann. Hab ich aber.« Hal hielt seine Hände, als würde er ein Gewehr halten, und kniff ein Auge zu.

»Klar hast du das«, sagte Clyle, aber er hatte da so seine Zweifel. »Sag mal, gilt deine Jagderlaubnis nicht nur für Böcke?«

»Nein«, sagte Hal abwehrend. »Die gilt für alles Rotwild.« Als er das sagte, schossen ihm die Tränen in die Augen. Clyle hatte sich in den fast zehn Jahren, die Hal für ihn arbeitete, immer noch nicht daran gewöhnt, wie schnell Hal weinen musste.

Wenn man einen flüchtigen Blick auf ihn warf, kam man nicht auf die Idee, dass etwas mit ihm nicht stimmte. Er hatte im Alter von zwei Jahren einen Schwimmunfall gehabt, und seine Behinderung war die Folge von Sauerstoffmangel. Deswegen sah er nicht aus wie andere Zurückgebliebene. Sauerstoffmangel. Für die meisten Menschen war Hal ein attraktiver Mann. Eins fünfundachtzig groß, breite Schultern, wettergegerbte, sonnengebräunte Haut, volles rotbraunes Haar. In Hollywood hätte sich keiner nach ihm umgedreht, aber hier in dieser Gegend erregte er die Aufmerksamkeit vieler Frauen – bis sie ein paar Worte mit ihm wechselten.

Clyle hatte das schon öfter beobachtet. Sie waren ein oder zwei Städte weiter unterwegs, um etwas zu besorgen, und gingen mittags in ein Diner oder waren in der Post, um eine Sendung für Alma aufzugeben. Vielleicht würde die Frau hinter dem Tresen ein Schwätzchen mit Hal beginnen, den Busen vorgeschoben, eine Hand womöglich neckisch auf seinen Arm gelegt, doch dann würde Hal etwas sagen, das sie irritierte. Vielleicht sprach er ein wenig zu begeistert über eine bestimmte Fernsehsendung oder lachte über etwas, das sie gesagt hatte – aber eher, wie ein kleiner Bruder lachen würde, laut wiehernd, sodass das Zahnfleisch der oberen Schneidezähne bloßlag, während er einen unbemerkten Blick auf ihre Brüste zu erhaschen versuchte. Sie veränderte dann rasch ihre Körperhaltung, blinzelte mehrmals in rascher Folge und trat einen Schritt zurück, weil sie erkannt hatte, dass etwas nicht ganz stimmte.

In solchen Augenblicken fühlte sich Clyle immer hilflos, denn es war nicht zu leugnen, dass Hal sich für diese Frauen interessierte. Clyle hatte sich gelegentlich dazu überwunden, mit Hal darüber zu sprechen, was mit dessen Körper geschah, wenn er ein hübsches Mädchen sah, oder wie es wohl war, wenn man sich verabredete. Und Clyle, so wahr ihm Gott helfe, erklärte Hal, was er tun konnte, um den physischen Druck abzulassen, und zwar vorzugsweise unter der Dusche, damit die Bettwäsche nicht schmutzig wurde. Tagtäglich war es, als ob er einen zwölfjährigen Jungen aufziehen würde, einen Jungen, der niemals groß wurde, aber die Bedürfnisse eines Mannes hatte.

»Dann habe ich mich wohl geirrt«, sagte Clyle, obwohl er wusste, dass er recht hatte. Hal hatte nur die Genehmigung erhalten, Böcke zu schießen, das wusste er, aber es war sinnlos, jetzt darauf herumzureiten. Tot war tot. Clyle bestrich einen Toast mit Butter, gab einen großen Klumpen Erdnussbutter darauf und legte das Brot auf einer Papierserviette vor Hal auf den Tisch. Dann wiederholte er die Prozedur für sich selbst. Hal schniefte auf der anderen Seite des Tisches. »Willst du darüber reden?« Wahrscheinlich war Hal niedergeschlagen, weil er den falschen Hirsch geschossen hatte und deshalb bei der Kontrollstelle zusammengestaucht worden war und eine saftige Geldstrafe bekommen hatte. Außerhalb der Zulassung zu jagen, brachte einen unweigerlich in Schwierigkeiten.

»Sie haben es mir nicht zugetraut«, sagte Hal, und seine Stimme war so leise, dass Clyle ihn kaum hörte.

Alma kam aus dem Badezimmer zurück, nahm einen Karton mit Eiern aus dem Kühlschrank und knallte eine Pfanne auf den Herd. »Wer hat dir was nicht zugetraut, Hal?«

»Larry und Sam. Die meinten, ich könnte keinen Hirsch schießen. Sie haben gedacht, sie könnten meinen Anteil selbst schießen.«

Clyle war verärgert, dass diese Burschen Hal derart ausnutzen wollten, doch das beantwortete noch nicht die Frage, warum sie ihn überhaupt eingeladen hatten. Das waren keine Männer, die etwas aus purer Gutmütigkeit taten. Vor ein paar Jahren hatte Hal ihn mit schwerer Zunge aus dem OK Corral angerufen, weil seine Freunde ihn dort hatten sitzen lassen. Clyle hatte sich um ein Uhr morgens auf den Weg gemacht. Bei seiner Ankunft saß Hal auf dem Bordstein und hielt den Kopf zwischen die Knie gesenkt. Ein Speichelfaden hing aus seinem Mund in die Lache zu seinen Füßen. Ein blaues Auge hatte er auch. Es war das Jahrgangstreffen seiner Highschool gewesen, fünf Jahre nach dem Abschluss. Was für eine alberne Idee, zu einem Zeitpunkt ein Jahrgangstreffen zu veranstalten, wenn keiner sich auch nur ein Fitzelchen verändert hatte – was man an dem Vorfall in jener Nacht ja deutlich sehen konnte. Die Leute hatten Hal einen Schnaps nach dem anderen ausgegeben und ihn besoffen gemacht. Sie hatten ihn wie eine Kirmesattraktion behandelt, um ihn dann sitzen zu lassen. Später fand Clyle heraus, dass sie ihn auch dazu überreden wollten, eine junge Frau zu küssen, die früher Cheerleader gewesen war. Jetzt war sie verheiratet und hatte einen Abschluss in Psychologie, und es hieß, dass sie kreischend durch die Kneipe gelaufen sei. Alle hatten Hal ausgelacht, als er ihr mit ausgestreckten Armen wie Frankensteins Monster hinterhergehumpelt war. Als ihr Mann nach diesem Tänzchen aufgekreuzt war, hatte er Hal einen Schwinger verpasst, was ihm im Gegenzug einen Volltreffer eintrug, und als Peck Randolph eintraf, fand sich keiner, der für Hal ein gutes Wort einlegte.

Dieses Jahrgangstreffen war natürlich weder der erste noch der letzte Anlass, bei dem sich Hal betrunken hatte. Ihm schmeckten die süßen Drinks, Southern Comfort oder Wodka mit Orangensaft und nicht etwa Bier oder Whiskey pur, und er trank sie wie ein Kind in großen, gierigen Schlucken, als ob er befürchtete, dass ihm jemand auf die Schliche kommen und das Getränk wegnehmen könnte.

Hal schlief in jener Nacht bei ihnen auf dem Sofa, und als er am nächsten Morgen aufstand, kapitulierte sein Körper. Er hielt sich die Hand vor den Mund und wollte ins Badezimmer rennen, schaffte aber nur die halbe Strecke. Alma hatte ihn zwar nach Strich und Faden zusammengestaucht, aber dann hatte sie die Sauerei auf Händen und Knien aufgewischt. Ungefähr einmal monatlich übernachtete Hal bei ihnen, entweder weil er sich in der Kneipe betrunken hatte oder weil er mit Clyle zu Hause ein paar Drinks zu viel gehoben hatte – oder auch nur, weil er müde war, nachdem er bei ihnen zu Abend gegessen und einen Fernsehfilm geschaut hatte. Irgendwann fingen sie an, das Gästezimmer im ersten Stock als Hals Zimmer zu bezeichnen, als wäre er bei ihnen aufgewachsen. Clyle und Alma waren beide der Meinung gewesen, dass der Jagdausflug keine gute Idee sei, aber Hal war nun mal ein erwachsener Mann, und er konnte nicht die ganze Zeit mit zwei alten Vögeln wie ihnen zusammenhocken. Er brauchte Freunde, und er musste, wie jeder andere Achtundzwanzigjährige auch, gelegentlich Dampf ablassen.

Alma schlug die Eier in die Pfanne.

»Ich habe sie da sitzen lassen«, sagte Hal.

Alma wandte sich um und wischte sich die Hände an dem Geschirrtuch ab, das sie in den Bund ihrer Jeans gestopft hatte. »Wen hast du wo sitzen lassen?«

»Larry und Sam.«

»In Valentine?«, fragte Clyle.

Hal nickte, und Clyle lächelte hinter seinem Kaffeebecher. »Ich wette, dass Ihnen das nicht besonders gut gefallen hat.«

»Ganz bestimmt nicht!«, pflichtete Hal bei. »Aber am Samstag bin ich aufgestanden, und sie waren weg. Kein Zettel, nichts. Sie sind zum Mittagessen zurückgekommen, und wir haben die Schinkensandwiches gegessen, die du mir eingepackt hast« – er nickte Alma zu und lächelte unsicher –, »und dann haben sie mir gesagt, ich kann nicht mitkommen. Es wäre nicht sicher. Sie waren schon auf der Jagd gewesen und hatten jeder einen Hirsch geschossen, und dann haben sie einen auf dicke Hose gemacht.« Seine Augen glitzerten. »Ich habe sie einfach da sitzen lassen und bin nach Hause gefahren, als sie mir gesagt haben, dass ich nachts nicht mit ihnen in den Hochsitz darf.«

»Du bist Samstagabend nach Hause gefahren?«, fragte Alma, und Clyle fragte gleichzeitig: »Wann hast du denn die Hirschkuh geschossen, Hal?«

»Nicht weit von der Hütte war ein Hirsch. Da hab ich meine Waffe genommen und geschossen.« Er hielt sich die Hand aufs Herz. »Genau dahin.«

»Bei der Hütte?«, fragte Clyle. Das ergab wenig Sinn. Hirsche waren zwar nicht so schlau wie Schweine, aber dumm waren sie auch nicht, und sie lernten schnell. Dass sich ein Hirsch während der Jagdsaison so nah an einer Jagdhütte aufhalten sollte, wäre selbst dann ungewöhnlich, wenn es reichlich Rotwild gab.

»Nicht *direkt* dort. Ein Stück von der Hütte weg, würde ich sagen. Nicht so nah, dass da Blut ist.«

Clyle warf Alma einen kurzen Blick zu. »Da ist kein Blut?« Auch das ergab wenig Sinn.

»Nein, nicht direkt bei der *Hütte.*«

»Du hast es also ein Stück von der Hütte weg geschossen?«

»Ich denke schon. Ja.«

»Hast du bei der Kontrollstelle eine Strafe gezahlt, weil deine Zulassung nicht für Hirschkühe gilt?«

Hal wich seinem Blick aus. »Die Kontrollstelle war zu.«

Clyle warf Alma erneut einen Blick zu. So etwas hatte er befürchtet. Hal hatte Stein und Bein geschworen, dass Larry mit einer eingeschränkten Genehmigung auf dem Land seines Cousins jagen durfte und dass alles mit rechten Dingen zuging, aber diese Kontrollstelle war so wenig geschlossen gewesen, wie sie auf dem Mond lag. Hals Kontingent war wohl ihr Notfallplan gewesen, falls sie nicht durch die Kontrolle kämen; er hätte dann den Kopf für alles hinhalten müssen, was nicht der Genehmigung entsprach.

Clyle seufzte matt. »Du kannst nicht einfach illegal jagen, Hal.

Ich habe dir das Schießen nicht beigebracht, damit du die Regeln brichst.«

»Ich habe die Regeln nicht gebrochen! Ich habe die Kuh anständig und ehrlich geschossen und sie auf die Ladefläche vom Pick-up gelegt. Als ich nach Hause gekommen bin, hab ich versucht, die Sache selbst zu Ende zu bringen, aber das war eine Riesensauerei, also hab ich's sein lassen und bin stattdessen ins OK gegangen.«

Clyle dämmerte, was geschehen war: Hal hatte versucht, den Hirsch auszunehmen. »Wo hast du das gemacht, Hal?«, fragte Clyle, während er in aller Ruhe seine Serviette faltete.

»In meiner Küche. Ich dachte, ich will es ja eh essen, dann ist das am vernünftigsten.«

Clyle legte einen Finger auf das Pulsieren in der Nähe seines Auges und versuchte, sich die Sauerei vorzustellen. Bestimmt war alles voller Blut. Selbst jetzt im Frühwinter, nach zwei verschneiten Tagen, würde es in der Küche zu stinken begonnen haben.

»Wo ist die Hirschkuh jetzt?«

Hal sah Clyle flehentlich an. »Du hast mir gesagt, dass ich kein Fleisch verschwenden soll, weil das Wild sein Leben gibt, damit ich zu essen habe, aber ich habe keinen Bissen davon gegessen. Keinen einzigen.«

Um das Problem mit der Genehmigung würde sich Clyle später kümmern. Er hatte einen Freund bei der Naturschutzbehörde, den er anrufen konnte, um die Sache geradezubiegen, auch wenn das wahrscheinlich ein paar Hundert Dollar kosten und Hal dafür eine Ermahnung wegen Fehlverhaltens kassieren würde. »Wir fahren wohl besser zurück zu dir. Uns darum kümmern, dass deine Küche sauber ist.«

»Ich hab schon sauber gemacht«, antwortete Hal, aber Clyle wusste, was das bedeutete. Hal war sehr gut bei Routinearbeiten und Tätigkeiten, die er kannte: das Geschirr nach dem Abendessen abzuwaschen, sein Bett zu machen, sein Hemd in die Hose zu stecken. Aber bei allem, was neu war, musste Clyle ihn Schritt für Schritt anleiten, langsam und akribisch. Er erinnerte sich noch gut daran, wie er vor fast einem Jahr angefangen hatte, Hal das Schießen beizubringen, und wie langsam und methodisch Hal anfangs die Waffe geladen hatte. Doch wenn etwas nicht nach Plan lief oder Hal von seinen Gefühlen überwältigt wurde, dann ging nichts mehr. Clyle hatte schon oft beobachtet, wie Hal von unvorhergesehenen Ereignissen völlig aus der Fassung gebracht wurde. Das Gleiche galt, wenn er mit seinen eigenen Grenzen konfrontiert war.

Alma schaufelte Rührei auf drei Teller, von denen sie zwei auf den Tisch stellte, dann holte sie eine große Flasche Chlorreiniger unter der Spüle hervor. »Hier«, sagte sie. »Ich würde es selbst machen, aber ich muss den Bus vor der Nachmittagstour zur Inspektion bringen und noch was in der Stadt besorgen.«

»Ich schaff das allein«, sagte Hal und schaufelte sich das Ei in den Mund, von dem er so nachdrücklich behauptet hatte, dass er es nicht essen wolle.

»Ich helfe dir, das Haus sauber zu machen«, sagte Clyle.

»Was ist mit den Impfungen? Waren die heute nicht dran?«

»Das hat noch Zeit.«

»Aber wir …«, setzte Hal an, doch Clyle hob die Hand. »Na gut.« Hal nahm die Serviette vom Schoß und wischte sich den Mund ab.

Nachdem sie ihre Teller in die Spüle gestellt hatten, folgten Clyle und Alma Hal nach draußen zu seinem Pick-up, der beim Drahtsilo stand. Als Clyle Alma vor vierzehn Jahren zum ersten Mal die Auffahrt heruntergefahren hatte, hatte sie ihn gefragt, ob dort die Tiere gehalten würden. Clyle warf einen schnellen Blick auf Hals Ladefläche: Eine fünfzehn Zentimeter breite, blutige

Schleifspur verlief vom Führerhaus über die gesamte Ladefläche und die Ladeklappe. Clyle spürte einen Stich der Sorge, als er sich erinnerte, wann er zuletzt Blut in einem Pick-up gesehen hatte: Das war im Fahrerhaus seines eigenen Wagens gewesen, nachdem Hal in der Highschool einen Jungen krankenhausreif geschlagen hatte.

»Du meine Güte«, sagte Alma und reichte Clyle den Chlorreiniger. »Viel Spaß, ihr beiden. Ich muss in die Stadt.«

Sie ging zurück ins Haus, und Clyle deutete auf die Ladefläche. »Das musst du wegwischen, Junge.«

»Weiß ich doch«, sagte Hal abwehrend. »Ich hab's mir schon vorgenommen.«

Clyle seufzte. Manchmal fragte er sich, wie Hal überhaupt allein zurechtkam. Was war ihm durch den Kopf gegangen, als er den Hirsch durch die Haustür und den Flur in die Küche geschleift hatte (alles zum Glück mit Linoleumboden)? Hal hatte ein kleines Stück Ackerland einige Kilometer nördlich von der Farm der Costagans gepachtet, die Pacht betrug 125 Dollar monatlich, und Clyle hatte den Vertrag mitunterzeichnet. Hal war bei seiner Mutter aufgewachsen, sie waren von Wohnung zu Wohnung gezogen, und jetzt hielt er hinter seinem Haus zwei Schafe, die er Peanutbutter und Jelly nannte und die Alma und Clyle ihm in diesem Sommer zu seinem achtundzwanzigsten Geburtstag geschenkt hatten. Clyle und Hal hatten einen kleinen Verschlag für die Schafe gebaut. Damals war er gerade in Peggy Ahern verknallt gewesen und hatte herausgefunden, dass sie Lämmer süß fand.

Die tote Hirschkuh ins Haus zu schleppen, musste sich gestern wie eine echte Leistung für ihn angefühlt haben – zumindest bis er mit einem Messer in der Hand davorstand und keine Ahnung hatte, wo er anfangen sollte. Wusste er, dass man beim Herz ansetzt und das Brustbein zertrennt? Oder hatte er auf den Hals einzuhacken begonnen? Schon der Gedanke daran ließ Clyle ganz müde werden. Er mochte Hal wirklich gern, keine Frage, aber wenn es nach ihm gegangen wäre, hätten sie für die Wochenenden einen ganz normalen Burschen aus der Highschool eingestellt, und fertig.

Er stellte die Plastikflasche mit dem Chlorreiniger in Hals Pick-up, während Hal auf den Fahrersitz des alten Dodge kletterte. Dies war Clyles liebste Zeit im Jahr – sonnig und kalt, der Boden schneebedeckt –, und er hielt kurz inne, um den Augenblick zu genießen. Wenn er sich in den kommenden Wochen zurückerinnerte, dachte er an diesen Moment und wie einfach alles gewirkt hatte, obwohl sie den Kadaver noch entsorgen mussten und sich die Aufgaben des Tages auftürmten, darunter auch der Anruf wegen der illegalen Jagdbeute. Clyle zog kräftig an der Beifahrertür, doch sie öffnete sich nur widerwillig und mit einem knirschenden, metallischen Geräusch. Die Tür hatte sich im Rahmen verzogen.

»Hal?«, fragte er und ging zur Vorderseite des Wagens. Um eine ziemlich große Delle herum war der rote Lack abgeplatzt, und das rechte Vorderlicht war zersplittert. »Was ist passiert?«

»Ach, nichts«, sagte Hal.

»Hattest du einen Unfall?«

Hal sah zum eisblauen Himmel. »Ich weiß nicht.«

»Wo bist du gegengefahren?«

»Gegen gar nichts.«

»Hal, ist das …?«

»Was?«

Clyle sah sich den Kratzer genauer an. Die Vorderseite des Pick-ups war kürzlich gewaschen worden, vielleicht an diesem Morgen, und der Lack glänzte an der Delle unregelmäßig. »Hast du deinen Kühlergrill gewaschen? Bist du deshalb zu spät gekommen?«

»Ich hab bloß …« Hal hielt inne.

»Bist du wieder gegen deine Garage gefahren? Ist das der Grund für den Kratzer?«

»Ich denke schon. Samstagabend, als ich aus dem OK gekommen bin.«

Clyle und Alma legten Hal schon seit Jahren nahe, um diese Kneipe einen Bogen zu machen, aber er war liebend gern dort – es gab Southern Comfort für einen Dollar und eine Popcornmaschine, an der man sich kostenlos bedienen konnte. Er durfte dort sogar anschreiben lassen und am Monatsende bezahlen, wenn er von Clyle seinen Lohn bekommen hatte, sodass er nicht mal an die Rechnung denken musste. Clyle fand es nicht gut, dass Hal wieder dort gewesen war, und er fand es auch nicht gut, dass Hal wieder betrunken Auto gefahren war. Hals Haus hatte eine dieser schmalen Einzelgaragen aus den 1920er-Jahren. Sie war groß genug für ein kleines Auto wie Almas Vega, aber Hals Dodge passte kaum hinein, schon gar nicht, wenn Hal zu viele Schnäpse gekippt hatte. Er hatte die Garage bestimmt schon ein Dutzend Mal gerammt, aber sonst gab er das nicht so schnell zu. Zu lügen war in solchen Fällen seine übliche Reaktion.

»Okay«, gab Clyle zögernd nach. »Aber du musst besser aufpassen. Stell nächstes Mal das Auto in der Auffahrt ab, wenn du getrunken hast.«

»Geht klar.«

»Na dann.« Clyle kletterte ins Führerhaus und zog die Tür kraftvoll zu. Vorsichtshalber verriegelte er sie auch noch.

Wie befürchtet war auf dem Fußboden im Haus ein hässlicher rosa Fleck. Clyle stemmte die Hände in die Hüften. »Wo ist sie?«

»Wer?«

»Die Hirschkuh.«

Hal biss sich auf die Unterlippe. »Ich hab sie zum Müllplatz gebracht.« Er meinte die Abfallgrube auf der Farm seines Vermieters auf der anderen Straßenseite. Später würde Clyle einen

Anruf von Mick Langdon bekommen. Er war überrascht, dass er nicht schon längst angerufen hatte. Dieser Mann war unglaublich neugierig und schien kaum jemals zu schlafen. Jede Wette, dass Hal die Hirschkuh ins Haus gebracht hatte, als Mick gerade in der Kirche war. Das war die einzige Zeit, zu der dieser Mann nicht die Schotterstraße vor seinem Haus im Blick hatte, auf der durchschnittlich zwei Autos in der Stunde vorbeifuhren. Würde Mick in der Stadt leben, würde er wahrscheinlich einen Nervenzusammenbruch erleiden.

»Wie hast du sie dort hinbekommen?«

»Mit der Schubkarre.«

Clyle seufzte. »Die müssen wir also auch noch sauber machen.«

»Hab ich schon.«

»Das glaube ich dir gern, Hal«, sagte Clyle und hielt die Plastikflasche mit Chlorreiniger in die Höhe. »Aber wir müssen das noch mal machen.«

Schon nahm der Tag rasant Fahrt auf: Schnee schippen, Impfen, drei weitere Schweine, die seit letzter Nacht wegen Durchfall isoliert werden mussten, und wer weiß, wie viele inzwischen dazugekommen waren. Vielleicht reichte es ja, die Küche kurz mit Chlorreiniger durchzuwischen. Wer machte schon eine Schubkarre wirklich sauber. Als Clyle noch ein Kind war, hatte sein Vater zu ihm gesagt, dass Landwirtschaft die beste und die schlimmste Arbeit der Welt sei. »Du wirst nie fertig«, hatte er gesagt. »Alles hängt davon ab, wie du das findest.«

»Hier«, sagte Clyle und reichte Hal den Reiniger. »Lass Wasser in einen Eimer. Wir haben viel zu tun.«

4

Alma bog auf den Parkplatz hinter Gunthrum Foods ein. Das gefiel ihr an Kleinstädten: Man parkte niemals weiter als zehn Meter von der Tür entfernt, durch die man gehen wollte. Drinnen holte sie sich einen Einkaufswagen und ging damit zum Gang mit Obst und Gemüse – zwei schmale Regale, in denen sich nur die gängigsten Gemüsesorten fanden: Tomaten (die man um diese Jahreszeit vergessen konnte), Möhren, Zwiebeln, Kartoffeln, vielleicht Radieschen. In Chicago hätte sie auch Lauch und Rüben bekommen. Als sie dort lebte, hatte sie einmal Tempura für eine Dinnerparty gemacht, aber für so etwas hätte sie jetzt eine Stunde nach Sioux City fahren müssen.

Sie nahm einen Eisbergsalat und eine Flasche Salatdressing, dann steuerte sie durch die Gänge und warf mehrere Dosen mit Hühnerbrühe, einen Beutel Hamburger-Brötchen und eine Packung Spaghetti in den Wagen. Auf ihrem Weg zu den Dosenerbsen kam sie an einem Aufsteller mit Hals Lieblingskeksen vorbei. Ganz egal, wie oft Alma Kekse für ihn backte und wie viele Rezepte sie ausprobierte, er wollte immer nur Oreos. Manchmal besaß er wirklich nicht das geringste bisschen Verstand. Typisch Mann eben. Na gut, soll er halt seine Lieblingskekse bekommen, so niedergeschlagen, wie er wegen dieser Hirschkuh war. Sie warf eine Packung in den Wagen. Später würde sie ihm zu seinem süßen Nachmittagskaffee vier Oreos auf einen Teller legen, und seine Miene würde sich aufhellen. »Ich weiß zwar nicht, warum du die lieber isst als meine Schoko-Haferkekse, aber bitte schön«, würde sie sagen, und er würde sie umarmen, während sie tun würde, als wolle sie ihn abschütteln.

Alma sah zwei Frauen an der Fleischtheke stehen. Eine davon war Cheryl, Larrys Frau, die Frau, mit der Alma wegen dieses unseligen Ausflugs telefoniert hatte. Es war völlig egal, ob Alma hier oder in Chicago lebte – überall wimmelte es von Idioten. Sie musste sich schwer beherrschen, um ihren Einkaufswagen nicht in den von Cheryl zu rammen, aber in ihren vierzehn Jahren auf der Farm hatte sie gelernt, sich notfalls am Riemen zu reißen. In ein paar Jahren würde sie die Tochter von Cheryl und Larry im Bus zum Sport fahren, und sie kannte Larrys Mutter aus dem Bibliotheksvorstand. Alma galt immer noch als Außenseiterin – Clyles Frau aus der Großstadt.

Cheryl warf ihr einen Blick zu, aber ihre Freundin plapperte weiter, wobei ihre Hände wie aufgeschreckte Vögel durch die Luft flatterten. »In der Kirche hat Linda gesagt, sie wäre zu Hause, aber ich glaube nicht, dass das stimmt. Ich hab gehört, dass Joe Sonntagnachmittag Peck angerufen hat, weil sie nach Samstagabend keiner mehr gesehen hat.« Die Frau legte die Hand an ihre Wange. »Und jetzt ist schon Montagnachmittag, stell dir vor. Was würdest du tun, wenn Hattie so lange wegbleiben würde?«

Cheryl wandte sich abrupt ihrer Freundin zu. »Was ist mit Hattie?«

»Ich meine nur, du bist doch selbst Mutter. Stell dir vor, dein kleines Mädchen wäre so lange weg.«

»Hattie ist erst zwei. Das kann man nicht vergleichen.«

Die Frau mit den Vogelhänden blieb hartnäckig. »Das denkst du jetzt.« Sie drehte sich um, und Alma erkannte Tonya Gary, die Frau des anderen Saukerls, der bei dem Jagdausflug dabei gewesen war.

Alma ging auf die beiden Frauen zu und stellte ihren Einkaufswagen nur Zentimeter vor deren Wagen an der Fleischtheke ab. Sie war bereit, ihnen gründlich die Meinung zu geigen. »Ich hab gehört, was eure Männer am Wochenende abgezogen haben.«

»Was denn?«, fragte Cheryl, und ihr Gesicht nahm einen begierigen und wachsamen Ausdruck an. Sie hatte Ringe unter den Augen. *Sie ist müde*, dachte Alma, *und sie hat Larrys krumme Touren satt.*

»Na, du weißt schon. Einen beeinträchtigten Mann dazu zu bringen, dass er ihnen vertraut, damit sie sich seinen Jagdanteil unter den Nagel reißen können. Ihr zwei solltet euch schämen, dass ihr mit solchen Männern verheiratet seid. Ich bin überrascht, dass Hal drinnen schlafen durfte.«

»Ich glaube nicht …«, setzte Tonya an, aber Cheryl unterbrach sie.

»Hal ist derjenige, der sie hat sitzen lassen, erzähl uns also nichts vom *armen Hal.*«

Alma winkte ab. »Was Besseres hätte er gar nicht tun können.«

Cheryl stützte die Hände auf ihre fülligen Hüften. »Sie mussten die acht Kilometer bis zum Haus von Larrys Cousin zu Fuß gehen«, fuhr sie fort. »Wusstest du das? Sie haben vorher bei einem anderen Bauernhof angehalten, aber sie mussten weitergehen, weil da niemand zu Hause war. Acht Kilometer am Sonntag, bloß um mich anrufen zu können, damit ich sie abhole.«

»Du hättest sie zu Fuß nach Hause gehen lassen sollen«, sagte Alma und lenkte ihren Einkaufswagen in eine andere Richtung.

»Ach ja?« Cheryl stampfte mit dem Fuß auf. »Muss das schön sein, wenn man immer recht hat. Wenn man so selbstgerecht ist.«

»Stimmt«, pflichtete Alma bei. Sie ging zur Kasse und legte unterwegs eine zweite Packung Oreos für Hal in den Wagen. Er würde die meisten natürlich wieder gleich am ersten Abend aufessen, und dann würde ihm schlecht werden. Das war immer so, egal, wie oft man ihn warnte.

Die Kassiererin hieß Lana Boswell. Sie nahm jeden Artikel in die Hand und tippte mit ihren lächerlich langen Fingernägeln laut klackernd den Preis in die Kasse ein. Warum jemand gutes Geld dafür ausgab, albern auszusehen und sich die Arbeit zu erschweren, war Alma ein Rätsel. »Schon gehört?«, fragte Lana, wie immer, wenn sie ein Gespräch beginnen wollte. Sie war eine von diesen Frauen, die in Gunthrum das Gras wachsen hörten. Sie war der Zeiger am Kompass, der sich nicht vom Fleck rührte, während der Strom der Informationen sie umkreiste.

»Ich muss nichts hören«, sagte Alma, denn sie war sich sicher, dass es um Hal ging und darum, dass er diese Idioten in einer Jagdhütte hatte sitzen lassen. Die armen Bubis. Wie viele Stunden hatte Hal gebraucht, um die gut dreihundert Kilometer nach Hause zu fahren? Zwar hatte sie die Route auf der Landkarte mit einem Stift nachgezeichnet, aber trotzdem! Damals hatte sie angenommen, dass Larry und Sam bei ihm wären und ihm beim Lesen der Karte hälfen.

»Schon seit Samstagabend verschwunden«, sagte Lana und klackerte weiter auf der Kasse herum.

Alma wollte gerade die Flasche mit Dressing auf das Förderband stellen. Jetzt hielt sie inne. Sie glaubte, es ginge um Larry und Sam. »Ich dachte, die wären längst wieder zu Hause.«

»Wer die?«, fragte Lana – ein Bluthund, der eine neue Fährte erschnüffelt hat.

»Wen meintest du denn?«

»Die kleine Ahern.« Lana hörte mit dem Klackern auf, um ihre Geschichte erneut zu erzählen. Du meine Güte, Peggy Ahern. Das Mädchen wohnte einen Kilometer weiter die Straße rauf. Sie war weggelaufen, und man weiß ja, wie manche Mädchen sind. Entweder das, oder jemand hatte sie nachts entführt. Von einem Verrückten nachts aus dem Bett geholt. Alma hatte *Kaltblütig* gleich im Erscheinungsjahr gelesen; das Buch hatte ihr im Hinterkopf herumgespukt, als sie mit Clyle überlegt hatte, was sie tun konnten, nachdem bei seiner Mutter Lymphdrüsenkrebs diagnostiziert worden war. Damals hatten sie entschieden, zeitweilig auf die Farm zurückzuziehen, auf der er aufgewachsen war. Von wegen zeitweilig!

»Linda hat am Sonntag in der Kirche gesagt, dass Peggy wegen einer Grippe zu Hause ist, wobei wir alle wissen, dass das bedeutet, dass sie einen Kater hatte. Aber dann hat sich rausgestellt, dass das gar nicht stimmt. Cheryl meint, sie hat Peggy am Samstagabend in der Castle Farm gesehen, und zwar stockbesoffen. Aber wer weiß, was danach passiert ist.«

Als Alma siebzehn gewesen war, hatte sie den Whiskey vom Vater einer Freundin in die Finger gekriegt und war betrunken nach Hause gekommen. Ihre Eltern waren noch wach gewesen, und sie hatte versucht, nüchtern zu wirken, während sie kalte Suppe aß und dabei außerstande war, den Löffel richtig zum Mund zu führen. Das Schlimmste daran war, dass sie sich eingeredet hatte, ihre Eltern erfolgreich getäuscht zu haben. Diese Illusion hielt nur bis zum nächsten Morgen, an dem ihre Mutter zur Strafe einen wahren Hindernisparcours von Haushaltsarbeiten für sie vorbereitet hatte. Ihr Bruder lag auf dem Sofa und schaute die *Gillette Cavalcade of Sports* im Fernsehen, während sie den Teppich saugte. Sie musste daran denken, wie Hal nach seinem Jahrgangstreffen betrunken auf ihrem Sofa gelegen und sie sein Erbrochenes weggewischt hatte. Diese Art von Mutter wäre sie gewesen, nicht die kaltherzige Sorte Mensch, die sie großgezogen hatte.

Alma schüttelte den Kopf. »Sie ist ein Teenager. In ein oder zwei Tagen besinnt sie sich und kommt nach Hause.«

»Ich weiß nicht.« Lana tippte den Preis der Oreos in die Kasse ein. »Findest du, dass sie der Typ ist, der wegläuft?«

»Teenager sind alle gleich«, sagte Alma. »Die Hormone und so.« In ihren Jahren als Sozialarbeiterin hatte sie gelernt, dass Menschen, und vor allem Teenager, alle möglichen Dummheiten begingen, ohne Rücksicht auf Verluste. Je riskanter, desto verlockender.

»Von ihrem Vater und dem Alkohol ganz zu schweigen.« Lana nahm die Coupons, die Alma ihr hinhielt. »Übrigens habe ich gehört, dass Hal auch in der Castle Farm war, in seinem üblichen Samstagnachtzustand. Cheryl meinte, er konnte kaum einen geraden Satz herausbringen.«

Alma sah sie scharf an. »Was hat Hal damit zu tun?«

»Ich sag's ja nur. Er sollte wohl eigentlich auf einem Jagdausflug sein, aber dann war er auf einmal zu Hause. Und wir wissen doch alle, dass er in die kleine Ahern verknallt war.«

Alma presste die Lippen zusammen. Das verdammte Picknick im letzten Sommer. »Wenn Verliebtsein ein Verbrechen wäre, dann wärst du fällig für zweimal lebenslänglich, so wie du mit jedem Mann flirtest, der hier reinkommt.« Lana lachte, aber Alma musste unwillkürlich an das Blut auf der Ladefläche des Pick-ups denken.

»Jetzt mach aber mal 'nen Punkt«, sagte Lana. »Ich sag ja gar nichts, ich versuche nur, die Tatsachen zusammenzufügen. Joe Ahern hat Peck am Sonntag nach dem Gottesdienst angerufen und ihn gebeten, sich die Sache mal anzusehen, und das macht er jetzt. Er war heute Morgen hier, um rauszufinden, ob ich was darüber weiß«, sagte Lana so wichtigtuerisch, als ginge es um sie, nicht um Peggy. Sie drückte einen letzten Knopf an der Kasse. »Vierzehn fünfundachtzig.«

Alma kramte in ihrer Börse nach dem passenden Kleingeld. »Wucher.«

»Angebot und Nachfrage.« Lana nahm die Scheine und das Kleingeld aus Almas Hand und kratzte sie dabei mit ihren lächerlichen Fingernägeln. Alma lief ein Schauder über den Rücken.

Auf dem Parkplatz passte Tonya sie kurz vor ihrem Auto ab. Sie trug auf jedem Arm eine Tasche mit Einkäufen. »Tut mir leid wegen eben«, sagte sie und nickte in Richtung von Gunthrum Foods. »Cheryl ist immer noch sauer, dass sie die beiden Kerle abholen musste. Sam meinte, sie war total in Rage, als sie aufgetaucht ist. Er hätte fast mich angerufen, sagt er, damit ich ihn abhole und er nicht mit ihr und Larry fahren muss, so einen Hals hatte sie.«

Alma starrte sie ausdruckslos an, und Tonya schüttelte den Kopf und stützte die Einkaufstasche in ihrer linken Hand mit dem Knie ab. »Scher dich nicht darum. Tut mir leid, dass sie so gereizt war. Ich wusste nicht, dass sie Hal deswegen mitgenommen haben. Um an seine Jagdquote zu kommen, meine ich. Ich dachte, sie wollten was Nettes tun.«

»Und das hat dich nicht stutzig gemacht?«

Tonya sah sie an. Ihr Gesicht war so offen und schlicht wie ein Donut. »Was meinst du damit?«

»Schon gut.« Alma schob den Fahrersitz mit dem Fuß vor und stellte ihre Einkäufe vor den Rücksitz. »Sag deinem Mann einfach, er soll sich von Hal fernhalten.«

Tonya lachte. »In einer Kleinstadt wie dieser? Das wird schwer.«

Alma parkte den Wagen vor der Schule und ging die paar Hundert Meter zur Reparaturwerkstatt zu Fuß, um dort den Bus für ihre Nachmittagsstrecke abzuholen. Sie hatte aufgehört, als Sozialarbeiterin zu arbeiten, nachdem sie und Clyle sich für den Umzug nach Gunthrum entschieden hatten. Allerdings hatte sie danach noch ihre Schwiegermutter bis zu deren Tod betreut.

Die gleiche Arbeit, aber jetzt wurde sie nicht mehr dafür bezahlt. Den Job als Busfahrerin hatte sie kurz nach ihrem Umzug angenommen – damit sie über die Runden kamen, während Clyle sich noch an den schwankenden Einkommenszyklus eines Farmers gewöhnen musste. Aber die Arbeit gefiel ihr, und so hatte sie die Stelle auch später behalten. Irv Johnston, der Schuldirektor, machte keinen Hehl daraus, dass er Alma nicht sonderlich mochte und sie lieber heute als morgen von der Gehaltsliste gestrichen hätte. Klar, sie hatte die Kinder im Griff, aber war es nicht merkwürdig, dass sie Hal unter ihre Fittiche genommen hatte? Das fragte er zumindest die Leute, aber eigentlich ging es darum, dass sie ihn damals, als sie noch gemeinsam getrunken hatten, vor seinen Freunden runtergeputzt und ihn einen »besseren Babysitter« und »Laufburschen« genannt hatte. Seitdem hatte er sie auf dem Kieker, was man ihm kaum verdenken konnte. Im Grunde beeindruckte sie es sogar, dass er ein wenig Mumm zeigte.

Als Alma bei der Werkstatt ankam, war sie immer noch sauer, dass Lana Hal erwähnt hatte. Das war typisch Gunthrum: Alle stänkerten herum und steckten ihre Nasen in anderer Leute Angelegenheiten. In Chicago hatte sie zwar die Nachbarn links von ihnen gut genug gekannt, um sie zu grüßen und sich nach ihren beiden Söhnen zu erkundigen, aber das waren die einzigen Menschen weit und breit, von denen sie auch nur die Namen wusste. Hier musste sie davon ausgehen, dass jeder ihre Sozialversicherungsnummer und ihre BH-Größe kannte. Aber dass Hal mit Peggy in Verbindung gebracht wurde … Alma musste sich eingestehen, dass sie das nicht nur ärgerte. Es beunruhigte sie.

Sie war Hal das erste Mal im Schulbus begegnet. Er war ein Junge von freundlichem Gemüt gewesen, auch wenn man das seinem Verhalten nicht immer angemerkt hatte. Genau wie alle anderen ließ er sich von der Gruppendynamik mitreißen. Aber einmal wöchentlich, wenn sie die anderen Kinder abgesetzt hatte, brachte sie ihn und einen Jungen, der gehörlos war, in dem, was die Kinder den »kurzen Bus« nannten, in die Sonderschule in der Nachbarstadt. Hal brachte ihr oft Geschenke mit – normalerweise etwas Selbstgebasteltes, etwa eine Zeichnung vom Nachbarhund oder ein Halsband aus Makkaroni. Einmal wollte er ihr einen Fünfdollarschein geben, und sie musste ihm erklären, dass das unangemessen sei. »Aber ich mag dich«, hatte er gesagt. »Wir sind Freunde.« Sie hatte sich bedankt und den Geldschein gefaltet in ihr Portemonnaie gelegt, wo er sich bis heute befand.

In der Werkstatt sah sie ein Paar Schuhspitzen unter einem Plymouth Horizon hervorragen. »Lonnie? Bis du das?«

Lonnie McGee hatte sie vor Jahren bei ihrer Willkommensfeier angebaggert. Er war damals mit dem kleinen Finger an ihrem Arm entlanggefahren, und Alma hatte sich vor Schreck ihren Drink über die Bluse gekippt. Sie hielt sich für einigermaßen attraktiv, sofern man dicke Hintern und ein natürliches Aussehen mochte, aber Clyle stand keine drei Schritte weit weg und war obendrein ein alter Highschool-Freund von Lonnie. Ihr dämmerte schließlich, dass in Gunthrum nicht viel los war. Deshalb versuchten alle, die Zeit totzuschlagen, indem sie umeinander herumscharwenzelten. Damals bei der Party war sie noch neu in der Stadt gewesen, und so hatte sie sich darauf konzentriert, ihre Bluse mit einer Serviette trocken zu tupfen, bis Lonnie noch näher an sie herangerückt war und gefragt hatte, ob er ihr helfen könne. Als sie seine Hand wegschlug, lachte er. Wahrscheinlich konnte man, wenn man so viele Eisen im Feuer hatte wie er, nicht jedes Mal gekränkt sein, wenn es schiefging. Trotzdem sprach sich schnell herum, dass sie Clyle treu war, und so nahm die Anbaggerei bald ein Ende – entweder das, oder ihr Naturell wurde allgemein bekannt und schreckte die Kerle ab.

Vor der Feier war Alma damals die ganze Strecke nach Sioux City gefahren, um für ein Käsefondue Gruyère und Emmentaler zu kaufen. Sie hatte drei Baguettebrote fein säuberlich in gleich große Würfel geschnitten. Eine Frau – sie kannte damals die Namen noch nicht – hatte bei der Feier verdutzt in den Fonduetopf geschaut. »Man tunkt es ein? In den Käse?«, hatte sie gefragt, und Alma hatte das bejaht und ihr einen Spieß gereicht. Die Frau hatte probiert und das Gesicht verzogen. »Also, Cheddar ist das jedenfalls nicht.«

Lonnie rollte unter dem Auto hervor und stand auf, wobei er einen ölverschmierten Lappen in die Gesäßtasche seines Blaumanns steckte. Er hob die Hand zum Gruß, und das Lächeln auf seinem Gesicht war echt. Die Feier lag vierzehn Jahre zurück, Schnee von gestern. Hinter der Kasse machte er unter den vielen Schlüsseln, die an der Wand hingen, den für ihren Bus ausfindig und reichte ihn ihr. »Nach achttausend Kilometern musst du wiederkommen«, sagte er und griff nach dem Klemmbrett, auf dem er die Zeiten vermerkte, die er mit der Schule abrechnete. Beim Schreiben drückte er fest auf, damit auch auf dem rosafarbenen und gelben Durchschlagpapier alles deutlich zu lesen war. Scheibenwaschwasser: kontrolliert. Bremsflüssigkeit: kontrolliert.

»Wo ist dein Helfer?«, fragte sie und meinte Larry Burke, der für Lonnie arbeitete. Als sie am Freitag den Termin für den Ölwechsel vereinbart hatten, hatte sie eigentlich gehofft, Larry nach dem Jagdausflug abpassen zu können und ihn entweder zu loben oder zu tadeln – je nachdem, wie es Hal nach seiner Rückkehr ging. Sie hatte recht behalten mit ihrer Vermutung, dass es auf einen Tadel hinauslaufen würde.

»Hat sich krankgemeldet. Er sagt, seine Beine würden von der Lauferei wehtun. Er und Sam mussten rund zehn Kilometer zu einer Farm latschen.«

»Acht«, korrigierte sie ihn. »Es waren acht Kilometer.«

»Rund zehn, wie ich sagte.«

»Das ist aber nicht die ganze Wahrheit. Weißt du, dass sie Hal nur wegen seiner Jagdquote mitgenommen haben? Er sollte den ganzen Ausflug wie ein Depp in der Hütte sitzen.«

Lonnie schüttelte den Kopf. »Ich weiß nicht. Als ich ihn Samstagabend im OK gesehen hab, schien er ziemlich zufrieden mit dem Ausgang der Sache. Er meinte, er hätte als Erster einen Hirsch geschossen.« Alma kniff die Lippen zusammen. »Sah nicht so aus, als ob er ihnen was übelnehmen würde.«

»Er hat ein Recht darauf, zu feiern«, sagte Alma. »Wie jeder andere auch.«

»O ja, gefeiert hat er.« Lonnie riss das Kontrollblatt an der Perforationslinie ab und reichte Alma die rosafarbene Durchschrift. »Als ich gegangen bin, hat er in seinem Pick-up geschlafen. Er hat geschnarcht, als ob er die Band übertönen wollte.«

»Ist dir nicht in den Sinn gekommen, dass du ihm helfen könntest?«

»Ich habe ihm gesagt, dass er nach Hause gehen soll«, sagte Lonnie. »Hab gesagt: ›Du fährst jetzt sofort heim, Hal. Verstanden?‹«

»Und was hat er geantwortet?«

»›Versprochen.‹ Und dann hat er den Motor angelassen und ist losgefahren.« Nur dass Alma jetzt wusste, dass er nicht nach Hause gefahren war, zumindest nicht auf direktem Weg. Was hatte er auf der Castle Farm gemacht?

»Hast du von der Sache mit Peggy Ahern gehört?«, fragte Lonnie, und Alma wiederholte, was sie von Lana erfahren hatte. Anscheinend war sie auch so eine Tratschtante wie alle anderen.

»Ich glaube kaum, dass man sich deswegen schon große Sorgen machen muss«, sagte Lonnie. »Mädchen wie Peggy stellen verrückte Dinge an.«

»Was meinst du mit ›Mädchen wie Peggy‹?«

»Ach, nichts Bestimmtes. Bloß Mädchen in dem Alter. Mädchen im Allgemeinen. Heißt ja nicht umsonst ›das hysterische Geschlecht‹.«

»Um Himmels willen!«

Lonnie lachte. »Wenn man sich Sorgen machen müsste, hätte Peck schon die Truppen zusammengetrommelt.« Er zeigte auf die Quittung. »Deine Winterreifen sind auch mit drauf. Nach dem letzten Wochenende wirst du die eher heute als morgen brauchen.«

Alma faltete das Stück Papier zusammen und steckte es in ihr Portemonnaie. »Das ist ein bisschen so, als ob man das Scheunentor schließt, wenn die Schweine schon weggelaufen sind, oder?«

»Wie du meinst, Alma.« Lonnie zwinkerte ihr zu. »Mit einer hübschen Frau will niemand streiten.«

5

Milo stand vor der Schule, zusammen mit den anderen Versagern. Er hasste es, mit dem Bus zu fahren. Normalerweise saß er in der Turnhalle auf der Tribüne, las ein Buch und wartete darauf, dass Peggy mit ihrem Basketball- oder Volleyballtraining fertig wurde, um dann bei ihr im Auto nach Hause zu fahren. Das ging heute natürlich nicht, und auch seine Eltern würden ganz bestimmt nicht in die Stadt fahren, um ihn abzuholen. Scott stand in einem kurzärmeligen Hemd neben ihm, Gänsehaut auf den Armen. Sein Wintermantel hing lässig über seiner Schultasche.

»Warum ziehst du nicht einfach deinen Mantel wieder an?«, fragte Milo.

Scott schüttelte den Kopf. »Brauch ich nicht.«

Diese Art von Selbstinszenierung verstand Milo nicht. Wenn ihm kalt war, zog er seinen Mantel an – ganz einfach. Aber er wusste, dass Scott auf dem Schulgelände gern als echter Kerl rüberkommen wollte, einer, dem Wind und Wetter nichts anhaben konnten. Es war jetzt viel wärmer als am Wochenende. Da hatte es achtzehn Stunden lang ununterbrochen geschneit. Am Sonntagnachmittag, als Sheriff Randolph im Wohnzimmer mit seinen Eltern gesprochen hatte, stand Milo in der Diele und lauschte, während sich draußen die frischen Schneeflocken auf dem Boden sammelten. Er fragte sich, ob er so für den Rest seines

Lebens an diese Zeit denken würde: Seine Schwester war verschwunden, und er sah den Schneeflocken beim Fallen zu.

Mrs. Costagan kam in dem gelben Bus um die Ecke gefahren, bremste und öffnete die Türen. Die Kinder drängelten in den Bus wie Schweine bei der Schlachtung, ein Anblick, der Milo nur allzu vertraut war. Er half seinen Eltern auf der Farm, seit er drei Jahre alt war. Anfangs hatte er Gurken und Tomaten im Garten gepflückt, doch schon als Zehnjähriger hatte er mit den richtigen Arbeiten begonnen: Schweine die Rampe hochführen und zwei Mal laut gegen die Tür des Anhängers schlagen, sobald dieser beladen und verschlossen war – genau, wie es sein Vater tat.

Er stemmte sich die erste, hohe Stufe hoch, und vom Fahrersitz aus sah Mrs. Costagan ihn an und hob die Augenbrauen. »Milo«, sagte sie und nickte fast unmerklich.

»Hi, Mrs. Costagan.« Alle Schüler nannten sie bei ihrem Nachnamen, obwohl die beiden anderen Fahrer nur Miss Deedee und Mr. Mike hießen. Als Milo im vergangenen Jahr *Sturmhöhe* aus der Bücherei in Gunthrum ausgeliehen hatte, nachdem die Bibliothekarin ihm versichert hatte, dass alle Personen in dem Buch eine Macke hätten und total nachtragend seien, hatte er überrascht festgestellt, dass »Alma Costagan« der einzige andere Name war, der in gleichmäßiger Schreibschrift auf der Ausleihkarte stand. Seine Mutter hielt Mrs. Costagan für ein bisschen sonderbar, aber er hatte sie immer gemocht – zumindest das, was er von ihr wusste, nämlich, dass sie in Chicago gelebt hatte.

Er hatte sie längst fragen wollen, ob die Frauen in Chicago wirklich Reeboks zu ihren Geschäftsanzügen trugen, so wie man es im Fernsehen sah, und ob wirklich alle diese fünf Zentimeter dicke Pizza aßen, während sie auf der »Magnificent Mile« mit großen Scheinen um sich warfen. Als Erwachsener würde er sich einen Schnurrbart wachsen lassen. Er würde mit schwingendem Aktenkoffer zu seiner Arbeitsstelle in der großen Stadt spazieren, und die Jahre in Nebraska würden weit hinter ihm liegen. Auf Cocktailpartys würde er Leuten in Smokings und Paillettenkleidern beim Kaviaressen erzählen, dass er früher mal auf einer Farm gelebt hatte, und sie würden erstaunt die Augen aufreißen. *Sie? Auf einer Farm? Also, das kann ich mir wirklich nicht vorstellen!*

Scott warf sich auf den Sitz neben ihm und stieß Milo dabei absichtlich gegen das Fenster. »Du bist jetzt so was wie 'ne Berühmtheit«, sagte er, und Milo verdrehte die Augen. »Echt. Ich habe gerade gesehen, wie Lisa Rasmussen heute zum achten Mal zu dir rübergeguckt hat.« Scott fasste sich theatralisch ans Herz. »Was würde ich dafür geben, dass Lisa Rasmussen Augen für mich hätte.«

»Kann ich mir vorstellen«, sagte Milo und fügte hinzu: »Gut aussehen tut sie schon.« Er wusste, dass Scott das fand, weil er es ungefähr eine Million Mal gesagt hatte – auch wenn er nicht so dezente Ausdrücke wie »gut aussehen« benutzt hatte. Und sie sah gut aus, aber herrje, war das wirklich alles, worüber Scott jetzt reden wollte? Später, wenn Scott zum Atari-Spielen vorbeikam, würde er bestimmt den halben Nachmittag lang rumlabern, ob Peggy irgendwann in ihrem kurzen Nachthemd die Treppe runterkäme. Das war zwar nur ein einziges Mal passiert, aber Scott hatte es nie vergessen. Es war wie damals, als Scotts Hund im Schlafzimmer von Scotts Eltern Popcorn gefunden hatte, nachdem Milo und Scott dort heimlich einen Film geschaut hatten. Seitdem lief der Hund sofort zur Seite des Bettes, auf der Scotts Dad schlief, wenn er ins Schlafzimmer kam.

Nicht dass Milo kein Interesse an Mädchen gehabt hätte. Aber konnten sie nicht auch mal über was anderes reden? »Wenn du nicht immer so aufdringlich wärst«, sagte er zu Scott, »würden die Mädchen dich vielleicht auch mögen.«

Scott nickte zustimmend. »Ja, man muss immer cool bleiben.« Sie wussten beide, dass das Quatsch war. Im letzten Jahr war Scott derjenige gewesen, für den sich alle Mädchen interessiert hatten. Er war im Sommer gewaltig in die Höhe geschossen – fünf Zentimeter in drei Monaten –, und seine Muskeln waren jetzt schon fast so groß und ausgeprägt wie bei einem Erwachsenen, weil er beinahe den ganzen Sommer auf der Farm seiner Eltern gearbeitet hatte. All seine alten Sachen passten ihm nicht mehr, weshalb seine Mutter mit ihm in das Einkaufszentrum »Southern Hills« in Sioux City gefahren war, und jetzt trug er fast nur noch T-Shirts mit den Dire Straits und Glenn Frey darauf und diese hautengen Jeans, die Leute im Fernsehen anhatten. Dass sich überhaupt ein Mädchen für Milo interessierte, war eine ganz neue Entwicklung. Aber was bedeutete es schon, wenn sich Mädchen nur für ihn interessierten, weil seine Schwester vermisst wurde?

Schließlich würde ja doch wieder der Normalzustand eintreten. Seine Eltern taten zwar so, als ob alles mehr oder weniger in Ordnung sei, aber nur, damit sich die Sache nicht in der ganzen Stadt herumsprach. Am Sonntag waren Tante Sally und Onkel Randall endlich nach Hause gefahren, nachdem seine Eltern gesagt hatten, dass sie Sheriff Randolph rufen würden.

»Seid ihr sicher, dass wir nicht bleiben sollen?«, hatte Sally gefragt.

Milos Mutter hatte dankend abgelehnt und immer noch darauf beharrt, dass das Ganze keine große Sache sei. »Bestimmt hat sich alles bis zum Abend aufgeklärt, und dann rufen wir euch gleich an.«

»Lies ihr jedenfalls ordentlich die Leviten, wenn sie nach Hause kommt«, sagte Sally und beugte sich vor, um Milos Mom einen Kuss auf die Wange zu hauchen. »Anders lernen die es nicht.« Als ob jemand, der George aufgezogen hatte, Erziehungsratschläge geben könnte. George hatte sich nach dem Gottesdienst auf Milos Bett gelegt und einen Sockenball in die Luft geworfen, während seine Mutter seine Reisetasche gepackt, die Shampooflasche mit dem Handtuch abgetrocknet und zusammen mit seiner Zahnbürste in den Kulturbeutel gelegt hatte. Als er meinte, dass er seine Sportschuhe nicht finden könne, hatte sie geantwortet: »Du musst lernen, besser auf deine Sachen aufzupassen.« Aber dann hatte sie sich auf die Suche nach den Schuhen gemacht, während er faul auf dem Bett liegen blieb. Tante Sally war es auch gewesen, die den Sonntagsbraten in Alufolie gewickelt hatte, damit die Aherns am nächsten Tag, wenn die Sache hoffentlich überstanden war, Bratensandwiches essen konnten. Einige Minuten später war George hereingekommen und hatte sich beschwert, er hätte Hunger. Daraufhin hatte sie ein Riesenstück Fleisch abgesäbelt, es mit einer Gabel zerteilt, zwischen zwei dick mit Miracel Whip beschmierte Weißbrotscheiben gelegt und ihm gesagt, das müsse genügen. Milo bezweifelte, dass seine Mutter seit Sonntag einen Bissen gegessen hatte.

»Wir können gern hierbleiben«, hatte Tante Sally noch in der Tür gesagt, als ihre Taschen schon im Kofferraum des Cadillacs verstaut waren. »George kommt auch mal einen Tag ohne Schule aus, egal, was sein Mathelehrer sagt.«

»Nein, nein«, sagte seine Mutter, und Milo hatte ihr angemerkt, dass das ständige Bemühen um Normalität sie allmählich erschöpfte. Er und seine Mutter waren einander ziemlich ähnlich, und wenn es nach ihnen ging, legten sie lieber die Füße hoch und lasen ein gutes Buch, als mit anderen Menschen zu reden.

»Wir beten für euch«, sagte Randall zu Milos Vater, und Joe schnaubte.

»Ich denke, der Gebetskreis muss unseretwegen noch nicht zusammenkommen. Bis zum Abend ist sie zu Hause.«

Milo verstand nicht, warum seine Eltern so gelassen blieben. Peggy war noch nie so lange fort gewesen. Klar, sie hatte mal bei Laura übernachtet und vergessen, zu Hause Bescheid zu geben, und einmal war sie während eines Schneesturms in einer LKW-Raststätte in Fremont gestrandet, aber beide Male hatte sie angerufen, um zu sagen, dass alles in Ordnung war. Ihn fröstelte bei dem Gedanken, dass seinen Eltern die Meinung der Leute wichtiger sein könnte als das Wohlergehen seiner Schwester.

»Ich meine ja nur …«, begann Randall.

Joe hatte sich hingesetzt und die Sonntagszeitung aufgeschlagen. »Ich weiß, was du meinst.«

Randall hatte dann noch einen Augenblick an der Haustür gestanden und verlegen seine Mütze in den Händen gedreht, ehe er kurz nickte und Milos Mom zum Abschied umarmte.

»Wir rufen an, sobald wir mehr wissen«, hatte seine Mom Onkel Randall ins Ohr geflüstert.

Milo selbst schwankte zwischen Verärgerung darüber, dass seine Schwester wieder einmal alle Aufmerksamkeit bekam, und der beklemmenden Furcht, die ihn manchmal so stark überkam, dass er kaum noch atmen konnte. Was, wenn ihr *wirklich* etwas Schlimmes passiert war? Mit jeder Stunde, die verging, sah das Ganze weniger nach einem Streich aus, und ihm wurde regelrecht übel bei dem Gedanken, dass er sauer auf sie gewesen war.

Scott verpasste Milo einen weiteren Schlag auf die Schulter, sodass er gegen das Fenster stieß. »Bis dann, Schwachkopf.«

Noch nie hatten sie die Strecke bis zu Scotts Elternhaus so schweigsam zurückgelegt. Scott war schon deshalb ein guter Freund, weil er grübelnd neben ihm gehockt hatte, obwohl er genauso gut hinten im Bus hätte sitzen und Lisa anbaggern können.

»Bis dann«, sagte Milo, aber Scott war fast schon die Treppe runter. Als der Bus anfuhr, streckte Scott die Zunge durch ein Peace-Zeichen, das er mit seiner linken Hand formte, und wackelte damit. Um Himmels willen! Manchmal war es echt peinlich, ein Junge zu sein, aber Milo lachte und erkannte die Geste als das an, was sie war: Scott tat so, als wäre alles wie immer.

Einige Haltestellen später, bei der Farm der Rasmussens, ging Lisa den Gang entlang und ließ einen Zettel in Milos Schoß fallen. Er entfaltete ihn einen Kilometer später und bewunderte ihre verschlungene, süße Handschrift. *Hoffentlich geht es deiner Schwester okey.* Ein absurder Zorn über das falsch geschriebene »okay« wallte in ihm auf, und er zerknüllte den Zettel in seiner Faust. Peggy war irgendwo da draußen, und sie steckte, ob seine Mutter das hören wollte oder nicht, möglicherweise in Schwierigkeiten. Er hatte genug Krimis gesehen, um zu wissen, dass nach achtundvierzig Stunden fast alle Nachforschungen aussichtslos waren. Aber es waren ja erst vierzig Stunden vergangen, rief sich Milo ins Gedächtnis. Außerdem war da noch die bange Frage, ob sie sich einfach auf Nimmerwiedersehen davongemacht hatte. Aber hätte sie dann nicht ihre Lieblingsklamotten oder zumindest ihre Musikkassetten und ihren Walkman mitgenommen? Am Sonntag hatte ihn der Gedanke, dass sie ihn im Stich gelassen haben könnte, noch auf die Palme gebracht, aber inzwischen hoffte er, dass es so war. Sein Verstand schlidderte in Richtung der schlimmsten Szenarien, aber er biss die Zähne zusammen und fing seine Gedanken wieder ein.

Die Bustür öffnete und schloss sich mit einem schmatzenden Geräusch, und nun befand sich außer ihm nur noch Mrs. Costagan im Bus. Sie warf ihm im Rückspiegel einen Blick zu. »Willst du nicht weiter nach vorn rücken? Dann fährt der Bus ausgeglichener.«

Er nahm seinen Schulranzen und ging nach vorn. »Das macht wirklich einen Unterschied?«

»Nein.« Sie legte den ersten Gang ein. »War nur Spaß.« Sie lenkte den Bus auf die Mitte der Schotterstraße und fuhr im

Schritttempo an den beiden Schwestern Jill und Shelly Langdon vorbei, die auf ihr Elternhaus zugingen. »Alles in Ordnung mit dir?«, fragte sie, und mehr musste sie dazu nicht sagen. Mrs. Langdon stand in der Tür und empfing ihre beiden Töchter. Gegen die Kälte hielt sie eine Strickjacke gegen den Brustkorb gedrückt.

»Ich denke schon.«

»Das ist eine schlimme Sache«, sagte Mrs. Costagan, und Tränen schossen ihm in die Augen.

»Ich mache mir Sorgen. Dass was Schlimmes passiert sein könnte.«

»Natürlich«, bestätigte sie, und er hätte sie am liebsten umarmt. Gestern Abend, als seine Mutter die Arbeitsfläche in der Küche geistesabwesend mit einem Schwamm gereinigt hatte – obwohl sie vergessen hatte, Abendessen zu machen –, hatte Milo sie gefragt, ob sie glaubte, dass Peggy vielleicht für immer weg sei.

Seine Mutter war so schnell herumgewirbelt, dass sich eine Strähne ihres dünnen Haares in ihrem Mund verfangen hatte. »Sag so etwas nie wieder.« Sie hatte ihn bei den Schultern gepackt und dabei ein feuchtes, seifiges Rechteck auf seinem T-Shirt hinterlassen. »Deine Schwester wird nach Hause kommen.« Er ging unter dem Druck ihres Griffs fast in die Knie, und wenn es Abendessen gegeben hätte, wäre es ihm bestimmt wieder hochgekommen. Eigentlich hatte er die Frage nur gestellt, damit sie ihn auslachte, aber weil sie die Möglichkeit von Peggys Verschwinden so vehement abstritt, fühlte er sich nun noch mieser als zuvor.

»Ich habe gebetet«, sagte Milo und fing Mrs. Costagans Blick im Rückspiegel auf. Und das stimmte. Er hatte seine Gedanken gestern Abend und auch heute in der Schule dabei erwischt, wie sie immer panischer werden wollten – *mach, dass es ihr gut geht, mach, dass es ihr gut geht* –, doch dann hatte er sich gesammelt und seine Gedanken Richtung Gott gesandt. *Lieber Gott*, hatte er gebetet, *mach, dass es meiner Schwester gut geht.* Er wusste nicht, ob es üblich war, dass Gott solche direkten Bitten berücksichtigte, aber einen Versuch war es wert. »Ich habe wirklich viel gebetet.«

»Vielen Menschen soll das ja helfen«, sagte Alma unbestimmt, was Milo überraschte. Die meisten Menschen, die er kannte, hätten ihm gesagt, dass er gar nichts Besseres tun könne.

Die nächsten Kilometer legten sie schweigend zurück, aber das war nicht die Art von Stille, die er jetzt von zu Hause kannte, wo er auf Zehenspitzen durch die Küche schlich, weil er befürchtete, dass beim geringsten Geräusch alles in Stücke ging. Das Rattern des Getriebes, die unvorhersehbaren Geräusche eines launischen Busses, das batteriebetriebene Radio, das Mrs. Costagan mit Klettband am Armaturenbrett befestigt hatte und aus dem leise Musik drang – diese Stille war alles andere als still.

Sie kamen an der Farm der Costagans vorbei, und dann, als sie sich der Auffahrt seines Elternhauses näherten, verlangsamte Mrs. Costagan die Fahrt und machte etwas, das sie sonst nie tat: Sie fuhr die Auffahrt hoch. Normalerweise ließ sie die Kinder am Anfang der Auffahrt aussteigen, und sie mussten die Strecke bis zum Haus zu Fuß gehen. Diese Art von Fürsorge von Mrs. Costagan – einer Frau, die einem Zwölftklässler die Zigaretten weggenommen und ihn gezwungen hatte, eine zu essen – fühlte sich zugleich so verständnisvoll und so niederschmetternd an, als wäre Peggys Schicksal nun endgültig besiegelt.

Ein weißer Streifenwagen stand vor dem Haus, und auch wenn das Blaulicht nicht leuchtete, reichte schon der Anblick des Wagens, um Milo in Angst und Schrecken zu versetzen. Er war zu einem gesunden Respekt vor der Obrigkeit erzogen worden, und allein der Anblick des goldbraunen Sterns führte dazu, dass er ohne jeden Grund ein schlechtes Gewissen bekam.

»Ich erinnere mich an ein Mädchen auf meiner Route, das mal nach Urin stinkend in den Bus gestiegen ist.« Mrs. Costagan hielt vor seinem Elternhaus. »Ich habe sie gefragt, was passiert ist, und sie meinte, ihr Hund hätte ihr während des Wartens ans Bein gepinkelt und sie hätte nicht gewusst, was sie tun sollte. Also ist sie einfach in den Bus gestiegen.« Sie öffnete die Tür. »Verstehst du, was ich damit sagen will?«

Milo schüttelte den Kopf. »Gar nicht.«

Sie nickte. »Das dachte ich mir. Manchmal kannst du nichts anderes tun, als einfach in den Bus zu steigen. So ist das.«

Er sprang mit beiden Füßen gleichzeitig von der letzten Stufe und dachte dabei wie schon oft an Mary Lou Rettons perfekten Abschwung vom Barren bei den Olympischen Spielen im letzten Jahr. »Danke fürs Bringen, Mrs. Costagan.«

»Ich mache nur meine Arbeit.« Er wartete auf das schmatzende Geräusch der sich schließenden Bustür, und als es nicht erklang, drehte er sich um. Mrs. Costagan hatte die Hand am Türhebel und starrte ihm nach. »Halt die Ohren steif«, sagte sie und schloss die Tür.

Drinnen saßen seine Eltern zusammen mit Sheriff Randolph im Wohnzimmer, und vor jedem stand eine Kaffeetasse auf einem Untersetzer. Der Sheriff nickte Milo zu, aber seine Eltern drehten sich nicht zu ihm um. »Waren noch andere junge Leute am Sonntag nicht in der Kirche?«, fragte er. »Irgendwelches ungewöhnliche Verhalten in den letzten Wochen? Ärger in der Schule?«

Der Sheriff saß in dem Schaukelstuhl, den Milos Mutter vor einigen Jahren ersteigert hatte und der eigentlich immer neu gepolstert hatte werden sollen. Der Sitz war mit glänzendem Vinyl bezogen, und als sich Sheriff Randolph nach vorn lehnte, um seinen Eltern Fragen zu stellen, machte der Stuhl ein Geräusch wie ein feuchter Furz. Milo musste sich auf die Lippen beißen, um nicht laut aufzulachen. Er kam sich wie ein Verrückter vor, seine Stimmung stieg und sank wie ein außer Kontrolle geratenes Flugzeug. Erst vor ein paar Monaten hatten er und Scott einen ganzen Nachmittag lang Mountain Dew getrunken und auf dem Schaukelstuhl genau diese Furzgeräusche produziert, bis Peggy hereingekommen war und ihnen gesagt hatte, sie sollten sich nicht wie Babys aufführen. Scott hatte den lautesten, feuchtesten Rülpser in der Geschichte des Rülpsens vom Stapel gelassen, und sie hatten alle haltlos zu kichern begonnen – sogar Peggy hatte nicht an sich halten können.

Sheriff Randolph drehte verlegen seinen Hut zwischen den Händen, sagte aber nichts. Was hätte er auch sagen sollen? *Das war ich nicht?*

Sein Vater stand auf und postierte sich am Fenster in seiner Trainerhaltung, wie Milo das insgeheim nannte: die Füße schulterbreit auseinander, die Arme fest über der Brust gekreuzt, wie damals, als er in der Basketball-Jugendliga die Elf- bis Zwölfjährigen trainiert hatte. »Meine Tochter macht sich nicht sang- und klanglos aus dem Staub«, sagte er im Brustton der Überzeugung. Milo wunderte sich. Hatte sein Vater wirklich nicht verstanden, wie sehr ihm und Peggy Gunthrum zuwider war? Manchmal fragte er sich, ob sein Vater überhaupt etwas von ihnen wahrnahm – oder nur die Version seiner Kinder, die ihre Mom ihm auf dem Silbertablett präsentierte.

»Das ist mir klar, Joe.« Die Stimme von Sheriff Randolph klang unaufgeregt. »Aber sie ist jetzt seit zwei Tagen verschwunden. Gestern, als ihr angerufen habt, hast du darauf bestanden, dass wir keine Fahndung ausrufen sollen, dass das Ganze ein Missverständnis ist und du nur aus Höflichkeit anrufst. Aber dir ist schon klar, dass die Sache heute anders aussieht, oder?«

»Das weiß ich selbst, Peck«, sagte Joe und stürmte aus dem Zimmer. Mr. Randolph setzte die Befragung mit Milos Mutter fort: Welche Kleidung hatte Peggy am Samstagabend getragen? Mit wem war sie zusammen gewesen? Seine Mutter musste einräumen, dass sie es nicht wusste.

Sie beugte sich vor. »Joe hat keine Ahnung davon, aber Peggy hat sich an den Wochenenden öfter mal rausgeschlichen. Du weißt ja, wie Teenager sind.« Milo war perplex. Also hatte seine Mutter es gewusst.

Sheriff Randolph erkundigte sich nach so ziemlich jeder Familie, bei der Peggy übernachtet haben konnte, und seine Mutter erklärte, dass ihre nächsten Verwandten zu Milos Konfirmation da gewesen seien, während Großmutter Ahern jetzt in einem Altenheim in South Carolina lebte. »Wir haben es Alice noch gar nicht erzählt. Warum sollten wir sie beunruhigen?«

»Und wo sind Randall und Sally jetzt?«, fragte Peck, und seine Mutter erklärte, dass sie erst am Nachmittag des Vortages abgefahren seien. »Ist alles in Ordnung zwischen euch?«

»Was meinst du damit?«

»Kommt mir etwas seltsam vor, dass sie fahren, während Peggy noch vermisst wird. Man sollte meinen, du könntest ihre Unterstützung gebrauchen.«

Seine Mutter deutete mit dem Daumen auf den hinteren Hausflur. »Du kannst dir sicher ausmalen, wie gern Joe zugibt, dass er Unterstützung braucht.« Sie senkte die Stimme. »Abgesehen davon waren Joe und sein Bruder schon immer ein bisschen streitsüchtig.«

»Inwiefern?«

Sie winkte ab. »Nichts Besonderes, Peck. So wie Brüder nun mal sind.«

»Dann ist es ja in Ordnung«, sagte er. »Ich muss diese Fragen stellen«, fügte er hinzu. Dann senkte auch er die Stimme. »Und du bist sicher, dass sie nicht mit einem Jungen zusammen war?« Milo hatte den Eindruck, dass all diese Fragen schon einmal in Gegenwart seines Vaters gestellt worden waren.

Seine Mom warf einen raschen Blick in den Flur, wo sein Vater vorhin verschwunden war. »Wenn ja, dann weiß ich nicht, mit wem. Aber Peggy war kein Mädchen, das … allein blieb.«

Milo lehnte sich gegen den Türrahmen. Er trug seinen Schulranzen immer noch auf den Schultern, und seine Mutter nahm die Bewegung wahr. »Schatz«, sagte sie und drehte sich zu ihm um. Ihre Stimme war jetzt wieder laut und klar. »Wann bist du nach Hause gekommen?«

»Gerade eben.«

»Na, dann mach ich dir was Kleines zu essen.« Seit einem Jahr machte er sich seinen Snack selbst – vier Oreos und ein Glas Milch. Es war schön, dass seine Mom tagsüber wieder zu Hause war. Diesem Gedanken folgte, wieder einmal, ein niederschmetterndes Schuldgefühl wegen seiner verräterischen Gedanken.

Sheriff Randolph stand auf und sagte, dass er sich später am Abend wieder melden würde. Er nahm seine Kaffeetasse und folgte Milos Mutter in die Küche, wo er die Tasse in die Spüle stellte. Milo begleitete ihn zu seinem Wagen, ohne auf seine Mutter zu hören, die ihn ermahnte, einen Mantel anzuziehen.

»Sheriff Randolph?« Der Sheriff hielt inne, die Hand schon an der Wagentür, und drehte sich mit fragendem Blick zu ihm um. »Glauben Sie, dass es meiner Schwester gut geht?«

»Ich weiß es nicht, Junge, aber ich tue, was ich kann. Weißt du vielleicht etwas, das mir helfen könnte?«

Er dachte daran, wie Peggy mit gekreuzten Beinen auf seinem Bett gesessen und eine Uno-Karte nach der anderen schwungvoll auf die Decke geknallt hatte. Damals hatte sie gesagt, dass sie lieber sterben als ihr Leben in Gunthrum verbringen würde. »Eigentlich nicht.«

»Ruf mich an, falls dir noch was einfällt. Deine Mutter hat meine Nummer.« Er schwieg einen Moment. »Und wenn du aus irgendeinem Grund nicht willst, dass sie etwas davon erfährt, findest du meine Nummer auch im Telefonbuch. Verstanden?«

Milo runzelte die Stirn und wollte schon fragen, was der Sheriff meinte, kam dann aber zu dem Schluss, dass er es wusste. Also nickte er.

»Na gut«, sagte Sheriff Randolph und tippte sich an den Hut, ehe er ins Auto stieg.

6

Alma parkte den Bus in der Garage, mit einer guten Handbreit Platz zu beiden Seiten, und schloss ihren Mantel, als sie durch die Kälte zu ihrem Wagen ging. Nachdem sie Milo zu Hause abgesetzt hatte, hatte sie beschlossen, Essen zu holen. Das machte sie manchmal, wenn sie keine Lust mehr hatte, abends zu kochen. Vor drei Jahren hatte am Highway eine Filiale von Pizza Ranch eröffnet, und obwohl der Laden von Katholiken betrieben wurde, war er ein voller Erfolg. Abgesehen von einem Lieferdienst namens »Standard«, der vor allem Kranke und Alte belieferte, waren sie das einzige Restaurant dieser Art in der Stadt.

Ehe sie auf die Hauptstraße abbog, blinkte sie, was außer ihr kein Mensch in Gunthrum tat. Alle gingen davon aus, dass bekannt war, wohin sie fuhren. Aber sie wollte sich gerade lieber an die Regeln halten und jede mögliche Vorsorge treffen.

Sie konnte nicht aufhören, an Peggy Ahern zu denken. Beim Picknick zur Hundertjahrfeier der Stadt im letzten Sommer – Clyle hatte darauf bestanden, dass sie hingingen, und behauptet, es sei seine Pflicht als Ehemann, Alma alle hundert Jahre einmal zu einer städtischen Feier zu schleppen – hatte Peggy zu Hal gesagt, dass ihr sein Hemd gefiele. Sie hatte ihm die Hand auf den Arm gelegt und ihr Haar zurückgeschleudert. Wie ein Pferd. Hatte nur noch gefehlt, dass sie wieherte.

So wie das Mädchen die Hand hob und Hals Kragen berührte – wahrscheinlich im selben Augenblick, als sie ihm sagte, wie sehr es ihr gefiel –, hätte Alma ihr Jahreseinkommen darauf verwettet (nicht dass das viel gewesen wäre), dass sie sexuell umtriebig und eine Unruhestifterin war. Hal hatte im Gegenzug den Träger ihres ärmellosen Hemdes berührt, und in diesem Moment war eine von Peggys Freundinnen hinzugekommen und hatte gefragt, was los sei. Peggy hatte einen Aufstand gemacht, und Joe Ahern war herbeigerannt. Seine betrunkene Stimme hatte sich überschlagen, als er zu wissen verlangte, was Hal getan habe. Einen Moment lang hatten alle innegehalten. Peck Randolph stand mit einem Bratwender über den Grill gebeugt, andere standen mit einer Bocciakugel oder einem Hufeisen in der Hand da. Alma konnte sich ausmalen, wie schwierig es für Hal sein musste, durch die Untiefen männlich-weiblicher Beziehungen zu navigieren. Die meisten Paare, die sie kannte, wollten sich irgendwann erwürgen.

Hal hatte das Hemd dann noch zwei Wochen lang getragen und in der Nähe des Schulhofs rumgelungert, wenn Peggy mit der Volleyballmannschaft trainierte. Er hatte seine Finger in die Maschen des Zauns gehängt, während er seinen Körper baumeln ließ, die Arme wie ein Affe in die Höhe gereckt. Schließlich hatte Peggys Vater bei Alma angerufen und gesagt, dass Hal seine Tochter belästige und ob sie etwas dagegen tun könne. Sie hatte sich dann nachmittags mit Hal zusammengesetzt und ihm erklärt, dass Peggy kein Interesse an einer Beziehung hatte. Dabei hatte sie auch den Altersunterschied ins Feld geführt, obwohl Peggy in vieler Hinsicht älter als Hal war. Letztlich war es keine große Sache gewesen. Hal hatte vielleicht eine halbe Stunde lang geweint, schließlich hatte er nur noch geschnieft und sich dann zusammengerissen. Auf dem Küchentisch war ein zusammengeknülltes Papiertaschentuch zurückgeblieben.

Von Joe Ahern hörte sie erst wieder etwas, als er ihr ein paar Wochen später zufällig in der Bank über den Weg lief. Er hatte in der Schlange am Schalter gestanden und seinen Einzahlungsbeleg in der Hand gehalten. »Danke, dass du dich neulich um die Sache gekümmert hast. Komische Angelegenheit.«

»Inwiefern?«, fragte sie, aber Bev Barnes, die Kassiererin, hatte gelächelt und »Du bist dran, Joe« gesagt, und damit hatte sich die Sache erledigt.

Es war nicht das erste Mal gewesen, dass Hal sich verliebt hatte. Als er noch auf der Highschool gewesen war, hatte es auch schon ein paar Mädchen gegeben. Einmal im Sommer war es eine Serviererin in einer Eisdiele in der Nachbarstadt gewesen und manchmal auch eine Fremde im OK. Alma wusste gut genug, wie junge Mädchen tickten und dass sie sich manchmal fragten, ob es mit einem wie ihm, der etwas beschränkt war, vielleicht gar nicht so schlecht sei. Aber er war ja nicht nur geistig beeinträchtigt, er benahm sich auch wie ein Junge: produzierte mit der Hand ein Furzgeräusch in der Achsel, um Mädchen auf sich aufmerksam zu machen, oder ließ ihre BH-Träger schnalzen.

Alma parkte das Auto und öffnete die Tür zur Pizza Ranch, wo der Geruch nach Peperoni und Fett schwer in der Luft hing. Sie gab es nicht gern zu, aber diese Katholiken machten eine gute Pizza. Sie hatte sich nie für die Art von üppig gefüllter Pfannenpizza erwärmen können, die typisch für Chicago war, so gut sie Clyle auch schmeckte. Er, der in Gunthrum geboren war, wollte sie in ihrer Zeit in Chicago bei jeder Gelegenheit essen. Sollte noch mal einer sagen, dass sie nicht kompromissfähig sei.

Eine Frau kam durch die Schwingtür aus der Küche und rang sich ein Lächeln ab. Ihr schwangerer Bauch zeichnete sich deutlich unter dem braunen Firmensweatshirt mit dem Aufdruck »Pizza Ranch« ab. »Alma Costagan, was darf es sein?«

Alma bestellte eine große Deluxe-Pizza mit einer Extraportion Würstchen. Sie würde zehn Minuten warten müssen. »Darf es inzwischen eine Limo sein?«

»Nein, vielen Dank.« Sie würde dafür bezahlen müssen, und nicht zu knapp: fünfzig Cent und kein Becher zum Mitnehmen.

»Also gut«, antwortete die Frau und kehrte durch die Schwingtür in die Küche zurück. »Die wird wohl nie für eine Limo bezahlen«, sagte sie, vermutlich zu ihrem bodenständigen Gatten. Katholiken müssen ihre Stimmen nicht senken, weil Gott sowieso alles hört. Sie konnte sich gut vorstellen, wie Darla mit der Hand selbstzufrieden über ihren strammen Bauch strich – drei Kinder hatten sie schon.

Als Alma von ihrer ersten Schwangerschaft erfahren hatte, hatten sie und Clyle erst ein Jahr zuvor ihr Studium an der UIC abgeschlossen und lebten noch in Chicago. Sie arbeitete in einer Resozialisierungseinrichtung, und er war nach einem Eignungstest am College von IBM angeworben worden. Mann, waren sie wegen des Babys nervös gewesen! An dem Abend, als sie es erfahren hatten, waren sie lange aufgeblieben und hatten mit Sekt gefeiert – beide, so wie man das damals machte –, und sie hatte gesagt, sie hoffe, dass sie bereit seien. Hatte er geglaubt, dass sie bereit seien? Welche Anmaßung, zu glauben, dass sie diejenigen seien, die so etwas entscheiden könnten. Wer immer die Entscheidung traf, entschied gegen sie. Bei diesem Baby und bei den vier, die danach noch kamen. Fünf verlorene Babys in einem Zeitraum von sieben Jahren.

Alma setzte sich nah ans Fenster, um auf ihre Pizza zu warten. Weiter hinten drängten sich zwei Jungs um den Ms.-Pac-Man-Spielautomaten. Einer rammte seine Hüfte gegen den Automaten, während der andere laut auflachte. »Das ist nicht mehr zu toppen«, sagte sein Freund. »Das ist absolut nicht mehr zu toppen.« Alma kannte die Jungs nicht von ihrer Fahrstrecke, sie wohnten also wohl in der Stadt.

»Jetzt kannst du zeigen, was du draufhast.« Der erste Junge deutete eine Verbeugung an und machte seinem Freund den Weg frei.

Die Vordertür ging auf, und ein halbwüchsiges Mädchen kam herein. Um ihre Augen hatte sie sich schwarze Ringe geschminkt, und ihr Körper wirkte in den Jeans so lang und schlank wie eine Messerklinge. Alma kannte sie. Ihrem Vater gehörte der Schrottplatz fünf Kilometer außerhalb des Ortes, und ihre Mutter war berüchtigt dafür, manchmal eine ganze Woche lang auf Sauftour zu gehen. Die Jungs sahen hoch und fingen an, sich aufzuplustern, um ihre Aufmerksamkeit zu erregen. Sie lachten sich schlapp, weil sie hofften, dass sie sich dann zu ihnen umdrehen würde. Jungen in der Pubertät benahmen sich wie die Affen im Zoo.

Das Mädchen lehnte sich an den Tresen und streckte den Hintern kess in die Höhe. Jetzt war der Streifen von Haut, der unter ihrem Grateful-Dead-T-Shirt hervorlugte, nicht mehr zwei, sondern zehn Zentimeter breit. Anscheinend hatte sie die Jungs auch gesehen.

»Teri«, schrie einer der beiden. »Hey, Teri.«

Sie streckte den Kopf unter ihrem Ellbogen durch und sah sie mit hängendem Kopf an. Noch ein Zentimeter, und sie hätten sehen können, welche Marke ihr BH hatte – falls sie überhaupt einen trug. Alma konnte sich überhaupt nicht vorstellen, ohne einen BH in die Öffentlichkeit zu gehen. Selbst wenn sie morgens in ihrem Nachthemd Kaffee kochte, fühlte sie sich befangen und hielt ihre Brüste mit einem Arm nach unten gedrückt, während sie mit dem anderen den Kaffee in die Maschine füllte.

Die Tür öffnete sich, und ein abgespannter Peck Randolph

kam durch die Tür. »Hey, Darla, Peck hier«, rief er laut in Richtung Küche. »Pizza zum Mitnehmen?«

Darla kam von hinten mit einem großen Pizzakarton, den sie auf ihrem Bauch balancierte. Das Fett begann schon, durch den Boden der Pappschachtel zu sickern. »Hier, bitte«, sagte sie, und Peck gab ihr einen Zwanziger. Während sie den Schein in die Kasse legte und das Wechselgeld herausgab, sagte sie: »Ich weiß nicht, wie man Ananas auf Pizza essen kann.«

»Jedem, wie er es mag.« Er steckte die Scheine in sein Portemonnaie und die Münzen in einen Becher, der neben der Kasse stand.

»Vergelt's Gott«, sagte Darla, und Alma verdrehte die Augen. Das Mädchen war jetzt in den hinteren Bereich des Gastraumes gegangen. Sie lehnte sich gegen Ms. Pac-Man, ein schlabbriges Stück Käsepizza in der Hand, und drehte den Kopf zur Seite, um das spitze Ende in ihrem Mund verschwinden zu lassen. Ein langer, dünner Käsefaden hing zwischen ihrem Mund und der Pizza.

»'n Abend, Alma.« Peck hielt die Pizzaschachtel in der Hand und lehnte sich mit der Hüfte gegen den Tresen. Sie hatte Peck immer gemocht – und auch wieder nicht. Er war ein paar Jahre jünger als sie und Clyle, und er war nie Teil der Gruppe gewesen, die gern mal einen trinken ging. Sie und Clyle hatten dazugehört, als sie nach Gunthrum gezogen waren, aber vor acht Jahren war damit Schluss gewesen. Sie hatte immer das Gefühl gehabt, dass Peck die anderen – die, die gern mal feierten – skeptisch betrachtete, und zu diesem Schluss war sie gekommen, weil es ihr genauso ging. Sie und Clyle tranken zu Hause zwar immer noch jeden Abend Bier, und Clyle mixte sich Whiskey mit Sprite, aber »Trinker« waren diejenigen, die sich jedes Wochenende, freitags und samstags, in ihren Partykellern trafen, wo der Zigarettenrauch zum Schneiden dick war.

»Du hast bestimmt viel zu tun«, sagte sie.

»War ein langer Tag.« Er steckte das Portemonnaie in die Gesäßtasche seiner hellbraunen Uniformhose. »Sag mal, du wohnst doch in der Nähe der Aherns, oder?« Sie bejahte. »Du oder Clyle – habt ihr was gesehen?«

»Nein, gar nichts.«

Peck nickte. Er öffnete die Pizzaschachtel und schloss sie wieder. »Wie ich höre, hat Hal seinen ersten Hirsch geschossen.«

Alma lächelte reumütig und dachte daran, wie Larry und Sam durch die Felder latschten, um Larrys Frau anzurufen. »Stimmt.«

»Warum gibt es dann Pizza und nicht Wild zum Abendessen?«, fragte er, und sie erzählte ihm die Geschichte und verschwieg auch nicht, dass die Hirschkuh in der Abfallgrube gelandet war. In ihrem Bauch machte sich ein unbehagliches Gefühl breit. Würde er sich gleich nach Hals Genehmigung erkundigen?

Peck nickte. »Muss eine ganz schöne Sauerei gewesen sein bei ihm zu Hause. Der Pick-up auch.«

»Allerdings«, bestätigte Alma und fügte hinzu: »Er hat mit Clyle alles sauber gemacht. Blitzblank.« Sie dachte daran, wie Peck mit dem Bratenwender in der Hand letztes Jahr beim Picknick dagestanden hatte, und auch an die Geschichte mit dem Krankenhaus vor vielen Jahren, als Hal diesen jungen Burschen aus Wayne verprügelt hatte. »Der Kadaver ist auf Mick Langdons Land, falls du ihn dir ansehen willst.« Das stimmte doch, oder?

»Und Hal war schon am Samstag wieder da? Nicht am Sonntag?«

»Genau. Aber wir haben ihn erst am Montag wieder gesehen.«

Er sah ihr direkt in die Augen, und ihr wurde schon unbehaglich zumute, doch dann klopfte er mit der Pizzaschachtel zwei Mal auf den Tresen und wandte sich zum Gehen. »Gib Bescheid, wenn dir was einfällt.«

Auf seinem Weg hinaus machte Peck einen kurzen Abstecher zu den drei Jugendlichen und sagte etwas. Die Jungen strafften widerwillig ihre Schultern, und das Mädchen behielt zwar seine krumme Haltung bei, aber es hörte zumindest auf, Pizza zu essen. Er nickte Alma zu, als er die Tür öffnete. Die Pizzaschachtel balancierte er auf der anderen Hand.

Zwei Tage. Das war eine lange Zeit für ein vermisstes Mädchen. Bei den Spielautomaten äffte einer der Jungen Peck nach, indem er seine Hose hochzog, während er mit der anderen Hand eine unsichtbare Pizzaschachtel balancierte. Peck war zwar niemand, der seine Hose hochzog, aber am Lachen des anderen, von Akne geplagten Jungen erkannte sie, wen Ersterer nachäffte.

Das Mädchen griff nach einem zweiten Stück Pizza. »Bis dann«, sagte sie. Kein »Danke schön«. Beide Jungen sahen zu, wie sie sich an der Tür umdrehte, sie mit dem Hinterteil aufdrückte, während sie sich die Spitze des Pizzastücks in den Mund steckte. Was hatte sie hier überhaupt gewollt? Sie hatte nichts bestellt, nur etwas vom Essen anderer Leute verzehrt. Alma musste an Peggy und ihre Hand auf dem Kragen von Hal denken, daran, wie schnell sie seine Aufmerksamkeit auf sich gezogen hatte.

Was sie erstaunte, war nicht so sehr, dass jetzt ein Mädchen vermisst wurde, sondern dass nicht jeden Tag viel mehr Mädchen vermisst wurden.

7

Als Peggy am Dienstagmorgen immer noch nicht zu Hause war, ersannen einige Frauen in der Stadt einen Essens- und Aufgabenplan, der den Aherns helfen sollte, sich ausschließlich auf die Suche nach ihrer Tochter zu konzentrieren. Clyle hatte nach Feierabend, ehe er zum Duschen ins Haus gegangen war, seine Arbeitsstiefel mit dem Wasserschlauch gereinigt. Nun saß er in Hausschuhen am Küchentisch. »Was für eine schreckliche Sache«, sagte er. Seit vierundzwanzig Stunden wiederholte er diesen Satz wie auf Autopilot. Er versuchte sich an andere schreckliche Dinge zu erinnern, die in Gunthrum geschehen waren. Als er noch ein Teenager gewesen war, hatte ein kleines Mädchen, das hinter seinem Vater auf dem Gepäckträger eines Fahrrads saß, seine Hand durch die Speichen gesteckt, und die Fingerspitzen waren abgetrennt worden. Ein Junge in der Klasse unter ihm war an einem Bienenstich gestorben. Sein Gesicht war zur Größe eines Ballons angeschwollen, als sie alle miteinander im Park Baseball gespielt hatten. Clyle war auch dabei gewesen, und er musste seitdem immer daran denken, wenn er die weiche Schale einer überreifen Cantaloupe-Melone sah.

Alma stand in der Küche und glasierte Zimtschnecken auf einem Backblech. Auf der Herdplatte kühlte, schon mit Alufolie bedeckt, eine Lasagne ab. Sie drehte sich um und stützte die Hand auf die Hüfte: »Ich freue mich überhaupt nicht darauf.«

»Das tut keiner«, pflichtete Clyle bei. »Aber es gehört sich nun mal so.«

»Sag mir nicht, was sich gehört«, grollte Alma und riss ein Stück Alufolie ab, um damit die Zimtschnecken zu bedecken.

Hal kam einige Minuten später frisch geduscht die Treppe hinab. Er hatte ein sauberes Hemd von Clyle angezogen, und seine Augen waren rot umrandet. Clyle hatte ihm von Peggys Verschwinden erzählt, nachdem Alma Clyle am Montagabend davon berichtet hatte, als sie mit einer Pizzaschachtel in der Hand und dem Mund voller Klatschgeschichten nach Hause gekommen war. Clyle wusste, dass sie es überhaupt nicht mochte, wie viel in der Stadt getratscht wurde, und es überraschte ihn immer wieder, wie schnell sich Gerüchte und Neuigkeiten verbreiteten. Er hatte nur deshalb nicht früher von der Sache gehört, weil er den ganzen Tag auf der Farm gearbeitet hatte, weitab vom Rest der Welt.

Clyle wusste, dass Hal in Peggy verknallt gewesen war, und er erinnerte sich, wie Hal im letzten Jahr von der Hundertjahrfeier zurückgekommen war und gesagt hatte, dass er sich verliebt habe. Als sie am darauffolgenden Nachmittag Schlachtschweine auf den Anhänger geladen hatten, fragte er Clyle, ob er vielleicht eines Tages heiraten könne. »Wie ein normaler Mann, verstehst du?«

Wie Clyle vorhergesehen hatte, hatte Mick Langdon, der Vermieter von Hal, an diesem Nachmittag wegen der Nachwehen des Jagdausfluges angerufen. »Ich habe in meiner Abfallgrube eine Hirschkuh gefunden.«

Clyle spürte, wie ihn Erleichterung überkam. »Das muss dich ja ziemlich überrascht haben.« Ihm war gar nicht bewusst gewesen, wie sehr er sich, nachdem er von der Sache mit Peggy gehört hatte, wegen dieser Hirschkuh gesorgt hatte – und ob es sie tatsächlich gab. Nicht einmal vor sich selbst hatte er zugeben wollen, dass er sofort an das Blut auf dem Pick-up hatte denken müssen, als er von Peggys Verschwinden erfuhr.

»Hal muss sie da hingeworfen haben, während ich in der Kirche war, denn sonst hätte ich ihn ganz bestimmt gehört.« Clyle fragte Mick, ob er vorbeikommen und den Kadaver mitnehmen solle, aber Mick meinte, der könne genauso gut in seiner Abfallgrube verrotten. »Aber ich dachte, du solltest es wissen.«

»Wir müssen jetzt los«, sagte Alma. »Je eher wir fahren, desto schneller sind wir zurück.« Sie zwängten sich ins Auto, und Alma, die auf dem Beifahrersitz saß, balancierte auf ihren Knien die eine der beiden Auflaufformen. Die andere hielt Hal, der wie ihr Kind auf dem Rücksitz saß.

Vor dem Haus der Aherns hatten die Leute ihre Autos und Pick-up sorgfältig am Rand der Schotterauffahrt geparkt, kein einziges Rad stand auf dem Rasen. Viele dieser Fahrzeuge parkten hier auch an Freitag- und Samstagabenden, dann aber nicht so ordentlich. »Du meine Güte«, sagte Alma. »Jetzt müssen sie sich auch noch um ein Haus voller Gäste kümmern. Ich dachte, die Frauen hätten es so eingerichtet, dass wir nicht alle zur selben Zeit kommen.«

Cheryl und Larry Burke standen auf der Veranda – er hielt eine Papiertüte mit Einkäufen auf dem Arm – und unterhielten sich mit Lonnie McGee und seiner Frau Diane. Sobald die Costagans und Hal vorfuhren, hielten sie in ihrem Gespräch inne. Die beiden Paare gehörten zu den Trinkkumpanen der Aherns, wobei Cheryl und Larry mit ihren achtundzwanzig Jahren die jüngsten Mitglieder der Gruppe waren. Lonnie hatte Larry vor ein paar Jahren in der Werkstatt eingestellt, nachdem Larry einen Kfz-Lehrgang abgeschlossen hatte. Die meisten in der Gruppe hatten Larry früher bei Footballspielen zugejubelt, wenn er mit seinen Touchdowns gepunktet und die Bulldogs in die Conference Championship geführt hatte. In den Jahren seitdem hatte er, wie die meisten Leute in Gunthrum, einen Weg gefunden, sich mit den Menschen, die er seit seiner Kindheit kannte, vom Kind zum Erwachsenen zu entwickeln. Clyle war eine Ausnahme – jemand, der die Stadt verlassen und sich woanders eine Existenz aufgebaut hatte, um dann zurückzukehren. Aber eigentlich hatte auch er immer bloß in Gunthrum leben wollen.

»Wir waren uns nicht sicher, ob wir reingehen oder das Essen auf die Veranda stellen und gehen sollen«, flüsterte Diane, als sie die Verandatreppe hochgingen. Sie färbte ihr Haar neuerdings dunkelbraun, und Clyle fand, dass sie das älter aussehen ließ.

»Schreckliche Sache«, sagte Lonnie. »Einfach schrecklich.«

»Das sage ich schon den ganzen Tag«, antwortete Clyle.

Cheryl legte ihren Arm auf Larrys Arm. »Larry hat extra auf die Bowling League verzichtet, um heute Abend hier zu sein. Wir wollen helfen, wo wir können.«

»Eine wahre Heldentat«, murmelte Alma, und Cheryl starrte sie an.

»Hallo, Larry«, sagte Hal, und Larry murmelte seinerseits ein »Hallo«, ohne sich die Mühe zu machen, Hal anzusehen. Clyle wusste seit Almas Fahrt in die Stadt, dass Larry und Sam überall herumtratschten, wie Hal sie nahe Valentine hatte sitzen lassen, und dass Cheryl sie am nächsten Morgen abholen musste. Und jetzt wurde ein Mädchen vermisst, und sie kamen sich vermutlich ziemlich kleinlich vor, weil sie versucht hatten, wegen etwas so Trivialem wie einer Autofahrt Mitgefühl zu erschleichen. Sollten sie jedenfalls, dachte Clyle.

»Ich glaube, wir können es abstellen, oder?«, fragte Diane, ohne eine bestimmte Person im Blick zu haben. Sie meinte das mitgebrachte Essen. Alma klingelte an der Tür.

»Typisch!«, murmelte Cheryl, und sie standen einen Augenblick lang in betretenem Schweigen da, bis die Tür geöffnet wurde.

Linda Ahern spähte hinaus, ihr Gesicht weiß wie eine Leinwand. »Kommt«, sagte sie und winkte sie herein. »Ihr müsst doch nicht draußen auf der Veranda stehen.« Milo, ihr Sohn, stand hinter ihr, und sein Gesicht hatte einen wachsamen Ausdruck.

Cheryl trat vor. »Wir wollten nicht stören.«

»Ist schon in Ordnung«, sagte Linda, und Clyle erklärte, er und Hal seien gekommen, um bei der Farmarbeit zu helfen, sie würden daher mit ihren Stiefeln draußen auf der Veranda bleiben.

»Ihr wisst, was getan werden muss?«, fragte Linda.

»Ja«, sagte Clyle. Randall hatte ihn angerufen und gesagt, was auf der Farm zu tun war. »Ein Futterautomat funktioniert wie der andere, mehr oder weniger.« Er ging mit Hal zur Scheune, und Alma warf einen Blick über ihre Schulter, als sie sich die Stufen hochwuchtete. Manchmal bereitete es ihm bei Alma genauso viel Sorge wie bei Hal, sie in einer Situation mit anderen Menschen allein zu lassen. Das galt insbesondere, wenn Diane in der Nähe war, aber wenn Alma etwas hätte sagen wollen, hätte sie es schon längst getan. Sie hielt mit ihrer Meinung nicht hinter dem Berg, und nicht alle Frauen im Ort wussten ihre freimütige Art zu schätzen. Sie waren dazu erzogen worden, ihre Ehemänner und die gesellschaftlichen Regeln zu respektieren, zwei Dinge, die Alma völlig egal waren. Früher hatte er das an ihr geliebt.

In der Scheune der Aherns machte Clyle den Schalter für die Fütterungsanlage ausfindig. Seine eigene Scheune hatte kein elektrisches System, aber er wusste einigermaßen, wie es funktionierte. Er drückte den Schalter, und der Mechanismus setzte sich laut rumpelnd in Gang. Hal und er standen nebeneinander und sahen zu, wie der mit einem Kabel umschlungene PVC-Schlauch auf beiden Seiten des Stalls Futter einfüllte. Bei sich zu Hause verwendete er eine Kurbel, um zu kontrollieren, wie viel

Futter ausgegeben wurde: genug, dass es leicht aus dem Behälter strömte, aber nicht so viel, dass die Schweine es vergeuden konnten.

Joe hatte das Werkzeug an die Wände gehängt, das die meisten Landwirte dreifach besaßen: Zangen, Schraubenzieher und Hämmer für das Haus, den Werkzeugschuppen und die Scheune. Es fühlte sich seltsam vertraut an, in der Scheune eines anderen Mannes zu stehen. Daran, wie die Strohballen aufgestapelt waren und dass das Werkzeug an Wandhaken hing, sah er, dass Joe Ahern ein penibler Mann war, der daran glaubte, dass harte Arbeit belohnt werde. Ein Mann, der dachte, dass er sich und seine Familie durch schiere Willenskraft beschützen könne. Hal lehnte an einem Brett, das zur Lenkung der Schweine benutzt wurde, und schaute der Fütterungsanlage zu, obwohl die Schütte das Getreide in jeden Trog auf dieselbe Weise entlud. Clyle konnte das gut verstehen. Die gleichförmigen Bewegungen zählten zu den einfachen Freuden der Landwirtschaft, es war, wie ein Baby in den Schlaf zu wiegen.

Schon früher hatte Clyle die Farm gemocht. Er hatte seinem Vater zu helfen begonnen, als er noch ein kleiner Bengel war, und im Alter von acht Jahren konnte er Traktor fahren. Ihm hatte die Erschöpfung, die sich am Ende des Tages in allen Muskeln breitmachte, immer gut gefallen, und das Gleiche galt für die straffe, sonnenverbrannte Haut im Sommer und die von Kälte rissige im Winter. Er hatte sein Elternhaus verlassen, um aufs College zu gehen – seine Eltern hatten darauf beharrt, dass er seine Möglichkeiten erkunden müsse –, und in seinem dritten Collegejahr hatte er in einem Seminar über viktorianische Literatur neben einem hübschen Mädchen gesessen, das sich zu ihm hinüberbeugte und fragte, ob er denke, dass die Viktorianer so prüde gewesen seien, dass sie sogar die Tischbeine verdeckt hätten. Sie roch nach Sägemehl und trug eine weinrote Strickjacke und einen Rock, der knapp über ihren Knien endete. So hatte er Alma kennengelernt.

»Fühlt sich komisch an, hier drinnen zu sein«, sagte Hal mit erhobener Stimme, um das Geräusch der Fütterungsanlage zu übertönen. Aber Clyle beruhigte ihn, dass er sich keine Sorgen machen müsse. Er dachte an den Jungen mit dem Bienenstich, dessen Gesicht wie ein Ballon angeschwollen war. Er und Alma hatten mindestens einen Monat lang für jenes Seminar zusammen gelernt, bis sie sich schließlich in der Bibliothek zu ihm vorgebeugt und ihn geküsst hatte. Ihr Mund war feucht gewesen und hatte nach Halsbonbons mit Kirscharoma geschmeckt. Es war ihm wahnsinnig peinlich zuzugeben, aber sie war erst das vierte Mädchen gewesen, das er geküsst hatte. Wenn sie nicht die Initiative ergriffen hätte, säßen sie wahrscheinlich immer noch an einem langen Holztisch bei den Bücherregalen, und Clyle würde überlegen, ob er ihre Hand nehmen sollte.

Während die Fütterungsanlage weiterhin ihre Ladung verteilte, gingen Clyle und Hal durch die Reihen mit Schweinen, dann wandten sie sich den drei großen Nebengebäuden zu. Joe besaß einen der größeren Höfe im County. Sie stellten die anderen, mechanischen Futterautomaten an und überprüften die Schweine auf Auffälligkeiten. Zwei Ferkel in Gebäude Drei hatten Durchfall, was Clyle und Hal an ihrem Rektum erkannten. Sie packten jeder eines bei den Hinterbeinen und setzten sie in einen separaten Pferch; Clyle schrieb eine Notiz für den Nächsten, der hier an die Arbeit ging. Er fand den kleinen Kühlschrank im dritten Gebäude. Glasflaschen standen fein säuberlich aufgereiht auf den Regalböden, darauf lagen Spritzen. Er füllte zwei Spritzen mit Penicillin, nahm einen blauen Markierstift – bei den Aherns war das die Farbe für die Impfungen, die am dritten Tag fällig waren – und verabreichte einem Wurf die Injektionen gegen Lungenentzündung, während Hal sich die Tiere unter den Arm klemmte.

Das laute Rattern der Fütterungsanlage verstummte. Hal schaltete sie aus, und dann machten sie sich auf den Rückweg durch alle Gebäude, vergewisserten sich, dass die Futterautomaten sich gefüllt hatten und das Wasser frisch war. Schließlich kamen sie wieder in der Scheune an. Sie war mit Abstand das älteste Gebäude auf dem Hof, mit Holzwänden und einem unebenen Betonboden, wohingegen die neueren Gebäude aus Wellblech bestanden und so glatte Böden hatten, dass eine Murmel darauf nicht weggerollt wäre. Keine Frage, ganz mittellos waren die Aherns nicht.

In der Scheune sah Hal zum Heuboden hinauf, und seine Stimme hallte nach, als er sagte: »Vielleicht ist sie da oben. Vielleicht versteckt sie sich.«

»Sie versteckt sich nicht«, sagte Clyle ruhig.

»Das kann man nie wissen. Ich habe mich mal drei Tage lang auf einem Heuboden versteckt.« Damals war Hal noch auf die Highschool gegangen und hatte gerade begonnen, an den Wochenenden für die Costagans zu arbeiten. Er hatte noch bei seiner Mutter gelebt, und versteckt hatte er sich höchstens einen Nachmittag lang. Marta hatte Hal in der Schule beim Dope-Rauchen mit einigen anderen Jungs erwischt, und deshalb hatte er sich bei den Costagans vor ihr versteckt. Clyle und Alma wussten gar nicht, dass er bei ihnen war, bis er mit Heu im Haar auf ihrer Türschwelle aufkreuzte und behauptete, halb verhungert zu sein. Clyle hatte Marta angerufen und Bescheid gegeben, dass sie ihn gefunden hatten, und sie hatte geseufzt. »Schickt den Schwachkopf nach Hause«, hatte sie gesagt.

»Vielleicht sollte ich mal nachsehen«, sagte Hal und drehte sich mit großen Augen zu Clyle um. »Ich könnte der sein, der sie findet. Ich wäre ein Held!«

»Niemand wird ein Held«, antwortete Clyle, und obwohl er es nicht glaubte, fügte er hinzu: »Es geht ihr bestimmt gut.«

In Lindas Küche schnitt Alma eine der mitgebrachten Zimtschnecken auf und legte sie auf einen Pappteller, den sie auf den Tisch zu einem halben Dutzend anderer Pappteller stellte. Joe Ahern war mit dem Großteil der Gruppe im Keller, aber Linda saß am Küchentisch, vor ihr eine Tasse Kaffee. »Wir wissen eure Hilfe sehr zu schätzen«, sagte sie zum wiederholten Mal.

»Das ist doch das Mindeste«, wiederholte Alma und warf Clyle einen Blick zu: *Zeit, dass wir gehen.* Er stimmte zu, aber Linda hatte darauf bestanden, dass sie ihre Schuhe auszogen und auf einen Sprung reinkamen, so wie es sich immer und unter allen Umständen gehörte. Wie hätte er einer Frau in Lindas Lage diese Einladung abschlagen können? Er hatte wahrscheinlich noch nie in Strümpfen in einer fremden Küche gestanden. Er zog sogar seine Hausschuhe an, wenn er mitten in der Nacht zur Toilette ging – was mit zunehmendem Alter immer öfter geschah.

Diane beeilte sich, Alma Platz zu machen und näher an Lonnie zu rücken, ihren Mann. Clyle wusste, dass Lonnie sich vor vielen Jahren einmal an Alma herangemacht hatte. Sie hatte es ihm am selben Abend auf der Heimfahrt erzählt, fuchsteufelswild, aber auch lachend. Er sah Lonnie in die Augen, aber bei Diane schaffte er das nicht.

Milo saß auch am Tisch. Der Junge hielt einen Zauberwürfel in der Hand, und obwohl Clyle die Dinger kannte, erkundigte er sich danach. Milo erklärte ihm die Regeln und reichte ihm den Würfel, und die verschiedenen Ebenen des Würfels drehten sich in Clyles Hand und rasteten mit einem befriedigenden Klicken ein.

»Hast du es schon mal geschafft?«, fragte er.

»Nein«, gab der Junge zu. »Ich bin nicht gut in Geduldsspielen.«

»Ich schon«, sagte Hal, nahm Clyle den Würfel aus der Hand und drehte ihn in diese und in jene Richtung, um ihn dann zurückzugeben. »Ich hab's nicht geschafft.«

»Es ist schwer«, sagte Milo. »Ich schaffe es auch nicht.«

»Habt ihr ein Badezimmer?«, fragte Hal, und Milo deutete auf das andere Ende des Flurs.

Larry flüsterte seiner Frau etwas zu, und sie schüttelte den Kopf. »Das ist nicht der richtige Zeitpunkt«, flüsterte sie zurück.

»Zeitpunkt wofür?«, fragte Milo.

»Ach, nichts, Herzchen«, sagte Cheryl zu dem Jungen. »Darüber müssen wir jetzt nicht reden.«

»Ich wollte mich bei Hal entschuldigen«, sagte Larry zu Clyle und räusperte sich. »Es war nicht in Ordnung von uns, ihn zur Jagd einzuladen und dann nicht jagen zu lassen.«

Alma warf das Geschirrtuch hin, das sie in ihren Händen geknetet hatte. »Damit hast du verdammt recht.«

»Ich will mich doch gerade entschuldigen, Alma«, sagte Larry, und Clyle wusste, wie sehr es sie reizte, dass einer ihrer früheren Buspassagiere sie beim Vornamen nannte. »Wir haben uns Sorgen gemacht, als wir am Samstagabend zur Jagdhütte zurückgekommen sind und Hal nicht da war. Wir wussten nicht, wohin er verschwunden war. Sonntagmorgen mussten wir Cheryl anrufen, damit sie uns abholen kommt. Wir waren bei meinem Cousin praktisch gestrandet.«

»Um was geht es?«, fragte Linda Ahern sichtlich verwirrt, und Clyle musste an die säuberlich aufgereihten Werkzeuge in der Scheune denken und daran, wie viel Zuversicht sie ausstrahlten.

»Samstagabend«, erklärte Cheryl, »hat Hal Larry und Sam oben bei Valentine sitzen lassen und ist früher von ihrem Jagdausflug zurückgekommen. Am Samstagabend war er hier in der Stadt. Ich habe ihn sogar gesehen, im OK.«

»Samstagabend?«, fragte Linda. »Ich verstehe nicht.«

Cheryl öffnete den Mund, aber Alma unterbrach sie. »Mach dir keine unnötigen Gedanken«, sagte Alma zu Linda. »Ich kann aufräumen und sauber machen.«

»Meinst du?«

»Ich weiß, wo was hinkommt. Geh schon.« Alma nahm ein Backblech vom Trockengestell und stellte es an seinen Platz unter den Tresen, während Linda leise den Raum verließ. Alma drehte sich zu Cheryl um. »Wozu hast du das alles erzählt? Das Letzte, worum sich die Aherns jetzt Sorgen machen sollten, ist der Wutanfall deines Mannes, weil er mal ein paar Kilometer zu Fuß gehen musste.«

Cheryl verschränkte die Arme über dem Brustkorb. »Ich habe gesagt, dass Hal am Samstag zurück in der Stadt war, an dem Abend, als Peggy ...«

Larry legte ihr die Hand auf den Arm, und sie verstummte. Dann beugte er sich zu Alma hinüber, die Ellbogen auf den Knien, und sagte fast flüsternd: »Cheryl war da. Am Samstag auf der Castle Farm. Sie ist früher als Peggy gegangen, aber sie hat sie dort gesehen.« Clyle sah Cheryl an, aber sie hielt den Blick gesenkt. Er warf Diane einen kurzen Blick zu und bemerkte, dass sie Tränen in den Augen hatte. Sie war schon immer etwas nah am Wasser gebaut gewesen.

»Wie wirkte sie, Cheryl?«, fragte Larry, und Cheryl schaute finster drein.

»Betrunken.«

»Die Sache ist«, sagte Larry, »dass Hal auch da war, und ...«

Alma schlug mit der Hand auf den Küchentresen. »Nein. Das höre ich mir nicht an.« Larry warf Cheryl einen Blick zu. »Und für dich bin ich immer noch Mrs. Costagan. Verstanden?«

Plötzlich ertönten laute Stimmen im Obergeschoss – die von Hal und von Linda.

»Nein!«, schrie Hal.

Clyle stand auf und ging rasch um die Ecke. Er nahm auf der Treppe zwei Stufen auf einmal. Milo und die anderen folgten ihm.

»Das legst du zurück«, sagte Linda.

Hal war im Badezimmer gewesen und stand nun im Flur. Er hatte eine Hand über den Kopf gehoben und hielt etwas fest umklammert. »Ich wollte es nicht behalten«, jammerte er. »Ich will nur gucken.« Linda sprang in die Höhe, um Hal den Gegenstand aus der Hand zu reißen, aber sie erreichte kaum seinen Ellbogen. Hal sah Clyle an. »Ich weiß noch, wie Peggy das hier getragen hat. Da ist alles dran«, erklärte er und zeigte ein silbernes Armband, an dem kleine silberne Anhänger baumelten. Clyle glaubte, einen kleinen Footballhelm erkannt zu haben. Linda riss Hal das Armband aus der Hand.

»Ich hab gesehen, wie er es in die Tasche gesteckt hat«, sagte Linda. »Ich bin hochgegangen, um nach Hal zu sehen – er war ziemlich lange weg –, und er hat es sich einfach in die Tasche gesteckt.«

»Um Himmels willen, Hal«, sagte Alma. »Du weißt doch, dass du das nicht nehmen darfst.«

Milo trat vor und nahm seiner Mutter das Armband ab. »Ich lege es zurück.«

»Was ist hier los?«, fragte Joe Ahern mit seiner rauen Stimme, die Treppe hochkommend.

»Es war ein Missverständnis«, sagte Alma.

Joe blickte von Alma zu seiner Frau.

»Nichts von Belang«, sagte Linda. »Hal war nur ein bisschen durcheinander.«

»Ich bin nicht durcheinander«, sagte Hal.

»Bitte«, sagte Clyle. »Er meint es nicht böse. Er ist bloß … Ihr wisst schon.« Das Wort *beschränkt* hing unausgesprochen in der Luft. Er benutzte es nicht gern in Hals Gegenwart, aber weniger zutreffend war es deshalb nicht. Er dachte an Cheryls

Andeutung, dass Hal schon am Samstagabend wieder in der Stadt gewesen war, und an das Blut im Pick-up dachte er auch. *Das hat nichts zu bedeuten*, ermahnte Clyle sich selbst. Er widerstand der Versuchung, vorschnelle Schlüsse zu ziehen, aber er wusste auch, dass andere in der Stadt nicht so zartfühlend waren. Nicht nur wegen heute Abend, sondern auch wegen dieses vermaledeiten Picknicks.

Joe deutete mit dem Finger auf Hal. »Wir können so was jetzt nicht gebrauchen, verstehst du?« Clyle roch den Alkohol in seinem Atem. »Wir haben schon genug Schwierigkeiten.«

»Es war ein Missverständnis«, sagte Linda. »Geh zurück in den Keller. Hal war hier, um auf der Farm zu helfen.«

»Wir gehen jetzt besser«, sagte Clyle, »und lassen euch in Ruhe.« Am unteren Ende der Treppe standen Cheryl und Larry mit verkrampften Händen und hatten bestürzte Mienen aufgesetzt: Hal Bullard machte mal wieder eine Szene. Clyle überschlug, wie lange sie brauchen würden, um sich in ihre Mäntel zu zwängen, das Auto anzuwerfen und vor der Tür des OK aufzulaufen: neun Minuten. Neun Minuten, bis jeder in Gunthrum glaubte, dass Hal in der Sache drinsteckte.

Auf dem Nachhauseweg drehte sich Alma zu Hal um. »Du hättest dieses Armband nicht nehmen sollen.«

»Wusste ich nicht. Ich wusste nicht, dass das falsch ist.«

Alma zeigte mit dem Finger auf Hal. »Hal Bullard, das ist eine glatte Lüge. Du kannst Richtig und Falsch genauso gut wie jeder andere unterscheiden. Du willst es bloß nicht zugeben.«

Clyle fuhr den einen Kilometer zwischen ihrem Haus und dem der Aherns, und sobald sie angekommen waren, kletterte Hal aus dem Wagen und verabschiedete sich bis zum nächsten Tag. Clyle stand neben Alma in der Auffahrt, während Hal in seinen Pick-up stieg, dessen Schlüssel schon in der Zündung steckte.

Alma winkte, als Hal wendete und die Auffahrt hochfuhr. »Wart's nur ab. Joe wird sich ganz bestimmt mit Peck in Verbindung setzen und sagen, dass Hal was mit Peggys Verschwinden zu tun hat.«

»Dafür gibt es keine Beweise«, sagte Clyle, und das stimmte ja auch.

Alma spitzte die Lippen, und auf ihre Stirn trat Schweiß. Es waren zwei Grad über null, aber sie öffnete den Reißverschluss ihres Mantels. Clyle vermutete eine weitere Hitzewallung.

»Damit hast du verdammt recht«, sagte sie und marschierte ins Haus.

8

Milo wusste, dass er an nichts anderes als seine Schwester denken sollte, aber seine Eltern hatten ihm noch nie erlaubt, so lange aufzubleiben. Gegen Mitternacht hatten auch die letzten Besucher das Haus verlassen, und seine Eltern waren kurz danach schlafen gegangen, ohne sich darum zu kümmern, ob er im Bett war. Im Handumdrehen war es zwei Uhr morgens, dann drei. Doch sogar seine Euphorie, so spät noch wach zu sein, wurde von dem Gedanken an seine Schwester überschattet. Er schwankte hin und her zwischen der Sorge, dass sie wirklich verschwunden sein könnte, also tatsächlich *nicht hier*, und dem Gedanken, dass sie gerade jetzt in Lincoln, Nebraska, im Studentenwohnheim irgendeines Schwachkopfes saß und Daiquiri durch einen Strohhalm trank.

Er lag auf Peggys Bett, obwohl er wusste, dass sie total ausrasten würde, wenn sie wüsste, dass er in ihrem Zimmer war. Das Kissen roch nach Haarspray und Mädchenschweiß, und er atmete diesen Geruch tief ein. Es war nicht das kleinste Fitzelchen Mond zu sehen, aber die vom Schnee reflektierten Lichter der Farm strömten ins Haus und brachten ihren Volleyballpokal zum Leuchten. Den hatte sie letztes Jahr als beste Abwehrspielerin gewonnen, obwohl sie in der Mannschaft eine der Kleinsten war.

Dann setzte er sich im Erdgeschoss in den Fernsehsessel seines Vaters. Er verschwand fast in dem großen Sessel, und er fuhr mit der Hand über den glatten Velours. Die Pepsi, die er aus dem Kühlschrank stibitzt hatte, stand auf dem Untersetzer, dort, wo normalerweise der Whiskey seines Vaters seinen Platz hatte. In der Küche durchwühlte er die Krimskramsschublade mit alten Schlüsseln, Wäscheklammern und den Truthahnspießen für Thanksgiving, die seine Mutter später in diesem Monat verzweifelt suchen würde. Hinten in der Schublade fand er eine offene Rolle Life-Savers. Das gelbe Bonbon am Anfang der Rolle warf er weg, aber das rote, das als Nächstes kam, steckte er sich in den Mund und zerkaute es. Es war pappig und weich und ließ seine Backenzähne so stark zusammenkleben, dass er kurzfristig befürchtete, den Kiefer nie wieder öffnen zu können.

Bislang war er nachts nur dann ins Erdgeschoss gekommen, wenn ihm schlecht war und er deshalb seine Mutter wecken wollte. Er musste ihr dann bloß eine Hand leicht auf die Schulter legen, und sie drehte sich sofort zu ihm um und sagte: »Was ist los, Schatz?« Dann brachte sie ihn wieder in sein eigenes Bett, deckte ihn warm zu und legte einen kalten oder einen warmen Waschlappen auf seine Stirn. Neben das Bett kam eine große Rührschüssel, falls er sich erbrechen musste. Am nächsten Tag blieb er dann zu Hause, und alles fühlte sich ziemlich großartig an, bis sein Magen revoltierte und ihn die widerliche Gewissheit überkam, dass er sich übergeben musste. Danach erfasste ihn sofort große Erleichterung, und die Übelkeit war wie weggezaubert. Ein Hochgefühl, das fast schon das Erbrechen wert war.

Er fühlte sich, als ob er die letzten Tage einerseits wie immer, andererseits aber in einem dauernden Ausnahmezustand verbracht hätte. Er war in der Schule gewesen, und die Lehrer hatten ihn nett behandelt. Gestern Abend waren so viele Menschen zu Besuch gekommen wie sonst nur am Wochenende. Wie lange sollte dieser Schwebezustand noch andauern – ohne zu essen, ohne zu schlafen? Denn hungrig war er, das ließ sich nicht bestreiten. Verängstigt und krank vor Sorge, aber auch hungrig.

Er ging zurück in die Küche und entfernte die Alufolie von Mrs. Costagans Zimtschnecken. Eine Reihe war noch übrig. Bei allem, was gerade los war, bezweifelte er, dass es groß auffallen würde, wenn er ein Stück äße. Aber sicher war das nicht. Er hätte zum Beispiel schwören können, dass seine Mutter übrig gebliebene Brownies mit einem Lineal maß. Peggy machte es immer so, dass sie in die Küche schlich und nur einen halben Zentimeter von der Schnittkante mauste. Das Buttermesser ließ sie in der Form liegen. Etwas später kam sie erneut und nahm wieder so ein kleines Stück. Und wieder. Schließlich, wenn an der kurzen Schnittkante schon ein ordentliches Stück fehlte, änderte sie ihre Strategie und wandte sich der langen Schnittkante zu. Wenn seine Mutter dann nach dem Abendessen die Alufolie entfernte, um die Brownies als Nachtisch zu servieren, rief sie: »Meine Güte, wer hat denn die ganzen Brownies gegessen?« Peggy gab ihre Mausereien nie zu. In ihren Augen hatte sie gar keinen ganzen Brownie gegessen, bloß ein Scheibchen, das zu klein war, um von Bedeutung zu sein.

Das war eine der Sachen, die Milo an seiner Schwester am meisten ärgerten: dass sie alles, was sie tat, rechtfertigen konnte. Er klammerte sich an diesen Gedanken, an diesen Hoffnungsschimmer, dass sie nur vorübergehend weggelaufen war, um den Geschmack der Unabhängigkeit zu kosten, und dass sie sich selbst davon überzeugt hatte, es sei keine große Sache, mitten in der Nacht abzuhauen und irgendwann später wiederaufzutauchen. Wenn sie durch die Tür käme und ihre Eltern ausflippten, würde sich ein erstaunter Ausdruck auf ihrem Gesicht breitmachen: »Was ist denn? Ich hab eine Pause gebraucht. Ich habe euch doch erzählt, dass ich gehe, oder?« Irgendwie würde sie alle dazu bringen, es für ihren eigenen Fehler zu halten, und er hätte die Schuld wohl noch nie so bereitwillig auf sich genommen.

Milo nahm das klebrige Buttermesser, schnitt eine der Zimtschnecken ab und biss in den zähen Zuckerguss. Er hatte keine Ahnung, wie er sich verhalten sollte, und sechs Stunden nach seiner Schlafenszeit war er auch hundemüde. Sein Körper fühlte sich wie ein nasser Sandsack an, und doch klappten seine Augenlider jedes Mal, wenn er die Augen schloss, wie von selbst wieder auf. Es war wie bei den wenigen Anlässen, als seine Mom ihm erlaubt hatte, nach fünf Uhr nachmittags noch eine Cola zu trinken. Er überlegte, ob er beten sollte. Als er sich früher am Abend vor sein Bett gekniet hatte, war das auf ähnliche Weise tröstlich gewesen wie sein abendliches Bad: weil es sich nach Normalität angefühlt hatte.

Er holte sich leise ein Glas Milch aus dem Kühlschrank und schob den voluminösen Behälter zurück auf das Regal. Peggy war die große Milchtrinkerin in der Familie. Würden sie ab jetzt nur noch Zweiliterpackungen statt der üblichen Großpackungen mit fast vier Litern kaufen? Würde ein Vermisstenfoto von ihr auf der Packung kleben? Solche Selbstquälereien befriedigten ihn sonst sehr – sich das Schlimmste vom Schlimmsten auszumalen. Bald würden die Broschüren der verschiedenen Colleges eintrudeln – Peggy war zwar erst Elftklässlerin, aber eine Einserschülerin. Wie würde es sich anfühlen, den Briefkasten am oberen Ende der Auffahrt zu öffnen und eine dieser Broschüren darin vorzufinden? Vielleicht zusammen mit pastellfarbenen Beileidskarten, um die Dramatik noch zu erhöhen.

Er versuchte, das bekannte Gefühl eines scheußlich stechenden Schmerzes zu spüren, doch dann kam ihm das zu forciert vor, und so gab er es auf. Eigentlich wollte er nur noch schlafen. Es war, als ob er sich einen Film anschaute, bei dem die anschwellende Musik gerade einen emotionalen Höhepunkt signalisierte, er aber war außerstande, etwas zu empfinden, weil ihn das ganze Geplänkel vorweg schon so ermüdet hatte. Wenn man derartig müde war, kam einem alles irreal vor. Als ob es sich gar nicht ereignete oder als ob es jemand anderem widerfuhr – nur seinen Eltern, zum Beispiel. Das Einzige, was er wirklich empfand, war seine Müdigkeit, und es war schrecklich, das zuzugeben.

Die Schlafzimmertür seiner Eltern öffnete sich knarrend, und er hätte sich fast an seiner Zimtschnecke verschluckt. Er war sich sicher gewesen, dass seine Eltern schliefen, und vielleicht hatten sie das auch getan, aber jetzt waren beide wach. Ihre Stimmen drangen leise durch den Flur. Die Stimme seines Vaters wurde plötzlich lauter, und Milo spürte sie als Stich in seinem Herzen – so, wie wenn bei *Chefarzt Trapper John* der Defibrillator zum Einsatz kam.

»*Was* hat er damit gemacht?«, fragte sein Vater, und seine Stimme war klar, nicht so nuschelig vom Alkohol wie früher am Abend. Einige Jahre zuvor hatte Milo herausgefunden, wie viel sein Vater trank. Eines Abends war sein Dad durch den Flur gewankt und hatte sich an beiden Wänden festhalten müssen, und er hatte seine Schwester gefragt, ob mit seinem Dad alles in Ordnung sei, weil er aus dem *Gesundheitsführer A–Z* wusste, dass dies ein Zeichen für einen Schlaganfall sein konnte. »Der ist betrunken, Dummerchen«, sagte Peggy, und Milo schlug auch das nach und verstand endlich den vergoren riechenden Atem und die blutunterlaufenen, leeren Augen seines Vaters.

Seine Mutter antwortete mit gedämpfter Stimme aus dem Badezimmer, aber sein Vater redete weiter. »Das ist der, der sie belästigt hat. Das kann doch kein Zufall sein. Was hat der hier herumzuschnüffeln, und das in unserer Situation. Man kann ja wohl ein bisschen Respekt zeigen!«

Die Toilettenspülung rauschte, und dann öffnete sich die Tür, und seine Mutter ging mit großen Schritten den Flur entlang in Richtung Küche. Milos Vater folgte ihr. »Joe, es ist vier Uhr morgens.« Sein Vater trug eine seiner ausgeleierten weißen Unterhosen und ein dazugehöriges T-Shirt. Es hätte lustig sein können, wenn Milo sich nicht so sehr gefürchtet hätte. Er stahl sich ins Esszimmer und schob dabei die Zimtschnecke im Mund hin und her. Was, wenn sie ihn dabei erwischten, dass er mitten in der Nacht etwas Süßes aß, obwohl er eigentlich im Bett sein sollte?

»Es ist mir scheißegal, wie spät es ist«, sagte sein Vater. Bei dem Fluch krampfte sich Milos Magen erneut zusammen.

Sein Dad nahm den Telefonhörer ab und wählte. Das rhythmische Klackern der Wählscheibe war auch im Nebenraum gut hörbar.

»Joe?«, sagte seine Mutter, aber sie bekam keine Antwort.

»Peck? Hier ist Joe Ahern … Ich weiß, aber es ist dringend. Es geht um Hal Bullard, den Zurückgebliebenen.« Er redete weiter, aber Milo hörte nicht mehr zu. Hal?

Im vergangenen Spätsommer, kurz nachdem Peggy sechzehn geworden war, war Milo mit ihr an den frühen Nachmittagen in die Stadt gefahren. Während sie in der Sporthalle mit ihrem Volleyballtraining beschäftigt war und danach Sprints auf der Laufbahn übte, schwamm er eine Stunde lang im Gemeindeschwimmbad, immer mit einem Auge auf der Uhr, weil er wusste, wie sauer Peggy wurde, wenn er zu spät kam. Dann zog er sich ein T-Shirt an und setzte sich hinter die Schule, um dort den Snack zu essen, den er sich zu Hause eingepackt hatte. Hal beobachtete immer die Mannschaft auf der Laufbahn. Er lehnte sich gegen den Maschendrahtzaun, bis das Metall rote Abdrücke auf seiner Stirn hinterließ. Milo hatte er leidgetan – es war bestimmt nicht leicht, zurückgeblieben zu sein –, und er wusste, dass Peggy ihn für einen Trottel hielt. Also fragte er Hal schließlich, ob er etwas von seinem Thunfischsandwich abhaben wolle, damit er neben ihm auf der Bank saß und nicht wie ein Depp am Zaun hing. Hal hatte den Zaun losgelassen und sich neben Milo auf die Tribüne gesetzt. »Was hast du noch mit?«, hatte er gefragt, und als Milo ihm eine kleine Tüte mit Oreos zeigte, heiterte sich Hals Miene auf. Zwei Jahre zuvor hatte Milos Mutter wieder als Krankenschwester zu arbeiten begonnen, und seitdem hatte sie ihnen Planters Cheez Balls, Oreos und dergleichen gekauft, Sachen, die sie niemals gekauft hatte, als sie noch regelmäßig zu Hause gewesen war und genug Zeit gehabt hatte, um Kekse zu backen oder einen Kartoffelsalat zu machen.

»Das sind meine Lieblingskekse.« Hal saß neben Milo auf der Bank und schob sich einen Oreo in den Mund. Erst als er einen zweiten hinterhergeschoben hatte, bedankte er sich.

Milo zeigte auf Peggy. »Das ist meine Schwester.«

»Heißt das, du siehst sie jeden Tag? Mann, hast du ein Glück.« Es war anders, als wenn Scott das sagte und dabei anzüglich grinste.

»Ich weiß nicht«, brummte Milo. »So toll ist sie nicht.«

»Machst du Witze? Sie ist das hübscheste Mädchen weit und breit. Und das netteste.«

»Zu mir nicht.« Jeden Morgen war Milo derjenige, den Peggy mit dem Ellbogen vom Spiegel wegschob, sodass er sich vorbeugen musste, um sein Spiegelbild zu sehen, während sie hinter ihm stand und sich mit mürrischem Blick den Lockenstab ins Haar hielt. Einmal hatte sie dabei aus Versehen mit dem Brennstab seinen Nacken berührt und eine Brandwunde hinterlassen, die wie ein rosa Blutegel aussah. Jeden Morgen musste er ihretwegen die Zahnpasta beim Zähneputzen ins Klo statt ins Waschbecken spucken. Jeden Morgen brüllte er die Treppe hinab – »Mom, Peggy geht nicht aus dem Badezimmer raus« –, ohne dass es auch nur die geringste Wirkung gezeigt hätte. Nachts konnte sie mit ihrem kleinen Bruder beim Kartenspielen bestens auskommen, aber wenn es morgens darum ging, ihren Pony in Form zu bringen, sahen die Dinge anders aus.

»Mag sie auch Oreos?«, fragte Hal, und Milo beschwerte sich, dass sie eine ganze Rolle auf einmal verdrückte, indem sie jeweils sechs Stück in ein Glas Milch warf, die Mischung mit einem Löffel verrührte und das Ganze wie Eiscreme aß. Sie wusste, dass Oreos seine Lieblingskekse waren. Warum musste sie so gemein sein? »Ich mag die auch am liebsten.« Hal hatte Peggy aufmerksam beobachtet, während sie Knie-Liegestütz machte. Ihre Arme zitterten, und ihre Knieschoner waren fleckig vom Gras. »Mann, hast du Glück.«

Milo wurde klar, dass er vielleicht nie wieder ihretwegen seine Zahnpasta in die Toilette würde spucken müssen. Er spürte einen so stechenden Schmerz in der Brust, dass er sich an die Esszimmerwand lehnen musste und sich ganz sicher war, einen Herzinfarkt erlitten zu haben. Er taumelte in die Küche und fasste sich an den mageren Brustkorb. Konnte man mit zwölf einen Herzinfarkt bekommen? Er berührte seine Mutter am Ellbogen, und sie fuhr zusammen. Sein Vater brüllte immer noch in den Telefonhörer und versuchte Peck klarzumachen, dass er sich, verdammt noch mal, jetzt sofort um die Sache kümmern solle und nicht erst am Morgen. Peck sagte etwas, und sein Vater schwieg einen Moment lang, aber dann unterbrach er ihn: »Weil ich das Haus voller Leute hatte. Ich habe so schnell wie möglich angerufen.« Milo dachte, es lag wohl eher daran, dass sein Vater zu betrunken gewesen war.

Seine Mom drehte sich zu ihm um, und Milo verzog das Gesicht, damit der Schmerz in seinem Brustkorb nicht zu übersehen war. »Was ist los, Schatz?«, fragte sie mechanisch und fügte hinzu: »Warum bist du nicht im Bett?«

»Mir geht es nicht gut.« Es war schwierig, die Worte wirklich auszusprechen, denn sein Atem ging so flach, dass er kaum Luft bekam. Er erinnerte sich daran, dass Peggys Gesicht auf dem Heimweg vom Training knallrot gewesen war und dass die verschwitzten Knieschoner einen so säuerlichen Geruch verströmten, dass Milo das Fenster herunterkurbeln musste.

Sein Vater telefonierte immer noch. »Ich habe ihn selbst im OK gesehen. Stockbesoffen.« Er schwieg einen Moment. »Mit meinem Bruder Randall. Jetzt hör mir mal zu, Peck, ich will, dass du mit Hal Bullard redest.«

Milo versuchte sich vorzustellen, dass Hal mit seinem fröhlichen, leeren Gesicht und seinen breiten Schultern eine Bedrohung für jemanden darstellen könnte, aber es gelang ihm nicht. Allerdings hatte Scott, sein bester Freund, einmal ein Vogeljunges auf dem Gehsteig gefunden und es mit seinen Adidas-Schuhen zertreten. Die Knochen hatten wie kleine Zweige geknirscht. Jeden Tag taten Menschen Dinge, die Milo sich nicht vorstellen konnte.

Noch schlimmer aber war, dass sein Vater glaubte, dass Peggy wirklich etwas zugestoßen war – und zwar kein Unfall oder ein Missverständnis, sondern ein *Verbrechen.* Ihm fiel ein, dass seine Mutter zu Sheriff Randolph gesagt hatte, sie sei sich nicht sicher, ob Peggy einen Freund habe – und sie hatte es im Flüsterton gesagt, als sein Vater nicht mehr im Zimmer war.

Milos Mutter nahm ihre Hand von seinem Rücken und legte sie auf seine Stirn, ihre Handfläche war kühl auf seiner Haut. Es fühlte sich so … normal an, dass er spürte, wie die Luft in seine Lungen zurückkehrte und sich sein Brustkorb weitete. »Du musst jetzt schlafen gehen. Warst du die ganze Nacht auf?«

»Muss ich in die Schule?«

Seine Mutter überlegte kurz. »Nein, ich denke nicht. Ich rufe Irv morgen früh an.« Irv Johnston war der Schuldirektor, ein

Mann, der jede Woche dieselben fünf farblosen Hemden mit kurzen Ärmeln und Button-down-Kragen trug. Milo teilte Menschen gern in zwei Gruppen ein: diejenigen, die weltgewandt genug waren, um in einer Großstadt zu leben, und diejenigen, die es nicht waren. Er hatte immer geglaubt, er und Peggy würden zu der ersten Gruppe gehören, aber vielleicht hatte sie ihn gar nicht so eingeschätzt. Mr. Johnston zählte definitiv zur zweiten Gruppe, die in Gunthrum deutlich überrepräsentiert war. Milo fragte sich, ob er die Welt ab jetzt auf andere Art einteilen würde: vorher und nachher.

9

Alma war Pecks Streifenwagen während der letzten drei Kilometer gefolgt. Als er auf den Highway 57 abbog, vermutete sie bereits, er werde zu ihrer Farm fahren, aber als er vor ihrer Auffahrt verlangsamte, empfand sie nicht die übliche Genugtuung, recht behalten zu haben. Nachdem sie zu ihrer Bustour aufgebrochen war, waren die Leute von Stevarts gekommen und hatten neuen Schotter auf der Zufahrt abgeladen. Pecks Auto schien keine Probleme mit den Unebenheiten zu haben, es besaß offenbar eine bessere Federung als ihres. Es fühlte sich immer seltsam an, wenn der neue Schotter geliefert wurde – als ob man eine fremde Zufahrt entlangfahren würde, ganz anders als noch wenige Stunden zuvor. Alma stellte ihr Auto neben Pecks Polizeiwagen in der Auffahrt ab, dann stiegen beide aus und schlugen die Türen fast synchron zu. Es war noch nicht ganz halb neun.

»Peck«, sagte sie, und er erwiderte das mit ihrem Namen. »Ich glaube, ich weiß, warum du hier bist. Joe Ahern hat sich was in den Kopf gesetzt, nicht wahr?«

»Ich bin nur hier, um ein paar Fragen zu stellen«, sagte er.

Sie wäre gern wütender auf Peck gewesen, aber was konnte sie ihm schon vorwerfen? Er machte nur seine Arbeit. Über Joe Ahern hingegen hätte sie sich endlos aufregen können – wie konnte man nur so danebenliegen?

»Na, dann komm mal mit rein«, sagte sie. »Ich setze eine Kanne Kaffee auf und hole Clyle.«

Sie läutete die gusseiserne Essensglocke, die seit Clyles Kindheit auf der Veranda hing. Als sie auf die Farm gezogen waren, hatten sie dergleichen für ein überlebtes Klischee gehalten – eine Glocke, mit der die Bauersfrau die Männer zum Essen rief –, aber es war schwierig, Clyle auf dem Hof aufzuspüren, ohne einen halben Kilometer von Gebäude zu Gebäude zu laufen, und sie hatte Besseres zu tun. Sie setzte den Kaffee auf und nahm einen Streuselkuchen aus der Tiefkühltruhe. Die Pockennarben vom Gefrierbrand waren selbst durch die Frischhaltefolie unübersehbar. Sie hatte den Kuchen vor acht Monaten zu Ostern gebacken, und weil sie ungern Essen vergeudete, hatte sie die zweite Hälfte eingefroren.

Peck sah ihr zu, als sie den Kuchen schnitt. »Das ist doch nicht nötig«, sagte er.

»Der ist nicht nur für dich«, sagte sie. Manchmal konnte sie einfach nicht anders, als ein bisschen unhöflich zu sein.

Sie schnitt vier große Stücke ab und stellte sie in die Mikrowelle, mit einem Blatt Küchenrolle obendrauf. Alma liebte ihre Mikrowelle. Als Clyle sie vor ungefähr einem Jahr angeschleppt hatte, hatte sie ihn einen Narren genannt – auf gar keinen Fall brauche sie so einen Riesenapparat für etwas, das sie genauso gut im Ofen machen könne. Aber nun fand sie täglich neue Ausreden, um die Mikrowelle zu benutzen.

Sie sah Clyle aus der Scheune kommen. Er hatte einen Lappen in der Hand, den er gerade in die Gesäßtasche steckte. Auch wenn es nicht schneite, war unverkennbar, dass der Winter begonnen hatte. Trotzdem trug Clyle nur lange Unterwäsche und ein Flanellhemd. Hal tauchte hinter ihm auf, und als er sein Hemd in die Hose stopfte, verschwanden seine Arme bis zu den Ellbogen darin. *Konnte es sein?* Sie schüttelte den Kopf. Er hatte zwar Menschen verletzt, aber nur, wenn sie ihn gereizt hatten, und es waren ausschließlich Männer gewesen. Männer waren, davon war sie überzeugt, die Wurzel allen Übels, auch wenn sie manchmal schwer an sich halten musste, um nicht die albernen Frauen aus der Stadt zu ohrfeigen, denen sie bei den Treffen des Bibliotheksvorstands begegnete.

Clyle und Hal zogen ihre Stiefel auf der Veranda aus und betraten die Küche, wo sie ihre Hausschuhe mit der Fußspitze ausrichteten, ehe sie mit den Füßen hineinschlüpften. »Peck Randolph«, sagte Clyle und streckte Peck die Hand zur Begrüßung entgegen. »Womit können wir dir helfen?«

»Ich bin hier, um über die schreckliche Sache da drüben zu sprechen.« Peck deutete mit dem Daumen in Richtung der Ahern-Farm.

»Schreckliche Sache«, wiederholte Clyle. »Ganz schrecklich.«

»Allerdings.«

Hal starrte Peck an. »Sie sitzen auf meinem Platz. Auf diesem Stuhl sitze ich immer.« Alma zuckte zusammen. Hal verstand einfach nicht, wie unhöflich er manchmal klang, wenn er sich auf irgendwelche Nebensächlichkeiten versteifte.

»Tut mir leid, Junge.« Peck stand auf und ließ sich auf dem nächsten Stuhl nieder, ohne auch nur mit der Wimper zu zucken, dass so etwas Nichtiges wie ein Sitzplatz zur Sprache kam, wenn es eigentlich um ein vermisstes Mädchen ging. Hal ließ sich auf seinem angestammten Platz nieder. »Du magst deine Routine. Das kann ich verstehen. Ich esse jeden Morgen das gleiche Frühstück: zwei pochierte Eier und eine Scheibe Toast.«

»Dann lass mich mal raten«, sagte Clyle. »Joe Ahern hat dich angerufen.«

»Das stimmt.« Peck bedankte sich bei Alma, als sie die erste Tasse mit frischem Kaffee vor ihn stellte. »Er hat gesagt, ihr wärt bei ihm gewesen, um auf dem Hof zu helfen. Sehr freundlich von euch.«

»Und?«, fragte Alma.

»Ach ja, Hal«, sagte er und wandte sich zu ihm. Alma musste sich eingestehen, dass sie Peck mochte. Die meisten Leute sprachen mit ihr und Clyle, aber nicht mit Hal. »Mr. Ahern sagte, du wolltest ein Armband mitnehmen?«

»Ja, stimmt. Ich wollte etwas von ihr haben. Ich habe Peggy geliebt.«

»Na ja, nicht wirklich geliebt«, warf Clyle ein.

»Doch«, sagte Hal ernst. »Hab ich wirklich.«

»Ja, und über Peggy würde ich gern mit dir sprechen.« Peck begann mit Fragen zu dem Jagdausflug – zu welcher Uhrzeit Hal die Jagdhütte nahe Valentine verlassen hatte, wer zurückgeblieben war, die genaue Anschrift, wann er wieder in der Stadt gewesen war, wann er ins OK gegangen und wer dort gewesen war und was er Punkt für Punkt gemacht hatte, nachdem er die Kneipe verlassen hatte.

Schon nach kurzer Zeit standen Hal die Tränen in den Augen, weil ihn die Fragen nach dem Jagdausflug verwirrten. Er hegte ein instinktives Misstrauen gegenüber Männern in Polizeiuniformen – noch etwas, das ihn mit den meisten Männern seines Alters verband –, das von einer Anzeige wegen Ladendiebstahls in einem Kaufhaus in einer der Nachbarstädte herrührte. Normalerweise ging Alma beim Einkaufen hinter ihm her und nahm seinen Snickers-Riegel auf ihre Rechnung, aber nicht an dem Tag, als der Filialleiter ihn mit festem Griff um den Arm an der Tür aufhielt. Hal hatte sich mit einem Ruck befreit und sich den ganzen Schokoriegel auf einmal in den Mund gestopft, und von da an war die Situation eskaliert. Letztlich hatte das Geschäft zwar auf eine Anzeige verzichtet, aber wirklich niemand in dem Laden hatte die Szene überhören können.

Als Nächstes befragte Peck ihn zu den Blutspuren in seinem Wagen.

»Wie hast du davon erfahren?«, fragte Clyle, und Peck bedachte Alma mit einem Stirnrunzeln. »Hast du ihm davon erzählt?«

»Wir sind uns am Montagabend in der Pizza Ranch begegnet. Wir haben nichts zu verbergen.« Um Himmels willen, warum hatte sie nur davon erzählt?

»Ich kann die Frage beantworten«, sagte Clyle und schob sich ein Stück Kuchen in den Mund. »Hal sagt, das Blut sei von einer Hirschkuh gewesen.«

»War es ja auch«, sagte Alma und warf Clyle einen giftigen Blick zu.

Clyle ignorierte sie und setzte zu einer Erklärung an, dass Rotwild je nach Einschussstelle sehr stark bluten könne.

»Weiß ich doch«, sagte Peck. »Ich gehe schon mein ganzes Leben lang auf die Jagd.« Alma legte widerstrebend ein Stück Kuchen auf den Teller neben Pecks Notizbuch, und er bedankte sich. »Sie sagte, ihr hättet den Wagen gereinigt?«

»Das stimmt«, bestätigte Clyle. »Hal hat versucht, das Tier selbst auszunehmen, aber das hat nicht so gut geklappt.«

»Und was habt ihr mit dem Kadaver gemacht?«

»Das habe ich dir doch am Montag schon erzählt«, sagte Alma. »Hal hat das Tier in Mick Langdons Abfallgrube geworfen.«

»Habt ihr es dort gesehen?«

»Nein, aber …«, setzte Alma an, und Peck sagte ruhig: »Ich würde das gern von Hal hören.«

»Sie hat recht«, bestätigte Hal. »Der ist in der Abfallgrube. Aber ich weiß nicht, warum Sie meinen Hirsch angucken müssen.«

»Es war eine Kuh«, sagte Clyle, »und Hal hatte nur eine Genehmigung für Böcke. Ich werde das Bußgeld übernehmen.«

»Mir geht es gerade nicht so sehr um Bußgelder«, sagte Peck. Er sah von seinem Notizbuch auf. »Und ich gehe davon aus, dass die Jagderlaubnis für den Bereich Elkhorn galt, nicht für Sandhills?« Hals Mund stand vor Schreck weit offen. »Auch das interessiert mich gerade nicht. Ich will einfach diese Hirschkuh mit eigenen Augen sehen. Aber damit ist natürlich nichts bewiesen. Ich wünschte, du hättest den Wagen nicht so gründlich sauber gemacht, Hal. Eine Probe hätte einige Dinge klären können.«

»Was meinst du mit ›eine Probe‹?«, fragte Hal. »Ein Probe wovon?«

»Von dem Blut.«

Hal sah Clyle an, dann wieder Peck. »Da war gar nicht so viel Blut. Also, schon viel, aber nicht im Wagen.«

»Nicht im Wagen?«

»Nein, sondern da, wo ich das Tier erwischt habe. Auf der Straße.«

»Du hast es auf der Straße angefahren?«

»Nein, ich habe es auf der Straße *geschossen.*« Hal stand gequält auf, und Peck hob beide Hände in die Höhe, als würde jemand eine Waffe auf ihn richten. »Setz dich, Hal. Ich habe das nicht bezweifelt.« Er nahm einen Bissen von dem Kuchen und machte Alma ein Kompliment – eine glatte Lüge, denn durch den Gefrierbrand schmeckte der Kuchen wie Styropor. »Und jetzt erzähl mir noch mal, Hal, wen du im OK getroffen hast. Hast du Joe und Randall Ahern gesehen?«

»Kann sein.«

»Ja oder nein, Hal?« Und Hal antwortete mit einem widerwilligen Ja. »Wen noch?«, fragte Peck, aber Hal meinte, all die Besuche im OK, bei denen er blau gewesen sei, würden verschwimmen. »Larry Burke? Sam Gary?«

»Nein, die waren in Valentine. Da habe ich sie ja sitzen lassen. Aber ich habe Cheryl gesehen, und die war echt sauer.«

»Worüber?«

»Sie glaubte, dass Larry sie angelogen hat, weil er ja eigentlich mit mir zusammen sein sollte, aber ich war im OK.«

»Und du hast die Sache richtiggestellt?«

Hal zuckte die Schultern. »Ich denke schon.«

Peck schrieb etwas in sein Notizbuch. »Und nachdem du das OK verlassen hattest?«

Hal senkte die Augen auf seinen Teller, tupfte Krümel mit dem Finger auf und schob sie in den Mund. »Bin direkt nach Hause gefahren.«

»Keine Abstecher?«

»Ich glaube nicht.«

Alma dachte an Larrys dummes Geplapper vom Vorabend. Hatte er nicht gesagt, Cheryl hätte Hal am Samstagabend auf der Castle Farm gesehen? Ein Gefühl von Panik überkam sie.

Peck legte seine Gabel auf den leeren Teller und teilte ihnen mit, dass Suchtrupps das gesamte Gelände der Castle Farm sehr sorgfältig durchkämmten. Wenn es dort etwas zu finden gäbe, würden sie es finden. »Wie ich höre, warst du am Samstagabend auch dort, Hal. Stimmt das?«

»Nicht *Samstag*abend«, sagte er, und Alma zuckte zusammen. Diese Art von Lügen – die, welche teilweise auf Wahrheit beruhten – waren ihm die liebsten, und sie fragte sich, wo der Haken war. Am Freitagabend konnte er nicht dort gewesen sein, da war er in Valentine. Aber vielleicht am Sonntag? Oder am Samstagabend nach Mitternacht?

Peck kam noch einmal auf den Teil des Jagdausfluges zurück, als er die Hirschkuh geschossen hatte, dann auf die Rückfahrt nach Valentine, den Abend im OK, auf der Castle Farm, und er fragte erneut, wie viel Hal getrunken hatte. »Neun Drinks? Zehn?«

»Ja, bestimmt«, sagte Hal. Alma wusste, dass er den Überblick über seine Getränke ungefähr so gut behielt wie über seinen Konsum von Oreos, die er sich händeweise in den Mund stopfte.

»Und dieses Armband von Peggy. Was wolltest du damit?«

Alma wurde flau im Magen. Sie fühlte sich an ihre Zeit als Sozialarbeiterin erinnert, wenn sie ihre Klienten mit scheinbar simplen Fangfragen dazu brachte, eine Wahrheit zuzugeben, die sie längst kannte.

»Ich wollte es zur Erinnerung haben.«

»Was meinst du mit Erinnerung? Ist sie weg?«

Alma schnaubte. »Das reicht. Leg ihn nicht mit seinen eigenen Worten herein, Peck. Er meint bloß ›erinnern‹ in der allgemeinen Bedeutung, so wie ich mich an die Zeit erinnern möchte, als du nicht an meinem Tisch gesessen und es auf eine Anschuldigung angelegt hast.«

»Ich verstehe«, sagte Peck. »Ich bin mir sicher, dass es viele Menschen gibt, die sich an eine Zeit erinnern wollen, als ich nicht bei ihnen zu Hause war. Zum Beispiel die Aherns, als ich dort war und ihnen Fragen zu ihrer vermissten Tochter gestellt habe.« Peck stand auf, stellte seinen Teller in die Spüle und sagte, dass er sich wieder melden werde.

Sie brachten ihn zu seinem Streifenwagen, etwas unsicher, wie man sich unter diesen Umständen benehmen sollte. Peck holte seinen Autoschlüssel hervor und schloss die Tür auf; sein Auto war eines der wenigen verschlossenen Fahrzeuge in der Stadt. »Das ist doch dein Wagen, Hal, oder?« Er nickte in Richtung des roten Dodge. »Da hast du aber einen ordentlichen Blechschaden kassiert. Du hast rechts eine Delle und ein kaputtes Vorderlicht.«

»Er ist beim Einparken gegen die Garagenwand gefahren«, sagte Clyle. »Das kannst du dir bei ihm zu Hause ansehen. Die Garage ist total mitgenommen. So einen großen Pick-up in so eine kleine Garage zu fahren, ist, wie wenn man eine Bowlingkugel durch einen Strohhalm schieben will.«

»Vor allem, wenn man getrunken hat«, fügte Peck hinzu, und Hal nickte lebhaft. »Bist du einverstanden, dass wir uns deine Garage mal ansehen, Hal?«

Hal sah Clyle an.

»Daran ist nichts verkehrt«, sagte Clyle. Peck teilte ihnen mit, dass abends eine Versammlung in der Stadt stattfinden werde, wo die Polizei bekannt gebe, was sie über Peggys Verschwinden wisse, und dass er sich über ihre Teilnahme freuen würde. Clyle sagte, sie würden es versuchen, und Peck stieg ein und fuhr davon.

Hal drehte sich zu Clyle und Alma um. »Warum will er sich meine Garage ansehen?«

»Er will sehen, ob die Delle in deinem Wagen dazu passt«, sagte Clyle. »Und das wird sie doch, oder, Hal?«

Hal verzog das Gesicht und bejahte und sagte, dass er auf Toilette müsse.

Alma folgte ihm ins Haus und wusch das wenige Geschirr ab. Jeder Narr konnte sehen, dass dieses Gespräch nicht gut gelaufen war, und für einen Narren hielt sich Alma gewiss nicht. Im Obergeschoss wurde die Toilettenspülung betätigt, und sie hörte, wie Hal die Tür zum Bad öffnete, und dann, wie er die zu seinem Zimmer schloss. Vor einigen Jahren hatte sie ihm eine Patchworkdecke im Blockhüttenstil für sein Bett genäht und passende Gardinen in dem gleichen verwaschenen Blauton dazu. An dem Abend, als sie ihm das Ganze gezeigt hatte, hatte er sich in den Quilt eingewickelt und war damit nach unten gekommen, um sich *Ein Duke kommt selten allein* anzuschauen. Er hatte eine geschlagene Stunde lang ein breites Grinsen auf dem Gesicht gehabt. Sie hatte diesen Burschen wirklich lieb gewonnen.

Clyle kam herein, als sie die letzte Kaffeetasse auf das Trockengestell stellte. »Und?«, fragte sie. Als er nicht antwortete, drehte sie sich zu ihm um und sah, dass er den Kopf gesenkt hatte und auf den Tisch starrte. Sie sah das verwuschelte Durcheinander seiner Haare, die den ganzen Morgen unter einer Wollmütze gesteckt hatten, und spürte einen Funken von Liebe für ihren Ehemann. Er hatte Hal vor Peck verteidigt, aber würde er auch so loyal bleiben, wenn die Dinge nicht ganz so lagen, wie Hal es behauptet hatte?

»Wir sollten vielleicht besser Herb anrufen.« Herb war der Anwalt, den sie immer dann beauftragten, wenn es Dokumente über Landbesitz aufzusetzen und zu beglaubigen galt. Er hatte nach dem Tod von Clyles Mutter die rechtlichen Fragen für sie geregelt.

»Was weiß der denn von Sachen wie dieser?«

»Nicht viel, nehme ich an, aber es wäre ein erster Schritt.«

Sie wrang den Schwamm aus und legte ihn neben die Tassen auf das Abtropfgestell, und sie war froh, dass sie nicht die guten Zuckerplätzchen für Peck aufgetaut hatte, denn mit denen war sie geizig. »Entschuldige, du hast recht. Es wäre ein erster Schritt.« Normalerweise runzelte Clyle die Stirn bei ihren seltenen Entschuldigungen, aber dieses Mal nicht.

»Was ist mit Hal?«, fragte sie.

»Was soll mit ihm sein?«

»Glaubst du, er versteht die Situation?«

Clyle zögerte. »Ich weiß nicht mal, ob *ich* die Situation verstehe, Alma. Im Moment gibt es gar kein Verbrechen, also auch keine Anschuldigung. Alles ist völlig unklar.«

»Ja, wahrscheinlich«, sagte sie, aber nichts an Pecks Besuch leuchtete ihr ein. Sie wusste, dass Hal nicht die ganze Wahrheit sagte, und wenn sie das wusste, dann wussten es Clyle und Peck auch, aber Hal konnte stur wie ein Esel an seinen Lügen kleben. Ein paar Jahre zuvor, als sie nicht zu Hause waren, hatte er mit den Hinterreifen seines Wagens im Schnee auf dem Hof Donuts gezogen und dabei Furchen im Rasen hinterlassen, die zehn Zentimeter tief waren. Einer seiner dämlichen Freunde hatte ihm diesen Trick eines Freitagabends auf dem Parkplatz der evangelischen Kirche beigebracht, und nach mehreren Stunden hatte auch Hal es drauf. Er war gar nicht auf die Idee gekommen, dass die Autoreifen das Erdreich unter dem Schnee aufreißen könnten; es war für ihn oft nicht leicht, die Folgen seines Handelns zu verstehen. Nach einigem Drängen gestand Hal seine Schandtat, begleitet von einer wahren Sturzflut von Tränen. »Das wirklich Schlimme ist nicht, dass du es getan hast«, erklärte Alma ihm ruhig, »sondern dass du uns angelogen hast.« Manchmal wünschte sie, ihre eigene Mutter – eine vom Pech verfolgte Frau ohne einen Funken Mitleid – könnte sie jetzt sehen.

Als ob er ihre Gedanken lesen könnte, sagte Clyle: »Nicht *Samstag*abend?«

»Ich weiß. Aber das beweist nichts.«

»Und es ist auch keine allzu großartige Verteidigung, dass er zu betrunken war, um sich an seinen Abstecher auf die Castle Farm zu erinnern.« Aber dann bekräftigte Clyle noch einmal: »Sie haben nichts gegen ihn in der Hand. Noch musst du dir keine Sorgen machen, Alma. Du hast Peck ja gehört. Hal hat sich am Samstagabend betrunken, und er hat versucht, ein Armband zu nehmen. Das beweist gar nichts.«

Draußen bummelte ein Opossum über die Auffahrt, ein rattengesichtiger Albino. Was machte das Tier am hellichten Tag dort draußen? Alma kannte die Gewohnheiten nachtaktiver Tiere gut genug, um zu wissen, wann ihr Verhalten verdächtig war. In vierzehn Jahren hatte sie gelernt, zwar nicht Gunthrum, aber doch die Farm zu lieben. Ihr gefielen die nüchterne Zweckmäßigkeit der Landwirtschaft und dass es immer etwas zu tun gab: Gemüse einmachen, Unkraut jäten, Blumen pflanzen, Clyle bei der Reparatur einer Schütte helfen.

Damals, als sie in der Nähe von Chicago ihr Praktikum gemacht hatte, half sie anderen Menschen tagaus, tagein dabei, Lösungen für ihre Probleme zu finden. Damals hörte sie oft, dass sie als Sozialarbeiterin bestimmt ein großes Herz habe, und sie antwortete dann immer: »Eher einen großen Verstand. Je kleiner das Herz, desto besser.« Erst nachdem sie das erste Baby verloren hatte – und danach das zweite und dritte –, verstand sie die Verzweiflung in den Gesichtern ihrer Klienten, ihre Sehnsucht nach jemandem, der ihnen die Richtung wies. Hier auf der Farm gab es immer eine Liste mit Dingen, die erledigt werden mussten und die sie jeden Abend, wenn sie ihren Kopf aufs Kissen bettete, in Gedanken durchging.

»Ich denke«, sagte Clyle, »wir sollten versuchen, ihn vom OK fernzuhalten, bis sie das Mädchen gefunden haben. Und er sollte vom Alkohol wegbleiben.« Hal hatte erst nach Tagen zugegeben, wer ihm das Donutfahren beigebracht hatte. Was immer man sonst über ihn sagen mochte, loyal war er. Es war Larry Burke gewesen, der diese Loyalität schon damals auf der Highschool ausgenutzt hatte.

»Ruf Herb an«, wiederholte sie. »Hör dir an, was er zu sagen hat.«

»Was ist mit seiner Mutter?«

»Herbs?«

»Du weißt, wen ich meine, Alma.«

Marta Bullard, Hals Mutter, war noch nichtsnutziger als die anderen Bewohner von Gunthrum. Es hieß, dass Hal bis zu einem Unfall in einem der Seen von Fremont Lakes ein ganz normaler Junge gewesen sei. Damals war er zwei Jahre alt. Er war zu tief ins Wasser gegangen, ohne schwimmen zu können. Sein Vater hatte seinerzeit im Gefängnis gesessen und seine Mutter mit ihrer üblichen Rum-Cola am Ufer. In der Notfallambulanz hatte man Marta erzählt, dass Hal eine Weile lang keinen Sauerstoff bekommen hatte – eine folgenschwere Weile, wie sich später herausstellte. Nach diesem Erlebnis war Hals Mutter trocken geworden, hatte den Weg zu Jesus gefunden und ein zweites Mal geheiratet, wobei sie sich die ganze Zeit einbildete, ihr einfältiger Sohn sei ein Zeichen Gottes und nicht so sehr ein Kind als eine Sühne. Sie hatte Himmel und Hölle in Bewegung gesetzt, um ihn unter ihrer Fuchtel zu behalten. Statt ihn sein eigenes Leben führen zu lassen, sollte er sie ständig an ihre früheren Sünden erinnern. Sie war dagegen gewesen, dass er für die Costagans arbeitete, seinen Highschool-Abschluss machte und eine eigene Bleibe fand. Wenn es nach ihr gegangen wäre, hätte er immer an ihrer Seite bleiben müssen, damit sie eine Märtyrerin sein konnte. Als er zwanzig geworden war und die Highschool abgeschlossen hatte, half Alma ihm, seine erste Wohnung zu mieten – ein möbliertes Einzimmerapartment über einem Baumarkt mit einer Kochplatte und einer einsamen Zimmerpflanze. Schließlich war Marta in das drei Stunden entfernte Kearney gezogen und hatte zum dritten Mal geheiratet.

»Die rufen wir nicht an. Noch nicht. Hal hat schon genug Schwierigkeiten.«

»Sie hat das Recht, zu erfahren …«

Alma fiel ihm brüsk ins Wort. »Dieses Recht hat sie schon vor Jahren verwirkt.«

»Meinst du, es besteht die Möglichkeit, dass er …?« Sie schüttelte den Kopf, ehe er den Satz auch nur zu Ende gebracht hatte. »Ich auch nicht. War nur eine Frage.«

10

Der Mann, der den Schotter geliefert hatte – Clyle beauftragte damit immer Steve Stevart, den Eigentümer von »Stevarts Kies und Sand« –, hatte seine Arbeit gut gemacht und die vier Kubikmeter Stein gleichmäßig auf der Zufahrt zwischen der Straße und dem Farmhaus verteilt, sodass Hal mit dem Planierpflug nur noch die Kanten glätten und den Schotter in die Wagenspuren schieben musste. Die Auffahrt war eine der Sisyphusarbeiten der Landwirtschaft, weil sie durch das tägliche Befahren mit den schweren Landmaschinen ständig strapaziert wurde. Clyle gab nicht gern zu, wie viel Hilfe er mittlerweile auf der Farm brauchte.

Mit sechsundfünfzig war er nicht mehr so agil wie mit zweiundvierzig, als sie zurück nach Gunthrum gezogen waren, aber das hieß nicht, dass er mit einem Fuß im Grab stand, auch wenn die Schmerzen, die er morgens beim Aufstehen in seinen Knien spürte, ihm manchmal etwas anderes nahelegten. Er musste sich immer wieder in Erinnerung rufen, dass sein Vater mit achtundfünfzig gestorben war, mit von Gelenkrheumatismus verdrehten und verkrüppelten Händen und Füßen. Sein Dad hatte immer gesagt: »Das Leben ist hart, aber immer noch besser als die Alternative.« Clyle hatte sich nichts sehnlicher gewünscht, als seinem Vater ein Enkelkind in die Arme legen zu können, aber daraus war leider nichts geworden.

Er hatte oft nachts wach gelegen und war in Gedanken die Tragödien durchgegangen, die sich außer der Sache mit dem Jungen und dem Bienenstich in Gunthrum abgespielt hatten. Ein Farmer hatte einmal einen anderen wegen eines Landkaufs umgebracht, als Clyle schon in Chicago aufs College ging, und als er in seinen Dreißigern war, hatte seine Mutter ihm am Telefon erzählt, dass ein Mann jemanden erschossen hatte, weil er eine Affäre mit seiner Frau hatte. Der Name des Ehemanns hatte irgendwie vertraut geklungen, doch das musste nichts heißen, denn viele Menschen in Gunthrum hatten die gleichen Nachnamen.

»Er hat ihm direkt ins Herz geschossen«, berichtete seine Mutter in sachlichem Ton. »So wie es diese Banden da oben in Chicago tun. Du glaubst vielleicht, hier auf der Farm wäre es langweilig, aber das Gegenteil ist der Fall. Das Schlimmste ist, dass er ihm eigentlich ins Bein schießen wollte. Sie waren Kindheitsfreunde. Sie sind in der Highschool beide mit dem Mädchen ausgegangen, bis schließlich einer gewonnen und sie geheiratet hat. Es sollte eigentlich nur ein Warnschuss sein, aber er hat seinem Freund ins Gesicht geschaut und sich im letzten Moment verschluckt, und dabei hat er die Waffe nach oben gezogen.«

»Woher willst du das alles so genau wissen?«, hatte Clyle seine Mutter gefragt, aber wie meistens in kleinen Städten waren aus den Spekulationen schnell Tatsachen geworden. Als er in Gunthrum aufgewachsen war, ärgerte es Clyle, wie schnell sich Tratsch verbreitete und dass sich Hinz und Kunz ständig in anderer Leute Angelegenheiten einmischten, aber als er nach Chicago gezogen war, überraschte ihn, wie sehr er das alles vermisste. Als Erstsemester besuchte er ein Biologieseminar mit fast hundert anderen Studenten, doch er kannte nur die Namen von drei Kommilitonen. Alma war der Lichtblick seiner vier Collegejahre gewesen – eine junge Frau, die alle Tricks kannte, mit denen man in Chicago über die Runden kam. Sie war das Gegenstück zu den Frauen, die er als Heranwachsender kennengelernt hatte – streitbar, forsch und respektlos gegenüber jedermann –, und er fand es großartig, wie sie ein zähes Steak zurückgehen ließ, wie sie um eine Eintrittskarte für ein Spiel der Chicago Cubs feilschte oder mit ihm über die Rechte von Obdachlosen stritt. Sie trat für ihre Meinungen ein und war das Gegenteil der Frau, die ihn aufgezogen hatte und die er niemals ihre Stimme hatte erheben hören. Doch irgendwann in den letzten dreißig Jahren hatte sich das alles geändert. Er musste sich nun eingestehen, dass er ganz gern eine Frau mit dem Naturell seiner Mutter gehabt hätte, und Alma, einst so geradeheraus, war inzwischen fast völlig verstummt.

Während Hal draußen auf der Zufahrt den Schotter verteilte, hob Clyle den Hörer des Küchentelefons ab und rief Herb Visser an, dessen Nummer er in seiner spinnenartigen Handschrift vorn auf dem Telefonbuch notiert hatte. Jelane, Herbs Sekretärin und Ehefrau, ging an den Apparat, und nach den üblichen Höflichkeitsfloskeln sagte Clyle, er habe einen Auftrag für Herb, der nichts mit Grunderwerb zu tun habe. »Ich fürchte, unser Landarbeiter könnte sich in Schwierigkeiten verwickelt haben.«

»Inwiefern?«, fragte Jelane, und Clyle berichtete ihr von Peggys Verschwinden.

»Das ist wirklich eine schreckliche Sache«, sagte Jelane. »Ich habe es in den Nachrichten gehört. Sieht nicht gut aus, oder? Ich glaube nicht, dass wir hier schon mal ein vermisstes Mädchen hatten.«

»Ein paar hat es bestimmt gegeben.«

»Wenn man in die großen Städte fährt, nach Sioux City oder Omaha«, führte Jelane ihren Gedanken aus, »dann gibt es da dauernd verschwundene Mädchen, aber hier in Gunthrum haben wir gelernt, sie im Auge zu behalten.«

»Meinen Sie?«

»Das kann ich natürlich nicht für jeden behaupten, vor allem nicht für diese Aherns, aber ich weiß jedenfalls zu jeder Minute, wo meine Töchter sind.« Stimmte das, oder glaubte Jelane es nur? »Aber was hat das alles mit Ihnen zu tun?« Clyle erzählte ihr von der Zuneigung seiner Hilfskraft für das verschwundene Mädchen und dass manche das missverstehen könnten, und sie begleitete seine Rede mit zustimmenden *Hms.* »Gut. Ich sage Herb, dass er Sie zurückrufen soll. Er ist mit seinem Bruder auf einem Jagdausflug, so wie jeder andere in Nebraska, der eine Waffe hat, aber ich spreche heute Abend mit ihm, und dann gebe ich Ihre Nachricht weiter.«

Er verabschiedete sich von Jelane und hängte gerade auf, als Alma aus dem Keller kam, wo sie die Wäsche aus der Maschine in den Trockner gefüllt hatte. »Was hat er gesagt?«, fragte sie, und Clyle erklärte, dass er bei Jelane eine Nachricht für Herb hinterlassen habe. »Typisch! Der raucht wahrscheinlich gerade Zigarren, die er sich mit unseren Hundertdollarscheinen ansteckt, und denkt dabei an das viele Geld, das er verdient.«

»Ich glaube nicht, dass er so viel verdient. Jedenfalls nicht an uns.«

Alma schnaubte und nahm ein Pfund Hackfleisch aus dem Kühlschrank, um es im Schmortopf zu garen. Heute stand Hack im Brötchen auf dem Speiseplan.

»Was Marta angeht …«, sagte Clyle erneut, aber Alma unterbrach ihn.

»Wir schulden dieser Frau gar nichts.«

»Das weiß ich, aber sie ist immer noch seine Mutter.«

Alma nahm den Holzlöffel aus dem Topf und lehnte sich gegen die Arbeitsplatte. »Habe ich dir jemals erzählt, was passiert ist, als Hal das erste Mal versucht hat, eine eigene Wohnung zu mieten?« Das hatte sie ihm bestimmt hundert Mal erzählt, aber davon ließ sich Alma nicht abhalten. »Marta hat Oliver Pickett angerufen und ihm gesagt, dass man Hal nicht vertrauen könne und dass er nicht imstande sei, allein zu wohnen. Sie hat jeden erdenklichen Vorfall als Begründung hervorgekramt, bis zu der Zeit, als Hal mit sieben Jahren der Katze aus Versehen den Schwanz abgeschnitten hat.« Er hätte fast mit einstimmen können in ihren Monolog, Wort für Wort, und er wusste genau, was als Nächstes kam. »Und wer musste deshalb den Mietvertrag mitunterzeichnen, Clyle Costagan? Wer?«

»Wir waren das.«

»Ganz genau. Wenn also jemand darüber Bescheid wissen muss, dass Hal jetzt Hilfe braucht, dann sind wir das. Und wir wissen Bescheid.« Sie warf einen Blick auf die Uhr über dem Tisch. Es war zwanzig vor drei, und sie musste um drei den Bus aus der Garage holen. »Jetzt aber los. Brätst du bitte das Fleisch fertig?«

Sie zog ihre Daunenweste an und setzte ihre selbst gestrickte Mütze auf. Dann kam sie zu Clyle herüber, der am Tisch saß und seinen nachmittäglichen Erdnussbuttertoast aß. Sie nahm den Toast und biss hinein, dann wischte sie die Hände an ihrer Jeans ab. »Ich werde nie verstehen, wie du morgens und abends das Gleiche essen kannst.«

Clyle zuckte die Schultern. Normalerweise gaben sie einander einen Abschiedskuss, wenn einer von ihnen das Haus verließ, aber Alma ging einfach zur Tür hinaus. Die Liste dessen, was der eine beim anderen nicht verstand, war wieder ein Stück länger geworden.

Clyle fuhr einen Ort weiter und parkte mit Hal auf dem Beifahrersitz vor Vandershoots Tierarztpraxis. Seit sie wieder auf der Farm lebten, ging Clyle in diese Praxis. Schon sein Vater hatte dem alten Vandershoot vertraut, und nach seinem Tod hatte sein Sohn Dan Vandershoot das Ruder übernommen. Dan war in den Siebzigern nach Iowa gezogen, und manch einer hatte bezweifelt, dass er jemals zurückkommen würde. Aber wie so viele, die die Gegend eigentlich verlassen wollten, hatte ein kranker Elternteil ihn zur Rückkehr bewegt.

So war es Clyle vierzehn Jahre zuvor auch gegangen, und die Leute hatten Schlange gestanden mit ihren Beileidsbekundungen und Plattitüden darüber, welche unerwartete Wendungen das Leben doch bereithielt. Er nahm die Rolle des verlorenen, aber zurückgekehrten Sohnes bereitwillig an und ließ alle in dem Glauben, dass es eine wahre Heldentat von ihm sei, Chicago den Rücken gekehrt zu haben. In Wahrheit dauerte es nicht lange, bis er sich wieder in die Abläufe des Farmlebens eingelebt hatte: um fünf Uhr aufstehen und das Vieh füttern und nachmittags verschiedenste Probleme angehen – Hirschkühe im Garten, eine verrostete Scheibenegge, Regen im Anzug. In der ersten Woche nach seiner Rückkehr war er mit Alma ins OK gegangen, und dort hatten ihn sieben Menschen mit seinem Namen angesprochen und sich nach dem Befinden seiner Mutter erkundigt. Als sie gestorben war – sein Vater war da schon tot gewesen –, hatten er und Alma sich darauf geeinigt, die bevorstehende Ernte einzubringen und die Farm während des Winters auf Vordermann zu bringen. Schließlich hatte sie eingewilligt, dass sie dauerhaft in Gunthrum blieben. Es würde ihnen bestimmt guttun, aus der Großstadt herauszukommen, hatte er gesagt, aber eigentlich tat es nur ihm gut.

Clyle öffnete die Autotür und folgte Hal in den Wartebereich der Tierarztpraxis. Obwohl die Vandershoots sich auf Nutztiere spezialisiert hatten, kamen auch regelmäßig Kunden, die ihre Haustiere zu ihnen brachten, und Dan hatte diesen Bereich zusätzlich ausgebaut. Er besaß selbst einen Hund – einen schwarzen Labrador namens Clue –, der Clyle und Hal begrüßte, als sie eintraten und die Glocken an der Tür zum Klingeln brachten.

»Na du.« Hal ging in die Hocke und kraulte Clue hinter den Ohren, was der Hund mit begeistertem Schlabbern beantwortete. »Hallo, Kumpel.«

In der Praxis schienen die Tierarzthelferinnen und Rezeptionistinnen ständig zu wechseln. Clyle fand, dass sie alle gleich aussahen: brünetter Pferdeschwanz, unbestimmtes Alter, Tennisschuhe. Zwei Frauen saßen am Anmeldetresen – Clyle vermutete, dass sie neu waren, aber wer konnte das schon mit Gewissheit sagen –, und er lächelte sie an, als er auf sie zuging. Eine kümmerte sich gleich wieder um das Abheften von Dokumenten, mit dem sie gerade beschäftigt war, aber die andere, die direkt hinter dem Tresen saß, setzte ein strahlendes Lächeln auf und schob sich den Pony aus der Stirn, als sie Hal sah.

»Hallo«, sagte sie zu Clyle. »Wie kann ich Ihnen helfen?«

»Mein Name ist Clyle Costagan.«

»Suzie«, sagte sie und errötete gleich darauf. »Entschuldigung. Sie haben mir Ihren Namen bestimmt genannt, damit ich Ihre Karteikarte heraussuchen kann, was? Nicht, um sich vorzustellen. Ich bin neu hier, falls Sie das noch nicht gemerkt haben sollten.«

Clyle lächelte. »Freut mich, Sie kennenzulernen, Suzie.«

»Oh.« Sie schlug die Hände etwas gekünstelt vor das Gesicht. »Wie peinlich, dass mir das passiert ist.«

Hal schloss zu ihnen auf, und Clue folgte ihm auf den Fersen. »Hallo, Suzie.«

»Hallo«, sagte sie zu Hal und errötete noch mehr. »Sie haben es also auch gehört. Oje. Ich komme mir wie ein Dummerchen vor.«

»Nun lass mal gut sein«, sagte die andere Frau. »Du hast ihnen deinen Namen genannt, nicht deine Körbchengröße.«

Suzie lehnte sich über den Tresen und flüsterte den beiden Männern laut zu: »Ich glaube, sie mag mich nicht so sehr.«

»Ich höre bloß nicht gern, dass du dich dauernd entschuldigst«, stellte die Frau klar.

Suzie beachtete sie nicht. In dieser Hinsicht schien sie Clue zu ähneln, dachte Clyle, denn der Hund hörte auch nur das, was er hören wollte. In Clyles Kindheit hatten sie eine Hündin gehabt – einen Springer Spaniel namens Patsy –, die das Klappern von Trockenfutter in ihrem Napf noch in hundert Metern Entfernung hörte, aber nicht einmal zuckte, wenn man ins Zimmer kam und ihr auftrug, das Sofa zu räumen.

»Und wer sind Sie?«, wandte sich Suzie an Hal. Hal nannte ihr seinen Namen – Vor- und Nachnamen –, und die andere Frau drehte sich um. In der Hand hielt sie einen Ordner, den sie gerade alphabetisch hatte einsortieren wollen.

»Oh!« Der Name erzielte offenbar eine gewisse Wirkung.

Clyle erschrak; das war schnell gegangen, auch für einen Nachbarort. Er fragte sich zum ersten Mal, ob auch andere eine Verbindung zwischen Hal und Peggy hergestellt hatten, noch bevor sie vom Blut im Pick-up und der Sache mit dem Armband gehört hatten.

Die andere Frau war älter als Suzie, und jetzt erkannte Clyle auch sie: Als sie das letzte Mal hier gewesen waren, hatte sie selbst mit Hal geflirtet und gefragt, ob er und seine Frau daheim Haustiere hätten. Hal hatte ein so lautes und prustendes Lachen ausgestoßen – »Ich bin doch nicht *verheiratet*!«, hatte er ausgerufen –, dass sie sofort den Rückzug angetreten und sich mit der Antibiotikabestellung beschäftigt hatte, die Clyle abholen wollte. Das hatte die ältere Frau offenbar vergessen, aber es bestand kein Zweifel daran, dass sie Hals Namen jetzt wiedererkannt hatte. Sprach schon das gesamte County über ihn? Alle im Staat Nebraska? Er konnte sich gut vorstellen, wie sie mit ihren Freundinnen in einer hiesigen Version des OK saß und sich wichtigtuerisch vorbeugte, um zu erzählen, dass Hal Bullard sie von oben bis unten wie eine Schweinehälfte taxiert habe, und wie sie dabei mit den Schultern zitterte, weil sie ihre Geschichte inzwischen selbst glaubte.

»Suzie?«, sagte die Frau. »Kann ich dich einen Augenblick sprechen?«

Suzie lächelte Hal und Clyle an und verdrehte die Augen. »Ich bin in einer Sekunde wieder da. Nehmen Sie schon mal Platz.« Abgesehen von einem älteren Landwirt waren sie nun die einzigen Menschen im Wartezimmer.

Suzie folgte der anderen Frau ins Hinterzimmer, als die Tür mit neuerlichem Glockengebimmel aufschwang und ein Junge mit einem Hund hereinkam, der fast so groß wie er selbst war. Dem Aussehen nach handelte es sich um eine Mischung aus Labrador und Jagdhund. Der Hund war so lethargisch, dass der Junge kaum die Leine halten musste. Etwas später kam seine Mutter hinterhergetrudelt. Sie trug ein Flanellhemd und Jeans, und sie war ungeschminkt. »Du und Ruff, ihr setzt euch hin«, sagte sie zu ihrem Sohn und ging dann zur Anmeldung. »Hallo?«, sagte sie laut. »Ist jemand da hinten?« Clue winselte den neuen Hund an.

»Zwei Damen«, sagte Hal. »Sie sagten, dass sie in einer Sekunde zurück sein würden, aber die Sekunde ist längst vorbei. Viele Sekunden.«

»Setz dich hin«, sagte sie zu ihrem Sohn. Clyle wich ihr aus, und Hal ging zu dem Jungen hinüber und ließ sich auf dem Stuhl neben ihm nieder – noch so eine Kleinigkeit, die Hal nie begreifen würde: dass man sich in einem fast leeren Wartezimmer nicht so dicht neben einen Fremden setzte.

»Was fehlt deinem Hund?«, fragte Hal.

Der Junge fuhr mit der Hand über den Rücken des Hundes, und der Labrador-Mischling legte seinen Kopf auf den Schoß des Jungen. Seine Schnauze stand offen, und ein Speichelfaden rann zu Boden. »Er ist krank. Hat vor ein paar Tagen mit einem Waschbären gekämpft, und jetzt frisst er fast nichts mehr, außer der Kohle in unserer Garage. Heute morgen hatte er einen Krampf, und danach hat er auf den Boden gekackt. Deswegen denkt meine Mom, dass er die Tollwut hat.«

»Das ist nicht gut«, sagte Hal. »Dann muss er getötet werden.«

Der Junge schniefte. »Das hat meine Mom auch gesagt. Lieber sterbe ich selbst.«

Hal nickte weise. »Kann ich verstehen. Ich habe zwei Schafe, die Peanutbutter und Jelly heißen.«

Der Junge lächelte. »Das sind gute Namen. Unser Hund heißt Ruff.«

»So wie ›Wuff‹?«

»Genau.«

Hal lachte. »Schlau.«

Die Mutter des Jungen lehnte sich jetzt über den Tresen. Sie stand auf den Zehenspitzen, die Absätze ihrer Schuhe ragten in die Luft. »Ist da hinten jemand?«, rief sie. Der alte Farmer las so ungerührt weiter in seiner Zeitung, als ob es im Raum völlig still wäre.

»Einen Moment noch«, rief die Frau, die nicht Suzie war. Einen Augenblick später kam Suzie zum Vorschein, doch war sie jetzt ganz bleich und ähnelte auch sonst kaum noch der jungen Frau von vorher. Sie sah kaum auf die Mutter des Jungen, sondern war mit solchem Entsetzen auf Hal fokussiert, dass man denken könnte, sie habe eine Nahtoderfahrung gemacht. Clyle krampfte die Hände zusammen und fragte sich, wer die Gerüchteküche so angeheizt hatte. Joe Ahern? Peck? Larry oder Lonnie? Er mochte nicht glauben, dass Peck es gewesen war, weil er ihn für einen aufrechten und anständigen Menschen hielt.

»Hören Sie«, sagte die Mutter des Jungen. »Dieser Hund wird durch Warten nicht gesünder. Kann der Tierarzt sich den mal ansehen?«

Suzie schluckte. »Dr. Dan ist hinten. Corrine holt ihn gerade.«

»Es ist ein Notfall«, sagte die Frau. »Ich bin mir ziemlich sicher, dass er Tollwut hat.«

Suzie warf Hal einen Blick zu. »Wir tun, was wir können.«

»Für mich sieht es so aus«, sagte die Frau, »als ob Sie einen Mann anglotzen, während mein Hund stirbt.«

»O nein!« Suzie schlug sich mit der Hand an den Brustkorb. »Das tue ich nicht.«

Hal verzog verwirrt das Gesicht, und Clyle spürte Wut in sich aufwallen. Kein Wunder, dass Hal die Welt nicht verstand. Kein Wunder. Diese Frau hatte erst vor wenigen Minuten mit Hal geflirtet, und nun wirkte sie völlig entsetzt. Und ihr war egal, wie Hal sich bei alldem fühlte. Total egal. Clyle ging hinüber und setzte sich auf der anderen Seite neben den Jungen – er ließ ebenfalls keinen Platz frei – und sagte, dass sein Hund ein prächtiger Bursche sei.

»Sie sollten ihn mal sehen, wenn er nicht so besabbert und eklig ist«, sagte der Junge. »Er schläft mit dem Kopf auf meinem Kissen.«

Hal streckte die Hand aus, um Ruff zu streicheln, und der Hund jaulte kurz und schmerzvoll auf. Er schnappte nach Hal und traf seine Hand.

»Aua!«, rief Hal und rutschte schnell einen Platz weiter. »Dein Hund hat mich gebissen.«

»Das war keine Absicht.«

»Jetzt hilf doch mal einer!«, schrie die Mutter.

Suzie kam hinter dem Tresen hervor und wickelte sich die Leine fest um das Handgelenk, was Ruff mit einem weiteren Schnappen quittierte. »Sie haben ihn provoziert«, sagte sie zu

Hal, während Clue, der andere Tiere und ihre Launen gut kannte, geduldig in der Ecke saß.

»Er hat nichts dergleichen getan«, sagte Clyle. »Ich war dabei.«

»Wie geht es Ihrer Hand?«, fragte die Mutter und nahm Hals Hand. »Sieht nicht so aus, als hätte er die Haut verletzt. Es tut mir sehr leid. Aber wissen Sie, der Hund ist krank.«

»Ich habe es gesehen«, sagte Suzie, deren Hand von der Leine schon ganz weiß und blutleer war. »Mein Gott, wir haben Glück, dass sonst niemand verletzt wurde.«

Dan Vandershoot kam aus dem Hinterzimmer, die Hände noch nass vom Waschen, und Clue lief zu ihm und stupste ihn in den Schritt. »Was haben wir denn hier?«, fragte er aufgeräumt.

Clyle war klar, dass Corrine – die ältere Sprechstundenhilfe – ihm gesagt hatte, dass Hal Bullard da war. Der Mann, dessen Name in der Gerüchteküche brodelte und der mit dem vermissten Mädchen in Verbindung gebracht wurde. Clyle spürte eine Welle der Dankbarkeit, als er merkte, dass Dan sie genau wie immer behandeln würde. Seine ruhige Art war Balsam für Tiere und Menschen gleichermaßen. Dan hatte Clyle einmal gesagt, dass er von allen Viehzüchtern, die er kannte, Clyle für den humansten hielt. Natürlich züchtete er seine Ferkel genau wie alle anderen dafür, dass sie letztendlich auf dem Teller landeten, aber bis dahin führten sie bei ihm ein gutes Leben. Das war das beste Kompliment, das Clyle je gemacht worden war.

Suzie und die Mutter begannen sofort zu sprechen und erzählten verschiedene Versionen derselben Geschichte. Die eine sagte, dass Hal den Hund provoziert habe, die andere betonte, dass es nicht die Schuld des Hundes gewesen sei. Dr. Dan ging zu Hal und sah sich dessen Hand an. Ruff kauerte nun unter den Beinen des Jungen. »Ein kräftiger Bursche wie Sie?«, sagte er zu Hal. »Ich wette, das hat kaum wehgetan.«

Hal schniefte. »Es hat ein bisschen wehgetan.«

Dan gab Hal einen Klaps auf die Schulter. »Wird's gehen, junger Mann?« Hal nickte. »Dann ist ja gut.« Er wandte seine Aufmerksamkeit dem Jungen zu. »Wir gehen jetzt mit Ruff ins Behandlungszimmer und schauen ihn uns mal an.«

Suzie drückte Dan die Leine in die Hand, während die Mutter sagte: »Er hat noch nie in seinem Leben jemanden gebissen.« Hatte auch sie Hal erkannt? Glaubte sie wirklich, er habe den Hund provoziert?

Dan sagte im Gehen zu der Sprechstundenhilfe: »Kümmern Sie sich um Mr. Costagans Bestellung, Suzie, und bitte zügig. Er ist einer unserer besten Kunden. Clyle, ich melde mich später telefonisch bei Ihnen, falls Ruff etwas Ernstes hat und wir uns wegen des Bisses Sorgen machen müssen, aber ich vermute stark, dass das nicht der Fall ist. Ruff hat wohl einfach etwas gefressen, das ihm nicht bekommen ist. Wie das jedem von uns mal passiert.«

Suzie ging ins Hinterzimmer und kehrte mit den sechs Glasflaschen Penicillin zurück, die Clyle bestellt hatte. Die Spritzen klapperten am Boden der Tüte. »Hier.« Sie reichte Clyle die Tüte mit spitzen Fingern über den Tresen, als ob er Läuse haben könnte.

»Hal? Nimmst du das bitte?« Hal griff nach der Tüte, und Suzie schluckte. »Er hatte keine Schuld an dem Hundebiss, und das wissen Sie auch.«

Suzie beugte sich vor und flüsterte so laut, dass Hal jedes Wort mitbekam: »Ich weiß nicht mal, warum der noch frei auf der Straße rumlaufen darf. Warum ist er noch nicht im Gefängnis?«

»Wer?«, fragte Hal.

»Sie«, sagte sie gehässig.

»Jetzt reicht's«, sagte Clyle. Er erinnerte sich jetzt, dass es schon immer Dinge gegeben hatte, die er an Kleinstädten hasste.

Er würde später den Arzt anrufen und fordern, dass dieses Mädchen gefeuert würde – mal sehen, wie Dr. Dan dann über seine menschliche Art dachte. Würde es ab jetzt immer so laufen? Als ob die Jury schon einberufen wäre? »Sagen Sie Dan, dass ich ihn nachher anrufen werde. Wegen Ihrer Unhöflichkeit.«

Suzie wirkte überrascht, aber dann lachte sie. »Na gut. Rufen Sie ruhig an.«

Auf dem Heimweg fragte Hal, was Suzie gemeint habe. »Es ist wegen Peggy, oder?«

»Ja.« Clyle erklärte, so gut er es vermochte, die Schlüsse, welche die Leute gezogen hatten.

»Findest du, ich sollte verhaftet werden?«

»Ich sage nur, dass andere Leute das denken. Es gibt nicht den geringsten Grund, dich zu verhaften.« Hal nickte, aber Clyle war sich nicht sicher, ob er wirklich verstanden hatte. »Es ist besser, wenn du eine Zeit lang nicht allein rausgehst. Alma kann deine Lebensmittel, und was du sonst noch brauchst, in der Stadt besorgen.«

»Aber was ist mit meinen Freunden? Ich will meine Freunde im OK treffen.«

Wie konnte man das diesem Dickschädel eintrichtern? »Die sind nicht mehr deine Freunde, Hal. Waren es nie.«

»Einfach so?«

»Einfach so.«

An diesem Nachmittag ging Clyle zum hinteren Stallgebäude und fragte sich, während er den ausgedehnten Hof überquerte, ob sie sich nicht besser einen Hund besorgen sollten. Sein Tagesverlauf wäre ein ganz anderer, wenn ein Welpe ihm nachliefe und die Schweine anbellte, falls sie wieder mal gegen das Tor anstürmten, oder oben auf dem Brunnen schliefe, wo der Zement die Sonnenwärme speicherte. Im Frühjahr und im Herbst war dies der angenehmste Fleck zum Liegen. Hier war auch Patsys Lieblingsstelle gewesen. Sie war ein richtiger Hofhund gewesen, ein braun-weißer Springer Spaniel, der in Clyles Kindheit zur Familie gehört hatte. Bis sie eines Tages, aus heiterem Himmel, einen Nachbarn gebissen hatte.

Der alte Dr. Vandershoot hatte damals gesagt, es handle sich um das »Wutsyndrom«. Das klang zwar irgendwie ausgedacht, aber solche plötzlichen Aggressionsausbrüche, die der Hund nicht kontrollieren konnte und an die er sich später kaum noch zu erinnern schien, existierten tatsächlich. Wenige Minuten, nachdem Patsy den Mann gebissen hatte, stupste sie Clyle mit der Nase an und bettelte um ein Leckerli. Clyles Vater war mit einer geladenen Waffe in der einen und dem Hund am Halsband in der anderen Hand nach draußen gegangen, weit aufs Feld hinaus. Clyle hatte damals mit seiner Mutter in der Küche gesessen. Seine Mutter war zusammengezuckt, als der Schuss knallte.

Zehn Minuten später kehrte sein Vater zurück, die Waffe immer noch in der einen Hand, doch die andere war nun leer. Noch jahrelang hatte Clyle von Patsy geträumt, bis er sogar im Schlaf spüren konnte, wie sie auf sein Bett sprang und sich zweimal um die eigene Achse drehte, ehe sie sich zu seinen Füßen hinplumpsen ließ und ihr Kinn auf sein Fußgelenk legte. Er dachte an Dan Vandershoots Bemerkung, dass er der humanste Farmer sei, den er kennen würde. Hatte Vandershoots Vater das Gleiche über Clyles Vater gesagt – und wenn ja, dann wegen oder trotz dem, was er Patsy angetan hatte?

Es war jetzt beinahe fünf Uhr nachmittags und die Sonne fast untergegangen. Clyle hängte den Kreuzschlitzschraubenzieher, mit dem er einen Futterautomaten repariert hatte, an seinen Platz und ging zurück zum Haus. Er putzte sorgfältig seine mit Schweinekot und Schlamm verdreckten Stiefel ab, ehe er sie auf der Veranda auszog. »Alma?«, sagte er, aber obwohl ihr Auto in der Garage stand, kam keine Antwort. Sie war bestimmt unter der Dusche.

Die Straße weiter runter, beim Haus der Aherns, deutete nichts auf die Tragödie hin, die dort gerade durchlebt wurde. Er fand, es müsse eigentlich Brandspuren am Haus geben, aber der Hof sah aus wie jede beliebige Farm an einer Landstraße. Manchmal war er Joe Ahern in der Stadt begegnet, an den wenigen Abenden, an denen Clyle ins OK ging. Joe gehörte zu jener Gruppe, in der Clyles alter Kumpel Lonnie und nach ihrem Umzug auch Alma und er verkehrten, und es war klar, dass Joe zum Typ »Rudelführer« zählte. Er war in seinen frühen Vierzigern, ein gut aussehender Mann mit viel Land und viel Geld. Clyle wusste auch, dass er Linda oft betrog.

Als Clyle mit Alma nach Gunthrum gezogen war, bemerkte er etwas, das ihm als Junge nicht aufgefallen war – oder das vielleicht auch nicht existiert hatte, als er hier in den frühen Fünfzigern aufgewachsen war: Die Menschen in Kleinstädten gingen fremd, vor allem in den Siebzigern, als Clyle und Alma herkamen. An seinem ersten Abend mit den Jungs im OK – Alma hatte an einem Treffen der kirchlichen Frauengruppe teilgenommen, ehe sie zu dem Schluss gekommen war, dass sie diesen Unfug nicht ertrug – hatten Lonnie und die anderen (war Joe auch da gewesen? Clyle erinnerte sich nicht) ihn mit einer Vielzahl von Geschichten über verschiedene Frauen aus dem Ort zu erfreuen versucht. Selbst wenn die Hälfte dieser Geschichten auf Lügen und Angeberei beruhen sollte, ergab sich doch eine beeindruckende Bilanz. Als er nach Hause gekommen war, hatte er Dankbarkeit für das empfunden, was er an Alma hatte, auch wenn sie sich lautstark darüber ausließ, dass die Frauen in der Kirchengruppe nach dem obligatorischen Gebet nur Tratsch im Sinn gehabt hatten.

»Nichts als ein Haufen Hühner«, sagte sie später an jenem Abend im Bett. »Pick, pick, pick, pick, pick.« Als er ihre Hüfte berührte und kurz darauf ihre Schenkel zu streicheln begann, zog sie seine Hand fort und ließ sie auf die Matratze fallen. »Kommt gar nicht infrage. Du bist es, der mich in diese Sache reingeritten hat, Clyle Costagan.« Er dachte daran, was die Männer im OK über eine »Überfülle« an Frauen gefaselt hatten. »Wie ein reich gedeckter Tisch«, hatte einer von ihnen gesagt, und Clyle hatte sich der Magen umgedreht.

Vielleicht hatte Peggys Verschwinden ja etwas mit Joes Seitensprüngen zu tun. Aber inwiefern hätten die Peggy betroffen? Obwohl Clyle wusste, dass ein Seitensprung nichts war, worauf man stolz sein konnte, endete er doch normalerweise nicht damit, dass ein Mädchen entführt wurde, denn sonst hätte die halbe Stadt aus Vermissten bestanden.

Er hatte gehofft, dass Alma aus dem Stimmungstief, in das sie nach den Fehlgeburten geraten war, durch den Umzug wieder herauskommen würde, und eine Zeit lang traf das auch zu. In jenem ersten Sommer hatte sie Pläne für einen Garten gemacht, den sie bis zur letzten Bohnenstange auf Millimeterpapier skizzierte. Sie hatte eine gebrauchte Singer-Nähmaschine gekauft und ihre erste einfache Patchworkdecke gesteppt. Weil die Enden nicht zusammenpassten, bewahrte sie die Decke im Kofferraum des Autos für kalte Wintertage auf. Alles in allem erschien sie ihm zufriedener, doch die Kinder lebten fort in ihren Gedanken, die Fehlgeburten empfand sie als ihr großes persönliches Scheitern. Und dann passierte die Sache mit Diane.

Er hatte nicht untreu sein wollen, aber das traf wohl auf die meisten Menschen zu. Sie war einfach so … unkompliziert gewesen. Alma nörgelte zu Hause an ihm herum, und da war ihre schwierige gemeinsame Vergangenheit. Auf der anderen Seite Diane, die zu glauben schien, dass er sie aus ihrer Trübsal befreien könne, weil seine Jahre in Chicago für sie so etwas wie eine stellvertretende Flucht waren. Es begann mit Flirtereien in der Bank, wo sie arbeitete, dann kamen die bedeutungsvollen Blicke beim Bridgespielen, bis sie sich eines Nachts bei einem der üblichen Saufabende spontan in einem Schlafzimmer küssten. Wie waren sie dort gelandet? Er erinnerte sich nicht mehr, wer von ihnen die Initiative ergriffen hatte, aber der Kuss verfolgte ihn die ganze Woche, bis zum nächsten Samstag, an dem sich das Ganze wiederholte.

Schließlich fanden sie Gelegenheiten, um sich heimlich zu treffen, und ihre Bewunderung für ihn war wie Balsam auf den Wunden, von denen er glaubte, dass Alma sie ihm zugefügt hätte. Heute war ihm klar, dass sie nichts dergleichen getan hatte – es war sein Egoismus, der ihn die Affäre hatte beginnen lassen.

Schließlich sagte Alma, sie habe keine Lust mehr, die Zähne und Schwänze von Ferkeln zu kappen, und ob sie nicht einen etwas beschränkten Jungen als Handlanger auf der Farm anstellen könnten. Natürlich hatte er zugestimmt. Hal war damals siebzehn, und anfangs hatte er nur an den Wochenenden bei ihnen gearbeitet. Aus irgendeinem Grund hatte Alma eine Schwäche für Hal entwickelt, und letztlich erging es Clyle ebenso. Es lag ein gewisser Reiz darin, dass der dritte Stuhl am Frühstückstisch nun an den Wochenenden besetzt war – ein Puffer und zugleich eine Verbindung zwischen ihm und Alma. Als Hal nach drei Sommern und vielen Wochenenden auf der Farm der Costagans die Highschool abschloss, sagte Clyle zu Alma: »Ich könnte Hal gut als Vollzeithilfe gebrauchen. Wenigstens während des Pflanzens und der Ernte.«

Sie hob eine Masche mit der Häkelnadel auf. Die Decke auf ihrem Schoß nahm langsam Gestalt an. »Tja, jedenfalls ist das keine Arbeit, bei der ich helfen werde.«

Er und Alma hatten erst mit Hal über eine Vollzeitstelle gesprochen und dann mit Marta, seiner Mutter, der es schon die ganze Zeit nicht gefallen hatte, dass er bei den Costagans arbeitete. »Er ist dumm«, hatte sie gesagt. »In der Highschool findet er kaum den Weg über den Gang von Mathe zu Englisch, und ihr glaubt, dass er auf einer Farm euren Anweisungen folgen kann? Er braucht mehr Führung, mehr Struktur.«

»Bei uns gibt es jede Menge Struktur«, hatte Alma gesagt. »Frühstück, Mittagessen, Abendessen und zwischendurch Erdnussbuttertoast. Es wird ihm gut gehen.«

Doch wie widerspenstig Marta auch gewesen war und wie verwirrt Hal darüber, dass er sich unversehens zwischen zwei Stühlen wiederfand, so war er doch erwachsen und konnte tun und lassen, was er wollte. Ein Jahr später zog Marta fort, und der Junge, dem sie zwanzig Jahre lang fast nie von der Seite gewichen war, verschwand beinahe vollständig aus ihrem Leben. Im vergangenen Jahr hatte sie nicht einmal eine Weihnachtskarte geschickt.

Trotzdem war sie immer noch seine Mutter. Als Clyle in Chicago lebte, ließ er jeden Sonntagabend ein Telefonat mit seiner Mutter über sich ergehen. Mit halbem Ohr hörte er zu, wie sie den gesammelten Tratsch aus Gunthrum wiederkäute. Vorher fuhrwerkte er immer in seiner Wohnung herum, so lange er nur konnte, bis er schließlich doch klein beigab und ihre Nummer wählte. Das Ganze ähnelte eher einer Verpflichtung als einer richtigen Beziehung. Aber er erfüllte seine Pflicht als Sohn, weil sich das nun einmal so gehörte.

Er nahm den Hörer ab und rief die Auskunft an, und eine Frau mit nasaler Stimme nannte ihm die gewünschte Nummer. Kurz darauf nahm Marta den Hörer am anderen Ende der Leitung ab. »Clyle hier«, sagte er. »Costagan. Hal könnte in Schwierigkeiten stecken.«

11

Milo stand vor Peggys Zimmer auf dem Flur, vom Nachmittagslicht angezogen. Zwei Jahre zuvor hatte sie ihn überredet, das Zimmer mit ihr zu tauschen, weil sie die Morgensonne an den Wochenenden nicht mochte. Weil er ein Trottel war und mehr oder weniger alles tun würde, worum sie ihn bat, und auch, weil er eher als sie ein Morgenmensch war, hatte er zugestimmt. Als sie ihre Sachen hin und her trugen, hatte sie ihm im Vorbeigehen einen Stups mit der Hüfte verpasst und »Danke, Mi« gesagt. In seinem jetzigen Zimmer war noch immer eine blasse Stelle auf der Tapete zu sehen, wo ihr Poster vom Eiffelturm gehangen hatte. Und neben dem Wandschrank war ein roter Klecks eingetrockneten Nagellacks auf dem Teppichboden. Das hatte ihn nie gestört. Ihm gefielen die Erinnerungen an seine Schwester, ihre Spuren in dem Zimmer.

Ihr jetziges Zimmer sah mehr oder weniger so aus, wie es immer ausgesehen hatte. Auf dem leuchtend gelbgrünen Teppichboden zeichneten sich die länglichen Rechtecke des Sonnenlichts ab, das durch die Fensterscheiben schien. Ihr Bett war immer noch auf dieselbe nachlässige Art gemacht, die ihm am Sonntagmorgen gezeigt hatte, dass Peggy nicht zu Hause geschlafen hatte. Als Milo jünger gewesen war, hatte er gern die Rätselkrimis im *Gunthrum Pioneer* gelöst. »Ein Mann wird tot in seinem Haus aufgefunden. Er hängt an einem Dachsparren, unter ihm eine Wasserlache, aber weder Stuhl noch Leiter. Die Türen und Fenster sind verschlossen.« Zwei seiner Lieblingsrätsel waren »Der Fall des auf frischer Tat ertappten Vandalen« und »Die verschwundenen Zehn-Cent-Stücke«. Später war er zu Raymond Chandler und Tony Hillerman aufgestiegen, aber deren Geschichten waren länger und verwirrender. Ihm gefiel die Leichtigkeit der Kurzkrimis, die nur eine Seite lang waren und ihm schon nach einer halben Seite ihre Lösung preisgaben. Der Mann stand auf einem Eisblock; der auswärtige Cousin hatte die Zehn-Cent-Stücke genommen.

An Peggys Pinnwand hingen die zwei Medaillen vom letzten Frühjahr, die ihre Mutter immer noch nicht an die Baseballjacke mit ihren Sportauszeichnungen genäht hatte. Neben dem Fenster lagen ein ausrangiertes T-Shirt, das sie am vergangenen Samstagnachmittag zu Hause getragen hatte, und eine graue Jogginghose. Er ging näher heran. In der Hose war eine verknäulte blassrosa Unterhose mit einem winzigen braunen Fleck im Schritt.

»Milo?«, sagte seine Mutter, und er stieß einen kleinen Schrei aus. »Was machst du hier?«

»Ich sehe mich nur um.«

Ihr Blick wurde weich. »Wir wollten dich nicht erschrecken. Laura ist hier und hat Peggys Hausaufgaben mitgebracht.« Laura hielt einen Schnellhefter gegen den Brustkorb gedrückt und winkte ihm zaghaft zu.

Laura war auch am Montag und Dienstag die elf Kilometer aus der Stadt hergefahren, mit einem Hefter voller Aufgaben für Peggy, auch wenn es leichter gewesen wäre, Milo den Hefter in die Hand zu drücken, als er nach der Schule zum Bus ging und sie zum Cheerleadertraining. Was wäre, wenn Peggy niemals mehr nach Hause käme? Ab welchem Zeitpunkt würde Laura nicht mehr kommen? Das war das Schwierige an der Hoffnung: Irgendwann ging sie zur Neige, und wäre das in gewisser

Weise nicht sogar besser, als auf das dicke Ende zu warten? Letztes Jahr hatte er einen Test in Algebra I versemmelt, mit Pauken und Trompeten, und während des ganzen Wochenendes hatte er gedacht: Egal, wie mies die Zensur ist, nichts ist so schlimm wie die Ungewissheit. Als er montags mit einer Drei minus nach Hause kam, korrigierte er seine Meinung. Es gab Schlimmeres als Ungewissheit, und sosehr er auch wissen wollte, wo Peggy war und was ihr geschehen war, so war das vielleicht auch nur seiner Unfähigkeit geschuldet, an das Schlimmste zu glauben. Geschnappt? Weggelaufen? Ja, es gab Schlimmeres.

»Ich muss unten noch putzen«, sagte seine Mutter und ließ die beiden allein.

Laura strich mit einem Finger unter der Nase entlang und wischte ihn an ihrer Jeans ab. »Ist eklig, ich weiß, aber ich glaube, ich habe alle Papiertaschentücher der Welt aufgebraucht.«

Genau so würde Peggy es auch ausdrücken. Laura kam in Peggys Zimmer und berührte eines der Kopfkissen auf dem Doppelbett, wo sie Hunderte Male geschlafen hatte.

»Sieht irgendetwas anders aus als sonst?«, fragte Milo. Neben dem Wandschrank standen die Sportschuhe, die Peggy immer zum Volleyball trug. Der linke Schuh lag auf der Seite, und Milo konnte sich genau vorstellen, wie seine Schwester mit dem rechten Fuß auf die Ferse des linken trat, um den Schuh auszuziehen, und dann mit den besockten Zehen auf die Ferse des rechten. Leute, die glaubten, dass Mädchen nicht stanken, hatten keine ältere Schwester, die Volleyball spielte. Auf der gepolsterten Fensterbank lagen einige Taschenbücher, vermutlich von Stephen King oder aus der *Sweet Valley High*-Serie, die Peggy seit der Mittelstufe las und deren Einbände zwei furchtbar blonde Zwillinge zierten. Selbst die Unterwäsche, die in der Jogginghose seiner Schwester steckte, schien zu Antworten auf seine Fragen führen zu können.

Laura zuckte die Schultern. »Keine Ahnung. Sieht aus wie immer, denke ich.« Sie und Peggy waren fast ihr gesamtes Leben lang beste Freundinnen gewesen.

»Glaubst du wirklich, dass sie verschwunden ist?«, fragte er.

Laura sah ihn verwirrt an. »Du etwa nicht?«

Milo zuckte die Schultern. »Klingt doch irgendwie komisch. Jemand verschwindet einfach so. In Gunthrum passiert das normalerweise nicht.« Er sah Laura prüfend an. »In Gunthrum passiert überhaupt nie etwas. Vielleicht ist das ja genau das Problem.«

»Du meinst, sie könnte einfach abgehauen sein? Aber wohin?«

Milo zuckte wieder die Schultern. »Keine Ahnung. Lincoln? Paris? Wer weiß.«

Laura schüttelte schon den Kopf, während er noch sprach. »Das würde sie nicht tun, einfach so. Sie würde mir davon erzählen.«

»Na ja, *mir* hat sie es auch nicht gesagt.«

»Ja, aber du bist ihr kleiner Bruder. Ich bin ihre beste Freundin. Wir haben keine Geheimnisse voreinander.«

Milo sah Laura ungläubig an. »Denkst du das wirklich?«

Peggy hatte jede Menge Geheimnisse, und bei ihren nächtlichen Uno-Partien hatten sie nicht nur darüber gesprochen, wie sie diesen Saftladen aufmischen würden. Er wusste zum Beispiel, dass Peggy es überhaupt nicht ausstehen konnte, dass Laura drei Kilo weniger als sie wog. Sie hatte zwei Wochen lang ihr Abendessen erbrochen, bis Mom sie zum Arzt geschickt hatte, weil ihr Rachen so wund war. Er kannte Peggy besser als jeder andere. Er wusste, dass Peggy mit Kerry rumgemacht hatte, kurz nachdem Laura mit ihm zusammengekommen war. Sie hatte sich deshalb so mies gefühlt, dass sie Laura niemals ein Sterbenswörtchen davon erzählen konnte. Er wusste auch, dass Peggy einige Wochen vor ihrem Verschwinden einen Knutschfleck gehabt hatte. War der auch von Kerry gewesen?

»Natürlich nicht«, sagte Laura. »Sie würde nie gehen, ohne mir Bescheid zu geben. Tatsächlich …« Laura schloss die Tür, deren Unterkante wie immer über den grünen Flauschteppich strich. »… bin ich diejenige, die ein Geheimnis hat. Es geht um die Nacht.« Unnötig, die Nacht, die gemeint war, genau zu benennen. Sie hatte die Geschichte schon seinen Eltern, der Polizei und ihren eigenen Eltern erzählt.

Milo hielt den Atem an. »Was?«

»Weiß du noch, dass ich gesagt habe, Kerry hätte mich nach Hause gefahren?«

»Ja, und?«

»Das hat er wirklich. Aber dann ist er wohl zurückgefahren. Mir hat er gesagt, er würde noch ein bisschen durch die Gegend fahren, weil er erst um eins zu Hause sein musste, aber mehrere Footballspieler haben mir erzählt, dass sie ihn zusammen mit einigen älteren Leuten – Hal Bullard, Cheryl Burke, Tonya Gary – auf der Castle Farm gesehen haben und dass Peggy auch noch dort war. Du weißt ja, dass er immer auf Peggy gestanden hat.«

»Er hat auf Peggy gestanden?«

Sie verdrehte die Augen. »Ach, halt den Mund, Milo. Du weißt genau, was ich meine. Wir wissen es alle. Er ist verrückt nach ihr.« Laura war jetzt seit vier Monaten mit Kerry zusammen, und es war ein Jahr her, seit er nicht mehr mit Peggy zusammen war. Peggy selbst hatte Milo gesagt, dass Laura mit Kerry ging, aber dass es ihr egal sei. »Soll sie ihn haben. Ich schenke ihn ihr.« Aber ungefähr einen Monat später hatte sie betrunken auf der Castle Farm mit ihm herumgeknutscht. Wieso sich das nicht herumgesprochen hatte, wusste er nicht, aber irgendwie hatten sie es geschafft, die Sache geheim zu halten. Milo war der Einzige, dem sie es anvertraut hatte.

Es war interessant, die Dynamik zwischen den dreien zu beobachten – wie Peggy erst Kerry schlecht behandelt hatte und wie Kerry dann das Gleiche Laura angetan hatte. Milo hatte gehört, wie Laura weinte, weil Kerry zu ihren Verabredungen manchmal eine Stunde zu spät kam oder weil er ihr versprochen hatte, nach einem Spiel mit ihr zusammen auszugehen, um dann doch seinen Freunden den Vorzug zu geben.

Laura bekam feuchte Augen. »Er hat mit mir Schluss gemacht, kannst du dir das vorstellen? Er sagt, dass Peggy jetzt vermisst wird, würde ihn zu sehr aufwühlen. Und dass er immer noch auf sie stehen würde. Dachte er denn, das wüsste ich nicht? Das wissen doch alle!«

»Vielleicht mochte er sie noch, aber sie wollte nicht wieder mit ihm zusammen sein. Das würde sie dir nicht antun.« Seine Schwester war eine echte Landplage, und vielleicht hatte sie sich vergessen und Kerry geküsst, aber alles in allem war sie eine treue Seele. Sie ließ ihn zwar jeden Morgen nach dem Zähneputzen in die Toilette spucken, aber als er sich als Zweitklässler einmal nach der Schule den Kopf in einem Fahrradständer eingeklemmt hatte – und sich alle Kinder lachend um ihn scharten, während die Schulbusbegleiterin nach dem Hausmeister suchte –, da hatte Peggy neben dem Fahrradständer gestanden und die anderen Kinder verscheucht. Er erinnerte sich nicht mehr daran, wie das Ganze passiert war oder was um Himmels willen er überhaupt zu erreichen versucht hatte, indem er den Kopf durch den Fahrradständer steckte, aber er konnte immer noch das klaustrophobische Gefühl spüren, als sein Hals zwischen den Metallstäben anschwoll, und er wusste, dass die Hand seiner Schwester auf seinem verschwitzten Rücken das Einzige war, das ihn beruhigt hatte.

»Ich weiß nicht«, sagte Laura, »vielleicht hat er ihr ja was angetan? Weil er sie angemacht hat und sie ihn hat abblitzen lassen?

Eines kann ich dir nämlich verraten: Mit irgendjemandem ist Peggy ausgegangen, und ich wette, dass Kerry deswegen völlig fertig war.« Laura saß auf dem Bett und nahm eines der Zierkissen – mit einem grün-gelben, altmodischen Muster, das seine Mutter gehäkelt hatte – und legte es sich auf den Schoß.

Milo dachte daran, wie seine Mutter Peck gesagt hatte, dass seine Schwester nicht der Typ für das Alleinsein sei. Milo bezweifelte allerdings, dass Kerry dabei noch eine Rolle spielte. Peggy hatte ihn einmal als »übergroßes Kleinkind« bezeichnet. »Ich wechsle keine Windeln mehr«, hatte sie gesagt. Milo bekam ein enges Gefühl im Brustraum. All die Abende, an denen er geglaubt hatte, dass sie einander nahestanden, fast Freunde seien, vielleicht hatten sie ihr ja gar nichts bedeutet. Vielleicht hatte sie da nur *seine* Windeln gewechselt? »Aber mit wem?«

Laura zuckte die Schultern. »Das hat sie mir nicht gesagt.«

»Und woher willst du dann wissen, dass sie sich mit jemandem getroffen hat?«

»Das war nicht schwierig herauszufinden. Sie war total unaufmerksam. Sie hat sich beim Cheerleading keinen Pferdeschwanz gebunden. Wenn ich am Wochenende abends nicht mit Kerry verabredet war, behauptete Peggy manchmal, sie wolle einfach zu Hause bleiben. Aber wer macht denn so was? Vielleicht ist sie ja mit ihm ausgegangen.« Aber Peggy war tatsächlich an einigen Wochenenden abends zu Hause geblieben. Eines Samstagabends, als sie im Haus rumgammelte, hatte sie eine Jeans und einen Pullover anstelle des Jogginganzugs angehabt, den sie in der Stadt normalerweise trug. Ihre Mutter hatte sie geneckt und gesagt, sie wolle wohl einen auf vornehm machen. Milo hatte vermutet, sie würde für ihre niveauvollere Zukunft üben – er bezweifelte, dass man in der Großstadt einen Jogginganzug trug –, aber vielleicht hatte mehr dahintergesteckt, und sie hatte sich an manchen Abenden fortgeschlichen, ohne dass er es bemerkt hatte. Vielleicht hatte er die ganze Zeit wichtige Hinweise übersehen.

»Aber hatte sie Kerry nicht abserviert?«, fragte Milo. »Warum sollte sie ihn zurückhaben wollen?«

»Weil ich ihn wollte?« Laura legte das Kissen zurück in seine Ecke, und Milo musste ihr zugutehalten, dass sie nicht so dumm war, wie sie tat. »Und ich weiß auch nicht, ob es Kerry war. Dieser Erwachsenenkram ist kompliziert. Sie würde mich im Leben nicht verletzen. Einerseits. Andererseits aber doch. Verstehst du?«

»Ich weiß nicht.«

»Du weißt es nicht, weil du zwölf bist.«

Milo hasste es, wenn die Leute sein Alter als Entschuldigung benutzten. Das war, als ob jemand »Du bist ein Junge« sagte oder »Du kommst aus dem ländlichen Nebraska«. Damit war überhaupt nichts erklärt. »Hat Kerry zu Sheriff Randolph gesagt, dass er auf der Castle Farm war?«

»Das hat er bestimmt – ich hab's auch –, aber die Frage ist doch: Hat er ihm gesagt, dass er *nach* Mitternacht dort war?«

»Warum fragst du ihn nicht?«

»Ich kann ihn nicht einfach fragen«, schnaubte Laura. »Was wäre, wenn er wirklich etwas Schlimmes getan hätte und dann versucht, auch mir etwas anzutun?«

Milo ging ein schauerlicher Gedanke durch den Kopf, aber er sprach ihn nicht aus: Wenn er ihr etwas angetan hatte, was hatte er *danach* mit ihr gemacht? Die Möglichkeiten ließen ihn schwindeln. Er fröstelte. Dies war kein Rätselkrimi. Hier ging es um seine Schwester.

Laura legte den Hefter mit den Hausaufgaben, die sie mitgebracht hatte, auf Peggys Schreibtisch zu den beiden anderen Heftern vom Montag und Dienstag. »Du, ich muss jetzt los.«

»Klar, geht in Ordnung«, sagte er, und sie stupste ihn auf die Nase – war er jetzt wieder sechs, oder was? – und sagte, sie würden sich abends bei der Versammlung sehen. Sheriff Randolph hatte eine Bürgerversammlung einberufen, auf der Peggys Verschwinden besprochen werden sollte, und der Detektiv, den sein Vater angestellt hatte, würde ihn dorthin begleiten.

»Wie kannst du glauben, dass dein Freund so etwas tun würde?«, fragte er, und Laura zuckte die Schultern.

»Ich wollte sowieso Schluss mit ihm machen.«

12

Alma ließ die Patchworkdecke, an der sie gerade arbeitete, in den Schoß sinken, als Hal zur Vordertür hereinkam. Sein Gesicht war rot von der Kälte.

»Heute Abend gibt es eine Versammlung«, sagte er. »Die ganze Stadt kommt. Die Leute glauben, dass was Schlimmes passiert ist.« Peck hatte in der Wochenausgabe des *Gunthrum Pioneer* eine Bekanntmachung drucken lassen, dass eine Stadtversammlung stattfinden werde, wenn Peggy bis Mittwochabend nicht gefunden worden sei. In der Schule, in Pickett's Baumarkt und vor dem Supermarkt waren Flugblätter verteilt worden – man konnte kaum in die Stadt gehen, ohne mit dem Thema konfrontiert zu werden, was wiederum bedeutete, dass Hal entgegen ihrer Bitte in der Stadt gewesen sein musste.

Alma stieß die Nadel von unten durch den Stoff und sah Hal an. Sein Gesicht war angespannt und bekümmert, aber was genau war der Grund für seine Sorge? Die Versammlung? Der Gedanke an das, was Peggy widerfahren sein könnte? Dinge, die er verschwieg und die ans Tageslicht kommen könnten? Sie schob diese Gedanken beiseite und schüttelte den Kopf. »Ein Mädchen ist weggelaufen. Das ist das einzig Schlimme, das passiert ist. Basta.«

»Kann ich mit euch fahren?«, fragte Hal.

Alma verknotete den Faden und biss das Ende ab. »Das ist keine gute Idee, Hal. Warum sitzt du die Sache nicht einfach aus?«

Er runzelte die Stirn. »Warum?«

»Na ja …« Er setzte sich neben sie auf das Sofa und lehnte seinen Kopf an ihre Schulter. »Halt einfach die Füße still und warte ab. Du wirst sehen, die Sache ist im Handumdrehen vorbei.«

Sie spürte, dass er nickte, während er gleichzeitig auf den Flicken der Patchworkdecke zeigte, an dem sie gerade arbeitete – ein Irish-Chain-Muster in Weihnachtsfarben mit einem aufgestickten Stechpalmenzweig. »Das ist hübsch.«

Sie lächelte und beugte sich zu Hal, um ihm einen Kuss auf die Haare zu geben, die nach Aprikosenshampoo und dem Staub der Fütterungsanlage rochen. »Die schenke ich Clyle zu Weihnachten.«

»Da hat er aber Glück«, sagte Hal, und Alma spürte einen Stich im Herzen. Wie lange war es her, dass Clyle sich glücklich gefühlt hatte, weil er mit ihr verheiratet war?

Als Alma und Clyle nach Gunthrum gezogen waren, hatten Lonnie und die anderen Clyle mit offenen Armen willkommen geheißen und Alma dabei mit in Kauf genommen – aber selbst sie hatte gespürt, wie widerwillig das geschah. Sie war noch nicht so scharfzüngig wie jetzt gewesen, aber doch schon eine Frau, die aus ihrem Herzen keine Mördergrube machte und mit Dummköpfen wenig Geduld hatte.

Es waren die frühen Siebziger, und die Ära der Partykeller brach auch in Gunthrum an. Wandverkleidungen waren der letzte Schrei. In vielen Haushalten trug man Poolbillardtische Stück für Stück die Kellertreppe hinunter, stellte noch einen Kartentisch dazu und fing an, Feiern zu veranstalten. Angeblich war es besser als im OK – weil billiger –, aber der eigentliche Grund war, dass die meisten von ihnen jetzt Kinder hatten, die sie nicht allein zu Hause lassen konnten. Die Eltern traten bereitwillig das

Wohnzimmer mit dem Fernseher an die Kinder ab, solange sie einen Raum für sich haben und bis in die Morgenstunden trinken konnten. Die Kinder ihrer Gäste campierten dann im Obergeschoss mit Schlafsäcken, die ihre Eltern im Kofferraum aufbewahrten.

Alma und Clyle waren in Illinois keine großen Trinker gewesen – ganz bestimmt keine Abstinenzler, aber die Anzahl der Anlässe nach der Collegezeit, bei denen sie betrunken gewesen war, konnte Alma an zwei Händen abzählen –, aber hier kam man um das Trinken kaum herum, wenn man dazugehören wollte. Bis zu einem gewissen Zeitpunkt machten die Partys immer Spaß – man spielte Bridge und Whist, es wurde geraucht und laut geredet. Von Zeit zu Zeit kam ein Kind die Treppe in den neu ausgebauten Keller herab, auf der Suche nach seiner Mutter, um zu fragen, wann sie nach Hause fahren würden oder ob sie noch eine Schüssel Popcorn bekommen könnten, und die Frau, die am nächsten an der Treppe stand oder am nüchternsten war, beantwortete die Frage. »Ja, mehr Popcorn.« »Nein, schlaf einfach in deinem Schlafsack.« Je nachdem, wie betrunken sie war, kam die Reihe auch an Alma, die Fragen der Kinder zu beantworten, selbst wenn sie eigentlich nicht wusste, ob mehr Popcorn oder Cola in Ordnung gingen und ob sie die *Dick Cavett Show* anschauen durften.

Einige Jahre später, an einem jener Abende, als alle schon kräftig getrunken hatten und mit zusammengekniffenen Augen ihre Bridgekarten zu entziffern oder einen Ball in der Ecktasche des Billardtisches einzulochen versuchten, war Alma die Treppe hochgegangen, um sich noch einen Whiskey-Cola zu holen, und plötzlich hatte ein Mann hinter ihr an der Küchentheke gestanden. Er ließ seine Hände um ihre Taille in Richtung ihres Schritts gleiten. Sie nahm an, dass es Clyle war, auch wenn es ihm nicht ähnlich sah, sich in der Öffentlichkeit so forsch zu verhalten, nicht einmal dann, wenn sie allein im Raum waren. Sie hatte den Kopf herumgedreht, und Lance Carpenter – verheiratet, zwei Kinder – hatte sich vorgebeugt, seinen schmierigen Mund auf den ihren gepresst und eine Hand erhoben, um nach ihrer Brust zu greifen. Sie drückte sich so kraftvoll, wie sie konnte, und mit dem Instinkt eines gefangenen Tieres von der Küchentheke ab und gegen seinen Brustkorb. Ihr Hinterkopf schlug gegen sein Kinn.

»He, also …«, sagte Lance und hielt sich die Hand an den Mund. »He.« Er stolperte gegen die Theke und versuchte, sich zu fangen.

Alma hatte nicht gewusst, was sie sagen sollte. Wenn Männer andeuteten, dass sie gern mit ihr schlafen würden, mochte das noch angehen. Selbst Lonnie hatte ihren Arm recht unschuldig berührt. Aber so gemein betatscht zu werden, markierte den Übergang auf neues und bedrohliches Terrain. Sie stapfte treppab und teilte Clyle mit, dass es an der Zeit sei, zu gehen. »Lass mich nur noch meinen Drink leeren, Alma.«

Sie entgegnete: »Nein. Jetzt«, und Clyle legte sofort die Karten auf den Tisch, ohne auch nur das Spiel zu beenden. Sie glaubte damals, dass er ihr treu zur Seite stünde, aber vielleicht wollte er auch nur eine Szene vermeiden.

Später an jenem Abend, während sie auf dem Beifahrersitz des Pick-ups durch die Lichtkegel der Scheinwerfer auf zwei leere Spuren des Highway 57 starrte, sagte sie: »Ich musste da raus.«

»Völlig in Ordnung«, hatte Clyle gesagt. »Ich bin immer bereit zu gehen, wenn du es bist.« Und obwohl er betrunken war, legte er seine Hand auf ihre und steuerte mit der anderen zuverlässig den Wagen. Sie konnte noch nicht beschreiben, wie es sich angefühlt hatte – der Schock, die Hand eines fremden Mannes auf ihrem Körper zu spüren –, und obwohl sie dachte, dass sie es Clyle irgendwann erzählen würde, hatte sie es nie getan.

Später in derselben Woche saß Alma, immer noch voller Wut, im Frisierstuhl ihrer Freundin Phyllis. Phyllis' Mann, der auch zu ihrer Clique gehörte, hatte den Vorraum ihres Wohnhauses zu einem Friseursalon umgestaltet. Mit nassen, am Kopf klebenden Haaren und unter einem Umhang aus Vinyl sagte Alma: »Ich hätte große Lust, zu Lances Haus zu stürmen und seiner Frau zu sagen, was Sache ist.«

Phyllis tippte mit ihrem Kamm auf Almas Schulter. »Immer langsam mit den jungen Pferden. Da ist etwas, das du wissen solltest, bevor du mit den Fingern auf andere zeigst.«

Clyle und Diane – so hatte Alma von ihnen erfahren.

Beim Abendessen, die Gabel voll mit überbackener Kartoffel, informierte Clyle sie darüber, dass er Marta angerufen hatte.

Alma knallte die Flasche mit dem Salatdressing so heftig auf den Tisch, dass das Geräusch von Glas auf Holz nachhallte. »Clyle Costagan, ich habe dir gesagt, dass du es lassen sollst«, sagte sie mit ihrer Busfahrerinnenstimme.

»Ich weiß«, sagte Clyle und legte seine Gabel mit Kartoffel zurück auf den Teller.

»Und du hast es trotzdem getan?«

»Ja.« Er nahm einen Schluck von seinem Whiskey mit Sprite und wischte sich den Mund mit der Serviette ab. »Wir sehen das unterschiedlich, Alma. Ich habe getan, was ich für richtig halte. Sie ist alles, was von seiner Familie übrig geblieben ist.«

»Und was sind wir?«, fragte sie. »Wenn du das Familie nennst, was sind wir dann?«

»Wir sind nicht weniger seine Familie«, rechtfertigte sich Clyle, »bloß weil ich sie angerufen habe.«

Alma stand vom Tisch auf und schnappte sich Clyles Teller, obwohl er noch gar nicht ganz aufgegessen hatte. »Was hat sie gesagt?«

»Es tat ihr leid, davon zu hören.«

»Na, wenn da nicht die Mutter des Jahres spricht.« Sie kratzte den Rest von Clyles Salat und Kartoffeln in den Schweineeimer, einen leeren Plastikbehälter, der einmal eine Großpackung Eiscreme gewesen war. Sie bewahrten das Behältnis unter der Spüle auf, und Alma leerte es fast jeden Morgen. Sobald sie mit dem Plastikeimer in der Hand im Stall auftauchte, stürzten die Schweine wie auf Kommando mit großem Gezeter an den Rand ihrer Bucht.

»Sie kommt dieses Wochenende vorbei.«

Alma fuhr herum. »Hierher? Wozu zum Teufel soll das gut sein?«

»Er braucht ihre Unterstützung, Alma. Er braucht jede Unterstützung, die er bekommen kann.«

Alma schüttelte den Kopf und schrubbte an einem eingetrockneten Kartoffelfleck herum. »Diese blöde Kuh wird ihn bloß aus der Fassung bringen. Am Ende wird sie ihn davon überzeugt haben, dass er abends nicht mal allein schlafen gehen kann. Wahrscheinlich wird sie ihm einreden, dass er etwas mit der Sache zu tun hat.« Clyle saß mit seinem Drink in der Hand am Tisch. Am liebsten hätte sie ihm den auch noch weggenommen.

»Vergiss nicht, dass er nicht angeklagt wurde.«

Alma stieß mit dem Teller fest gegen die Porzellanspüle und war enttäuscht, als er nicht zerbrach. »Das liegt nur daran, dass sie noch keine Leiche gefunden haben! Was meinst du wohl, was passiert, wenn sie eine haben?«

»Willst du damit sagen, dass Hal etwas getan hat?«

Sie zeigte mit dem Teller auf ihn. »Wage es nicht!« Ihr kam wieder die alte Highschool-Geschichte in den Sinn, als Hal einen anderen Jungen bewusstlos geschlagen hatte. Und sie musste auch daran denken, dass Hals Vater einen Mann umgebracht hatte. Wie konnte Clyle sich nur erdreisten, diese Worte laut auszusprechen.

»Ich gehe davon aus, dass die Beweise ihn entlasten werden, Alma. Hast du daran überhaupt schon mal gedacht?«

»Ich hab daran gedacht, dass meine erste Sorge Hal gilt – egal, was die Beweise sagen.« Das war die Wahrheit: Ihre erste Sorge galt immer Hal, vor Clyle, vor der Frage, ob Hal unschuldig oder schuldig war. Schon bei dem Gedanken an eine mögliche Schuld krampfte sich ihr Magen zusammen.

»Sie kommt am Samstag zum Mittagessen.«

»Erwartest du etwa, dass ich für diese Frau auch noch koche?«

»Nein, das soll Hal machen. Wir zeigen ihr, wie gut er allein klarkommt.« Er warf einen Blick auf die große, runde Wanduhr. »Halb sieben. Wir sollten uns bald auf den Weg machen.«

»Gut. Wenn ich mit dem Geschirr fertig bin. Aber ich bin wütend auf dich. Vergiss das nicht.«

»Ich denke, diese Lektion habe ich inzwischen gelernt.«

Als Phyllis damals Alma von Clyles Affäre erzählt hatte – während Alma wehrlos mit nassem Kopf im Frisierstuhl saß –, hatte Alma ihr gesagt, dass das idiotisch sei: So etwas würde Clyle niemals tun. Aber als sie mit frisch gelegter Frisur nach Hause kam, hatte sie sich den Kopf darüber zermartert, ob sie Diane und Clyle in den vergangenen Monaten jemals bei einem gesellschaftlichen Anlass gemeinsam gesehen hatte. Sie saßen nie am selben Kartentisch, sie saßen nie bei einem Footballspiel nebeneinander. Ihr fiel kein einziger Moment ein, in dem sie Clyle und Diane auf einer Party miteinander im Gespräch gesehen hätte, und das war bei den anderen Ehefrauen definitiv nicht so. Irgendwann hatte Clyle immer geholfen, Bierflaschen aus der Küche in den Partykeller zu tragen, oder er hatte mit einer der Frauen auf der Veranda gestanden und geraucht oder sich beim

Bridgeturnier mit ihnen zusammengetan. Das einzige Mal, dass sie Clyle und Diane zusammen gesehen hatte, lag sechs Monate zurück. Damals war sie den beiden unerwartet in der Stadt begegnet.

Sie kam gerade mit dem Auto von der Bank, da sah sie die beiden in ihren Autos auf dem Parkplatz des Futtermittelhändlers. Die Wagen zeigten in entgegengesetzte Richtungen, doch die Seitenfenster der Fahrersitze waren geöffnet und lagen auf gleicher Höhe. Alma war in völliger Unschuld zu ihnen gefahren und hatte gesagt, wie skurril es war, ihren eigenen Mann unerwartet in der Stadt zu treffen. Ihr Gesicht brannte vor Scham, als sie jetzt daran dachte und sich vorstellte, wie die beiden sich später über sie lustig gemacht haben mussten.

Am Wochenende nach ihrem Besuch im Frisiersalon, als Clyle erzählte, dass er sich mit Lonnie in der Werkstatt unterhalten habe und sich am Samstag ein paar Leute bei den Aherns treffen würden, entgegnete Alma: »Mir ist diese Woche nicht danach.«

»Ist alles in Ordnung?«

»Was sollte nicht in Ordnung sein?«

Clyle hielt die Hände in die Höhe und verließ das Zimmer, was seine übliche Reaktion war, wenn Alma schlecht gelaunt war. Wer konnte ihm verübeln, dass er etwas mit Diane hatte, einer Frau, die bei zu viel Alkohol nur noch ausgelassener über Witze lachte und die Buttons zur Unterstützung von Footballspielern trug, obwohl sie gar keinen Sohn hatte, der in der Mannschaft spielte.

Als Alma an jenem Tag aus Phyllis' Salon gekommen war, hatte sie zu Hause den Kopf unter den Wasserhahn der Badewanne gehalten und das klebrige Zeug ausgespült, das ihre helmartige Frisur zusammenhielt. Alle Frauen in der Stadt trugen diese Betonfrisuren, aber sie hatte es satt, sich anzupassen, und sie war es müde, die Regeln dieses Kleinstadtspiels zu durchschauen, die ihr nie jemand erklärt hatte. Sie kochte die üblichen Kleinstadtrezepte und sie ging in die Kleinstadtkirche, und dennoch blieb sie meistens außen vor.

Wenn sie an den Freitag- und Samstagabenden zusammen waren, verdrehten die Frauen ihre Augen und erzählten Alma, wie viel Glück sie habe, weil sich ihr Leben nicht nur um Kinder drehte: Benefizveranstaltungen für Kinder aus schwierigen Verhältnissen, Mittagessen von Wohltätigkeitsorganisationen, die Weihnachtsvorführung der Fünftklässler. Sie meinten, sie könne von Glück sagen, dass sie mit diesem langweiligen Kram nichts zu tun habe, und dann schwärmten sie davon, wie süß ihre Kinder aussahen, wenn sie als die Heiligen Drei Könige verkleidet waren. Diane war eine der wenigen gewesen, die sich die Mühe gemacht hatte, Alma in den Bibelkreis und den Golfverein einzuladen. Aber Alma glaubte nicht an die Bibel, und sie hatte noch nie einen Golfschläger in der Hand gehabt. Was also sollte sie mit diesen Einladungen anfangen?

Wenn Alma während der nächsten Monate in der Stadt Frauen begegnete, die sie kannte, und gefragt wurde, wo sie und Clyle denn gewesen seien – »Wir waren ganz schön in der Klemme, weil ihr beim Bridgeturnier nicht mitgemacht habt« –, dann antwortete sie, dass ihr der Kater am nächsten Tag zu viel geworden sei. Die Übelkeit, Kopfschmerzen so stark, als ob man ihr einen Pflock durchs Auge gebohrt hätte, die angespannte Haut, die am Morgen nach der durchzechten Nacht eine Nummer zu klein ausgefallen zu sein schien. Aber das bestätigte nur, was die Leute schon die ganze Zeit vermutet hatten: Alma hielt sich für etwas Besseres. Entweder das, oder alle kannten den wahren Grund: dass Clyle sich endlich besonnen hatte und sich ein wenig Freude im Leben gönnte und dass die böse, alte Alma ihm auf die Schliche gekommen war. In beiden Fällen lag die Schuld bei ihr, und Alma, die gerade erst angefangen hatte, sich ihren Weg in die Clique zu trinken, war wieder draußen und hatte Clyle mit sich gerissen.

Als Alma an jenem Abend die Schulsporthalle betrat, wirkten alle wie Außenseiter und begrüßten einander mit feierlichem Ernst und peinlich berührt. Die Aherns saßen mit Peck auf der Bühne, dort, wo die Schüler einmal im Jahr ein Musical aufführten, Interpretationen nichtssagender Hits mit vielen falschen Tönen. Auch ein Mann, den sie nicht kannte, stand dort, in einem locker sitzenden Anzug mit Bügelfalte, zu dem er tatsächlich ein T-Shirt trug. Sie war froh, dass ihr Junge nicht zur Schau gestellt wurde. Milo saß auf der Tribüne, seinen Rucksack auf dem Schoß, und neben ihm sein hohlköpfiger Freund Scott, ein Klugscheißer, der immer während der Fahrt durch den Bus lief. Alma war sich nicht zu schade, gelegentlich fest auf die Bremse zu treten, um ihn zum Stolpern zu bringen und ihm dann im Rückspiegel einen warnenden Blick zuzuwerfen. Auf Milos anderer Seite saß noch so ein Schwachkopf und neben ihm zwei Erwachsene, von denen einer Joe Ahern stark ähnelte.

Der größte Teil der Tribüne in der überhitzten Sporthalle war besetzt, und Alma schätzte, dass sich bestimmt achtzig Prozent der Stadt hier versammelt hatten. Sie erkannte die meisten Menschen, aber sie hätte schwören können, dass immer noch einige da waren, die sie zum ersten Mal sah. Alte Frauen, die keiner Kirchengemeinde angehörten, oder die wenigen jungen Leute von außerhalb, die Einheimische geheiratet hatten und dann hierhergezogen waren – meist aus der nächsten oder übernächsten Kleinstadt. Auf halber Höhe der Tribüne saßen Lonnie und Diane. Diane winkte dezent, und Alma antwortete mit einem Nicken. Was hätte sie auch machen sollen. Sie und Clyle gingen zum hinteren Ende der Tribüne, wobei sie an Mick Langdon vorbeikamen, dem Vermieter und Nachbarn von Hal, der in der ersten Reihe saß, und an Larry Burke und Sam Gary mit ihren Frauen in der dritten. Cheryl Burke hatte sich zurückgelehnt, um mit den Leuten in der Reihe hinter ihr zu reden – einer Gruppe klatschhafter Schaulustiger, wie sie selbst eine war. Alma mochte die Frau nicht und warf ihr einen giftigen Blick zu. Zwar hatte Larry sich neulich für sein Verhalten gegenüber Hal entschuldigt, als sie bei den Aherns waren, aber sie hatte gleich gemerkt, dass das nur hohles Gerede war. Für sie war die ganze Geschichte inzwischen Larrys und Sams Schuld – nicht Peggys Verschwinden, aber Hals angebliche Verstrickung darin. Hätten sie ihn nicht mitgenommen, hätte er die Hirschkuh nicht geschossen. Oder wenn sie ihn mitgenommen und wie einen Menschen behandelt hätten, wäre er nicht früher nach Hause gefahren und im OK gelandet, mit Blut auf der Ladefläche seines Pick-ups.

Zwei Reihen unter ihnen sah sie Kerry Saunders, dessen Augen verquollen waren. Wie eine alte Frau hatte er ein Papiertaschentuch unter seine Armbanduhr geschoben und zog es von Zeit zu Zeit hervor, um sich zu schnäuzen. Von ihrer Reihe aus konnte Alma erkennen, dass das feuchte Taschentuch wenig bewirkte und der Rotz immer noch auf Kerrys Gesicht klebte.

Alma setzte sich hin und wurde in der stickigen und gedrängt vollen Sporthalle prompt von einer Hitzewelle erfasst. Sie wickelte sich den kratzigen Schal vom Hals, schälte sich aus dem Mantel, als würden Feuerameisen darin wimmeln, und öffnete den Kragen ihrer Bluse so weit, dass es gerade noch schicklich war.

»Noch eine?«, erkundigte sich Clyle.

»Und was für eine.« Sie holte einen Werbeprospekt von Gunthrum Foods aus ihrer Handtasche und fächelte sich damit kühle, wohltuende Luft zu. Clyle wandte sich zu ihr um, spitzte die Lippen und pustete ihr direkt ins Gesicht. Sein Atem roch schwach nach Pfefferminz. Er musste sich nach dem Abendessen die Zähne geputzt haben. Er holte Luft und pustete noch einmal, obwohl sie immer noch zerstritten waren. Deshalb hatte sie Clyle geheiratet, und deshalb war sie all die Jahre bei ihm geblieben: Er war der freundlichste Mann, den sie je kennengelernt hatte. Und sogar er war zu Dingen fähig, die sie nie erwartet hätte.

Peck ging zum Rednerpult, und die ohnehin schon stille Menschenmenge horchte auf. »Danke, dass Sie alle gekommen sind«, setzte er an, und aus den Lautsprechern drang das schrille Pfeifen einer Rückkopplung. Peck zuckte zurück, und als das Geräusch verklungen war, beugte er sich wieder vor, diesmal jedoch weniger weit. »Ich wünschte, die Umstände wären angenehmer.« Er trug seine Uniform, ein braunes Hemd und eine hellbraune Hose, die Hände hielt er hinter dem Rücken verschränkt. »Wie Sie alle wissen«, begann er und gab dann die Fakten zu Peggys Verschwinden wieder – zuletzt gesehen auf der Castle Farm am Sonntagmorgen kurz nach Mitternacht, bekleidet mit Jeans und rosa Pullover. »Viele von Ihnen haben uns in den letzten Tagen geholfen, und das wissen wir zu schätzen, aber wegen des Schnees haben wir nicht so viel herausgefunden, wie wir uns erhofft hatten. Für diejenigen unter Ihnen, die Radlader oder Traktoren besitzen, haben wir an der Tür Listen ausgelegt. Bitte tragen Sie sich dort ein, wenn Sie uns in den Gräben und auf den Feldern helfen wollen.« Alma fröstelte. Sie suchten jetzt nach einer Leiche, nicht mehr nach einem Mädchen.

Sie sah, dass sich rechts am äußersten Rand ihres Blickfeldes etwas bewegte, und wandte den Kopf zur Doppeltür, weil sie dachte, dass dort jemand die Liste schwenken würde, aber es war Hal, der lächelnd Larry und Sam zuwinkte. Sie spürte, wie sich ihre Kehle zusammenschnürte. »Du meine Güte.« Sie stieß Clyle an und deutete auf die Tür. »Er sollte nicht hier sein.«

»Ich kümmere mich um ihn«, flüsterte Clyle und stand auf. Seine Stadtschuhe trommelten ein hohles Echo auf die wacklige Tribüne.

»Hallo, Clyle«, rief Hal laut durch die gesamte Sporthalle, und Alma wandte sich wieder der Bühne zu. Ihr Gesicht brannte von der Hitzewallung, und ihr Nacken war verkrampft. Sie würde niemandem die Genugtuung gönnen, ihre Missbilligung dessen, was Hal tat, zu zeigen, auch wenn sie spürte, dass die Aufmerksamkeit der Menge sich nun von Clyle und Hal auf sie richtete. Sollten sie doch kichern.

Auf der Bühne erhob sich Joe Ahern von seinem Stuhl und ging dann neben dem Mann in die Knie, den sie nicht kannte – ein T-Shirt zum Anzug, du meine Güte! –, und zeigte auf Hal, während er dem Mann etwas zuflüsterte.

»Also«, sagte Peck ein wenig lauter ins Mikrofon, um die Aufmerksamkeit der Versammlung auf sich zurückzulenken. »Hier ist noch jemand, den ich vorstellen möchte.« Er drehte sich zu dem Mann im Anzug um. »Das ist Lee Earl. Er ist ein Privatermittler aus Omaha, der uns bei dem Fall helfen wird.« Joe Ahern stand auf und näherte sich dem Rednerpult.

Joe nickte in Richtung Mikrofon, und Peck trat zurück. »Ich weiß, dass Peck sich alle Mühe geben wird, aber Linda und ich haben beschlossen, einen Profi hinzuzuziehen, der dafür sorgt, dass alles reibungsfrei abläuft. Jetzt ist Mittwoch, Herrgott noch mal, und dies ist die erste formelle Versammlung, bei der wir unser Mädchen zu finden versuchen. Lee Earl hat den Großteil seiner Laufbahn in Fällen von vermissten Kindern ermittelt« – das gab Alma zu denken, denn Lee Earl sah keinen Tag älter als dreißig aus – »und Peck hat bislang keinen einzigen solchen Fall gehabt.« Peck trat einen Schritt vor, aber Joe hob eine Hand. »Das ist nicht böse gemeint, Peck. Ich weiß bloß, wie dein normaler Arbeitsalltag aussieht. Mir ist es jetzt gerade egal, wem ich auf den Schlips trete. Ich bin hier, weil ich meine Tochter zurückhaben will. Und wenn jemand etwas weiß oder an dieser Sache beteiligt war …« Er hielt inne und schluckte. »Ich meine dich, Hal Bullard … Dann werde ich bei Gott tun, was ich kann, um an diese Informationen zu kommen.«

Hal lächelte, als er seinen Namen hörte, bis Clyle sich zu ihm beugte und etwas zu ihm sagte, um ihn anschließend in den Vorraum zu führen.

»Nun, Joe, über all das haben wir ja gesprochen«, sagte Peck ruhig. »Derzeit deutet kein Beweis in eine bestimmte Richtung. Weder in die eine noch in die andere.« Peck wandte sich wieder an die Versammlung. »Ich will, dass Sie alle das wissen. Aber wir brauchen Ihre Hilfe. Alles, was Sie uns über den fraglichen Samstagabend oder Sonntagmorgen noch nicht mitgeteilt haben, müssen wir erfahren, genau wie alles andere, was uns helfen könnte.« Er richtete den Krawattenhalter seiner Uniform und räusperte sich. »Joe hat darum gebeten, dass Mr. Earl die Gelegenheit erhält, hier zu Ihnen zu sprechen. Also, Lee?« Er drehte sich um, und Lee Earl stand in gemächlichem Tempo auf und ging auf das Rednerpult zu. Er legte seine Hände auf beide Seiten des Pultes und schloss seine Finger um das Holz.

»Danke vielmals«, begann er, »an Sheriff Randolph und die guten Menschen von Gunthrum dafür, dass sie heute Abend hierhergekommen sind.« Peck nickte bestätigend, und Alma schnaubte. Sie mochte Lee Earl schon jetzt nicht. Zu glatt, zu selbstbewusst. Sie mochte Leute, die sich nicht ins Rampenlicht drängten und ihre Arbeit anständig erledigten. Sie fragte sich, was Clyle und Hal im Vorraum machten oder ob Clyle Hal davon überzeugt hatte, allein nach Hause zu fahren. Vielleicht war Clyle auch mitgefahren. Sie schaute in ihre Handtasche, um sich davon zu überzeugen, dass er ihr den Autoschlüssel gegeben hatte, nur um sich zu erinnern, dass er im Zündschloss steckte, so wie es in Gunthrum üblich war. Sie hatte sich immer noch nicht ganz daran gewöhnt.

Lee Earl sprach jetzt über die Zahl vermisster Personen in ihrem Staat, insbesondere in ländlichen Gebieten, und Alma musste sich eingestehen, dass die Zahlen viel höher waren, als sie vermutet hätte. Wie kam es, dass Kinder so oft verschwanden? Und wie kam es, dass das in Gunthrum noch nie geschehen war? Vielleicht hatten sie die ganze Zeit bloß Glück gehabt.

Lee endete mit der Bemerkung, dass Officer Randolph ganz gewiss sein Bestes gegeben habe, indem er jeden befragt hatte, der in einer Beziehung zu dem Fall stand – herablassender kleiner Scheißer –, aber er werde mit allen Kontakt aufnehmen, um die Geschichte aus erster Hand zu erfahren. Alma wusste, dass sie ganz oben auf der Liste stehen würden. Sie schloss die Augen, um gegen die aufkommende Panik anzukämpfen, und versuchte sich vorzustellen, wie es sich draußen anfühlen würde – mit der kalten Luft auf ihrer Haut, dem leichten Frösteln wegen des fast schon getrockneten Schweißes von ihrer Hitzewallung. Sie stellte sich Hal als kleinen Jungen vor, der in Fremont Lakes schwamm, während seine Mutter im Badeanzug am Ufer lag, der Mund schlaff von Alkohol und Schläfrigkeit. Warum hatte Clyle unbedingt Marta anrufen müssen? Was bedeutete ihr Muttersein schon? Alma hätte ihn nie so im Stich gelassen. Sie hätte es einfach nicht fertiggebracht.

Peck trat ein letztes Mal ans Rednerpult, um sich zu verabschieden und die Versammlung zu beenden. Ehe er endete, hatte Alma schon nach ihrem Mantel gegriffen und bewegte sich auf den Vorraum zu. Sie blickte starr geradeaus, um mit niemandem reden zu müssen, denn die anderen hatten inzwischen sicherlich ihre eigenen Schlüsse im Hinblick auf Hal gezogen. Ob sie damit recht hatten oder nicht, war kaum von Belang. Im Vorraum sah sie sich nach Clyle oder Hal um, der wegen seiner Größe normalerweise sofort ins Auge fiel.

»Mrs. Costagan?«, sagte jemand, und als sie sich umdrehte, stand da Milo Ahern. »Sie sind nach oben gegangen. Hal und Mr. Costagan.«

Sie ging auf die Treppe zu und war überrascht, als er ihr in den ersten Stock folgte, trotz der breiten Stufen fast im Gleichschritt mit ihr, dorthin, wo die Klassenräume der Highschool lagen. Spinde säumten die seitlichen Wände, und in einem Schaukasten wurden einige wenige Sportpokale ausgestellt, darunter auch für die letztjährigen Regionalmeisterschaften im Volleyball, bei denen Peggy zur Mannschaft gehört hatte.

Clyle wandte sich um, als er das Quietschen ihrer Gummisohlen hörte. »Zeit zu gehen?«

»Ja, sofort.«

Clyle legte die Hand auf Milos Schulter. »Tut mir wirklich leid, dass du das alles durchmachen musst, Junge.«

Milo zuckte die Schultern. »Ich weiß.«

Sie hörten zwei Paar Füße die Treppe hochlaufen, und als Alma sich umdrehte, kam Lee Earl mit Joe Ahern auf sie zu. Sie rückte näher an Hal heran und packte seinen Arm.

»Milo«, sagte Joe mit rauer Stimme. »Geh nach unten. Hilf deiner Mutter.«

»Wobei helfen?«

Joe warf seinem Sohn einen giftigen Blick zu. »Sofort.«

»Gut, ich gehe.« Milo blieb vor Lee Earl stehen. »Sie sehen aus, als würden Sie in dieser Fernsehsendung mitspielen. *Miami Vice.*« Der Brustkorb des Mannes, es war kaum zu glauben, blähte sich stolz. »Und das ist auch schön und gut«, fuhr Milo fort,

»aber wir sind hier in Nebraska.« Der Junge drehte sich auf dem Absatz um und floh die Treppe hinab, während Alma ein Lachen unterdrückte.

Lee hob beschwichtigend eine Hand. »Der Junge ist aufgebracht. Versteh ich. Jetzt würde ich gern mit dem hier sprechen.« Er nickte in Richtung von Hal.

»Er hat einen Namen«, sagte Clyle steif.

»Den hat er bestimmt.« Lee ging einen Schritt auf Hal zu. »Wie heißt du, Bürschchen?«

Auf Hals Gesicht zeichnete sich Verwirrung ab.

»Hören Sie«, setzte Alma an, aber Lee hielt eine Hand in die Höhe.

»Das funktioniert vielleicht bei anderen, Junge«, fuhr er fort, »aber nicht bei mir. Schuldig ist schuldig, und mir ist egal, welche Behinderung du hast. Mord ist Mord.«

Clyle trat vor Hal, und Almas Augen füllten sich mit Tränen: Er würde Hal verteidigen. Wenn es darauf ankam, würde er es tun. Dessen war sich Alma in diesem Augenblick sicher.

»Es geht nicht um Mo…«, setzte Joe Ahern an, aber auch er wurde von Lees hochgehobener Hand unterbrochen.

»Noch nicht, und wir hoffen, dass es so bleibt. Aber wenn ich den hier anschaue, erkenne ich, wozu er fähig ist. Wie viel wiegst du, Junge? Neunzig Kilo? Was würdest du einer kleinen Dame wie Peggy antun?«

»Das reicht.« Clyle nahm Hals Arm. »Wir gehen nach Hause. Wenn Sie ihn befragen wollen, dann kommen Sie und tun Sie es. Aber nicht hier und nicht jetzt. Und Sie legen uns besser ein paar Beweise vor, ehe Sie Hal schikanieren.« Almas Herz war voller Liebe. Clyle konnte besser als jeder andere, den sie kannte, einen Schlussstrich ziehen, und es gab nichts, was ihr besser gefiel, solange sie nicht auf der falschen Seite dieses Schlussstriches stand.

Auf dem Nachhauseweg lenkte Clyle den Wagen mit einer Hand. Wenn gelegentlich ein Fahrzeug entgegenkam, hob er instinktiv einen Finger vom Steuer – der Farmergruß. Sie fand es liebenswert, dass er das sogar im Dunkeln machte, wenn die anderen Fahrer ihn unmöglich sehen konnten. Freundlichkeit war immer sein erster Impuls. Vielleicht war es das, was sie an seinem Seitensprung so traurig gemacht hatte – sie hätte nicht gedacht, dass er wie jeder andere Mann zu einer solchen Grausamkeit fähig war.

Als sie damals, als Teil der Trinkerclique, die Aherns kennengelernt hatten, waren Joe und Linda in ihren frühen Dreißigern, Peggy war drei Jahre alt und in der Trotzphase, und Milo war noch nicht auf der Welt. Eines Nachts war Peggy die letzten Treppenstufen in einen noch nicht ganz fertiggestellten Partykeller gestürzt und mit dem Kopf auf den Zementboden geknallt. Sie hatte geheult wie ein Schlosshund, und Linda hatte ihre Tochter panisch in ihre Arme gezogen und Peggys rot angelaufenes Gesicht an ihrer Brust vergraben. Sie trug ihre Tochter zu ihrem Mann hinüber, so mühelos, als würde sie nichts wiegen. »Joe«, sagte sie. »Sie ist weich. Die Beule. Ist das nicht ein schlechtes Zeichen?«

Joe fuhr mit der Hand über Peggys Kopf. »Ihr geht's gut, Linny. Kinder sind robust.« Alma fragte sich, ob er das jetzt bereute oder ob er sich überhaupt noch daran erinnerte.

Nach Almas erster Fehlgeburt hatte Clyle sie in seinen Armen gewiegt, und ihre Gesichter waren tränennass gewesen. Der Arzt hatte vermutet, dass sie im vierten Monat war – alle Kinder hatten länger als das schattenhafte »Vielleicht« einer übersprungenen Regelblutung durchgehalten –, und Clyle hatte ihr frisch gepressten Orangensaft und Kreuzworträtselbücher ans Bett gebracht. Er hatte sich bei IBM krankgemeldet und drei Tage lang ihre Hand gehalten. Aber beim vierten Baby hatte er sich nur noch einen Nachmittag freigenommen und war am nächsten Tag wieder zur Arbeit gegangen. Sie hatte ihn dazu aufgefordert, war aber trotzdem wütend gewesen, als er ihrer Aufforderung folgte.

Von dem fünften Baby hatte sie Clyle gar nichts mehr erzählt – das war schon in Gunthrum gewesen, zwei Jahre nach ihrem Umzug –, und dennoch wusste sie innerlich, dass sie es ihm vorhielt. Ein Jahr später war Hal am Sankt-Patricks-Tag die Stufen des Busses hochgestapft und hatte Alma gefragt, ob sie meine, er trage ein grünes Kleidungsstück. Als sie verneinte, sagte er, dass sie sich irren würde, und zog lachend den elastischen Bund einer grünen Unterhose ein ganzes Stück weit aus der Hose. Und ein weiteres Jahr später hatte Clyle seine Affäre begonnen.

Als sie an jenem Abend im Bett lag, dachte sie daran, wie Lance sie bei der Feier zehn Jahre zuvor gegen die Küchentheke gedrückt hatte. Wie der Alkohol, den sie getrunken hatte, ihr sauer in die Kehle gestiegen war. Sie dachte an seine Finger, die sich fordernd und krabbenartig in ihren Schritt vorgetastet hatten. Hatte Peggy diese Panik je spüren müssen? Alma drehte sich im Bett um. Clyle lag schlafend auf seiner Seite. Er hatte ihr das Gesicht zugewandt, und seine Lippen waren leicht geöffnet. Das beruhigende Stottern seines Schnarchens war die Tonspur ihrer Nächte. Sie hatte immer geglaubt, das Schmerzhafteste in ihrer Ehe seien die Babys gewesen, aber vielleicht hatte sie unrecht gehabt. Sie berührte die Seite seines Gesichts, und sein Atem geriet ins Stocken. Der Pfefferminzgeruch wurde von einem säuerlichen Geruch überdeckt.

Seine Augenlider öffneten sich flatternd. »Was ist?«

»Nichts«, sagte sie, und er schlief wieder ein.

Alma tauchte an die Oberfläche ihres zähen, sirupartigen Traums und versuchte, das Geräusch zuzuordnen. Der Wasserkessel? Der Wecker am Herd? Die Mikrowelle? Es war nichts davon, und erst, als ein hämmernder Lärm hinzukam – eine Faust, die fest gegen Holz schlug –, wurde ihr klar, dass es die Türklingel war. Seit Jahren hatte niemand ihre Türklingel betätigt.

»Was in aller …«, setzte Clyle an und schwang die Füße aus dem Bett. Alma versuchte mit ihrem schlaftrunkenen Verstand, die einzelnen Wahrnehmungen zu einem Ganzen zusammenzusetzen. Die Uhr an der anderen Zimmerwand zeigte 01:43 Uhr. »Jemand ist an der Tür.«

»Schon klar«, sagte er und griff nach dem Flanellhemd, das am Bettpfosten hing. Ihr fiel ein albernes Lied ein, das in den späten Fünfzigern ein Hit gewesen war – *Does your chewing gum lose its flavor on the bedpost overnight?*. Sie hatte das Lied als Anzeichen dafür gesehen, dass es mit der Musik abwärtsging, und vielleicht auch als einen ersten Hinweis darauf, dass sie mit zunehmendem Alter ihre Toleranz und ihren Humor fast vollständig einbüßen würde (auch wenn fraglich war, ob jemand ihre Toleranz und ihren Humor zuvor bemerkt hatte).

Sie hatte ihr eigenes Flanellhemd genommen und zog es jetzt über ihr Nachthemd, das ebenfalls aus Flanell war. Sie trug es seit zehn Jahren, und entsprechend abgewetzt war der Stoff. Sie kam gerade um die Ecke, als Clyle die Tür öffnete. Joe Ahern stand gebückt im Rahmen und zeigte mit dem Finger auf Clyle. »Ist er hier?«, fragte er. »Wir waren schon bei seinem Haus, und es ist keiner da.« Sie fühlte sich etwas beruhigt dadurch, dass Joe nicht einfach hereingestürmt war, wohl wissend, dass niemand in Gunthrum seine Haustür abschloss, auch wenn sich das jetzt vielleicht ändern und zu einer abendlichen Routine für alle werden würde. Ganz gewiss für Joe selbst: die Zähne putzen, das Thermostat herunterdrehen, die Tür abschließen.

»Komm, ich mach dir einen Kaffee«, sagte Alma.

»Ich will keinen verdammten Kaffee.« Seine blutunterlaufenen Augen verengten sich zu Schlitzen.

»Na, komm.« Clyle führte ihn zu einem Stuhl. »Alma, ich nehme einen.«

Joe lehnte sich in seinem Stuhl zurück. Einige Minuten später nickte er, als sie eine Tasse Kaffee vor ihn stellte, und nahm einen allzu heißen Schluck. »Wisst ihr, als Peggy noch ein kleines Mädchen war, wollte sie nichts lieber als Lämmer züchten. Ich habe ihr gesagt, dass man in unserer Familie Schweine züchtet, keine Schafe, aber das war ihr egal – es musste unbedingt ein Lamm sein. Schließlich habe ich ein Wochenende lang eine der Boxen im Stall renoviert und von den anderen abgetrennt, damit sie ihr verdammtes Lamm haben konnte. Und wisst ihr was? Zwei Wochen später hatte sie die Sache satt.« Er versuchte sich an einem Lachen. »Als ich dann sagte, dass wir das Tier schlachten müssten, machte sie ein Geschiss, als würden wir ihr den Bruder wegnehmen.« Joe sah erst sie, dann Clyle an. »Auf so was war ich vorbereitet. Solche Höhen und Tiefen. Dieses Lamm war ein verdammter Fehler.« Er fuhr sich mit der Hand über das Gesicht. Seine Unterlippe klappte dabei herunter, und man konnte die blauen Venen in seinem Mund sehen. »Ich bin betrunken.«

»Du hast jedes Recht dazu«, sagte Clyle.

»Sollen wir dich nach Hause fahren?«, fragte Alma, und Joe schüttelte den Kopf.

Er äugte tief in seine Kaffeetasse. »Hal muss es gewesen sein. Lee Earl sagt, dass ein persönliches Motiv die einzige vernünftige Erklärung ist. Alles andere ergibt keinen Sinn.«

»Was ergibt schon Sinn«, sagte Alma, und Joe schnaubte.

»Wenn ich noch eine einzige Plattitüde höre, schlage ich etwas entzwei.«

»Er hat nichts getan«, sagte Alma. »Joe, du musst doch auch sehen, dass Peck keinen einzigen Beweis hat.«

»Jetzt vielleicht noch nicht. Ich habe beim *Omaha World-Herald* angerufen und mit so einem Reportermädel gesprochen. Die haben bisher fast nichts berichtet.«

»Hast du Hal erwähnt?«, fragte Alma. Ihr Magen krampfte sich furchtsam zusammen.

»Worauf du dich verlassen kannst.«

Das Picknick, bei dem Peggy mit Hal geflirtet hatte. Das war Mitte Juli gewesen, und Alma hatte damals gerade die Hoffnung aufgegeben, nur mit Jeans durch den Sommer zu kommen – ein Kampf, den sie jedes Jahr verlor. Vor ihrem Wandschrank stehend, hatte sie – Krampfadern hin, Krampfadern her – nach einer Shorts aus dem vorangegangenen Sommer gegriffen, die im hinteren Teil des Schrankes lag, und gebetet, dass sie noch passte. Irgendwie schienen jedes Jahr ein oder zwei Kilo dazuzukommen, bis Alma eines Tages auf der Waage stand und zehn Kilo mehr als zum Zeitpunkt ihrer Hochzeit wog. Sie kämpfte sich in die Shorts, zog den Bauch ein, um den Knopf zu schließen, und dann stand sie in der heißen Sonne, und der Schweiß rann ihr über das Gesicht und zwischen den Brüsten hinab, während ihre Schultern sich rosa färbten. Es war so heiß gewesen, dass einige Jugendliche einen Rasensprenger neben dem Pavillon aufgestellt hatten, unter dem das Picknick stattfand. Selbst Leute, die keine Badesachen trugen, liefen durch die Wasserstrahlen – wobei die Shorts der älteren Mädchen oft so knapp geschnitten waren, dass sie auch als Badebekleidung durchgegangen wären. Jeder in Gunthrum hatte gesehen, wie Hal von Peggy zurückgewiesen worden war, wie sie ihn zusammen mit ihren Freundinnen ausgelacht hatte und wie Hal weinend davongestapft war.

Als sie jetzt in ihrem Flanellhemd in der Küche saß, fiel es Alma schwer zu glauben, dass es jemals so heiß gewesen war.

An dem Nachmittag vor dem Picknick hatte Hal eine Runde Football gespielt – bei 38 Grad Hitze! – und dabei einen seiner Gegner lachend zu Fall gebracht. Als der Junge aufstand – er ging auf die Highschool und spielte in der Lokalmannschaft –, hielt Hal ihm eine helfende Hand entgegen, aber der Junge schob Hals Arm brüsk beiseite, während Hal weiter lachte. Er verstand nicht, dass der Junge wirklich wütend war. Lag es daran, dass er von einem Einfaltspinsel geschlagen worden war, oder daran, dass Hal zu grob gewesen war? Alma wusste es nicht, aber sie wusste, dass Hal nicht besonders gut darin war, Zeichen zu deuten. So war es auch bei Peggy gewesen. Alma hatte dieses Mädchen mit jedem männlichen Wesen, das ihr über den Weg lief, flirten sehen – mit Hal, mit seinen Klassenkameraden, Sam Gary und Larry Burke, in gewisser Weise sogar mit Clyle. Als sie vor Almas Augen mit ihrem Ehemann sprach, hatte sie den Kopf keck zur Seite geneigt, wie um zu sagen: *Sieh dir an, was ich dir zu bieten habe.*

Alma hatte einige Frauen, die nur wenige Jahre älter als Peggy waren – Cheryl Burke, Tonya Gary –, darüber reden hören, dass Peggy und ihre Gruppe, die anderen Highschool-Mädchen, keine Spur von Verstand hätten. Alma hatte damals lautlos in sich hineingelacht, weil sie wusste, dass diese Frauen Ende zwanzig nur neidisch waren, weil sie mit den Jüngeren nicht mehr mithalten konnten. Es gab eine ganze Generation von hübschen jungen Frauen, denen man wenig mehr beigebracht hatte, als ihren Wert nach ihrem Aussehen zu bemessen. Alma war froh, dass sie nie auf diese Art hübsch gewesen war und stattdessen an der Entwicklung ihrer Persönlichkeit hatte arbeiten müssen, selbst wenn viele Leute dachten, dass das Ergebnis nicht gerade umwerfend sei.

Es klopfte, und Randall Ahern steckte den Kopf zur Tür herein. »Joe?« Randall nickte den Costagans zu. »Alma, Clyle.«

Alma wusste, dass Randall etwa zwei Fahrstunden entfernt in Grand Island lebte und einen Futtermittelladen leitete, eine Stelle, die er angenommen hatte, nachdem er mit einem Landmaschinenhandel Schiffbruch erlitten hatte. Es hieß, er habe das Geschäft in den Sand gesetzt und sein großer Bruder Joe habe ihm aus der Patsche geholfen, aber man weiß nie, wie sich die Dinge entwickeln – inzwischen fuhr Randall einen Cadillac. Er war in Gunthrum aufgewachsen, aber Hof und Land bekam Joe, der Ältere, als die Eltern sich in South Carolina zur Ruhe setzten.

Trotzdem war Randall jedes Jahr da, um seinem Bruder beim Pflanzen und bei der Ernte zu helfen und das Land zu bestellen, das ihm nie gehören würde, und Alma konnte sich gut vorstellen, dass das für ihn eine bittere Pille war.

Irgendwas war bei dem Picknick noch vorgefallen – aber was?

Joe sturzbetrunken in ihrer Küche, Randall an der Tür – die Erinnerung war zum Greifen nah, aber dann entglitt sie ihr wieder.

»Tut mir leid«, sagte Randall zu den Costagans. »Ich habe versucht, ihn nach Hause zu bringen, aber er wollte unbedingt herkommen.« Randall artikulierte betont deutlich, um nüchterner zu klingen, als er war. »Es war ein wilder Abend.«

»Kann ich mir denken«, sagte Clyle. »Willst du einen Kaffee?«

»Nee. Dann kann ich nachher nicht einschlafen.«

»Na dann.« Clyle stand auf. »Ich bringe euch zum Auto.«

»Komm schon«, sagte Randall und legte eine Hand auf Joes Arm, aber Joe zog den Arm abrupt weg. Randall hob die Hände, als würde jemand mit einer Waffe auf ihn zielen, und die Verärgerung war ihm deutlich anzumerken, aber dann lachte er kurz auf, und sein Gesichtsausdruck wurde freundlicher. »So ist er schon den ganzen Abend. Eine echte Nervensäge.«

»Meine Tochter wird vermisst«, sagte Joe. »Niemand interessiert sich für deine Probleme.«

»Das war schon immer so.« Randall nickte Alma und Clyle höflich zu und ging zur Tür, während sein Bruder am Tisch sitzen blieb. Draußen startete ein Auto und fuhr rückwärts die Auffahrt hinab, und die Scheinwerferlichter schwenkten durch die Küche, als der Cadillac sich der Straße näherte.

»Du wirst ihn fahren müssen«, sagte Alma und deutete vage auf Joe, der mit leerem Blick vor sich hin stierte. Die Tasse Kaffee stand fast unberührt vor ihm.

»Ich kann gehen.« Joe erhob sich und stand, wenn auch auf etwas wackligen Beinen, aufrecht vor ihnen.

»Das glaube ich dir gern«, sagte Clyle, »aber ich würde dich trotzdem gern fahren. Für meinen eigenen Seelenfrieden.« Clyle drehte sich an der Tür um. »Ich bin gleich zurück.«

»Bis gleich«, sagte Alma, und wenig später hörte sie, wie Clyle den Pick-up anließ. Sie nahm die Kaffeetassen vom Tisch, goss die Reste in den Ausguss und stellte sie in die Spüle. Sie sah auf die Uhr: Viertel nach zwei, und sie war hellwach. Sinnlos, jetzt ins Bett zu gehen, wo sie sich doch nur herumwälzen würde. Mit Ende dreißig, Anfang vierzig, als sie noch Alkohol trank, hatte sie sich bei der späten Rückkehr von den vielen Feiern in der Nachbarschaft aufs Bett fallen lassen und die Augen geschlossen, und noch ehe ihr Kopf das Kissen berührte, war sie schon eingeschlafen. Doch dann war sie, mit der Genauigkeit eines Uhrwerks, um zwei Uhr aufgewacht und bis vier Uhr wach geblieben, zu müde, um auch nur die Zeitung zu lesen. Mit dem Trinken aufzuhören, war ihr so leichtgefallen, wie ein Buch beiseitezulegen, das sie nicht mochte. Jetzt trank sie höchstens mal ein Glas oder zwei bei besonderen Anlässen, aber sie wusste, dass jeder seine Schwäche hatte.

Alma hätte schwören können, dass sie eine der wenigen nüchternen Personen auf dem Picknick im vergangenen Sommer gewesen war, als Hal sich in Peggy verknallt hatte. Es war ein heißer Tag gewesen, und die Leute tranken Bier, als wäre es Wasser. Der feuchte Film von der Eiskühlung lag noch auf dem Aluminium der Bierdosen, nachdem sie mit wenigen Schlucken geleert worden waren. Als Alma mit dem Trinken aufgehört hatte, war sie schockiert gewesen, wie sich die Leute benahmen, wenn sie betrunken waren, wie sehr sie das Trinken beeinträchtigte. Die Tanzbewegungen, die sie für geschmeidig hielten, die ordinären Witze, zu denen alle meckernd lachten – es war peinlich, all das als die einzig nüchterne Person in der Gruppe zu beobachten.

Ehe sie zu der Hundertjahrfeier gefahren waren, hatten sie Hal abgeholt, weil sie wussten, dass auch er viel trinken würde. Sie machte sich immer Sorgen um ihn, wenn er Alkohol trank. Es hatte zu viele Vorfälle gegeben, wo er schon kräftig einen intus gehabt und trotzdem weitergemacht hatte, ohne dass ein inneres Barometer ihm angezeigt hätte, dass es genug war. Ihm fehlte das Gespür dafür, wann sich die Waage vom Guten zum Schlechten neigte. Er verstand gut genug, dass er sich mit Alkohol großartig fühlte, aber daran, wie schlecht er sich später fühlen würde, dachte er nicht. Die Verbindung zwischen der Handlung und ihren Folgen existierte nicht. Sie fragte sich oft, in welcher Weise Hals Gehirn beschädigt worden war, welche Synapsen, oder was auch immer es war, sich nicht mit den anderen verbinden konnten. Sie vermutete, dass er sich in vielen Zusammenhängen so verhielt. Er hatte den größten Teil von Peggys Leben in derselben Kleinstadt wie sie gelebt, aber dann hatte sie ihm in ihren kurzen Hosen und ihrem Trägerhemd eine Hand auf den Kragen gelegt, und es war, als hätte er sie zum ersten Mal gesehen.

Bei dem Picknick hatte Peggy mit Hal geflirtet, und es war gewesen, als ob eine Blume im Zeitraffer erblühte. Alma hatte ihm zuvor zu sagen versucht, dass Mädchen launische Idiotinnen waren und gemein obendrein. Sie war lange genug Bus gefahren, um das zu wissen, und nachdem jemand wie Diane – die eigentlich ihre Freundin sein sollte – mit ihrem Mann geschlafen hatte, war Alma nur wenig Geduld für ihr eigenes Geschlecht geblieben.

Sie hatte Peggy und Hal mit einer Art gnadenloser Faszination beobachtet, die ganz und gar nicht mütterlich war, und auf den Augenblick gewartet, da Peggy ihm ein herablassendes Lächeln schenken und sich abwenden würde. Sie sehnte diesen Moment herbei, und als es so weit war, spürte sie eine grausame Genugtuung. Hal hatte sein Hemd dort berührt, wo Peggy es getan hatte, am Kragen, und dann hatte er die Hand ausgestreckt und im Gegenzug den Träger ihres Oberteils berührt.

Peggy schoss herum. »Fass mich nicht an!«

Joe Ahern war fast sofort auf der Bildfläche erschienen, genauso alkoholisiert wie alle anderen. »Was ist los? Was gibt's?«

Alma war hinübergehastet. »Nichts. Gar nichts.«

»Nach nichts klingt das für mich nicht«, sagte Joe, und seine betrunkene Stimme klang wie eine Sirene. Lonnie und Diane hatten in ihrem Bocciaspiel innegehalten; Cheryl und Tonya standen wie eingefroren da, die Hufeisen, die sie hatten werfen wollen, in der Hand.

Auch Larry Burke war hinzugeeilt, nachdem er seine Bierdose eilig auf einem Picknicktisch abgestellt hatte. »Was fällt dir ein, Hal. Behalt deine Hände gefälligst bei dir.«

»Hal, wir gehen«, sagte Alma und gab Clyle einen Wink: *Lass uns abhauen.*

»Aber ich …« Hal ging einen Schritt auf Peggy zu, und Larry schubste ihn zum Auto.

»Mach schon«, sagte Larry. »Zieh Leine.«

Hal sah verwirrt zurück. Cheryl warf ihr Hufeisen, und es klapperte laut, als es sich um den Stab schlang. Das Geräusch hallte in der allgemeinen Stille nach.

Beim Auto angekommen, hatte selbst Clyle, der längst nicht mehr so viel wie früher trank, erst auf sie und dann auf den Fahrersitz gezeigt und sich dann in den Beifahrersitz plumpsen lassen.

Hal hatte auf dem gesamten Nachhauseweg über Peggy geredet, und als sie auf die Auffahrt zur Costagan-Farm abgebogen waren, hatte er seinen Kopf rückwärts verrenkt, um das Haus der Aherns anzustarren, und sich vermutlich gefragt, welches Zimmer Peggys war. Klar hatte sie ihn gekränkt, aber ihr Haar war lang, und ihre Shorts waren kurz. Hal kam zum Abendessen mit ins Haus – Alma machte Lasagne mit Baguette in der Hoffnung, dass das Essen den Alkohol neutralisieren würde –, und er redete ununterbrochen darüber, wie hübsch und nett Peggy sei und ob sie glaubten, dass sie einen Freund habe. Alma hielt sich im Zaum, solange sie konnte – lange war das nicht –, und sagte dann: »Hal, sie wird nicht deine Freundin werden. Das ist dir doch klar, oder? Dass sie dich nur auf den Arm genommen hat?«

»Alma«, hatte Clyle warnend gesagt, aber sie hatte sich nicht aufhalten lassen.

»Dieses Mädchen hat heute ungefähr zehn Jungs Hoffnungen gemacht, und du, Hal, bist bloß einer von ihnen. Und von diesen zehn bist du der Letzte auf ihrer Liste, das garantiere ich dir.«

Hal sah sie an, und sein Gesicht war offen und verletzt. »Warum bist du so gemein?«, fragte er.

Sie stellte die heiße Lasagneform klirrend auf den Tisch. »Weil irgendjemand es sein muss.«

Jetzt trat sie hinaus auf die Veranda, um nach Clyles Scheinwerfern Ausschau zu halten. Sie hatte die Arme verschränkt und rieb sich mit den Händen die Oberarme warm. *Warum?*, fragte sie sich jetzt noch einmal. Warum muss jemand so gemein sein?

Lag es daran, dass der Mann, den sie liebte, sie betrogen hatte? Dass sie eine alte Frau war und Peggy so jung? Dass ihr einst vitaler Körper sie ebenfalls betrogen hatte, als es ums Kinderkriegen ging?

Oder war es ihr einfach bestimmt, so zu sein: eine kleinliche, gemeine Frau wie ihre Mutter?

13

Als sie die Versammlung verließen, sagte Milos Dad zu Sonny Crockett, er solle seinen Arsch zu den Costagans schwingen und mit ihnen über den Schwachkopf reden. Er war so wütend, dass er mit Onkel Randall direkt ins OK fuhr. Milo musste neben George auf der Rückbank von Tante Sallys Auto sitzen, immer in Gefahr, von seinem Cousin die Brustwarzen verdreht zu bekommen. Als er abends um elf Uhr auf dem Sofa saß, hatte er immer noch rote Stellen auf der Brust, aber wenigstens war er noch nicht ins Bett geschickt worden. George war auch noch wach, aufgeputscht von Dr. Peppers Limonade, und saß auf dem Furzgeräusche machenden Schaukelstuhl und riss Seiten aus dem Unterwäscheteil des Sears-Katalogs.

Tante Sally nahm ihm den Katalog weg. »Das reicht jetzt, George. Zeit zum Schlafengehen.«

George jammerte, dass er am nächsten Tag doch gar nicht zur Schule müsse, und als seine Mutter das nächste Mal etwas sagte, war es schon Mitternacht. Als Tante Sally ihren Sohn endlich nach oben brachte, um ihm beim Finden seines Schlafanzugs und seiner Zahnbürste zu helfen, fragte sie Milos Mutter: »Muss Milo nicht schlafen gehen?«, und seine Mutter sagte: »Das ist schon in Ordnung. Er geht hoch, wenn er so weit ist.« Das hätte sie früher niemals gesagt, und er glaubte, dass es weniger mit ihm zu tun hatte als damit, dass sie Tante Sally widersprechen wollte.

Sobald Tante Sally den Raum verlassen hatte, warf seine Mutter ihm einen mahnenden Blick zu – *übertreib's nicht, Junge* –, aber schließlich vergaß sie ihn, und er war aus dem Schneider.

Milo nickte schließlich auf einer Ecke des Sofas ein, seine Tante auf der anderen. Um zwei Uhr morgens wachte er von lauten Stimmen auf – sein Vater und Onkel Randall waren aus dem OK zurück und hatten beide ein Lallen in der Stimme. »Jedes verdammte Mal musst du dich in den Vordergrund spielen«, sagte sein Vater. »Halt dich einfach raus, Randall.«

»Ich bin hier, um euch zu helfen.«

»Ach, wirklich? Wann habe ich je deine Hilfe gebraucht? Du hast immer meine gebraucht.« Er fing an, eine imaginäre Liste an seinen Fingern abzuzählen. »Ein Kredit, um dein Geschäft in Gang zu bringen. Noch ein Kredit, als es Konkurs ging. Schon als wir Kinder waren, musste ich immer deine Kämpfe austragen.«

Randall ballte die Faust. »Du bist auch kein gottverdammter Selfmademan, Joe. Unsere Eltern haben dir die Farm vermacht. Du hast sie auf dem Silbertablett bekommen.«

»Kann man es ihnen verübeln? Stell dir mal vor, wie es hier aussehen würde, wenn du die Farm in die Finger gekriegt hättest. Zum Verkauf in kleine Stückchen zerhackt, während du dich immer tiefer in Schulden geritten hättest. Eine Missernte nach der anderen.«

»Bei mir läuft's prima.« Randall deutete auf die Auffahrt. »Siehst du das Auto da draußen? Abbezahlt.«

»Tja, wie kommt das eigentlich? Du startest auf der mittleren Führungsebene in einem Futtermittelhandel, und jetzt fährst du einen Cadillac?« Joe schüttelte den Kopf. »Ich weiß nicht, Randall.«

»Du erträgst es nicht, oder? Dass ich mehr Geld verdiene. Dir ist es am liebsten, wenn ich unter deiner Fuchtel stehe.« Randalls Gesicht war rot angelaufen, und das Gleiche galt für Milos Vater – auch die geplatzten roten Äderchen auf ihren Nasen passten gut zusammen. »Vielleicht ist sie ja weggelaufen. Hast du daran schon mal gedacht? Weil sie dich nicht mehr ertragen hat?«

»Du verdammter Scheißk…« Joe holte aus, und Tante Sally sprang zwischen die beiden Männer. Sie legte jedem eine Hand auf die Brust, um sie voneinander zu trennen.

»Das reicht. Wir gehen jetzt alle schlafen«, sagte sie. »Genug ist genug. Ab ins Bett.«

»Du kannst nicht ins Bett gehen«, sagte Joe. »Du schläfst nämlich in meinem Wohnzimmer. Auf meinem Sofa.«

Milos Mom war nicht im Zimmer, und er hoffte, dass sie sich schlafen gelegt hatte und all das hier verpasste, aber wahrscheinlicher war, dass sie oben im Schlafzimmer wach lag und jedes Wort hörte.

»Gut. Wir wollten euch helfen, aber wir fahren nach Hause. Sal, du weckst George.«

»Wir können jetzt nicht …«, setzte sie an, und zur gleichen Zeit sagte Milos Dad: »O nein. Ich will euch hier haben, um euch im Blick zu behalten.«

Randall, der in einer Zimmerecke stand und ihre Reisetaschen zusammensuchte, drehte sich um. »Was sagst du da, Joe?« Seine Stimme war leise, drohend, und Milo biss sich auf die Zunge – ein Trick, den er sich hatte einfallen lassen, als er beim Arzt eine Spritze bekommen hatte, um sich mit einem Schmerz von einem anderen abzulenken.

Milos Dad starrte seinen Bruder an und rieb schließlich mit einer müden Geste über das dichte Netz kleiner Äderchen auf seiner Nase. »Nichts. Keine Ahnung. Ich habe zu viel getrunken.«

»Da hast du verdammt recht«, sagte Randall.

»Wisst ihr was«, sagte Joe, »ich lass euch jetzt in Ruhe.« Er sah sich im Zimmer um. »Milo? Was zum Teufel machst du hier um diese Zeit?«

»Nichts«, murmelte Milo und huschte aus dem Zimmer. Es war fast halb drei. Ein Rekord war das kaum.

Am nächsten Morgen steckte George einen Esslöffel in ein Glas Erdnussbutter, zog ihn wieder heraus und versenkte ihn in einem offenen Beutel Schokostückchen. Milo hatte ihm zugesehen, wie er dies schon ein halbes Dutzend Mal wiederholt hatte, und jedes Mal klebten an dem Löffel Reste von Erdnussbutter und Spucke, wenn George ihn erneut in das Glas mit Erdnussbutter steckte. Es war Viertel nach sieben, und Milo war schon wieder wach – eine weitere unruhige Nacht. Tante Sally hatte George um sechs Uhr geweckt, damit er Onkel Randall auf dem Hof helfen konnte, und nach einer Stunde richtiger Arbeit behauptete er, halb verhungert zu sein.

»George«, sagte Tante Sally. »Wie oft habe ich dir schon gesagt, dass man das nicht tut. Ich brauche die Schokostückchen für die Kekse.«

»Drei Mal?«, fragte George. »Vier?«

»Genug. Schluss jetzt.« Sie nahm ihm den Beutel weg. Milo konnte schon gar nicht mehr zählen, wie oft sich George vor seinen Augen danebenbenommen oder die Klappe weit aufgerissen hatte und damit durchgekommen war, während Tante Sally bloß sagte: »Typisch Jungs.« Milo war auch ein Junge, aber er benahm sich trotzdem nicht wie ein Arschloch.

Seine Mom kam in die Küche und strich ihm mit der Hand beiläufig über den Rücken. »Gut geschlafen?«, fragte sie, und Milo zuckte die Schultern.

»Eigentlich nicht.«

»Kann ich mir vorstellen.« Seine Mom hob den Telefonhörer

ab. »Ich muss kurz telefonieren.« Milo hörte das Echo des Klingelns, das vom Ohr seiner Mutter gedämpft wurde. Sie lehnte sich an die Küchenspüle, und Milo dachte daran, wie oft sie im Verlauf der Jahre dort gestanden (früher, bevor sie mit dem Rauchen aufgehört hatte, häufig mit einer brennenden Zigarette in dem Aschenbecher neben ihr) und ihre tägliche Aufgabenliste aufgestellt hatte. Selbst als sie noch nicht wieder zu arbeiten begonnen hatte, gab es immer eine lange Liste: Putzen, Gartenarbeit, Einkaufen und Wäsche. Zumindest vermutete er, dass das die Punkte auf der Liste waren.

Als sie dann wieder arbeiten ging, sagte sie zu Milos Vater: »Ich weiß nicht, wie ich noch eine Vierzigstundenwoche auf das draufsetzen soll, was ich jetzt schon mache«, aber sie hatte es geschafft. Sie aßen abends immer noch selbst gekochtes Essen – üblicherweise ein Stück Fleisch mit Backkartoffel und grünem Gemüse, wobei seine Mutter für sich die Kartoffel wegließ –, aber zum Frühstück gab es jetzt, außer an den Wochenenden, immer Cornflakes, und Milo kaufte sein Mittagessen in der Schule. Seine Mom fegte die Treppe ein Mal statt zwei Mal wöchentlich, aber abgesehen davon hatte sich nicht viel geändert. Bei dem Familientreffen, zu dem sie sich versammelt hatten, bevor sie ihren Job begann, hatte Peggy gesagt: »Wir sollten nicht mehr machen müssen, nur weil Mom wieder arbeiten will«, und ihre Mutter hatte versprochen, dass sie nicht die Hauptlast tragen müssten. Er hatte damals die Meinung seiner Schwester geteilt – warum sollten *wir* mehr tun müssen, damit *sie* tun kann, was sie will? –, aber wenn er jetzt daran dachte, stieg ihm die Schamröte ins Gesicht. Erst vor zwei Wochen, am Samstagvormittag, hatte er Zeichentrickfilme geschaut, als seine Mutter mit dem Staubsauger ins Zimmer gekommen war. Er hatte ihr einen wütenden Blick zugeworfen, weil er kurz seine Füße heben musste. Zwei Wochen, doch es fühlte sich wie ein ganzes

Leben an. Er erinnerte sich nicht mehr, wann er zuletzt mehr als zwei Stunden am Stück geschlafen hatte.

Seine Mutter richtete sich unwillkürlich ein Stück auf, als das an die Erwachsenenstimme bei den *Peanuts* erinnernde Gemurmel durch den Hörer drang.

»Mr. Johnston? Linda Ahern hier.«

Ob er vielleicht nie mehr zur Schule gehen musste? Würden sie ihm das durchgehen lassen? Er könnte wie diese Kinder sein, die zu Hause unterrichtet werden. Er hatte mal eines auf der Toilette von »Cascades on Ice« getroffen, als seine Mutter mit ihm und Peggy einen Tagesausflug nach Sioux City gemacht hatte. Sie verbuchte es als erzieherische Maßnahme, ihr letzter gemeinsamer Ausflug, ehe sie ihre Vollzeitstelle antrat. Der Junge hatte ihm erzählt, dass seine Mutter ihm Mathe und Naturwissenschaften am Küchentisch beibrachte und dass er jeden Tag eine lange Hose und ein Button-down-Hemd tragen musste.

»Bestimmt morgen.« Sie hielt inne. »Freitag? Klar, das geht. Ich nehme an, dass Peggy bis dahin wieder zu Hause ist und sich für die Aufregung und das Missverständnis schämt.« Wie konnte sie so etwas denken, wunderte sich Milo. Peggy war jetzt vier Tage verschwunden. Der Mund seiner Mutter zitterte. »Wenn nötig, können Sie ja einen Cheerleader von der Jugendmannschaft ausleihen. Hören Sie, Mr. Johnston, ich muss Schluss machen. Brötchen im Ofen.« Sie legte auf, ohne sich zu verabschieden!

»Was war das denn?«, fragte Tante Sally, aber Milo vermutete, dass sie es genauso gut wusste wie er selbst. Am Freitagabend fand das jährliche Freundschaftsspiel zwischen den Spielervätern und deren Söhnen statt, eine der drei großen Spendenaktionen, die von den Förderern des Vereins jedes Jahr veranstaltet wurden. Diesmal sollte vor Saisonbeginn im Januar für neue

Uniformen gesammelt werden, denn die alten Polyesteroberteile und -hosen waren allesamt vergilbt. Die Väter spielten gegen ihre Söhne, wobei die Väter normalerweise nicht in Form waren und eine peinliche Figur abgaben, aber sie durften einen jüngeren Spieler einschmuggeln, der kein Spielervater war und ihnen einen Vorteil verschaffen konnte. Normalerweise war das ein jüngerer Typ aus der Gemeinde, der zumindest zweistellige Punktzahlen erzielen konnte. Dieses Jahr hatten sie schon zum dritten Mal in Folge Larry Burke ausgewählt. Fast ganz Gunthrum würde kommen – Schüler, Eltern, ältere Leute, die an einem Freitagabend nichts Besseres zu tun hatten. Sie würden mindestens ein paar Hundert Dollar einspielen. Milos eigener Vater hatte schon lautstark bedauert, dass es nichts Ähnliches für Volleyball gebe, damit er zumindest mal auf ein Spielfeld käme, wobei er immer demonstrativ seinen unsportlichen Sohn angeschaut hatte.

»Nur das Freundschaftsspiel«, bestätigte seine Mutter. »Er fragt sich, ob er es besser absagen soll.«

»Unsinn«, sagte Tante Sally und legte ein Gummiband um den Beutel mit Schokostückchen. »Glaub mir, sie wird dann zwar Hausarrest haben, aber sie wird zurück sein.« Sie sah Milos Mutter eindringlich an. »Und sie wird sich mit dem Ärger von Oma Ahern herumschlagen müssen.« Milos Großeltern väterlicherseits hatten sich für Freitagmittag angekündigt.

Seit Sonntag hatten sie Peggys Verschwinden als ein Missverständnis abgetan, und bis Montag, vielleicht Dienstag ergab das auch noch Sinn. Aber jetzt, am Donnerstagvormittag, klang das selbst in Milos Ohren wie eine Weigerung, die Realität anzuerkennen, und schon bei dem Gedanken daran wurde ihm schlecht. Würde er trotzdem zu dem Spiel gehen? Es fühlte sich irgendwie falsch an, das Spiel zu verpassen, wo doch die ganze Stadt beisammen war. Er wollte nicht hingehen und sich mit all den Leuten abgeben müssen: Gestern Nachmittag, vor der Versammlung, war er mit seiner Mutter bei Gunthrum Foods gewesen, um das Nötigste einzukaufen, wie sie sagte, was er jedoch als Entschuldigung erkannt hatte, eine Stunde Zeit totzuschlagen. Zwei unbekannte alte Frauen hatten ihn an ihren Altfrauenbusen gezogen und ihn gefragt, wie er das alles durchstehe. Nicht so gut, ihr alten Dumpfbacken, dachte er, aber nach außen hatte er gelächelt und »okay« gesagt, weil das von ihm erwartet wurde.

Nein, er wollte nicht zu dem Freundschaftsspiel gehen und sich von dem Mitleid und der Traurigkeit der Leute ersticken lassen; stattdessen wollte er mit Scott unter der Tribüne abhängen und Erdnuss-M&Ms und Popcorn essen, das so salzig war, dass ihm die Lippen anschwollen. Er wollte die lahme Band hören, die in der Halbzeitpause spielte, und sich fragen, ob er im nächsten Jahr, als Neuntklässler, die erste Trompete spielen würde. Er wollte Peggy dabei zusehen, wie sie als Cheerleader der Highschool-Mannschaft die Leute in Stimmung brachte, während die Mütter der Spieler versuchten, mit ihren Pompons im Rhythmus zu bleiben und ihre Ehemänner anzufeuern. Das war es, was er wollte, und nichts davon würde geschehen. Milos bisheriges Leben entglitt ihm, und das Gleiche galt für die Zukunft, die er sich ausgemalt hatte.

Tante Sally öffnete die Ofentür und schob ein Backblech mit Schokokeksen hinein. Es war seltsam anzusehen, dass sie dabei die Schürze und die Ofenhandschuhe seiner Mutter trug. Aber das wäre auch bei jeder anderen Person seltsam gewesen. Seit seine Mom vor zwei Jahren ihre Vollzeitstelle angetreten hatte, hatte er bestenfalls Brownies aus der Packung bekommen oder einen Pappteller voller Kekse, die aus einem Weihnachtstausch stammten, obwohl seine Mutter selber gar nichts beigesteuert hatte. »Diese Frauen verstehen nicht, wie viel ich zu tun habe«, sagte sie dann und knallte den Teller so heftig auf den Tisch, dass der zuoberst liegende Zuckerplätzchen-Weihnachtsmann einen Hüftschaden erlitt. »Im Gegensatz zu denen habe ich keine Zeit, herumzustehen und darauf zu warten, dass alle acht Minuten der Ofenwecker klingelt.«

Milo warf einen Blick auf die Uhr. Was sollte er mit dem Rest des Tages anfangen? Vielleicht war es ein Fehler gewesen, nicht in die Schule zu gehen. Früher oder später würde er wieder hingehen müssen, und wie würde das dann aussehen. Als ob er die Hoffnung aufgegeben hätte? Es kamen immer noch Leute vorbei, die Essen brachten und die abendlichen Erledigungen auf der Farm für seinen Vater übernahmen, aber selbst Mr. McGee, der bislang jeden Abend da gewesen war, hatte seiner Frau, die einen Schmortopf voller Hamburger-Suppe vorbeigebracht hatte, die Nachricht mit auf den Weg gegeben, dass sein Rücken nachmittags an der Tankstelle schlappgemacht hätte und er es heute nicht schaffen würde. Es war leicht, zu helfen, wenn alle glaubten, dass es sich um ein Missverständnis handelte und Peggy jeden Augenblick zur Tür hereinspazieren könnte – vielleicht etwas zerkratzt und lädiert, aber ansonsten unbeschadet –, aber jetzt? Er musste hicksen und spürte das Brennen von Galle in seinem Hals. Er machte ein würgendes Geräusch und war sich sicher, dass er sich übergeben müsse.

»Ich will hingehen«, sagte Milo plötzlich, und seine Mutter sah zu ihm hinüber. »Zu dem Freundschaftsspiel. Ich will hingehen.« Er brauchte diese Normalität am nächsten Tag, brauchte es, dass etwas Vertrautes auf ihn wartete, das ihm Halt gab.

»Aber Schatz, deine Großeltern werden hier sein. Willst du nicht lieber zu Hause bleiben?«

»Ihr habt selbst gesagt, dass Peggy bis dahin vermutlich zu Hause sein wird. Warum also nicht, warum kann ich nicht gehen?«

»Könnte ihm guttun«, sagte Tante Sally, während sie einen

Ball aus Teigmasse rollte und auf ein Backblech legte. »Dann haben wir Erwachsenen die Möglichkeit, miteinander zu reden, wenn Mutter Alice kommt.« Es war kein großes Geheimnis, dass Tante Sally und Milos Mom keine großen Fans von Mutter Alice waren.

»Stimmt schon«, sagte seine Mutter. »Wenn du wirklich willst, dann kriegen wir das hin.«

Eine Bewegung vor dem Fenster erregte Milos Aufmerksamkeit, und er sah, wie Mrs. Costagans gelber Vega auf die Straße bog und dabei einen Schleier aus Schnee hinter sich herzog. Es war fast acht Uhr morgens. Warum war sie nicht auf ihrer Bustour?

14

Zehn Minuten zuvor war Alma in die Küche gestürzt, die Haare wirr und zerzaust, das Flanellhemd weder zugeknöpft noch in die Hose gesteckt. Clyle saß bei einer Tasse Kaffee und seinem morgendlichen Erdnussbuttertoast am Tisch, seine Miene drückte Überraschung aus. »Clyle Costagan, wieso hast du mich nicht geweckt?«

»Ich dachte, du wärst schon unterwegs.«

»Hast du denn nicht gesehen, dass mein Auto noch in der Garage steht? Oder dich gefragt, warum meine Handtasche und Jacke noch an der Garderobe hängen?«

»Tut mir leid, Alma.«

Clyle schüttelte den Kopf und wandte sich wieder seiner Zeitung zu.

Sie schenkte sich den aus der vergangenen Nacht übrig gebliebenen Kaffee in eine Tasse und kippte ihn hinunter. »Scheiße, scheiße, scheiße«, murmelte sie. »Wegen dieser Ahern-Brüder habe ich die ganze Nacht kein Auge zugetan.« Obwohl sie im Grunde nicht viel schlechter geschlafen hatte als sonst auch, aber sie wollte die Schuld nun mal nicht den Wechseljahren oder Hal geben.

Sie schnappte sich ihre Jacke und stocherte mit der rechten Hand hektisch nach dem Ärmelloch. »Die Kinder stehen sich draußen bestimmt schon die Beine in den Bauch, und das bei dieser verfluchten Kälte. Vierzehn Jahre, und noch nie habe ich eine Bustour zu spät angefangen.«

»Viel …«, rief er ihr hinterher, und bei »Glück« knallte bereits die Tür ins Schloss.

Auf der Fahrt in die Stadt kam Alma ein blauer Chevy Caprice entgegen, hinterm Steuer das blasierte Gesicht von Lee Earl. Bestimmt war er unterwegs zu ihr und Clyle, aber darum würde sie sich nachher kümmern. Kurz vorm ersten Schrillen der Klingel brachte sie den Wagen mit quietschenden Reifen direkt neben dem Schulgebäude zum Stehen. Aus allen Richtungen strömten Kinder herbei, manche mit ihren Müttern im Schlepptau, doch die meisten waren allein von zu Hause hermarschiert oder trotteten hinter einem großen Bruder oder einer großen Schwester her.

Alma hetzte über den Flur, wo ihr einer von den kleinen Kiffern von ihrer Busroute die Hand zum High five entgegenhielt, und ohne nachzudenken, schlug sie ein. Birdie Langdon, die Mutter von Jill und Shelly, die ihre Töchter gerade in Richtung der Unterrichtsräume für die dritten und fünften Klassen scheuchte, warf Alma einen vernichtenden Blick zu. Ihre Haare waren auf der einen Seite platt gedrückt und auf der anderen zerrupft und struppig wie ein Vogelnest. Ein Vögelchen im Vogelnest. Alma feixte, was Birdies Laune nicht gerade hob. »Freut mich zu sehen, dass du gesund und munter bist«, zischte sie Alma bissig zu. »Wir haben uns schon Sorgen gemacht, als du heute Morgen nicht aufgetaucht bist.«

»Hab verschlafen«, erklärte Alma.

»Muss echt schön sein, wenn man so lang schlafen kann. Ich weiß seit elf Jahren nicht mehr, wie das geht.« Birdie warf einen Blick auf Jill, die, vermutete Alma, wohl elf war.

»Tut wirklich gut«, pflichtete sie Birdie bei. »Ich hab geschlafen wie ein Stein.« Angesichts der Umstände nicht unbedingt eine passende Bemerkung, aber Alma konnte solche Sticheleien einfach nicht leiden.

Mit dem Vorsatz, sich zu entschuldigen, trat sie ins Büro von Irv Johnston. So was fiel ihr verdammt schwer, aber ihr war klar, dass sie da nicht drum herumkam. Irv stand neben dem Fenster und telefonierte, und als er Alma sah, zeigte er ungehalten auf einen der beiden unbesetzten Polsterstühle vor seinem Schreibtisch. Den Stühlen zugewandt, hatte er ein aktuelles Foto von seiner Frau und seinem Sohn auf dem Tisch stehen. Bruce, der inzwischen auf die Highschool ging, war in diesem heiklen Alter, wo alles an ihm grotesk aussah – Hände und Füße zu groß, der Hals zu dürr. In gewisser Weise gefiel Alma das, und dass Irv das Foto dort hingestellt hatte, gefiel ihr auch. Trotzdem konnte sie sich vorstellen, dass es Bruce ganz schön auf den Zeiger ging, wenn seine Kumpels auf sein Bild starren mussten, während sein Vater sie zusammenstauchte, weil sie auf dem Jungsklo Papierkügelchen an die Spritzputzdecke geschossen hatten.

»Es tut mir leid, Phyllis …«, sagte er gerade in den Hörer und hielt mitten im Satz inne. »Bitte entschuldigen Sie, Mrs. Schroeder, das wird nicht wieder vorkommen.« Pause. »Ich weiß, und natürlich ist sie heute Vormittag vom Unterricht befreit. Wäre toll, wenn sie bis Mittag hier sein könnte.« Pause. »Ja, das geht natürlich auch in Ordnung. Wir sehen Heidi dann also morgen wieder.« Er legte auf, wischte sich mit der Hand übers teigige Gesicht und setzte sich. »Sie haben mich da in Teufels Küche gebracht, Alma.«

»Es tut mir leid, Irv. Ich weiß auch nicht, wie das passieren konnte. Man stellt sich den Wecker und hofft das Beste. Clyle muss ihn ausgeschaltet haben, ohne darüber nachzudenken.«

»Das ist ja alles schön und gut«, erwiderte er, »aber es gibt Kinder, die jetzt von der ersten bis zur fünften Stunde fehlen.

Manche musste ich den ganzen Tag vom Unterricht befreien. Deren Eltern wollen Gerechtigkeit.«

Alma schnaubte. »Großer Gott, wir sind hier doch nicht im Wilden Westen. Dann fehlen die Kids halt einen Tag. Diese Eltern überschätzen, was wir ihren Kindern beibringen.«

»Das ist nicht zum Lachen.«

»Tut mir leid, Sie haben recht. Heute ist wahrscheinlich der Tag, an dem der gesamte Lehrstoff für die Abschlussprüfungen durchgenommen werden sollte.«

»Alma, Sie sollten das wirklich ernst nehmen.«

Das tat sie ja, doch so mies, wie sie sich fühlte, vergaß sie all ihre Manieren. Ihr gegenüber hockte Irv mit seiner Krawatte und dem kurzärmeligen Hemd mit Button-down-Kragen, das Bild von seinem pfannkuchengesichtigen Trottel von Sohn auf dem Schreibtisch, und nahm die Sache so ernst, als ginge es um Leben und Tod. »Es tut mir leid«, kapitulierte sie. »Wirklich. Aber ich fahre den Bus jetzt schon seit vierzehn Jahren und habe noch keine einzige Fahrt ausfallen lassen. Das muss doch auch was bedeuten.«

»Tut es – ich bin mir nur nicht sicher, was.«

Alma klappte die Kinnlade herunter. »Ist das Ihr Ernst?« Ihr fiel wieder ein, wie sie Irv vor all den Jahren bei einem der Saufabende mit einem Babysitter verglichen hatte. Schon damals war ihr klar gewesen, wie gemein das war, aber sie hatte vier Bier intus gehabt, und das Gelächter der anderen, das Zugehörigkeitsgefühl, das sie verspürte, waren es ihr wert gewesen.

Irv glättete die Krawatte zwischen Zeige- und Mittelfinger und bettete ihre Spitze in seinen Schoß. »Ich musste mit der Schulbehörde darüber sprechen. Manche Kinder haben bis zu einer Stunde draußen in der Kälte gestanden. Phyllis Schroeder sagt, Heidi hat vielleicht Erfrierungen davongetragen.« Phyllis war diejenige, die Alma damals über Clyles Affäre aufgeklärt hatte. Heidi war die Überraschung, die ihr in vorgerücktem Alter noch beschert worden war.

»Ist doch nicht meine Schuld, wenn Phyllis so eine Schafsnase großgezogen hat, die nicht weiß, dass man ins Haus gehen sollte, wenn man friert.«

»Darum geht es hier nicht.«

»Was für Kinder stehen denn eine geschlagene Stunde da draußen rum und glauben immer noch, dass der Bus gleich kommt?« Sie machte große Augen und tat so, als blickte sie eine leere Straße erst hoch, dann runter. »Echt jetzt?«

Irv beugte sich vor, mit baumelnder Krawatte. »Jetzt hören Sie mir mal zu, Alma, in dieser Woche gab's genug Aufregung in unserer Stadt – erst verschwindet Peggy, dann diese Versammlung gestern Abend.« Er zögerte. »Und natürlich Hal und die Sache mit Joe Ahern.«

Alma kniff die Augen zusammen. »Was für eine Sache?«

»Na ja, Sie haben Joe ebenso klar und deutlich gehört wie ich. Um's kurz zu machen, er gibt Hal die Schuld an Peggys Verschwinden.« Irv hob die Hände, als würde Alma ihn mit einer Waffe bedrohen. »Jetzt schauen Sie mich nicht so an, Alma. Die meisten Leute hier glauben das, und das wissen Sie auch. Hal ist nun mal nicht ganz richtig im Kopf.«

»Er hat absolut nichts mit Peggys Verschwinden zu tun. Sie haben Peck gehört – es gibt nicht den geringsten Beweis.«

»Das Blut in seinem Pick-up?«

»Das war von einer Hirschkuh! Und woher wissen Sie das überhaupt?«

»Alma, bitte. Sie wissen doch, wie es hier in der Stadt läuft. Immerhin wohnen Sie nun schon lange genug hier.«

»Aber offenbar noch nicht lange genug, dass mal ein Auge für mich zugedrückt wird. Mein Wort zählt hier keinen feuchten Furz.« Sie packte ihre Handtasche, die auf dem zweiten Stuhl gelegen hatte, und ließ mit einem raschen Schlenzer des Handgelenks das Foto von Irvs Frau und Sohn klappernd auf den Schreibtisch kippen. Irv presste die Lippen aufeinander, und sie starrte ihn an, bis er den Blick senkte. »Ich gehe jetzt. Ich bleibe keine Sekunde länger hier und höre mir an, wie Sie einen unschuldigen Mann verleumden.«

»Ihnen muss doch klar gewesen sein, dass das Konsequenzen hat, Alma«, sagte Irv ruhig, und sie war sich nicht sicher, ob er noch über Hal sprach oder wieder auf die ausgefallene Schulbusroute zurückgekommen war.

Sie warf sich die Handtasche über die Schulter. »Mit Konsequenzen kenne ich mich aus, Irv, machen Sie sich da mal keine Sorgen.«

»Ich werde Sie vorübergehend suspendieren, bis Anfang nächsten Jahres. Heute morgen habe ich mit dem Leiter der Schulbehörde gesprochen.«

Alma warf einen Blick auf die Uhr, die über Irvs Kopf an der Wand hing – noch nicht mal halb neun. »Sie haben ihn angerufen und aus dem Bett geholt? Um ihm zu sagen, dass Sie endlich was haben, was Sie mir anhängen können?« Hier ging es überhaupt nicht darum, dass sie verschlafen hatte – es ging um ihre Verbindung zu Hal und um die Bemerkung, die sie vor zehn Jahren in einem dieser vertäfelten Partykeller gemacht hatte.

Irv hob seine Kaffeetasse an den Mund und setzte sie wieder ab, ohne einen Schluck getrunken zu haben. »Alma, jetzt hören Sie doch auf …«

»Nein, *Sie* hören auf, so zu tun, als wäre das hier keine Hexenjagd. Sie haben Hal auf dem Kieker, und mich haben Sie auch auf dem Kieker.« Sie griff nach dem umgekippten Foto und schleuderte es auf den Boden, und als das Glas dabei nicht zerbrach, zertrat sie es mit dem Absatz ihres Stiefels, ein Spinnennetz aus feinen Splittern breitete sich über diese dämliche, hässliche

Familie. »Sie können die Schulbehörde gleich noch mal anrufen und denen ausrichten, dass ich mir einen Anwalt nehmen werde.«

Als Alma, mit einem Schädel, der ihr vor Migräne schier platzen wollte, und noch immer vollgepumpt mit Adrenalin, ins Haus trat, läutete das Telefon. Sie rieb sich die rissigen roten Hände an der Jeans ab, nahm den Hörer und meldete sich. Sofort plapperte eine fremde Person los, mit der Stimme einer Rezeptionistin, eine Frau vom *Omaha World-Herald*, die sagte, sie schreibe einen Artikel über das Verschwinden von Peggy Ahern und ob Alma einen Augenblick Zeit habe? Alma legte auf, ihr Herz raste. Das Telefon läutete erneut.

»Mrs. Costagan?«, sagte die Frau. »Ich möchte doch nur mit Ihnen reden.«

»Er hat nichts getan. Die Polizei hat nichts in der Hand.«

»Das weiß ich doch, sonst wäre er schon verhaftet. Sie haben noch nicht mal eine Leiche. Wirkt ziemlich inkompetent auf mich, eine Mordermittlung einzuleiten, wo sie noch nicht mal eine Leiche haben.«

»Mord?«, wiederholte Alma. »Völlig ausgeschlossen. Sie wird bloß vermisst. Schlimmstenfalls, wenn überhaupt wirklich was passiert ist, war's ein Unfall.«

»Was für ein Unfall denn, Mrs. Costagan?«

Alma legte wieder auf, starrte das Telefon an und nahm dann den Hörer vom Apparat. Das permanente Tuten war nahezu unerträglich, doch sie wusste, wenn sie den Stecker zog, würde der zweite Apparat im Wohnzimmer läuten. Großer Gott, dachte sie. Was, wenn er doch – ?

Das volle Gewicht der Mutmaßungen senkte sich schwer auf ihre Schultern, und sie sank auf den Küchenboden. Eine Entführung? Ein Unfall? Schlimmeres? Wer wusste das schon, und doch bezweifelte sie instinktiv, dass Hal etwas damit zu tun haben könnte. Sie versuchte, sich zu konzentrieren – niemand wusste, wo Hal oder Peggy in der Zeit zwischen Mitternacht und Sonntagmorgen gesteckt hatten. Aber wenn er wirklich was getan haben sollte, wo *war* Peggy dann jetzt?

Sie dachte an Clyle und sein braves, redliches Gesicht. Glaubte er dasselbe? Musste er wohl. Er war ein Mann, der zwei und zwei zusammenzählte und, anders als sie, immer vier herausbekam. Der eigentliche Gegensatz zwischen ihnen lag vermutlich nicht darin, ob sie Hal für schuldig hielten, sondern darin, ob das für sie einen Unterschied machte. Clyle würde Hal in Pecks Büro abliefern und ihn für den Rest seiner Tage zweimal die Woche im Gefängnis besuchen, doch Alma wusste, dass Hal das nicht überleben würde. Als er damals diesen Burschen in Wayne zusammengeschlagen hatte, hatte er drei Stunden im Bezirksgefängnis gesessen und ausgesehen, als wäre er über Nacht um drei Jahre gealtert, obwohl er ganz allein in der Zelle gewesen war und der Wärter ihm ein Kartenspiel gegeben hatte, damit er Patiencen legen konnte. Wie würde er auf einen Zellengenossen reagieren? Auf das fürchterliche, zerkochte Essen? Und in den Filmen hatte sie natürlich noch viel schlimmere Dinge gesehen.

Alma stand auf und taumelte mit unablässig hämmerndem Herzen in den Flur, wo sie das Tuten des Telefons nicht mehr hören konnte, griff nach ihrer Handtasche und lief zurück zum Wagen. In der Stadt besorgte sie Batterien bei Pickett's Haushaltswarenladen, zahlte die Stromrechnung und hielt bei Gunthrum Foods, um ihre Vorräte an Grundnahrungsmitteln aufzustocken – Milch, Brot, Erdnussbutter, ein Töpfchen von dem Portweinkäse, den Clyle sich zu seinem abendlichen Schlummertrunk so gern auf die Cracker schmierte. Alles, nur nicht über den Anruf nachgrübeln. Als sie an dem überschaubaren

Angebot an Obst und Gemüse vorbeikam, nahm sie eine Honigmelone und legte sie in den Wagen. Das war ihre mit Abstand liebste Sorte, weit außerhalb der Saison, aber sie brauchte jetzt etwas, das ihr Halt gab.

Mit dem Geklapper ihrer viel zu langen Fingernägel, die über die Tasten der Registrierkasse huschten, riss Lana sie aus ihren Gedanken. »Für mich bist du 'ne Heilige, dass du diesen Jungen aufgenommen hast«, sagte Lana. In ihrer Welt war jedes Gespräch die Fortsetzung eines früheren. Jetzt blickte sie Alma direkt ins Gesicht. »Ich könnte das nicht, das weiß ich.« Das sagten ihr die Leute ständig – alle Achtung, was für ein Engel du doch bist, dass du diesen sonderbaren Jungen aufgenommen hast –, doch Alma wusste, dass das gelogen war. Die Leute nahmen es ihr übel, dass sie etwas zurechtgerückt hatte, was die ganze Stadt hatte ausblenden wollen, dass sie sie damit immer wieder an ihre Unzulänglichkeiten erinnerte. War dem wirklich so, fragte sie sich nun, oder meinten sie es am Ende doch ernst?

»Man weiß nicht, wozu man fähig ist, solange man nicht auf die Probe gestellt wurde«, erwiderte sie sachlich.

Lana hielt mitten im Einpacken von Almas Einkäufen inne, die kleine Honigmelone schwebte auf ihrer Handfläche über der Papiertüte. »Jetzt mal im Ernst.« Ihre Lider zuckten, begierig nach der Wahrheit. »Glaubst du, er war's?«

»Selbstverständlich nicht«, sagte Alma instinktiv, blitzartig zurück auf dem Küchenboden, das Telefontuten noch immer im Ohr. Sie packte die Tüte mit einem Arm und klemmte sich die Melone unter den anderen. »Obwohl das vermutlich sowieso nichts zu bedeuten hat. Schließlich haben alle beschlossen, dass er's war.«

»Vermutlich. Ich hab auch von dieser Reporterin gehört.«

»Was heißt, dass alle anderen auch längst Bescheid wissen, dank dieses lockeren Mundwerks«, folgerte Alma. Sie zeigte mit dem Finger auf Lana. »Du tust so, als würdest du den Leuten einen Dienst erweisen, dabei ist es nichts als Klatsch. Du hast Spaß am Unruhestiften.«

Lana lachte. »Stimmt. Aber weißt du auch, was ich noch habe? Recht. Bis jetzt ist das Mädchen nur vermisst, aber du hast selbst gehört, was Peck gestern Abend auf der Versammlung gesagt hat. Wie dem auch sei, Joe hat sich jedenfalls auf Hal eingeschossen. Und Joe gibt nicht auf.«

Beim Verlassen von Gunthrum Foods warf Alma einen Blick auf die elektronische Anzeige am Bankgebäude, auf der abwechselnd die Zeit und die Temperatur aufleuchteten. Zwei Grad unter null. Sie stellte die Einkäufe auf die Rückbank des Vega, rieb sich die Hände gegen die Kälte und setzte sich auf den Fahrersitz. In ihrem Kopf hallten Lanas Worte wider: *Wie dem auch sei, Joe hat sich jedenfalls auf Hal eingeschossen.* Sie war überzeugt, dass Lee Earl nicht genug in der Hand hatte, um Hal festzunehmen, doch er konnte ihm weiß Gott eine Heidenangst einjagen.

Sie blickte die Hauptstraße hoch und runter, auf der eine dünne Schneedecke lag. An dem Kürbiskuchen im Schaufenster der Bäckerei lehnten glasierte Kekse, die wie Blätter geformt waren. Ein pittoreskes Städtchen, in vielerlei Hinsicht, aber nicht das Leben, das sie sich vorgestellt hatte, und ganz sicher hatte auch Clyle sich ein anderes Leben ausgemalt. Als seine Mutter krank geworden war, hatten sie eigentlich nur für sechs Monate herkommen wollen. Nur ein paar Monate in einem ganzen gemeinsamen Leben, hatte sie sich gut zugeredet, während sie sich in Clyles Kinderzimmer unterm Dach eingerichtet hatten und seine Mutter im Elternschlafzimmer im ersten Stock dahinsiechte. Sie erlag dem Krebs schnell, aber dann mussten die Urkunden der Farm auf Clyles Namen umgeschrieben werden, und er konnte niemanden finden, dem er die Pacht des Landes anvertrauen wollte. Und was wäre schon eine weitere Saison, wenn er dafür das Land noch einmal selbst bestellen könnte, und dann, ach ja, wer würde die Ernte einbringen?

Eines Tages, als sie gerade das Geschirr abwusch, das ihr nicht gehörte, und dabei einen Blick aus dem Küchenfenster des Hauses ihrer Schwiegermutter warf, sah sie Clyle auf der vorderen Wiese, eine der Hofkatzen strich ihm um die Beine. Er bückte sich, um das Tier zu streicheln, das davonhuschte, woraufhin er sich mitten auf die gekieste Auffahrt hockte, die Hand ausstreckte und wartete, bis sich die Katze wieder heranschlich. Herr im Himmel, sie glaubte nicht, ihren Mann schon einmal so glücklich gesehen zu haben. Jeden Abend kam er ins Haus und erzählte ihr, welche Schwierigkeiten auf dem Hof er tagsüber bewältigt hatte – wie man ein krankes Schwein behandelte, die Tomatenpflanzen am Leben erhielt oder der Waschbären im Schuppen Herr wurde –, und sie fand es schön, dass er so zufrieden war. Also redete sie sich ein, dass sie hier glücklich mit ihm werden könne, dass seine Zufriedenheit ausreichen würde für sie beide, bis sie eine Arbeit gefunden hätte, die sie erfüllte, und Freunde gegen die Einsamkeit. Und dann war da natürlich noch dieses Stimmchen in ihrem Hinterkopf, das ihr zuflüsterte, was für ein hübscher Ort Gunthrum doch sei, um Kinder großzuziehen.

Doch mit der Zeit hatte sie angefangen, Clyle den Umzug im Stillen vorzuwerfen und zu glauben, er hätte sie ausgetrickst, damit sie den Vorschlag machte, zu bleiben. Der Verlust des fünften Babys zwei Jahre nach ihrer Ankunft auf der Farm trieb sie immer tiefer in ihren Panzer aus Frust und Verbitterung, und schließlich kehrte sich das Glück, das sie in Clyle gefunden hatte, in sein Gegenteil. Ein Jahr später hatte er die Affäre mit Diane angefangen, und Hal war in ihren Bus gestapft, Hal mit seiner grünen Unterhose, ein weiterer Außenseiter, den offensichtlich niemand verstand. Hal.

Sie blickte erneut auf die Anzeige der Bank; fünfzehn Minuten waren vergangen, und die Temperatur war um ein weiteres Grad gefallen. Als sie damals hergezogen waren, hätte sie alles für Clyle getan – ein guter Mann, der das Gute in ihr erkannte –, aber jetzt? Hal war derjenige, der nicht ohne sie leben konnte, derjenige, für dessen Schutz sie alles tun würde.

Sie stieg wieder aus dem Wagen und warf die Fahrertür hinter sich zu, schaute nach links und nach rechts, bevor sie die Straße zur Bank überquerte, ungeachtet der Tatsache, dass hier kaum mal jemand langfuhr.

In der Schlange spielte sie nervös mit den Riemen ihrer Handtasche. Es war Donnerstag, fast schon Wochenende, einer der geschäftigsten Tage in der Bank, und so stand neben den Nichtsnutzen von Schalterbeamten so ziemlich jede Schnepfe aus der Stadt hier rum, die alle gerade so viel Geld abheben wollten, dass sie damit die Wochenendeinkäufe erledigen konnten, um ihren Söhnen und Töchtern, die einmal die Woche für eine kostenlose Mahlzeit zu Besuch kamen, einen Sonntagsbraten auf den Tisch zu stellen.

Alma verfügte über zwei Bankkonten: eins für den Hof, über dessen Bewegungen Clyle mit seiner winzigen Handschrift in einem Heft mit blauem Kunstledereinband Buch führte, alle Zahlen fein säuberlich und präzise notiert; sowie ihr persönliches Konto, auf das sie alle vierzehn Tage zwanzig Prozent ihres Lohns einzahlte, ein Konto für Notfälle, von dem sie Clyle nie etwas gesagt hatte. Sie war in den Dreißiger- und Vierzigerjahren aufgewachsen und hätte nie gedacht, dass sie jemals so viel Geld besitzen würde. Ihr Vater hatte an jedem Zahltag fünf Dollar in den Tontopf auf dem Kühlschrank gesteckt, wohl wissend, dass ihre Mutter davon nicht genug Lebensmittel kaufen konnte und schließlich händeringend zu ihm kommen und um mehr bitten musste. Dann zog er Ein-Dollar-Scheine aus seinem

Portemonnaie und überreichte sie ihr, als wäre sie ein kleines Kind.

Vor der Hochzeit hatte Alma als Sozialarbeiterin ihr eigenes Geld verdient, und noch heute konnte sie sich an ihre allerersten extravaganten Einkäufe erinnern: ein Paar marineblauer Gummistiefel mit weißen Tupfen und einen Roman, den sie im Schaufenster einer Buchhandlung gesehen hatte und aus keinem anderen Grund kaufte als dem, dass sie es konnte – *Die Leute von Peyton Place* von Grace Metalious. Sie las ihn von der ersten bis zur letzten Seite, zwei Mal, und hielt es für völlig ausgeschlossen, dass es in öden Provinzstädtchen derart borniert und frivol zuging; tja, wer hätte das gedacht? Alma wollte von keinem Mann kontrolliert werden und bestand bei ihrer Heirat mit Clyle darauf, dass ihr Name ebenfalls auf allen Unterlagen und Konten stand. »Mir soll's recht sein«, meinte er, »wenn du dich drum kümmerst.« Und als sie dann nach Gunthrum zogen, gingen sie gemeinsam zur Bank, um ein Girokonto zu eröffnen. Das andere Konto hatte sie ein paar Monate später eröffnet, nachdem sie den Job bei der Schule angetreten hatte.

Jetzt spähte Bev Barnes, eine Frau mit freundlichem Gesicht, die mit Pastor Barnes verheiratet war, an einer Kundin vorbei, die ihr Kuvert mit dem Geld umständlich in der Handtasche verstaute. »Alma? Sie sind die Nächste.« Als Alma an den Schalter trat, empfing sie sie mit einem Lächeln. »Was kann ich für Sie tun?« Alma fragte sich, wie es wohl war, mit einem Mann Gottes verheiratet zu sein, wie schwer es sein musste, beim Autofahren nicht zu fluchen, wenn man die Fenster runtergekurbelt hatte, oder immer Leuten zuzulächeln, die man nicht ausstehen konnte. Doch dann traf sie die plötzliche Erkenntnis, dass das manchen Menschen vielleicht gar nicht so schwerfiel, dass Bev vielleicht einfach deshalb jedem ein Lächeln schenkte, weil sie alle mochte.

Die einzelnen Schalter waren mit etwa dreißig Zentimeter hohen Trennwänden voneinander abgegrenzt, sodass niemand die am Nebentisch stattfindenden Transaktionen ausspionieren konnte, trotzdem konnte man natürlich immer noch hören, was nebenan gesprochen wurde. Mit hoch erhobenem Haupt zwang Alma sich zu einer normalen Lautstärke. »Ich möchte Geld abheben.« Es überraschte sie nicht, sich das sagen zu hören. Wieder musste sie an Lana denken und an diese geschmacklosen Fingernägel: *Und Joe gibt nicht auf.*

»Selbstverständlich. Von welchem Konto?«

»Von beiden.«

Bev nickte. »Und wie viel?«

Alma blickte Bev fest in die Augen. »Alles.« Sie wusste noch gar nicht, was genau sie damit anstellen wollte, aber schließlich wusste sie auch nicht, was sich heute Vormittag auf ihrem Hof mit Lee Earl abgespielt hatte – dessen Augen bei ihrer Begegnung auf dem Highway hinter den verspiegelten Gläsern seiner Sonnenbrille verborgen gewesen waren. Vermutlich wollte sie einfach nur Mittel und Wege zur Hand haben, wissen, dass sie Hal helfen konnte, wenn sie musste.

In der Kunst finanzieller Diskretion war Bev bestens erprobt. »Selbstverständlich.« Geld und Sex: Waren das nicht die beiden Themen, über die man in einer höflichen Plauderei nicht sprechen sollte? Neben Krankenschwestern wussten bestimmt die Frauen von Geistlichen mehr über das Innenleben der Leute als irgendwer sonst, dachte Alma. Bev senkte die Stimme zu einem Flüstern. »Das gesamte Guthaben, sowohl von Ihrem gemeinsamen als auch von Ihrem alleinigen Konto?«

»Genau.«

Bev nickte kurz. »Da muss ich nur schnell mit der Geschäftsführung sprechen.«

Alma schüttelte den Kopf. »Das ist mein Geld. Es ist nicht

nötig, die Geschäftsführung zu holen, um mir zu geben, was mir gehört.« Das Letzte, was sie wollte, war, dass jemand in ihren Angelegenheiten herumschnüffelte.

»So sind die Vorschriften«, erklärte Bev. »Für jede Abhebung über einem gewissen Betrag benötigen wir eine Zustimmung, und unter Umständen kann es ein paar Tage dauern, um den Vorgang abzuwickeln. Wir haben hier nicht so viel Bargeld vorrätig, wie Sie vielleicht annehmen.«

Einmal, während eines routinemäßigen Probefeueralarms in der Schule, war Bev nach einer Besprechung mit dem Chorleiter wegen des alljährlichen Weihnachtsprogramms bei ihnen im Lehrerzimmer gewesen. Als der Alarm losging, griff Bev, die neben Alma gesessen hatte, nach ihrer Handtasche und stand auf. Der Sportlehrer meinte, sie solle sitzen bleiben, das sei nur eine Routineübung, aber sie sagte: »Wenn die Kinder das Gebäude verlassen müssen, ist es nur fair, wenn ich das auch mache.« Vollkommen ausgeschlossen, dass Bev die Regeln brach.

»Also gut«, sagte Alma, und Bev ging in den rückwärtigen Teil der Bank, wo zwei Büros lagen. Die Schlange am Schalter wurde länger, und Alma bemerkte, wie Tonya Gary sich abwandte, um ihrem Blick auszuweichen.

»Alma?« Bev war nicht hinter den Schalter zurückgegangen, sondern stand jetzt neben ihr in der Halle. »Diane kann Sie jetzt empfangen.« Alma schloss die Augen. Bev senkte die Stimme noch weiter. »Es tut mir leid. Mr. Hall ist heute unterwegs.« Hall war der Geschäftsführer und Diane McGee seine rechte Hand. Alma hatte Bev immer für ein Dummchen gehalten – wie konnte jemand, der so freundlich war, nicht dumm sein? –, aber jetzt wurde ihr klar, dass sie sich geirrt hatte. Vielleicht hatte Alma es sich damit, von den Menschen stets das Schlechteste anzunehmen, in all den Jahren nur zu leicht gemacht, statt sich ein Beispiel an der einfühlsamen Bev zu nehmen. Die Pastorengattin hatte gespürt, dass Alma kaum mit der Frau würde zu tun haben wollen, die – wie lange? ein Jahr? – mit ihrem Mann geschlafen hatte.

Diane hielt den Kopf über ein Kontenbuch gebeugt, einen wichtig aussehenden roten Füller in der Hand, ganz vertieft in die Bankgeschäfte. Wie albern, dachte Alma, sie weiß ganz genau, dass ich auf dem Weg in ihr Büro bin. Dann klopfte sie dreimal gegen den Türrahmen. Diane zuckte zusammen, blickte aber nicht auf, bevor sie das Ende der Zahlenreihe abgehakt hatte. Auf der Ablage hinter ihr stand ein Foto von Lonnie und ihren beiden Töchtern, alle drei in karierten Holzfällerhemden.

»Alma.« Diane legte die Hände über dem Kontenbuch zusammen. »Was kann ich für dich tun?«

Alma setzte sich auf den Stuhl gegenüber von Dianes Schreibtisch. Schon zum zweiten Mal an diesem Tag fühlte sie sich wie ein kleines Mädchen im Büro des Schulrektors. »War Bev nicht gerade hier und hat's dir gesagt?«

Diane zögerte. »Doch, hat sie, aber ich muss es von dir hören.« An ihrem Schneidezahn klebte eine Spur Lippenstift, und Alma fragte sich, ob sie den wohl gerade noch hastig aufgetragen hatte, nachdem Bev ihr mitgeteilt hatte, dass sie, Alma, auf dem Weg in ihr Büro sei.

Alma seufzte. »Gib mir einfach mein Geld.«

»Na gut.« Diane stand auf und strich sich die Vorderseite ihres zerknitterten Baumwollrocks glatt. Als Oberteil trug sie eine pinke Satinbluse mit einer Schleife. »Dafür muss ich in den Tresorraum.« Eine Minute später war sie wieder da und machte eine betretene Miene. »Wir haben heute nur wenig Bargeld vorrätig, Alma. Ich kann dir leider nur fünftausend geben.« Sie reichte Alma einen Beutel aus Kunststoff. »Hoffentlich ist es nicht dringend? Reichen die fünftausend fürs Erste?« Alma wollte etwas sagen, doch Diane hob die Hände. »Schon gut. Geht mich ja nichts an.« Alma zog den Reißverschluss auf und linste auf das Bündel Geldscheine im Beutel. Viel dünner, als sie erwartet hätte. »Den Rest sollten wir Montagnachmittag für dich bereitliegen haben.«

»Das wird wohl reichen«, sagte Alma, zog den Reißverschluss wieder zu und schob den Beutel in ihre Handtasche.

»Es …« Diane räusperte sich. »Es tut mir leid, aber den Beutel brauche ich wieder. Eigentum der Bank.«

»Warum hast du ihn mir dann überhaupt gegeben?«

»Der war nur für den Transport von deinem Geld aus dem Tresorraum. Damit niemand sieht, wie viel es ist.« Waren das auch die Vorschriften, oder hatte Diane es freundlich gemeint? »Hör mal«, fuhr diese nun fort. »Das tut mir leid, die Sache mit Hal. Auf mich hat er immer wie ein netter Kerl gewirkt. Ich glaube nicht, dass er fähig wäre, zu tun, was die Leute behaupten.«

»O doch, und ob er dazu fähig wäre. Welcher Mann wäre das nicht?« Hals Fähigkeiten, genau darum war es die ganzen Jahre in den Streitigkeiten zwischen Clyle und ihr auf der einen und der Bezirksverwaltung auf der anderen Seite gegangen. Er konnte allein wohnen, sich seine Mahlzeiten selbst zubereiten, seinen eigenen Pick-up fahren und seine Geldangelegenheiten regeln. Clyle hatte ihm beigebracht, mit einem Gewehr zu schießen, und er hatte sein eigenes Stück Wild erlegt. »Aber er hat nichts getan. Darauf verwette ich mein Leben.« Was war ihr Leben schon wert, ohne Familie?

Und doch war er Montagmorgen zu spät am Hof aufgetaucht, im Gesicht die verräterischen Spuren eines Katers – aufgedunsene Wangen, blutunterlaufene Augen –, und da war schon ein ganzer Tag vergangen; wie betrunken war er Samstagnacht wohl gewesen? Als Clyle und sie Hal erzählt hatten, dass Peggy vermisst werde, war er verwirrt gewesen, hatte versucht, das Ganze zu erfassen, aber war es möglich, dass er es schon gewusst hatte? Da waren diese Reifenspuren im Hof damals, im Winter, wie unerschütterlich hatte Hal darauf beharrt, nicht zu wissen, wer die Furchen in den Rasen gefahren hatte.

Diane legte die Hände flach auf die glatte Schreibtischplatte. »Hör mal, Alma. Ich weiß, du magst mich nicht besonders« – Alma wollte schon widersprechen, ließ es dann aber sein –, »doch auch ich habe meine Berufsehre. Ich werde niemandem etwas von dem Geld erzählen.«

»Es ist mein Geld.«

»Ich weiß, ich weiß. Ich wollte es nur gesagt haben.«

Alma dachte an Bev Barnes – eine aufrichtig freundliche Frau, wenn auch etwas einfältig. »Wenn das wahr wäre, hättest du es mir nicht sagen müssen.«

Als sie den Vega in der Garage abstellte und durch die Küche ins Haus kam, dämmerte es bereits. Unten lief die Dusche, Clyle war mit der Arbeit fertig. Hals Pick-up stand nicht auf dem Hof. Alma mixte ihrem Mann einen Whiskey mit Sprite, trank das Glas mit gespitzten Lippen halb selbst aus und schenkte nach.

Ein paar Minuten später kam Clyle nach oben, die nassen Haare nach hinten gekämmt, die Zahnspuren des Kamms noch sichtbar. Das war das einzige Mal am Tag, dass Clyle sich die Haare kämmte: nachdem er geduscht hatte. Er trug eine weinrote Jogginghose und ein graues Sweatshirt – die Farben seiner Highschool. Alma reichte ihm das Glas. Er hob die Augenbrauen – *du machst mir doch nie einen Drink* –, und sie nahm es ihm wieder ab und trank noch einen großen Schluck.

»Wie war dein Tag?«, fragte sie, und Clyle erzählte ihr von seiner Fahrt in die Stadt, wegen der Futterorder für Januar, und danach zu Vandershoot, um Penicillin zu bestellen, weil die Pneumonie unter den Schweinen gerade zu ihrem nächsten Schlag ausholte. »Außerdem hatten wir heute Vormittag Besuch von Lee Earl«, ergänzte er.

»Nach allem, was ich gestern Abend von dem Typen mitgekriegt habe, hat er bestimmt viel heiße Luft von sich gegeben.«

»So ungefähr«, räumte Clyle ein. »Hat Hal ganz schön in die Mangel genommen, ihn drei- oder viermal zu Samstagnacht ausgequetscht und ob er im OK war oder bei der Castle Farm.«

»Er hat doch schon zugegeben, dass er im OK war. Das ist schließlich kein Verbrechen.«

»Nein«, pflichtete Clyle ihr bei. »Genauso wenig, wie es ein Verbrechen ist, bei der Castle Farm gewesen zu sein, allerdings macht es einen verdammt schlechten Eindruck, erst zu sagen, er war nicht da, und jetzt, er war's doch.« Alma wollte etwas einwerfen, doch Clyle schüttelte den Kopf. »Bis zur Besinnungslosigkeit betrunken zu sein, ist nicht gerade das beste Alibi. Du weißt ebenso gut wie ich, dass Hal, sollte sich irgendwas Neues ergeben, bei denen ganz oben auf der Liste steht. Ohne … na ja, ohne Leiche können sie noch niemanden offiziell beschuldigen, aber wenn sie eine finden, ist Hal schon so gut wie verhaftet.« Er senkte die Stimme, obwohl sie ganz allein im Haus waren, auf der Farm, in diesem Teil der Welt. »Alma, er verschweigt etwas.«

Widerstrebend nickte sie. »Ich weiß.« Wenn Clyle schlafen gegangen war, würde sie das Geld in der Speisekammer verstecken. Sie musterte sein Gesicht; jeder einzelnen Falte darin hatte sie zugesehen, wie sie sich mit der Zeit immer tiefer eingegraben hatte. Als sie sich kennengelernt hatten, war er gerade mal Anfang zwanzig gewesen – ein kleiner Junge. Wollte sie ihn wirklich verlassen?

»Alma?«, fragte er. Sie hatte immer noch ihre Jacke an. »Alles in Ordnung?«

»Was, wenn er wirklich was angestellt hat?«, brach es aus ihr heraus. »Was dann?«

Clyle schwieg eine Weile, ehe er sagte: »Dann tun wir, was das Beste ist.«

»Aber was ist das? Sollen wir ihn ausliefern und zusehen, wie er im Gefängnis verrottet? Hat er das verdient?«

Clyle seufzte. »Wir können nicht gegen das Gesetz verstoßen, Alma. Unter anderem deswegen möchte ich, dass Marta bei so einem Gespräch dabei ist. Das haben nicht bloß wir zu entscheiden. Er ist ihr Sohn.«

»Aber vielleicht hätte sie ihn dann besser nicht in einen See gehen lassen sollen, als Kleinkind. Vielleicht hätte sie besser auf ihn aufpassen sollen.«

»Was soll das nun wieder heißen?«

»Weiß ich auch nicht«, gab sie klein bei.

»Vielleicht weißt du's ja doch und willst es mir nur nicht sagen.« Vor vielen Jahren, bei einem ihrer Bettgespräche, hatte Clyle Alma gesagt, er habe das Gefühl, dass es einen Teil von ihr gebe, den niemand kenne, den sie selbst vor ihm verberge. Statt beleidigt zu sein oder sich zu verteidigen, hatte sie sich gefühlt wie eine Siegerin. Er hatte recht. Sie wollte, dass er sagte, dass nicht das Gesetz zähle, sondern Hal. Dass sie, wenn sie Hal beistanden, ein Unrecht wiedergutmachten, das sich über lange Zeit angestaut hatte. Sie wollte von ihm hören, dass er an ihrer Seite stehe, komme, was da wolle.

»Lieber Himmel«, sagte sie. »Du lieber Himmel.« Sie trank das Glas aus und reichte es Clyle, ein bisschen benommen jetzt. Dann packte sie ihn am Arm und drehte ihn zu sich herum. Wie oft standen sie so nahe beieinander – die einzigen beiden Menschen in einem ansonsten leeren Haus, keine zwanzig Zentimeter voneinander entfernt?

Der Whiskey stieg ihr die Kehle wieder hoch. »Ich werde tun, was immer nötig ist«, sagte sie. »Hast du verstanden?« Sie bohrte ihre Finger in Clyles Arm, bis er zusammenzuckte.

»Habe ich«, sagte er.

»Und du? Bist du auch dazu bereit?«

»Hier steht viel mehr auf dem Spiel als bloß Hal«, begann Clyle, und sie wandte sich ab. Das war ihre Antwort.

15

Freitagmorgen klingelte das Telefon, und als es nach einem Läuten wieder schwieg, setzte Clyle sich mit einer Scheibe Toast und einer Tasse Kaffee an den Tisch. Alma war schon auf dem Weg zum Apparat gewesen – »Wer ruft denn um sieben in der Früh an?«, murmelte sie –, und dann geschah es wieder: ein einziges Läuten, und erneut wurde die Verbindung getrennt, bevor sie den Hörer abheben konnte. »Was zur Hölle? Glaubst du, sie spielen uns jetzt Telefonstreiche?«

»Kann schon sein.« Clyles Hand zitterte ein wenig, als er die Kaffeetasse zum Mund hob.

Diese beiden Klingeltöne mit einer Pause dazwischen waren ein Zeichen aus der Vergangenheit. Diane wollte ihn sehen. Wahrscheinlich hatte sie angenommen, dass Alma auf ihrer Bustour sei; Dianes Jüngste war im Herbst aufs College gekommen, und ohne Kinder, die in Gunthrum zur Schule gingen, wusste sie wohl noch nicht, dass Alma gefeuert oder, wie Irv es nannte, »vorübergehend suspendiert« worden war. Normalerweise hätte er sie zurückgerufen – zwei Klingeltöne bedeuteten, dass sie allein zu Hause war –, aber das war jetzt, mit Alma in der Küche, unmöglich.

Er dachte an die Begegnung mit Diane Anfang der Woche bei den Aherns zurück. Natürlich war es nicht ungewöhnlich, dass sie sich hin und wieder in Gunthrum über den Weg liefen – bei

Footballspielen, in der Bank oder bei den seltenen Gelegenheiten, wenn er sich mal im OK zeigte –, aber dann wünschte er sich jedes Mal, der Boden unter seinen Füßen möge sich auftun und ihn verschlingen, mitsamt den Fehlern, die er begangen hatte.

Bei seiner Rückkehr nach Gunthrum hätte er nie gedacht, dass er einmal eine Affäre haben würde. So ein Mann war er nicht, aber wer hielt sich schon für so einen Mann? Ein paar von den hiesigen Männern – zu denen auch Lonnie gehörte, Dianes Ehemann – benahmen sich, als stünde ihnen das zu, als Lohn dafür, dass sie für die Frauen sorgten, denen sie lebenslange Treue geschworen hatten. Ein paar schöne Stunden nebenher, damit das Joch nicht mehr ganz so schwer wog, als wäre ihnen die Vorstellung von schönen Stunden in der Ehe vollkommen fremd. Nach einer Weile allerdings begann auch Clyle daran zu zweifeln. Zwischen ihm und Alma herrschte nur noch Schweigen, die Fehlgeburten bildeten eine Wand zwischen ihnen. Alma war nicht die Einzige, die Kinder gewollt hatte. Sie war nicht die Einzige, die litt. Mehr als alles andere stand deshalb schließlich auch das Baby, das Diane von ihm erwartet hatte, für seinen Verrat.

Damals war Diane um sieben Uhr früh bei ihnen aufgetaucht und hatte, tiefe Ringe unter den Augen, ans Tor der Scheune geklopft. Der Magen hatte sich ihm umgedreht, und sein erster Gedanke war: *Hat Alma dich gesehen?* Aber nein, Alma war auf ihrer Schulbustour. Diane sagte, sie sei etwa zehn oder elf Wochen überfällig, maximal dreizehn. Sie war nicht besonders schlank, weshalb man, selbst wenn sie nackt war, noch nichts sehen konnte. »Was sollen wir tun?«, fragte sie, als ob das seine Entscheidung wäre, aber wie hätte er Alma das antun können? Die ganzen Fehlgeburten – auch die fünfte, von der er eigentlich nichts wissen sollte, die er aber erahnt hatte. Da hatten sie schon ein paar Jahre in Gunthrum gelebt, und er hatte geglaubt, sie seien glücklich, aber die letzte Fehlgeburt gab ihnen den Rest. Almas

Souveränität und ihre kecke Art verwandelten sich in eine Bosheit, die nicht nur andere traf, sondern auch ihn. Nichts konnte er ihr mehr recht machen, und als Diane ein Jahr später auf der Couch saß und andächtig seiner Erzählung lauschte, wie er einmal Dick Butkus von den Bears in der Kinoschlange für den Film *Der Unbeugsame* hatte anstehen sehen – »Du meine Güte! Wie jeder andere Normalsterbliche auch!« –, hatte er den ersten Schritt in den Abgrund des größten Fehlers seines Lebens gemacht.

Er und Diane dachten einige Tage über die Schwangerschaft nach, sie bei sich zu Hause neben Lonnie und er hier neben Alma. Seiner Ansicht nach sagte ihnen dieses Ereignis alles, was sie wissen mussten. Auf einmal stand ihm mit unmissverständlicher Deutlichkeit vor Augen, dass er sich ein Leben mit Diane nicht vorstellen konnte. Mit Diane, die ihn, ungeachtet der Tatsache, dass er seine Frau betrog, für absolut fehlerfrei hielt und überzeugt war, dass er auf alle Fragen eine Antwort habe. Er schämte sich für sie beide, dass er sich vor ihr so aufgeblasen und rumgeschwafelt hatte, was für ein schlechtes Gewissen er doch habe wegen ihrer Affäre, und sie hatte die ganze Zeit dazu genickt, während Alma einfach nur gesagt hätte, er solle jetzt mal wieder runtersteigen von seinem Kreuz, das Holz werde gebraucht. Mit Diane, die im Bett jedes Mal in derselben Tonhöhe aufstöhnte, während Alma seine Hand nahm und an die Stelle legte, wo sie sie haben wollte. Oder wenigstens gelegt hatte, damals, vor langer Zeit.

Am Ende überließ Clyle es Diane, herauszufinden, an wen sie sich wenden mussten, und bezahlte alles. Er sagte Alma, dass er nach Lincoln müsse, um einen frischen Wurf Ferkel zu begutachten, fuhr Diane ins Krankenhaus und blieb über Nacht mit ihr in einem Hotel in Nebraska. Als sie nach der Abtreibung nebeneinander in dem riesigen Ehebett lagen, keusch wie Brüderlein und Schwesterlein, und er nicht einmal Dianes Hand nahm, um sie zu trösten, wusste Clyle, dass es vorbei war. Ein Jahr später wurde das Hotel, in dem sie übernachtet hatten, abgerissen, und er sah die Bilder in der Zeitung: Die linke Hälfte war vor der rechten in sich zusammengefallen, eine Staubwolke, die gen Himmel fuhr.

Er ging in die Scheune und stellte sicher, dass die Futterautomaten nicht verstopft waren und das Wasser nicht gefroren und dass noch ausreichend Stroh in den Buchten lag. Hinter ihm ertönte ein Röcheln, ein scharrender, rasselnder Laut, und er drehte sich um. Eins von den kleineren Schweinen hustete trocken, mit pumpendem Herzen: noch ein verdammtes Schwein mit Pneumonie. Mit dem Treibbrett scheuchte er das Tier in eine isolierte Bucht und beobachtete das flache, rasche Puckern der kleinen Brust. Vor nicht mal einer Woche hatte er Hal geholfen, die Wohnung nach dem Massaker mit der Hirschkuh sauber zu machen. Eine schmale Blutspur hatte sich von der Wohnungstür hin zur Küchenspüle gezogen und weiter bis fast an den Schrank.

Das war nicht das erste Mal, dass Alma oder er Hal geholfen hatten, das Chaos, das er angerichtet hatte, zu beseitigen. Da war dieser Vorfall an der Highschool gewesen, mit dem Burschen, den Hal zusammengeschlagen hatte. Clyle hatte die Eltern wider besseres Wissen überredet, keine Anzeige zu erstatten. Nachdrücklich hatte er auf Hals geistige Beeinträchtigung hingewiesen und betont, dass man ihn nicht verantwortlich machen könne. Das war falsch gewesen, und trotzdem hatte er es getan. Damals war Hal seit zwei Jahren bei ihnen auf dem Hof, und Clyle hatte den Jungen lieb gewonnen. Einerseits, weil Hal ein guter Kerl war, und andererseits, weil er offenbar das Einzige war, was Alma glücklich machte. Kurz nachdem Hal bei ihnen angefangen hatte, fand Clyle sie unten in der Küche, den

Kopf summend in ihre Kochbücher gesteckt, auf der Suche nach einem neuen Rezept für Kekse, das sie ausprobieren könnte. Sie stellte frische Blumen aus dem Garten auf den Tisch, weil Hal sich dann darüberbeugte und den Duft einsog, als würde es so im Himmel riechen. In jenem zweiten Jahr überreichte Hal Alma zum Muttertag ein Bild von einem Hirsch – jedenfalls glaubte Clyle, dass es ein Hirsch sein sollte –, das er selbst gemalt hatte, und sagte, er wisse ja, dass Alma nicht seine Mom sei, aber ob das trotzdem okay wäre? Alma hatte behutsam über das Bild gestrichen und mit belegter Stimme geantwortet: »Ja, Hal. Natürlich. Es ist wunderschön.«

Die Straße runter, im Haus der Aherns, brannte das Küchenlicht, zusätzlich zu der Außenbeleuchtung, die auf jeder Farm Tag und Nacht an war. Letzte Nacht, im Pick-up, hatte Joe seinen schweren Kopf gegen das Fenster gelehnt und war eingeschlafen, noch ehe sie die Straße erreicht hatten.

Clyle erledigte seine Arbeiten und lief schnell in den Keller, um zu duschen. Der Duschvorhang klapperte an der Metallstange, als Alma ihn aufzog, und Clyle spürte die kalte Luft am nassen Körper. »Wieso duschst du denn?«

»Ich muss in die Stadt.«

»Wozu?«

»Ich brauch noch mehr Antibiotika von Dan. Hab noch ein Schwein mit Pneumonie entdeckt.«

»Ich dachte, du hättest gestern schon welche bestellt.«

Er schob den Kopf unter den Wasserstrahl, um sie nicht ansehen zu müssen. »Nicht genug.«

»Nimmst du Hal mit? Er ist gerade gekommen.«

Das Shampoo brannte, und Clyle kniff ein Auge zu. »Anfang der Woche gab's beim Tierarzt ziemlichen Ärger mit Hal.« War das wirklich erst Dienstag gewesen? Mittwoch? »Kann er nicht hier bei dir bleiben?«

»Sicher. Ist ja nicht so, dass ich zur Arbeit müsste.« Sie zog den Vorhang wieder zu.

Clyle machte sich fertig, trug Hal eine Arbeit auf – die Handwerkzeuge in der Scheune sauber machen und wegräumen – und hielt zehn Minuten später vor der Bank. Drinnen stand Diane und plauderte mit Bev Barnes; beide Frauen trugen Faltenröcke und Blusen mit einer Schleife am Hals und hatten jeweils einen Ellbogen auf eine hüfthoch gehaltene Faust gestützt, Kaffeetasse in der erhobenen Hand. Bev drehte sich zur Straße und hob die Tasse zum Gruß. Diane blickte Clyle kurz in die Augen, bevor sie sich umwandte und in den Tiefen des Gebäudes verschwand, wo das gleißende Sonnenlicht ihre Gestalt nicht mehr erreichte.

Er parkte rückwärts aus und fuhr auf der Hauptstraße zwei Blocks weiter gen Norden, auf den Hof hinter dem Futtermittellager, ihrem alten Treffpunkt, wenn sie sich untertags für einen verstohlenen Augenblick hatten sehen wollen. Die Logistik einer Affäre hatte ihn immer erstaunt – die ganzen Ausreden, die heimlichen Verabredungen –, doch es stellte sich heraus, dass es nicht halb so romantisch war, wie er gedacht hatte, mit dem süßen, staubigen Geruch nach gemahlenem Mais in der Luft.

Ein paar Minuten später öffnete Diane die Tür zum Beifahrersitz und kletterte in den Pick-up, wobei ihr der Faltenrock übers Knie rutschte. »Du erinnerst dich also noch an unseren Code«, sagte sie.

»Klar.«

Sie strich mit den Händen über den Wollstoff in ihrem Schoß. »Ich war mir nicht sicher.« Dann beugte sie sich hinüber und gab ihm einen Kuss auf die Wange. »Ist ja schon ein Weilchen her.« Noch einmal strich sie mit der Hand über den Rock und rubbelte sich dann die Arme. Es war fünf Grad unter null – das hatte er auf der Anzeige der Bank gesehen –, trotzdem hatte sie sich ohne Mantel herausgeschlichen.

»Hier.« Er schickte sich an, seine Jacke auszuziehen, doch sie hob abwehrend die Hand.

»Ich bleibe nur eine Minute.« Sie räusperte sich. »Hör zu, Clyle, da ist was, das solltest du wohl besser wissen. Ich riskiere meinen Job, wenn ich's dir sage, und hoffe nur, ich bin dir noch so viel wert, dass du es niemandem weitererzählst, aber Alma hat gestern einen ganz schönen Batzen Geld abgehoben.«

Unvermittelt blitzte ein Geldbündel vor seinem inneren Auge auf, ein grüner Packen in den Händen seiner Frau. »Alma?«, fragte er, und Diane nannte ihm die Summe.

»Keine Ahnung, was sie damit vorhat«, fuhr sie fort. »Und ich will ganz sicher keinen Unfrieden stiften, aber das ist eine Menge Geld, Clyle, und Montag kommt sie wieder, um noch mehr zu holen. Meiner Erfahrung nach kommt nichts Gutes dabei raus, wenn so viel Geld von der Bank abgehoben wird.« Sie schenkte ihm einen Blick aus ihren Rehaugen – die Clyle als Erstes an ihr angezogen hatten –, doch statt einer Welle der Zuneigung verspürte er plötzlich Ärger.

»Wie kommst du auf den Gedanken, dass ich nichts davon weiß? Nicht jede Frau hat Geheimnisse vor ihrem Ehemann, Diane.«

Das brachte sie aus dem Konzept. »Ich versuche nur, dir zu helfen«, erklärte sie. »Im Augenblick kannst du es dir nicht gerade leisten, Hilfe abzulehnen, Clyle. Diese Frau zieht dich aus bis aufs letzte Hemd, und wir wissen schließlich alle, was Hal angestellt hat, du solltest deine Freunde also ein bisschen besser behandeln, solange du noch welche hast.«

»Darum geht's also? Hal ist schuldig? Du glaubst dasselbe wie alle anderen?«

»Schwer, was anderes zu glauben, wenn man sich die Beweise ansieht.«

Clyle umklammerte das Lenkrad fester. »Beweise wofür? Für

gar nichts. Immer noch möglich, dass die Kleine bloß abgehauen ist.«

Diane schnaubte, was auf so unheimliche Weise nach Alma klang, dass Clyle zusammenzuckte. »Daran glaubt doch niemand mehr. Und ihre Familie schon gar nicht.«

Eine Weile saßen sie schweigend nebeneinander, noch waberte die Vergangenheit zwischen ihnen. »Tut mir leid, was ich da gesagt habe, von wegen Frauen und Geheimnissen.«

Diane streckte den Arm aus und tätschelte ihm die Hand. »Du stehst unter enormem Druck. Das verstehe ich.« So hatte Diane immer reagiert – die Geschwindigkeit, mit der sie ihm verzieh, wäre undenkbar bei Alma, die einem bis in alle Ewigkeit grollen konnte. Wie lange verwendete sie die Fehlgeburten nun schon gegen ihn? Manchmal dachte er, dass er einen guten Junggesellen abgegeben hätte. Nicht so einen von diesen Hetzern und Aufwieglern, sondern einen, der vollkommen zufrieden damit war, am Wochenende ein Gläschen (oder auch zwei) zu trinken und sich eine Wiederholung von *M*A*S*H* anzuschauen. Aber hin und wieder, wenn er den ganzen Tag draußen auf dem Hof verbracht hätte, so gegen drei oder vier Uhr nachmittags, würde er etwas zu einem der Schweine sagen – »Weg da« oder »Gib jetzt Ruhe, du Rabauke« –, und dort in der Stille würde sich seine eigene Stimme anhören wie die eines Fremden, ein undefinierbares Krächzen. Er brauchte einen Menschen, den er lieben konnte.

In dem Jahr ihrer Affäre hatte er sich gefragt, ob er jemanden wie Diane hätte heiraten sollen – eine süße kleine unkomplizierte Frau, die immer hinter ihm stand –, doch als er jetzt neben ihr im Pick-up saß, fand er diesen Gedanken so abstoßend, dass er sie kaum ansehen konnte. Jedes Gespräch einvernehmlich, jeder Streit im Keim erstickt. Als wäre man überhaupt nicht mehr am Leben. Er dachte an Alma und ihre erbitterte Wut, daran, dass sie nie klein beigab. In den ersten Jahren auf der Farm hatten sie sich einmal über die Art der Wolken am Himmel gestritten und darüber, was sie in Bezug aufs Wetter zu bedeuten hätten, bis er geschrien hatte: »Du würdest sogar noch bestreiten, dass der Himmel blau ist.« Das ließ Alma innehalten. Sie blickte ihn an und brach dann in sonnenhelles Gelächter aus. Beide fingen an, haltlos zu kichern, und dann gingen sie ins Haus und liebten sich, mitten am Tag, an einem Dienstag.

»Denkst du noch manchmal an das Kind?«, fragte er, und Diane wandte ihm das Gesicht zu, verwirrt, die Stirn gerunzelt, bis es ihr dämmerte und sie große Augen bekam.

»Jeden einzelnen Tag, und niemals.« Er verstand, was sie meinte. »Wusstest du, dass Julie dieses Jahr mit dem College angefangen hat?« Er nickte. »Als sie letztes Wochenende nach Hause gekommen ist, habe ich sie kaum wiedererkannt. Sie hat sich die Haare abgeschnitten. Wenn ich das Kind bekommen hätte, wäre sie jetzt sieben.«

»Oder er.«

Sie schüttelte den Kopf. »Nein. Ich bin mir sicher, dass es ein Mädchen war.« Sie legte die Hand auf den Türgriff. »Vertrau Alma nicht mehr als unbedingt nötig, Clyle. Mehr sage ich ja nicht. Eine Frau mit Geheimnis ist gefährlich.«

»Ich kenne meine Frau«, erwiderte Clyle, während Diane einen Fuß in High Heels auf den Kies setzte.

Sie drehte sich um. »Ach ja?«

Später am Vormittag, als Clyle gerade dabei war, mit dem Radlader die feuchte Streu wegzuräumen, während Hal in den Schweinebuchten frisches Stroh verteilte, zeigte dieser auf einmal die Auffahrt runter. »Schau mal, da ist Peggys Mom.« Linda Ahern war auf dem Weg zur Scheune; die Dezemberluft ließ ihre Wangen rosig und gesund aussehen, doch als sie näher kam, sah Clyle, dass ihre Hände spröde und rissig waren und sie die Finger gegen die Kälte zu Fäusten geballt hatte.

»Linda«, rief Clyle und hob die Hand. »Lass uns reingehen.« Er marschierte Richtung Haus, und sie steuerten beide diagonal darauf zu und trafen sich auf der Veranda.

»Mir war wohl nicht klar, dass es dermaßen kalt ist.« Sie trug einen Anorak, und darunter kam, als sie in der Küche den Reißverschluss aufzog, lediglich ein T-Shirt zum Vorschein. Clyle hoffte, dass es wenigstens lange Ärmel hatte.

»Im Frühling«, sagte er, »rennen bei solchen Temperaturen alle in kurzen Hosen raus.« Hal lehnte am Verandageländer und zog sich die Stiefel aus, dann kam auch er herein.

Linda lächelte auf eine Weise, die Clyle vermuten ließ, dass sie ihm nur mit halbem Ohr zugehört hatte. Ihr Blick war auf Hal gerichtet. Clyle konnte sich nicht vorstellen, wie man es in einem Raum aushalten sollte mit dem Mann, von dem alle glaubten, er hätte deine Tochter umgebracht. Aber glaubte Linda das denn auch? Allem Anschein nach wusste sie nicht, was sie glauben sollte.

»Können wir Pfannkuchen essen?«, fragte Hal, und Clyle schloss die Augen.

»Jetzt nicht, Hal.«

»Bestimmt braucht ihr beiden euer zweites Frühstück«, warf Linda ein. »Ich kenne das. Joe isst für gewöhnlich was am frühen Morgen und dann noch mal am Vormittag. Heute natürlich nicht. Er liegt noch im Bett und schläft seinen Rausch aus.«

»Ich mach dir einen Kaffee«, sagte Clyle. »Zum Aufwärmen.« Er holte die Kaffeedose und einen Filter aus dem Küchenkarussell.

Linda hatte sich an den Tisch gesetzt und rieb sich mit beiden Händen die Schultern.

»Linda«, begann Clyle, »es tut mir so …«, doch Hal fiel ihm ins Wort.

»Ich hab Durst.«

»Dann hol dir ein Glas Wasser«, erwiderte Clyle mit erhobener Stimme, und Hal bekam große Augen. Clyle erhob normalerweise nie die Stimme.

»Danke«, sagte Linda. »Das ist nett von dir«, und Clyle war sich nicht sicher, ob sie damit die Ermahnung an Hal meinte oder seinen Versuch, ihr sein Beileid auszusprechen. Hal stand auf und ließ sich an der Spüle ein Glas Wasser einlaufen, das er halb austrank, dann füllte er ein zweites Glas und stellte es vor Linda auf den Tisch. War ja nicht so, dass er sich nicht zu benehmen wusste.

Linda schlang die Hände um das Glas. »Danke«, sagte sie, diesmal an Hal gewandt, dann sprach sie wieder mit Clyle. »Deswegen bin ich gekommen. Um mich dafür zu bedanken, dass du Joe gestern Nacht nach Hause gebracht hast.« Als er ihr eine Tasse Kaffee reichte, ließ sie das Wasserglas los, hob den zum Trinken noch zu heißen Kaffee an die Lippen und pustete. »Und danke hierfür«, ergänzte sie und meinte diesmal den Kaffee.

»Moment mal«, sagte Hal. »Peggys Dad war gestern Nacht hier? Warum denn?«

»Weil er sich«, antwortete Linda, »wie ein Idiot hat volllaufen lassen und dann hier aufgekreuzt ist.«

»Aber warum?«, fragte Hal.

Linda warf Clyle einen Blick zu. »Weil er ein Säufer ist. So sind Säufer nun mal.« Ihre Hände hatten angefangen zu zittern, und sie stellte die Tasse so heftig auf dem Tisch ab, dass etwas Kaffee überschwappte. Clyle wusste, dass Alma, wäre sie jetzt hier, sich enorm beherrschen müsste, um nicht aufzuspringen und die Lache aufzuwischen.

Linda zuckte die Achseln. »Tja, das war's auch schon, denke ich. Ich wollte mich bedanken.«

»Komm«, meinte Clyle und stand auf. »Ich fahr dich nach Hause.«

Linda sah ihn mit leerem Blick an. »Das musst du nicht.«

»Ich wollte sowieso gerade los«, sagte er, obwohl das gar nicht stimmte. Ob Joe aus dem Küchenfenster schauen und sehen würde, dass seine Frau in Clyles Pick-up nach Hause gebracht wurde? Trotzdem war es das einzig Richtige.

Im Pick-up stellte er die Heizung auf volle Pulle, bevor ihm klar wurde, dass die Luft im Gebläse ja noch kalt war, weshalb er wieder runterschaltete.

»Es tut mir leid, dass er das gemacht hat«, sagte Linda, den Blick die Straße runter auf ihr Haus gerichtet.

»Er ist eben durch den Wind.«

Die Haut unter Lindas Nase war rot und wund. »Ja, das stimmt.«

»Hör mal«, fing Clyle an, brach dann aber ab.

Er lenkte in die Auffahrt der Aherns und brachte den Pick-up mit auf dem Kies knirschenden Reifen zum Stehen. »Brauchst du irgendwas?« Linda schüttelte den Kopf. Am Küchentisch saß Milo, ihr Sohn, und spielte mit seinem Zauberwürfel, während um ihn herum lauter Leute hin und her wuselten. Auf der Auffahrt, neben einem Cadillac, stand der neue Pick-up der Aherns, ein roter 1984er Dodge Ram mit dem silbernen Markenzeichen – einem Widderkopf in Miniatur – auf der Kühlerhaube. Als Clyle im vergangenen Sommer einmal vorbeigefahren war, hatte Milo vor dem Pick-up gestanden, mit gesenktem Schädel gegen den silbernen Widderkopf gestoßen und ihn damit vor und zurück bewegt.

»Vielleicht, wenn ich nur ...«, hob Linda an und verstummte wieder. Sie war eine warmherzige Frau; das hatte er schon immer gedacht. Er drückte ihr die Hand, und sofort füllten sich ihre Augen mit Tränen. Aus Sorge, ihr wehgetan zu haben, lockerte er den Griff wieder, doch sie umklammerte seine Hand. »Ich kann einfach nicht glauben, dass das hier wirklich passiert. Die ganze Zeit denke ich, ich gehe jetzt durch diese Tür, und da ist sie wieder.«

Sieben, hatte Diane gesagt. Wofür interessierten sich Siebenjährige? Angeln? Puppen? Er hatte keine Ahnung. Alma war nicht die Einzige, die darunter litt, dass sie keine Kinder hatten. Wenn er besonders selbstgerecht aufgelegt war, fragte er sich, ob er wohl deswegen die Affäre eingegangen war. Er hatte sich ein ganz bestimmtes Leben für sich und Alma vorgestellt, und am Ende hatten sie ein ganz anderes bekommen. Hatte er nicht auch ein klein wenig Glück verdient? Beim Gedanken, dass er geglaubt hatte, dies einzig auf Kosten seiner Frau erreichen zu können, wurde ihm übel.

»Es tut mir so leid«, brachte er heraus. »Es ist einfach nicht fair.«

»Fairness hat überhaupt nichts damit zu tun.« Sie saßen im Pick-up und starrten das Haus an. Der warme Lichtschimmer verriet nichts, nichts deutete darauf hin, dass etwas fehlte. Jetzt warf Joe Ahern sogar lachend den Kopf in den Nacken über etwas, das außerhalb ihres Blickfelds lag, während Milo weiter an seinem Zauberwürfel herumdrehte.

»Eigentlich«, sagte Linda, »würde ich dich doch gern um einen Gefallen bitten.«

16

Milo rutschte über die Sitzbank des Pick-ups, während George schon auf die Straße sprang.

»Ich bin das ganze Spiel über hier, okay?«, sagte Mr. Costagan. »Wir können fahren, wann immer du willst.« Er hielt eine Taschenbuchausgabe von Edgar Rice Burroughs hoch, an deren Rücken schon die weiße Fadenbindung durchkam. Im Unterricht über die Entwicklung der Menschheit hatte Milo den Begriff der Objektpermanenz kennengelernt, und irgendwie hatte es etwas Tröstliches, zu wissen, dass er jederzeit wieder rausgehen konnte und Mr. Costagan dann hier wäre, in seinem Pick-up, als Gesellschaft nur die knisternde Stimme des Nachrichtensprechers aus dem Radio.

»Vielen Dank«, sagte er. »Nett von Ihnen, dass Sie uns fahren.«

»Immer gern.«

Milo schlug die Wagentür zu und lief zum Schultor hinüber, um George einzuholen, der schon davorstand und sich die kalten Hände rieb.

Die Doppeltüren der Turnhalle wurden von ihren Gummistoppern weit aufgehalten, und Milo roch den säuerlichen Teenagerschweiß der Spieler, vermischt mit dem Duft nach Popcorn, das der Förderverein für fünfzig Cent die Tüte verkaufte. Er schob die Hände in die Taschen und holte tief Luft. Jetzt bereute er, gestern Vormittag darauf bestanden zu haben, dass sein Leben ganz normal weitergehen solle, wo doch überhaupt nichts mehr normal war. Er hatte nur sehen wollen, ob er seine Mom dazu bringen könne nachzugeben, aber als sie eingewilligt hatte, kehrte die Realität zurück: Jetzt musste er zu dem Freundschaftsspiel gehen, und nichts daran wäre so, wie er es sich gewünscht hätte. Sogar hier am Eingang der Sporthalle konnte er an nichts anderes denken als an all die Male, die er Peggy in der Ecke der Halle dabei zugesehen hatte, wie sie den Volleyball mit höchst undamenhaftem Grunzen übers Netz schmetterte.

Er wünschte, er hätte daran gedacht, Scott anzurufen, dann hätten sie zusammen reingehen können, doch stattdessen hatte er jetzt George an der Backe, einen Typen, der gefühlsmäßig derart simpel war, dass es Milo zumindest das Leben erleichterte, einfach dasselbe zu tun wie er. Er konnte sich nicht vorstellen, dass George sich jemals den Kopf darüber zerbrach, was die Leute dachten und was für einen Eindruck er machen würde. Der reinste Tarzan im Teenageralter: Ich wollen, ich machen.

»Komm schon, du taube Nuss«, sagte George. »Sollen wir die ganze Nacht hier draußen rumstehen?«

»Schon gut«, erwiderte Milo und warf noch einen letzten Blick zurück zu Clyles Pick-up auf dem Parkplatz, der dicke Abgaswolken aus dem Auspuff stieß.

In der Turnhalle grölte die Menge zu einem gelungenen Spielzug, und er machte einen Schritt aufs Schultor zu. Noch während er sich das Hirn darüber zermarterte, wohin sie sich setzen sollten und neben wen und ob er mit seinen Stiefeln wohl stolpern und der Länge nach hinfallen und alle zu ihm rüberschauen und kichern würden, marschierte George einfach los und pflanzte sich in die erste Reihe. Die Spieler waren schon auf dem Feld, und die Anzeigetafel vermeldete noch vier Minuten im zweiten Viertel. Die Jungs von der Highschool trugen ihre lausigen verwaschenen Trikots und die Väter alte Leibchen und T-Shirts mit dem Logo der Gunthrum Bulldogs. Die wenigen, die noch halbwegs in Form waren, hatten Polyestershorts an. Alle hatten erschreckend bleiche Beine mit roten Flecken von der Anstrengung und der Kälte in der Halle.

Als Milo sich gerade aus dem Schal wickelte, täuschte Kerry Saunders mit dem Ball einen Schritt nach links gegen Larry Burke vor, den Joker, den die Väter nominieren durften, damit sie sich nicht bis auf die Knochen blamierten. Mr. Burke hatte diese Rolle nun schon das dritte Jahr übernommen – er war vor über einem Monat aufgestellt worden, wie im *Gunthrum Pioneer* gestanden hatte –, doch warum, war schwer zu erkennen, als Kerry jetzt mit Leichtigkeit an ihm vorbeizog.

Kerrys Korbleger gelang, und die alten Herren waren am Ball – gerade lange genug, dass Mr. Pickett ihn von der Grundlinie aus Mr. Burke zuwerfen konnte, dann pflückte Kerry ihn sich aus der Luft. Er dribbelte einmal und drehte sich zum Korb. Wie in Zeitlupe sprang er in die Höhe, die Finger weit gespreizt, und der Ball verließ seine Hand Zentimeter um Zentimeter in einem perfekten Bogen, als wäre er eine Verlängerung von Kerry selbst, der auf exakt derselben Stelle wieder landete, von der er abgesprungen war, die Oberschenkelmuskeln spannten und entspannten sich wieder. *Wie Poesie*, dachte Milo und wurde rot, während Mr. Burke sich schwer atmend mit den Händen auf den Knien aufstützte und den Kopf senkte. Der Ball sauste durchs Netz.

»Na los, Larry!«, brüllte jemand aus der Menge. »Zeig mal, was du draufhast!«

»Du hast es doch noch drauf, oder?«, rief ein anderer, und die Menge lachte.

»Willst lieber du aufs Feld?«, brüllte Mr. Burke zurück, und der Zwischenrufer machte sich klein. Es war ein Freundschaftsspiel, was allerdings an Mr. Burkes finsterer Miene und der Art, wie Kerry jetzt beim Sprungball einem aus dem Team der Väter den Ellbogen ins Gesicht rammte, nicht unbedingt abzulesen war.

»Persönliches Foul!«, rief der Schiedsrichter, und Kerry wirbelte herum.

»Echt jetzt?«, schrie er. »Das war keine Absicht!« Doch der Schiedsrichter ließ die Spieler für zwei Freiwürfe Aufstellung nehmen. Kerry nahm das Spiel offenbar ernster als ein Meisterschaftsspiel, und Milo sah, wie er dem Schiedsrichter hinter dessen Rücken den Mittelfinger zeigte. Der Schiedsrichter war der Betreiber der Pizza Ranch, jemand aus dem Ort. Alles ganz freundschaftlich, oder? Doch die Stimmung hatte sich gedreht. George, der von dem Ganzen nichts mitbekam, ließ sich über die Cheerleaderinnen aus – die von der Highschool, nicht die Mütter in Jeans und T-Shirts, die sich über ihren Bäuchen spannten. Letztes Jahr war Mrs. Burke auch unter den Cheerleaderinnen gewesen und hatte der Vätermannschaft so inbrünstig zugejubelt, dass Milo zu Boden geblickt hatte, um nicht mitansehen zu müssen, wie sie sich während der Halbzeitpause bei der gemeinsamen Nummer von Müttern und Töchtern zu *Eye of the Tiger* zum Gespött machte. Dieses Jahr saß sie neben Mr. Burkes Mom auf der Tribüne, die kleine Hattie auf dem Schoß und die sonst immer hochtoupierten Haare zu einem fettigen Pferdeschwanz gebunden. Er war erleichtert, dass sie heute Abend nicht mit da unten war, aber dann fiel ihm ein, dass Peggy ja auch nicht da war, worauf er angestrengt die Ösen seiner Turnschuhe studierte, um nicht loszuheulen.

Kerry trabte vom Feld und flegelte sich auf die Bank, das aufmunternde Schulterklopfen seiner Teamkameraden ignorierte er. Jemand schob sich neben Milo auf die Zuschauerbank, stieß ihn mit der Hüfte gegen George. Beim Aufblicken erkannte

Milo erleichtert, dass es Scott war. »Kerry ist beschissen drauf«, sagte Scott. »Laura hat ihm vor dem Spiel den Laufpass gegeben.«

Milo bemühte sich, eine überraschte Miene aufzusetzen. Doch er musste daran denken, dass Laura am Mittwoch gesagt hatte, Kerry würde sich nicht als Freund eignen, jetzt, wo sie ihn im Verdacht habe, Peggy etwas angetan zu haben. Was aber wohl nur die halbe Wahrheit war. Es lag vermutlich eher daran, dass sie ihn im Verdacht hatte, immer noch etwas für Peggy übrigzuhaben. Wie konnten sie alle einfach so weitermachen mit den immer gleichen alltäglichen Kinkerlitzchen, jetzt, wo seine Schwester verschwunden war, wo seine ganze Welt auf einmal eine vollkommen andere war? Selbst Scott, sein bester Freund, saß gespannt neben ihm und wartete darauf, dass Milo etwas dazu sagte. Was sollte er denn sagen?

Er wandte sich wieder dem Spiel zu, gerade als Mr. Burke den zweiten Freiwurf am Brett abprallen ließ – die Menge stöhnte auf –, und Mr. Pickett aus dem Eisenwarenladen, einer seiner Teamkameraden, versuchte, den Rebound in einen Drei-Punkte-Wurf zu verwandeln, wobei er sowohl den Korbring als auch das Brett selbst komplett verfehlte. Ein langer scharfer Pfiff ertönte: Ende der ersten Halbzeit.

Die Leute strömten aus der Sporthalle, das Getrampel und Gepolter, mit dem sich die Tribünen leerten, dröhnte durch den riesigen Raum. Milo schloss sich der Menge an, er trug noch immer seine unauffällige Jacke und hatte die Mütze auf dem Kopf. Neben ihm ging George, jemand, den hier keiner kannte. Scott war wie der Blitz aufgesprungen und bereits halb übers Spielfeld gelaufen, hinüber zu ihrem Klassenkameraden Jim Schneider. Als die Raucher nach draußen stürzten, wehte ein scharfer Schwall kalter Luft herein, und Milo trat unwillkürlich einen Schritt zurück. Als wäre ein Gespenst vorübergestrichen, aber vielleicht war Milo das Gespenst. Er hatte das Gefühl, dass er, wenn er die Hand ausstreckte, durch seinen Cousin hindurchgreifen könnte.

»Hast du ’n Dollar?«, fragte George, und blinzelnd kehrte Milo in die Wirklichkeit zurück. »Ich will Popcorn.«

»Yep«, antwortete er und kramte seinen Nylongeldbeutel aus der Gesäßtasche. Er riss den Klettverschluss auf und gab George den Dollarschein. »Bring mir auch welches mit«, sagte er und fügte die beiden Klettverschlussfelder wieder so präzise zusammen, als führte er eine Operation am offenen Herzen durch. Es war ein Fehler gewesen. Er wollte nicht hier sein, umgeben von all diesen Menschen. In der Hoffnung, mit ihr zu verschmelzen, lehnte er sich gegen die Betonwand; wenn George zurückkam, würden sie fahren.

Plötzlich fühlte er eine Hand auf seiner Schulter und drehte sich um. Überrascht erblickte er Pastor Barnes in Jeans und einem Sweatshirt der Gunthrum Bulldogs. Pastor Barnes gehörte zu den Menschen, die in Freizeitkleidung einfach nicht normal aussahen, die Jeans zeigten noch die Falten aus dem Laden, oder vielleicht hatte seine Frau sie auch gebügelt. Bevor Milos Mom wieder angefangen hatte zu arbeiten, hatte sie seinem Dad sogar die Unterhosen gebügelt.

»Schön, dich zu sehen«, sagte Pastor Barnes. »Sind deine Eltern auch hier?«

Milo schüttelte den Kopf. »Mr. Costagan hat mich gefahren.«

Pastor Barnes hob die Augenbrauen. Das war wohl irgendwie schräg, vermutete Milo: Der Arbeitgeber des Mannes, den sein Vater beschuldigte, hatte ihn zum Spiel gefahren; aber so war Gunthrum nun mal. »Wo ist Clyle denn?« Milo deutete mit dem Daumen in Richtung Parkplatz. »Ist wohl kein Fan von Basketball.«

»Nein, offenbar nicht.«

Pastor Barnes senkte seinen knorrigen Schädel zu Milo herab.

»Schon was gehört?«, fragte er leise, und mehr Worte waren nicht nötig. Milo schüttelte den Kopf. »Ich bete für dich und deine Familie.«

Milo spürte, wie ihm eine ganz erbärmliche Wut den Rücken hochschoss. Überall um ihn herum lachten die Menschen aus seinem Heimatort, schoben sich Popcorn in den Mund und stampften auf den Boden, um den Schneematsch von ihren Stiefeln zu lösen. »Scheint ja nicht viel zu bringen.«

Bestürzt blickte Pastor Barnes auf ihn herab. »Milo, ich verstehe ja, dass du wütend bist ...«

Milo senkte die Stimme. »Ach ja?«

»Ja«, erwiderte Pastor Barnes ruhig. »Deine Schwester wird vermisst; deine Familie ist verzweifelt. Natürlich bist du wütend und verletzt und hast Angst.«

»Und was wollen Sie dagegen tun, hm?« Milo musste sich zusammenreißen, um Pastor Barnes nicht in die magere Brust zu piksen, es juckte ihn schon in der Fingerspitze. Noch nie hatte er so zu einem Erwachsenen gesprochen, in seinem ganzen Leben nicht. »Wollen Sie mir jetzt vielleicht so was erzählen wie ›Gottes Wege sind unergründlich‹? Oder dass es einen göttlichen Plan gibt? Ihnen ist schon klar, dass das an dem Tag passiert ist, an dem ich konfirmiert wurde, oder? Was für ein göttlicher Plan soll das denn bitte sein?«

Pastor Barnes rieb sich das Kinn, eine Geste, die Milo aus dem Konfirmationsunterricht kannte. Er dachte über eine Antwort nach und wollte ihn nicht einfach abspeisen, und plötzlich musste Milo seinen Blick von den ausgefransten Bündchen an Pastor Barnes' Sweatshirt abwenden, weil er sich schämte – unsicher, ob für sein eigenes Verhalten oder das des Pastors. »Ich glaube nicht an einen göttlichen Plan«, sagte Pastor Barnes schließlich. »Ich glaube nicht, dass es so funktioniert.«

»Aber wie dann?«, wollte Milo wissen.

»Führung und Anleitung, aber kein unabänderlicher Plan.« Pastor Barnes schüttelte leicht den Kopf, und Milo sah Mrs. Barnes, die mit zwei Tüten Popcorn auf sie zukam. Jetzt blieb sie stehen, lächelte ihm zu und blickte dann diskret beiseite. »Die Lehren des Herrn unterrichten uns, wie wir uns verhalten sollen, Milo, aber viele Menschen vermasseln es, und die Folgen sind verheerend. Du weißt doch noch, was freier Wille bedeutet, nicht wahr?«

»Ja.« Freier Wille bedeutete, dass Peggy Gunthrum verlassen oder irgendein Verrückter sie umbringen konnte, und so oder so konnte Milo nichts dagegen tun.

Pastor Barnes lächelte nun, gütig und ernst. »Natürlich weißt du das noch. Du warst mein bester Schüler. Tatsächlich habe ich kurz darüber nachgedacht, ob du dich wohl fürs Priesterseminar eignest. Du bist ein kluger Junge, Milo, und akzeptierst keine einfachen Antworten.«

Jahrelang hatten Milos Klassenkameraden ihn genau dafür gehänselt: Musterknabe, Streber, Einserschüler. Er hatte sich nie sonderlich für Sport interessiert, und seit er denken konnte, war seine Klugheit in dieser dämlichen Kleinstadt Zielscheibe des Spotts gewesen. Er dachte an Kerry vorhin auf dem Basketballfeld, wie er den Ball in den Korb geworfen hatte. *Poesie*, hatte Milo gedacht, aber eben auch nur Muskeln und Knochen, Sehnen und Organe. Sie waren Menschen, so wie ein Hund ein Hund war, und vielleicht war's das ja auch schon.

Ihm klappte die Kinnlade herunter, und Pastor Barnes ergänzte schnell: »Damit will ich nicht sagen, dass es *überhaupt keinen* Plan gibt.«

»Nein.« Milo schüttelte den Kopf. »Ich weiß.«

»Gott ist mit dir«, sagte Pastor Barnes und rieb sich sein glatt rasiertes Kinn mit der Hand im ausgefransten Bündchen. »Du bist nicht allein, mein Sohn.«

»Ich weiß«, erwiderte Milo und schenkte dem Pastor – einem Mann Gottes – ein zittriges Lächeln, dem er eine Ausrede folgen ließ: Er müsse jetzt seinen Cousin suchen.

»Geht's dir gut?«

»Ja«, sagte Milo und spürte, wie sich eine tiefe Ruhe über ihn senkte. Er blickte in Pastor Barnes' besorgte Miene. »Ich hab's verstanden, wirklich. Gott hat alles unter Kontrolle.«

»Na ja, nicht alles, um genau zu sein.«

Milo legte Pastor Barnes eine Hand auf den Arm, wobei ihm klar wurde, dass er den Pastor selbst damit nachahmte, diesen Mann, der wusste, wie man Trost spendet. Er begriff, dass der Job, für den Pastor Barnes angeheuert hatte, darin bestand, alten Leutchen auf ihrem Schlurfen ins Himmelreich beizustehen; er umfasste Neugeborene und Glückseligkeit und ab und zu einen auf Abwege geratenen Teenager, der zu Jesus zurückfand. Nicht das hier. »Vielen Dank, wirklich. Das hat mir geholfen.«

Erleichterung überflutete Pastor Barnes' Gesicht. »Das freut mich, Milo. Du kannst jederzeit zu mir kommen, wenn du mal reden möchtest. Zu mir nach Hause oder in die Kirche.«

»Vielen Dank, das mache ich vielleicht«, sagte Milo, obwohl er wusste, dass er das niemals tun würde.

Da kam George zurückgewankt und blieb auf den Zehenspitzen wippend stehen.

»Wo ist das Popcorn?«, fragte Milo, und George lachte und zupfte an den Haaren an seiner Schläfe.

»Hab ich wohl vergessen.«

»Wo warst du eigentlich?«

Doch George ignorierte Milo, und Pastor Barnes sagte, er sehe sie dann am Sonntag in der Kirche. »Mit Peggy, so Gott will«, ergänzte er und schloss sich dann seiner Frau an, die schon auf dem Weg zurück in die Sporthalle war. Sie folgten der Menge, und von der Anzeigetafel gellte das Horn, um zu verkünden, dass das Spiel jetzt weitergehen würde.

Milo wandte sich an George. Die Pupillen seines Cousins wirkten irgendwie geweitet, größer und dunkler. »Du siehst komisch aus.«

»Na und? Du siehst immer komisch aus«, sagte George und lachte wieder.

Scott lief zusammen mit Lisa Rasmussen und einem anderen Mädchen aus ihrer Klasse an ihnen vorbei in die Sporthalle; er schien Milo vollkommen vergessen zu haben.

»Komm, wir gehen«, sagte Milo und lenkte George Richtung Ausgang. Dann überlegte er kurz, verlangte seinen Dollar von George zurück und steuerte den Imbissstand an.

Wie versprochen wartete Mr. Costagan auf dem Parkplatz auf sie und versah die Seite seines Buchs mit einem Eselsohr, bevor er es neben sich auf den Sitz legte. »Ist das Spiel schon aus?«

»Noch nicht ganz«, sagte Milo.

George schaufelte sich eine Handvoll Popcorn in den Mund, wobei einzelne Maiskörner in den Fußraum fielen. »Ist erst Halbzeit. Keine Ahnung, weshalb wir schon gehen sollen.«

»Ist es okay, wenn er hier drinnen isst?«, fragte Milo, und Mr. Costagan versicherte ihm, dass es schon in Ordnung sei. »Hier«, sagte Milo und reichte Mr. Costagan die zweite Tüte. »Ich hab Ihnen Popcorn mitgebracht.«

»Danke«, sagte der und schüttete sich ein paar Körner in die Hand. »Wir teilen.«

Sie blieben noch einen Moment auf dem Parkplatz im Wagen sitzen. Ein paar Raucher standen in Grüppchen vor dem Eingang und warteten darauf, dass das Spiel weiterging, Rauch und Kälte quollen ihnen in Wölkchen aus den Mündern.

»Hal liebt Popcorn«, sagte Mr. Costagan plötzlich wie aus dem Nichts heraus. Das erinnerte Milo an Peggy, die es immer schaffte, den Namen des Kerls, in den sie gerade verknallt war, zu erwähnen, ganz egal, wie wenig er mit dem, worüber sie gerade sprachen, auch zu tun haben mochte. Vor zwei Jahren hatte sie Milo einmal dabei zugesehen, wie er sich Tubensenf auf ein Sandwich quetschte, und erzählt, dass Kerry auch gern Senf esse. Ihm fiel wieder ein, dass Laura gesagt hatte, Peggy würde sich mit *jemandem* treffen, doch er konnte sich nicht erinnern, dass seine Schwester in letzter Zeit einen Namen hätte fallen lassen. Irrte Laura sich, oder hatte Peggy ihm ganz bewusst etwas verheimlicht?

»Ist Hal wegen Peggy zu Hause geblieben?«, fragte er. Er dachte an die vielen Male, die er sich mit Hal zusammen an der Aschenbahn herumgetrieben hatte, daran, dass Hal die Spiele sonst immer besuchte, wie verwirrt er Mittwochabend ausgesehen hatte und wie Lee Earl »Bürschchen« zu ihm gesagt hatte.

»Er ist daheim und putzt. Morgen kommt seine Mom.«

Milo starrte Mr. Costagan an, der sich mit der Zunge gerade ein Maiskorn zwischen den Zähnen hervorpulte, während er den ersten Gang einlegte. »Hal hat eine Mom?«

Mr. Costagan warf ihm einen belustigten Blick zu. »Aber natürlich.« Eine von den älteren Raucherinnen blieb vor dem Schuleingang kurz stehen und hob die Hand, um dem Pick-up zuzuwinken; Milo erkannte das Gesicht vom Autoschalter der Bank und den Saufabenden an den Wochenenden. Mr. Costagan versteifte sich und wandte sich ab, und die Frau ging hinein und ließ die Tür hinter sich zufallen.

»Und was hält Hals Mom von allem, was hier gerade los ist?«

Mr. Costagan ließ die Kupplung kommen, und der Pick-up ruckelte vom Parkplatz runter vor das Stoppschild, das sie für das Spiel aufgestellt hatten. »Gute Frage.«

Es war so leicht gewesen, Pastor Barnes zu trösten, so leicht, ihn wieder zu beruhigen. »Bestimmt wird alles gut ausgehen«, sagte er zu Mr. Costagan.

Mr. Costagan lächelte. »Vielleicht behältst du ja recht.« Er deutete aufs Radio und meinte, wenn sie wollten, könnten sie einen anderen Sender suchen, etwas auf FM. Noch bevor Milo sagen konnte, dass alles okay sei, hatte George schon den Knopf für den Wechsel von AM auf FM gedrückt und fummelte am Regler herum. Schließlich erwischte er *The Power of Love*, einen Song, der im Sommer ein Hit gewesen war.

Beim Einbiegen auf den Highway 57 tippte Mr. Costagan mit dem Daumen im Takt gegen das Lenkrad. Er glaubte offenbar wirklich, dass alles gut ausgehen würde, und das war allein Milos Verdienst, nicht Gottes.

17

Samstagmittag fuhren sie zu Hal, schweigend. Alma hatte sich in eine viel zu enge Strumpfhose gezwängt, die Speckrolle um ihre Taille wurde durch den Bund in zwei Teile gespalten, und die Haare auf ihren Beinen sträubten sich gegen das Nylon. Eine Strumpfhose an einem Samstag. Warum reichte es bei Männern eigentlich aus, einfach nur in ein Paar Hosen zu schlüpfen, egal für welchen Anlass?

»Wetten, sie kommt zu spät?«, sagte sie schließlich, um das erdrückende Schweigen im Pick-up zu brechen. Damit meinte sie Marta, Hals Mutter, mit der sie sich bei ihm zum Mittagessen treffen wollten.

»Sie hat ja auch weiter zu fahren«, gab Clyle zu bedenken, und Alma schnaubte.

»Wahrscheinlich verfährt sie sich auch noch. War schon seit drei Jahren nicht mehr hier.«

Clyle lenkte den Pick-up in Hals Auffahrt und parkte vor der schon reichlich mitgenommenen Garage. Die Hand ließ er noch kurz am Zündschlüssel liegen. »Jetzt hör mal zu, Alma. Ich möchte, dass du dich wenigstens halbwegs zivilisiert verhältst.«

»So tief setzen wir die Messlatte also mittlerweile?«

»Du weißt genau, was ich meine. Sie ist seine Mutter, und ich glaube wirklich, dass sie kommt, um zu helfen.«

»Was für eine Hilfe soll das sein? Vielleicht will sie ihm ja dabei helfen, sich in eine Anstalt einweisen zu lassen? Oder ihn zu Gott bekehren? Oder will sie ihn lieber bei sich zu Hause in ein Hinterzimmer sperren, und ab und zu lässt sie ihn mal zum Spazierengehen raus?«

»Alles klar.« Clyle machte die Fahrertür auf. Hinter der Garage hörte man Peanutbutter und Jelly blöken. »Du machst ja sowieso, was du willst.«

»Da hast du verdammt recht«, sagte Alma, doch in Wahrheit hätte sie sich gewünscht, dass sie beide auf derselben Seite stünden, nämlich auf ihrer.

An der Tür läuteten sie, statt einfach hineinzugehen. Hal machte ihnen nur einen Augenblick später auf, in den Bund seiner Hose hatte er ein Geschirrhandtuch gesteckt. »Meine Mom ist noch nicht da, aber ihr könnt euch schon mal an den Küchentisch setzen. Ich mach uns heute ein Abendessen zu Mittag. Spaghetti.«

Hal beherrschte ein begrenztes Repertoire an Mahlzeiten, von denen er sich abwechselnd ernährte – Spaghetti, Hackbraten, gebackene Schweinekoteletts, Fischstäbchen, Makkaroni mit Käse –, dazu Gerichte, die Alma für ihn zubereitet und eingefroren hatte. Mittags aß er unter der Woche immer, was Alma gekocht hatte, und an den Wochenenden Schinkenbrote. Als er in seine eigene Wohnung gezogen war, hatte Alma sich die Zeit genommen, einen Speiseplan, den Einkaufszettel und einen Haushaltsplan mit ihm aufzustellen. Die ersten paar Male hatte sie ihn zum Einkaufen begleitet, bis er ein Gefühl für die Mengen bekommen hatte, die man braucht, und dafür, wie man eine frische Paprika auswählt. Wo war seine Mutter damals gewesen?

»Eins meiner Lieblingsessen«, sagte sie, nicht ohne die schmutzigen Töpfe in der Küche zu bemerken, den mit roter Soße bekleckerten Herd. In der Luft hing immer noch der Geruch nach

Bleichmittel. Alma hatte es einfach nicht lassen können; kaum war Clyle mit Milo und dessen Cousin zu dem Freundschaftsspiel losgefahren, war sie auch schon unterwegs zu Hal gewesen, um ihm beim Putzen zu helfen. Marta sollte keinesfalls hier aufkreuzen und Gründe für ihre Zweifel finden, dass Hal gut allein zurechtkam.

»Ist auch das Lieblingsessen von meiner Mom.« An diese Erinnerungen klammerte er sich wie an Falschgold.

»Brauchst du Hilfe?«, fragte Alma, und Hal verneinte; er wolle alles selbst machen.

Alma hob die Hände – *ich will mich ja nicht aufdrängen* – und begutachtete den gedeckten Tisch, auf dem eine vom Sommer übrig gebliebene Wachstuchdecke mit Stars-and-Stripes-Muster lag. Noch gestern Abend hatte sie hier auf dem Küchenboden gekniet und sich vergewissert, dass keine Blutspritzer an den Sperrholzwänden klebten, keine Spuren. Als sie in der Ecke neben der Speisekammer plötzlich ein Büschel blonden Haars entdeckt hatte, hämmerte ihr das Herz bis zum Hals, doch als sie es näher in Augenschein nahm, entpuppte es sich als Stroh von einem Besen, dem, den sie selbst im Supermarkt für Hal besorgt hatte. Sie musste damit aufhören. Es gab keine Leiche; es gab keinen Beweis. Sie musste an seine Unschuld glauben.

Im Wohnzimmer lag das Fernsehprogramm rechtwinklig zu den Untersetzern auf dem Couchtisch, die Sofakissen standen stramm wie Soldaten. Im Schlafzimmer hatte Hal sorgfältig das Bett gemacht, auch wenn es immer noch unordentlich aussah, die Steppdecke hatte bereits wieder einen Zipfel in Richtung Fußboden geschoben.

Alma dachte an das Geld hinter der Büchse mit dem Mehl. Vielleicht war es in der Butterdose ja doch nicht so sicher verstaut, wie sie glaubte, vielleicht fänden sie und Clyle bei der Heimkehr die Banknoten in der ganzen Küche verstreut vor, wie im Märchen, worauf sie wohl einiges zu erklären hätte. Allerdings hatte Clyle selbst auch eine ganze Menge zu erklären. Freitagmorgen, nach diesen beiden komischen Anrufen, war sie ihm nachgefahren, und tatsächlich: Diane war zu ihm in den Pick-up gestiegen. Hielt er Alma wirklich für so dumm? Glaubte er wirklich, sie hätte dieses Zeichen nicht schon längst herausbekommen?

Sie hatte Clyles Pick-up ohne Probleme auf der Hauptstraße entdeckt, einen Block vom Futtermittellager entfernt geparkt und sich dann herangeschlichen, als wäre sie diejenige, die etwas zu verbergen hätte. Sie hatte beobachtet, wie Diane zu Clyle eingestiegen war und sich zu ihm hinübergebeugt hatte, um ihn auf die Wange zu küssen. Hatte die Affäre in den vergangenen sieben Jahren etwa weiterbestanden, oder war sie erst vor Kurzem wieder aufgeflammt? Der Gedanke daran, wie lange sie nun schon zum Narren gehalten wurde, erschöpfte Alma. Sie hatte Jahre gebraucht, um sich einen Panzer gegen den alten Verrat anzulegen, und was tat Clyle? Er brach ihn wieder auf. Alma atmete tief durch. Sie handelte richtig.

Draußen knirschte der Kies unter den Reifen eines Wagens, und hinter Clyles Pick-up kam ein rostiger Plymouth Horizon zum Stehen. Hinterm Steuer saß Hals Mutter, eine Zigarette rauchend, bei geschlossenen Fenstern.

»Ich bin aufgeregt«, sagte Hal in der Küche.

»Wie lange hast du sie jetzt schon nicht mehr gesehen?«, fragte Clyle.

»Ein Jahr, glaube ich, oder zwei?«

»Drei Jahre«, sagte Alma, ihr Gesicht versteinerte. »Drei Jahre, dabei wohnt sie nur drei Stunden von hier.«

»Vor einer Weile sind wir ihr im Baumarkt über den Weg gelaufen«, sagte Hal. »Weißt du noch, Clyle?«

»Sicher«, erwiderte Clyle. Er hatte Alma davon erzählt, wie unangenehm es gewesen war, Höflichkeiten auszutauschen und dann jeder wieder seines Wegs zu gehen. Sie sahen zu, wie Marta aus dem Wagen stieg; aus der Autotür kroch erst ein Fuß auf den Kies, dann der zweite. Es musste fünf Jahre her sein, dass Alma ihr zuletzt begegnet war, doch jetzt, beim Anblick von Marta, kam es ihr viel länger vor. Marta hatte nach Art so mancher Frauen zugenommen, war pummeliger geworden, und Alma bemerkte, wie viel Mühe es sie kostete, ihren Körper aus dem Fahrersitz zu schälen. Marta griff noch einmal in den Wagen und zog einen hölzernen Gehstock mit Gummifuß heraus, bevor sie mit verkniffener Miene aufblickte. Im Gehen stützte sie ihr Gewicht auf den Stock.

»Tja, dann übernehme ich jetzt wohl mal«, sagte Alma, hievte ihr eigenes Gewicht zur Tür und machte auf.

Marta tat einen weiteren schweren Schritt. »Na, so was, hallöchen aber auch. Und ich dachte, wenn ich hochschaue, sehe ich Hal.«

»Da ist er.« Alma trat beiseite, und Hal winkte schüchtern in Richtung Tür.

Marta blieb stehen, eine Hand auf der Brust. Sie wandte sich an Alma. »Das ist jedes Mal so ein Schreck. Man glaubt, sie bleiben für immer kleine Jungs.« Dann drehte sie sich wieder um zu Hal. »Du bist ja ein richtiger Schrank.«

»Bin ich nicht«, sagte er, und Marta lachte.

»Ein sprechender Schrank!«

»Das ist nur so eine Redensart«, erklärte Alma Hal. »Jemand ist groß wie ein Schrank.«

Genervt blickte Hal sie an. »Das weiß ich doch.« Wie wechselhaft er in seiner Treue doch sein konnte. Jetzt beugte er sich hinunter, um seine Mutter zu umarmen, sie in seinen riesigen Armen zu begraben. Ihr flaumiger Schopf reichte ihm gerade ans Brustbein. »Ich hab gekocht. Spaghetti. Ich weiß ja, dass du die magst.«

»Und wie.« Marta kam schließlich herein, blickte sich im Wohnzimmer ihres Sohnes um und legte ihren Mantel aufs Sofa. »Hübsch hier«, sagte sie, und dann, an Alma gewandt: »Du hilfst ihm, alles picobello zu halten?«

»Nein. Das schafft Hal ganz alleine.« Größtenteils jedenfalls, abgesehen von den Sonntagen, an denen sie mit ein paar Mahlzeiten für die Tiefkühltruhe vorbeikam und sich vielleicht einmal davon überzeugte, dass er die Toilette geputzt und seine Bettwäsche gewaschen hatte. Und natürlich war sie auch gestern Abend hier gewesen, auf allen vieren, mit einem Putzlappen in den Händen.

»Sehr hübsch hier, Hally. Wirklich sehr hübsch.« Sie wackelte zum Tisch und legte eine zittrige Hand auf die Rückenlehne eines Stuhls, dann machte sie es sich gemütlich und lehnte den Stock gegen die Wand. Sie zeigte in Richtung Küche, über die halbhohe Theke hinweg, vor die Hal zwei Barhocker gestellt hatte und wo er immer zum Frühstücken saß. Die Hocker hatte Alma mit Hal gekauft, der verwirrt gewesen war, dass er zwei kaufen sollte, wo er doch immer nur auf einem zur selben Zeit sitzen konnte. Es hatte Alma fast das Herz gebrochen, dass er sich keine zweite Person mit einer Schale Müsli dort hatte vorstellen können.

»Wie ich sehe, hast du die beiden Geschirrtücher bekommen, die ich dir vor einer Weile geschickt habe«, sagte Marta, und Hal berichtete, wie gut sie ihm gefielen, wie praktisch sie seien, wenn er was verschüttet habe, was er aufwischen müsse, und Alma musste an sich halten, um nicht die Augen zu verdrehen. Sie tauschten noch ein paar Höflichkeitsfloskeln, dann setzte Hal die Nudeln auf, gab Salz ins kochende Wasser und blieb beim Topf in der Küche.

»Tja«, meinte Clyle und verstummte.

»Tja«, wiederholte Alma. Sie wandte sich an Marta und fragte, was sie eigentlich die vergangenen *drei* Jahre so getrieben habe. Marta fing an, sich über die Buchhaltung ihres Mannes auszulassen, ihre ehrenamtliche Tätigkeit in der Kirche, wo er Diakon war, die jüngsten Prognosen für ihre Hüfte, die gar nicht gut aussahen. »Manchmal bin ich mir nicht sicher, ob die Ärzte pro Stunde oder pro Wort bezahlt werden, wenn sie einem immer ein Kotelett ans Ohr quatschen, was für Optionen man noch hätte, wo es doch kaum noch eine Option gibt: alles nur verschiedene Versionen der immer gleichen schlechten Nachricht. Ich gebe mich in Gottes Hände«, schloss sie mit mattem Lächeln.

»Und, wie ist er so?«, fragte Alma, doch Marta schenkte ihr keine Beachtung.

Der Küchenwecker rasselte, und Hal – außer Hörweite – goss die Nudeln in einem Sieb ab. »Er sieht müde aus«, meinte Marta, und Alma richtete sich kerzengerade auf.

»Natürlich sieht er müde aus. Welcher Erwachsene in Amerika tut das nicht? Um sechs Uhr früh aufstehen und den Haushalt erledigen, pünktlich um acht zur Arbeit. Er folgt dem gleichen Tagesablauf wie alle anderen.«

»Gibt's schon was Neues wegen seiner Verhaftung?« Marta schüttelte den Kopf. »Ich kann's kaum glauben, dass er immer noch frei rumläuft.«

Clyle hob die Hand, um Alma von einer Antwort abzuhalten. »Das Mädchen wird lediglich vermisst, und dafür, dass Hal überhaupt etwas damit zu tun hätte, liegen keinerlei Beweise vor. Im Moment ist er so unschuldig wie du und ich.«

Marta zog ihr Zigarettenetui aus der Handtasche. »Bist du dir da sicher?«

»Ja, wir sind uns sicher.« Clyle ließ eine Hand auf Almas Schulter fallen, und ihr Gewicht fühlte sich zuverlässig und vertraut an, allerdings auch wie eine ferne Erinnerung. War es wirklich schon so lange her, dass sie zuletzt auf derselben Seite gestanden hatten?

Marta starrte eine Weile auf Clyles Hand, lehnte sich dann zurück und zündete sich eine Zigarette an. »Tja, sein Dad, wisst ihr«, sagte sie und stieß eine dichte Rauchwolke aus.

»Hal ist nicht sein Vater«, betonte Alma.

Marta beugte sich über den Küchentisch, weil Hal jetzt die Teller aus der Anrichte holte. »Ich mein ja nur, jeder, der blutsverwandt ist mit Wayne Bullard, ist genetisch ganz schön vorbelastet.«

Wayne Bullard hatte getrunken – was an und für sich in Gunthrum schwerlich als Verbrechen gelten konnte –, aber er war auch ein gewalttätiger Rohling gewesen. Mehr als einmal war Hal mit einem blauen Auge in den Schulbus gestiegen oder vor Schmerz zusammengezuckt, wenn er sich den Rucksack aufschnallte. Dann, ein paar Jahre nach Almas und Clyles Umzug nach Gunthrum, ein Jahr, nachdem sie das fünfte Kind verloren hatte, war Wayne wegen fahrlässiger Tötung verhaftet worden. Er hatte noch eins draufgelegt auf die übliche schwere Körperverletzung, die er sonst so betrieb, und eines Spätnachmittags, die Sonne in den Augen, einen anderen Besoffenen mit dem Auto niedergemäht, immerhin noch schlau genug, um heimzulaufen und auszunüchtern, sodass sie ihn nicht auch noch wegen Trunkenheit am Steuer drankriegen konnten. Er wurde zu sechzehn Monaten verurteilt, von denen er zwölf absaß, nur um bei seiner Entlassung ein besseres Leben vorzufinden als bei der Verhaftung: Seine Frau hatte die Scheidung eingereicht und behielt den zurückgebliebenen Sohn, und er war ein freier Mann und konnte tun und lassen, was er wollte.

An dem Tag, an dem Wayne verhaftet wurde, hatte Marta Alma angerufen, die gerade zwischen zwei Bustouren zu Hause war, und erklärt, dass sie möglicherweise nicht da wäre, wenn Hal heimkäme, und ob Alma nach ihrer letzten Tour nicht ein Weilchen auf ihn aufpassen könne? Alma gab ihr zu verstehen, dass das nicht zu ihrem Job gehörte, und Marta sagte, es sei Almas Entscheidung, aber wenn nicht, wäre Hal eben allein zu Hause. Also hatte Alma Hal mitgenommen, und sie spielten Quartett, bis es Zeit fürs Abendessen war. Mehrfach hatte sie bei den Bullards angerufen, aber Marta war nicht ans Telefon gegangen, und Alma wusste, wenn das noch länger so weiterging, wäre die einzig vernünftige Reaktion, die Polizei zu informieren. Warum hatte sie das nicht gemacht? Die Antwort lag auf der Hand. Das hatte sie Hal nicht antun wollen. Marta kam am nächsten Morgen, einem Samstag; Hal trug ein Paar zu kurzer Jogginghosen, die Clyle ihm geborgt hatte.

Und jetzt saß Marta in Hals Küche und klopfte ihre Zigarette am Aschenbecher ab. Hal selbst rauchte nicht – eins der wenigen Laster, die er tatsächlich hatte vermeiden können –, und der Geruch nach Rauch in seiner Wohnung drehte Alma den Magen um. »Clyle hat dich mit der Bitte um Unterstützung angerufen«, stellte sie klar. »Clyle, nicht ich, aber du kannst mir glauben, dass er es Hal zuliebe getan hat, damit du ihm hilfst, und nicht, damit du hier rumfaselst von wegen, er wäre schuldig.«

»Es ist, wie ich es dieser Reporterin gestern schon gesagt habe«, fuhr Marta fort, als hätte sie Alma gar nicht gehört. »Ich liebe meinen Sohn von ganzem Herzen, aber er ist nun mal, was er ist.«

Alma warf einen Blick auf Clyle, der blass geworden war. Auch er hatte einen Anruf von der Reporterin bekommen, als Alma gerade in der Stadt war, und sie ebenfalls abgewimmelt. Zumindest so weit bestand Einigkeit. »Du hast mit ihr *gesprochen*?«

»Sie hat Freitag bei mir angerufen und gesagt, sie hätte erfahren, dass mein Sohn verdächtigt und mit dem Verschwinden der Kleinen in Zusammenhang gebracht würde, und sie würde sich fragen, was ich darüber denke. Meinte, sie will am Sonntag einen Artikel darüber rausbringen.«

»Was hast du ihr alles erzählt?«

Marta lehnte sich wieder zurück und sog begierig an ihrer Zigarette, in ihren Wangen bildeten sich tiefe Kuhlen. »Sie wollte wissen, was ich darüber denke, und das habe ich ihr gesagt. Ich hab ihr gesagt, dass Hal meiner Meinung nach mehr seinem Dad gleicht als mir, immer schon. Dass ich keine Ahnung hab, ob er was mit dem Verschwinden dieses Mädchens zu tun hat – nachdem er bei mir ausgezogen ist, gibt er sich keine große Mühe mehr, sich bei mir zu melden, obwohl ich tue, was ich kann –, und dass ich einfach hoffen muss, dass nicht, aber dass es da so einige Vorfälle gab, die mich zweifeln lassen.«

»Welche denn?«, fragte Alma, bereit, jede Rechtfertigung, die Marta ihnen auftischen würde, sofort abzuschmettern.

»Na ja, da ist natürlich zunächst mal sein Dad, dieser Nichtsnutz, aber auch dieser Vorfall an der Highschool.«

Alma hob einen Finger. »Du weißt genau, dass das nicht seine Schuld war.«

Hal stand im Türrahmen. »Was war nicht meine Schuld?«

»Damals auf der ...«, begann Marta.

»Nichts Wichtiges.« Alma zwang sich zu einem Lächeln. »Alles fertig? Brauchst du Hilfe?«

Bei dem Vorfall, den Marta angesprochen hatte, handelte es sich um jene Schlägerei auf der Highschool, als Cheryl, Larrys damalige Freundin, erzählt hatte, einer von den Jungs aus Wayne sei nach einem Basketballspiel zu ihr gekommen und habe versucht, ihr die Hand unters Cheerleaderröckchen zu stecken. Larry und Sam und noch ein paar andere Jungs überzeugten Hal davon, dass man dem Burschen eine Lektion erteilen müsse. Hal schloss sich ihnen an, und als die Frage aufkam, wer als Erster zuschlagen solle, rannte er voraus, kopflos vor Aufregung. Alma war außer sich gewesen vor Wut, doch Hal hatte darauf bestanden, dass sie ihn nicht dazu verleitet hätten, dass er einfach einer von den Jungs sei. »Er hat es selbst gewollt!«, hatte Larry ihr gesagt, aber was wusste Hal schon darüber, was er wollte?

Ein oder zwei Tage danach kam heraus, dass Cheryl das Ganze nur erfunden hatte, aber da war der Schaden schon geschehen. Die Polizei war im Krankenhaus aufgetaucht, und da Hal schon fast zwanzig war, wollten sie ihn nach dem Erwachsenenstrafrecht anklagen; Hal hatte dem Jungen das Schlüsselbein gebrochen. Als die Eltern des Jungen herausbekamen, dass Hal war, was er nun mal war, ließen sie die Anzeige fallen, doch das war der Tropfen gewesen, der das Fass bei Marta zum Überlaufen gebracht hatte. Im Sommer nach Hals Schulabschluss tat sie sich mit Ehemann Nummer zwei zusammen und ließ ihren Sohn in Clyles und Almas Obhut zurück. Damals hatte er schon eine Zeit lang an den Wochenenden bei ihnen gearbeitet, nachdem sein Vater aus dem Gefängnis entlassen worden war und sich auf den Weg ins gelobte Land im Westen gemacht hatte. Alma und Clyle hatten sich besprochen und ausgerechnet, dass sie es sich, wenn sie den Gürtel etwas enger schnallten, leisten konnten, Hal in Vollzeit zu beschäftigen.

»Bin fertig.« Hal stellte die Schüssel mit den dampfenden Spaghetti und der bereits daruntergemischten Soße auf den Tisch. Er verteilte Papierservietten und Besteck – jeder ein Messer, eine Gabel – und setzte sich.

Marta drückte die Zigarette im Aschenbecher neben sich aus. »Sieht köstlich aus, Schätzchen«, sagte sie, und Hal strahlte. Sie bestand darauf, ein Tischgebet zu sprechen, und ließ es sich nicht nehmen, sie ohne Ausnahme reihum zu segnen. Danach legte sie eine Hand auf die von Hal. »Du warst schon immer ein guter Junge. Ich weiß, dass du dein Bestes gibst.«

»Danke, Mom.«

Sie drückte ihm die Hand. »Aber du musst mir die Wahrheit sagen, Hally. Hast du diesem Mädchen etwas angetan?«

»Darauf musst du nicht antworten, Hal«, warnte Alma. Auf einmal hatte sie Angst vor dem, was er sagen könnte.

Verwirrt blickte Hal zuerst zu seiner Mutter und danach hinüber zu Clyle und Alma. »Nein, Ma'am. Ich glaube nicht.«

Clyle faltete seine Serviette auseinander und legte sie sich auf den Schoß. »Das reicht, Marta.«

»Was meinst du damit?«, bohrte Marta nach.

»Was meinst du damit, was ich damit meine?« Hals Lippen fingen zu zittern an. »Glaubst du wirklich, ich würde was Schlechtes tun?« Alma wollte sie beide am liebsten zum Schweigen bringen, war jedoch wie erstarrt.

»Immerhin hast du schon einmal was Schlimmes getan.« Wieder drückte Marta Hal die Hand. »An der Highschool, erinnerst du dich?«

»Das war keine Absicht!«

»Und diesmal ja vielleicht auch nicht.«

Hal schob seinen Stuhl zurück. »Das war nicht meine Schuld!« Er blickte über den Tisch. »Ihr glaubt mir doch, oder?«

»Aber natürlich glauben wir dir«, sagte Alma, wie aus einer Trance erwacht. »Natürlich.« Großer Gott, Hal war alles, was ihr noch blieb, wenn Clyle wirklich zu Diane zurückgekehrt war. Wie lang war es her, dass Hal mit einer Kette aus Makkaroni hinter dem Rücken auf der Trittstufe ihres Busses gestanden hatte, oder war es ein Kartenspiel gewesen, in dem nur drei Karten fehlten? »Da!«, hatte er gesagt. »Lass uns Freunde sein.« Er war alles an Familie, was sie zustande gebracht hatte.

»Hally, das ist zu viel für dich«, sagte Marta. »Das sehe ich doch. Du musst das mit Gott klären, und mit der Polizei.«

»Du musst diese Reporterin unbedingt zurückrufen«, unterbrach Alma sie. »Und ihr sagen, dass du dich geirrt hast. Hal ist an überhaupt nichts schuld. Zu diesem Zeitpunkt würde selbst Sheriff Randolph das so sagen.«

»Ich muss gar nichts tun«, antwortete Marta. »Ich weiß selbst, was ich zu erzählen habe.«

»Was für eine Reporterin?«, fragte Hal.

»Nicht wichtig«, erwiderte Clyle.

»Hally«, sagte Marta. »Mein Herzblatt, sieh mich an.« Hal drehte seiner Mutter das Gesicht zu, auf dem Kinn ein Spritzer Spaghettisoße, die Augen glasig. »Hal, ich glaube einfach, das ist zu viel für dich, Schätzchen, hier so ganz auf dich allein gestellt. Du sollst wissen, dass ich nach anderen Möglichkeiten für dich suche. Nach einem Ort, wo du sicherer bist.« Kurz fragte Alma sich, ob sie und Marta am Ende womöglich doch auf derselben Seite standen – Hal sollte aus Gunthrum verschwinden, weit weg von allem Übel, das bald über sie hereinbrechen würde. »Da gibt es ein Haus in Lincoln, eine regionale Einrichtung, wo du mit Leuten wie dir zusammen wohnen und für dich selbst sorgen könntest.«

Alma schlug mit der flachen Hand auf den Tisch. »Du willst dein eigenes Kind einsperren?« Sie musste ihre ganze Selbstbeherrschung aufbringen, um ihre Gabel nicht in Martas fleischigen Arm zu rammen. »Er ist kein Verrückter!«

»Ich sag ja nur, dass ich mit dem Direktor über Hal gesprochen habe, und sie hätten einen Platz für ihn. Dort weiß man, wie man mit solchen Menschen umgeht.«

»Was für Menschen?«, fragte Hal.

»Besonderen Menschen«, sagte Marta, doch Hal runzelte die Stirn, er wusste, dass sie nicht gut-besonders meinte.

»Und das willst dann du bezahlen?«, fragte Alma. »Kostet bestimmt 'ne schöne Stange Geld.«

Marta reckte das Kinn. »Eugene hat etwas Geld aus einem Zahlungsausgleich.« Eugene war ihr dritter Mann.

Clyle legte Alma wieder die Hand auf die Schulter. »Wir sollten nichts überstürzen, Marta. Du sprichst davon, den Jungen zu entwurzeln – den Mann, Entschuldigung –, ihn aus einem Leben zu reißen, das er sich selbst aufgebaut hat und kennt, und das alles wegen einer Sache, mit der er vermutlich gar nichts zu tun hat.«

»Vermutlich«, wiederholte Marta und zeigte mit der Spitze ihrer Zigarette auf ihn. »Selbst du hast deine Zweifel.«

Clyle stand auf. »Ich denke, wir sind fertig mit dem, was wir hier und heute besprechen wollten. Vielen Dank, Marta, dass du dir die Zeit genommen hast. Hal und ich bringen dich nach draußen.«

Marta nickte knapp, warf ihre Gabel auf den Teller und stand ebenfalls auf, wobei sie die gerade erst angezündete Zigarette im Aschenbecher ausdrückte.

Alma beugte sich zu Marta hinüber, damit Hal sie nicht hören konnte, und zischte ihr zu: »Du bist eine schreckliche Mutter.«

Marta steckte das Feuerzeug vorn in ihr kariertes Zigarettenetui, stopfte das weiche Päckchen Merits ins Hauptfach und klappte die Metalldose zu. »Woher willst du denn wissen, was es heißt, Mutter zu sein?«

Alma wischte mit dem Schwamm über die Küchenarbeitsplatte. Überall klebte Spaghettisoße, an der Dunstabzugshaube über dem Herd, unter den Töpfen, getrocknete Spritzer auf dem Fett, das bereits den Küchenwecker überzog. Das würde sie noch sauber machen, dann das Geschirr spülen, abtrocknen und wegräumen. Während Clyle Marta zu ihrem Wagen begleitete, eine Hand als Stütze unter ihrem Ellbogen, knüllte Alma das Geschirrtuch – das von Marta – zusammen und stopfte es unter das Soßenglas in den Müll. Du lieber Himmel, er war ja wirklich ein guter Mann, in so vieler Hinsicht, aber sofort sah sie wieder Diane vor ihrem inneren Auge, die sich zu ihm hinüberbeugte und ihm einen Kuss auf die wettergegerbte Wange gab.

Nachdem Clyle Marta in ihren Wagen gesetzt hatte, verlangte sie von ihm, ihren Sohn noch einmal herauszurufen, als würde sie ihm eine Audienz bei der Queen gewähren. Clyle rief Hal, und der beugte sich hinab und steckte den Kopf durchs Autofenster, worauf Marta sein Gesicht mit beiden Händen packte und näher zu sich heranzog, um ihn auf die Stirn zu küssen.

Als sie losgefahren war, gingen Hal und Clyle zu den Schafen – der Schwimmer in der Tränke musste ausgetauscht werden –, und Alma beobachtete Clyle, der sich in seiner guten Cordsamthose hinkniete, den Schwimmer auflas und hineinpustete, während Jelly ihm gegen die Schulter stupste. Er hielt mit seiner Arbeit inne, um das Tier einmal ordentlich zu kraulen, die Wolle so dick und dicht, dass man überhaupt nicht bis zur Haut darunter durchkam. Was sie wirklich erstaunte, war, dass Clyle und sie Geheimnisse voreinander *bewahrt* hatten, nicht, dass sie welche hatten. Die letzte Fehlgeburt, die Affäre, das in einer Butterdose versteckte Geld. Sie zu bewahren war womöglich schmerzlicher als die Geheimnisse an sich.

Eines Nachmittags kurz nach dem Umzug auf die Farm hatten Clyle und sie auf dem Heuboden miteinander geschlafen. Das war romantisch und spontan gewesen, trotz des Strohs, das ihnen beim Herumwälzen den Rücken zerkratzt und Quaddeln verursacht hatte. Vielleicht war es ja gerade deswegen romantisch gewesen. In jener Nacht hatte er die roten Linien auf ihrer Haut mit dem Finger verfolgt, und noch Tage danach hatte er sich wie ein Keiler den Rücken am Türstock in der Küche gekratzt, während sie Tränen gelacht hatte. Sie hatten immer Geheimnisse gehabt, aber früher waren es gemeinsame Geheimnisse gewesen.

Wenige Minuten später kamen die beiden Männer herein, als Alma es sich gerade mit der Fernsehzeitschrift auf dem Sofa bequem gemacht hatte. Clyle ging zur Küchenspüle und öffnete mit dem Unterarm den Wasserhahn. »Und was machst du? Legst die Füße hoch?«, fragte er, und Alma schnaubte und warf die Zeitschrift zurück auf den Couchtisch, überlegte es sich dann aber noch einmal anders und richtete sie rechtwinklig zu den Untersetzern aus.

»Papperlapapp. Als wäre es nicht schon schlimm genug, fernzusehen, dürfen wir unsere Zeit auch noch damit vergeuden, darüber zu lesen.« Sie stand auf. »Bist du fertig, können wir los?«

Clyle hielt die Unterarme in die Höhe, die Hände nach oben gereckt, wie ein Chirurg vor der Operation. Er riss drei Papiertücher von der Rolle auf der Arbeitsplatte und trocknete sich die Hände ab. »Fertig.«

Da kam Hal aus dem Bad, noch damit beschäftigt, den Gürtel zu schließen. »Das Klo ist verstopft. Tut mir leid.«

Alma verschränkte die Arme. »Wieso entschuldigst du dich bei mir?«

Hal setzte sich aufs Sofa und legte die Füße auf den Couchtisch, wobei er die Fernsehzeitung mit dem Stiefel gefährlich nahe an den Rand schob. »Vielleicht hat meine Mom ja recht. Vielleicht wäre ich anderswo besser dran, wo sich jemand um mich kümmert.«

Alma spürte, wie ihr eine Salve aus Adrenalin und Wut den Rücken hochschoss. »Schwachsinn. Du kommst hier ganz prima zurecht, Hal. Ganz prima. Deine Mutter spricht nicht von Leuten, die dir die Toilette wieder frei machen; sie spricht von Leuten, die dir deine Unabhängigkeit wegnehmen.« Ihr kam die Frage in den Sinn, ob sie, wenn sie mit Hal zusammen fliehen würde, nicht etwas ganz Ähnliches machte. Nein, dachte sie dann. *Das* wäre nur zu seinem Besten.

»Es ist nicht nur das«, sagte Hal.

»Was ist es dann?«

Er zuckte die Schultern. »Ich bin so zurückgeblieben, dass ich nicht mal das weiß.«

»Du bist nicht zurückgeblieben«, wollte Alma sagen, aber das stimmte nicht. »Gut, vielleicht bist du ein bisschen zurückgeblieben. Aber du stehst auf deinen eigenen Füßen, und darauf kommt es an. Lass dir von dieser Frau keinen Unsinn in den Kopf setzen.«

»Diese Frau ist meine Mom«, sagte Hal abwehrend.

Alma griff nach ihrer Handtasche und hängte sie sich über die Schulter. »Als ob ich das nicht wüsste. Clyle?« Sie wandte sich zu ihrem Mann. »Ich wär dann so weit.«

»Gut«, sagte er, und sie gingen hinaus. Als sie sich in den Pickup setzten, stellte Alma sich vor, wie Hal jetzt im Bad stand und spülte und spülte, das Wasser lief über den Schüsselrand, Scheiße verteilte sich auf dem Fliesenboden. Kam Hal allein zurecht? Sie wollte verzweifelt glauben, dass sie in seinem Sinne handelte, aber war es in Wahrheit nicht eher so, dass sie jemanden brauchte, der sie brauchte?

»Vielleicht sollten wir …«, hob sie an.

Clyle, der sich umgedreht hatte, um rückwärts aus der Auffahrt zu lenken, legte ihr eine Hand auf die Schulter. »Er hat eine Saugglocke«, unterbrach er sie. »Lass gut sein.«

18

Milo hob den Kopf und schnupperte, überzeugt, Rauch gerochen zu haben. In der Hoffnung, die Stille würde seine Sinne schärfen, schaltete er das Nachtprogramm im Fernsehen aus, und tatsächlich, der Geruch nach Rauch verpestete die Luft.

Er folgte dem Geruch nach draußen, zur Garage, wo er seine Mutter antraf, mit einer brennenden Zigarette in der Hand und drei Stummeln vor sich auf dem Boden. Vor zwei Jahren hatte sie mit dem Rauchen aufgehört.

Sie hielt die Zigarette in die Höhe, als wollte sie sagen, *Wie ist die denn dahin gekommen?*, und nahm einen Zug. »Dann ist die Katze jetzt wohl aus dem Sack. Erscheint einem aber auch nicht mehr besonders wichtig, oder?«

»Nein, eher nicht.«

Sie blickte ihm fest in die Augen, während sie inhalierte, dann stieß sie den Rauch wieder aus. »Weißt du eigentlich, warum ich aufgehört habe?«

»Warum?«

»Ich wollte im Krankenhaus nicht nach Rauch riechen. Das kam mir immer so scheinheilig vor, allen Patienten zu sagen, sie sollten mit dem Rauchen aufhören, während ich bei einer Schachtel am Tag war.« Sie ließ die Zigarette auf den Boden fallen und trat sie mit der Spitze ihres Tennisschuhs aus, dann roch sie an ihren Fingern und verzog das Gesicht. »Dabei schmeckt es mir nicht mal mehr, und trotzdem zünde ich mir eine nach der anderen an.« Sie schenkte Milo ein Lächeln und streckte ihre nach Rauch stinkende Hand aus, um ihm durchs Haar zu wuscheln. »Aber sag's nicht deinem Vater. Der kriegt einen Anfall.« Sein Vater war noch nicht zu Hause – er war so gegen halb zehn mit dem Pick-up weggefahren und saß jetzt wahrscheinlich im OK –, und der Gedanke, ein Geheimnis mit seiner Mutter zu haben, gefiel Milo.

»Kann ich dich mal was fragen?«, erkundigte er sich, als seine Mutter die nächste Zigarette aus dem Päckchen zog. Die ganze Woche hatte ihm schon auf der Seele gelegen, dass seine Eltern so gelassen gewirkt hatten, bis sein Dad plötzlich auf den Gedanken gekommen war, dass Hal etwas getan habe. »Hast du wirklich geglaubt, dass sie einfach nur abgehauen ist?«

Seine Mom zündete sich die Zigarette an und kniff gegen die Flamme und den Rauch die Augen zusammen. Sie nahm einen tiefen Zug, behielt den Rauch lange in der Lunge und stieß ihn dann aus. »In Erwägung gezogen habe ich es jedenfalls. Ich weiß doch, dass Gunthrum nicht gerade ein Abenteuerland für dich und deine Schwester ist.«

Überrascht sah er sie an. »Das weißt du?«

Sie lächelte ihm matt zu. »Ich bin auch hier aufgewachsen, hast du das vergessen? In meiner Jugend war ich Peggy sehr ähnlich. Beliebt, gut in der Schule, hübsch …«

»Du bist auch jetzt noch hübsch«, sagte Milo instinktiv. War es nicht das, was seine Mutter hören wollte?

Sie zog eine Grimasse. »Das ist nicht dasselbe. Damals war hübsch sein das Einzige, was zählte, aber es war mehr eine Last als ein Vorteil.«

»Wie meinst du das?«

Seine Mutter lehnte sich gegen die Motorhaube des Buick. »Ich meine, das war alles, was die Leute gesehen haben. Die

Jungs sind mit mir ausgegangen, und während ich versucht habe, mich mit ihnen zu unterhalten, wollten die mir nur mit der Hand unter den Pulli.« Milo zuckte zusammen, und sie nahm erneut einen tiefen Zug. »Du bist alt genug, Milo. Du weißt, wovon ich spreche.« Milo dachte an Scott und die Art, wie er Lisa Rasmussen anglotzte, als bestünde sie aus den Einzelteilen einer auseinandergenommenen Schaufensterpuppe. Hatte Scott überhaupt schon mal mit ihr gesprochen? Wusste er, dass sie nicht mal in der Lage war, *okay* richtig zu schreiben, und wenn er's wüsste, würde ihm das etwas ausmachen? Milo hatte starke Zweifel.

Seine Mutter klopfte die Zigarette am Buick ab, die Asche fiel auf den Betonboden. »Ich sag's nur ungern, aber dein Dad war genauso. Er hatte mich gern, weil ich ein hübsches Ding war und gut neben ihm aussah. Dass ich nicht in Gunthrum bleiben und dass ich aufs College gehen wollte, war ihm egal. Damit er mich wenigstens eine Ausbildung zur Krankenschwester auf der Abendschule machen ließ, musste ich versprechen, bevor ich abends um sechs aus dem Haus ging, das Essen bei 200 Grad in den Ofen zu schieben. Und glaub ja nicht, dass ein einziger Teller gespült war, wenn ich um neun wieder heimkam.« Es fiel Milo schwer, dem allem zu folgen – war sie jetzt sauer auf seinen Dad, wegen etwas, das vor Jahren passiert war, oder ging's um Peggy? Hätte *er* abspülen sollen?

Sie wies mit der Zigarette auf ihn. »Weißt du, wer ganz anders war? Dein Onkel Randall. Manchmal denke ich, ich habe den falschen Mann geheiratet.«

Milo stützte sich mit der Hand auf der Motorhaube des Buick ab, kurz davor, das Gleichgewicht zu verlieren. »Du bist in Onkel Randall verliebt?« Es machte ihm eine Heidenangst, dass sie so mit ihm sprach. Er hatte sich immer gewünscht, dass die Leute aufhörten, ihn wie ein kleines Kind zu behandeln, aber jetzt, wo sie es tat, hätte er sie am liebsten angeschrien, dass er erst zwölf Jahre alt war.

Seine Mutter lächelte. »Nein. Natürlich nicht. Ich wollte damit nur sagen, dass ich weiß, dass Peggy wahrscheinlich nicht so glücklich war, wie alle gedacht haben. Dass sich das, was wie ein perfektes Leben aussah, vermutlich nicht danach angefühlt hat.« Sie zog das Päckchen Kippen aus der Gesäßtasche ihrer Jeans, bevor ihr auffiel, dass sie ja noch eine brennende Zigarette in der Hand hielt. »Ich weiß von den Partys draußen bei der Castle Farm, und dass sie sich nachts aus dem Haus geschlichen hat – ich bin nicht so naiv wie dein Vater, Milo –, und anfangs habe ich gedacht, dass sie sich wahrscheinlich nur ein bisschen austoben will, vielleicht mit einem Kerl unterwegs ist. Ich hab vermutet, dass sie bald wieder heimkommen würde, aber nachdem wir dann in der Kirche geschwindelt hatten, wollte dein Dad unbedingt den Schein wahren, und ich hatte wohl Angst, Alarm zu schlagen. Angst, was es bedeuten würde, wenn sie nicht einfach nur abgehauen ist.« Sie sah Milo an. »Das werde ich mir nie verzeihen. Wenn wir früher die Polizei gerufen hätten, wenn wir die Sache gleich ernst genommen hätten, wer weiß, was jetzt wäre.«

Milo hockte sich auf den Garagenboden, in seinem Kopf drehte sich alles. Dann hatte seine Mutter es also gewusst. Immer wenn Peggy das Regenrohr runtergeklettert oder betrunken heimgekommen war: Seine Mutter hatte es gewusst, alles. Ihn fröstelte auf dem kalten Betonboden, doch er glaubte nicht, dass dieses Frösteln je wieder verschwinden würde.

»Was denkst du, was ist passiert?«

Seine Mutter hatte die Faust unter dem Ellbogen geballt, die Zigarette zwischen die Finger geklemmt, nur wenige Zentimeter vor ihrem Mund. »Nichts Gutes.«

Sein ganzes Leben lang hatte seine Mutter ein Bild von ihrer Familie präsentiert, das alle anderen hinters Licht geführt hatte – zwei sonnige, aufgeweckte Kinder; ein Mann, der ab und zu mal ein paar Bier trank, um Dampf abzulassen, nicht weiter schlimm; eine hübsche Gattin mit schlanker Taille, die Brownies backen konnte, um die sie die ganze Stadt beneidete. Sie waren gefeit gegen alles Böse, sagte dieses Bild, und auch er hatte sich davon hinters Licht führen lassen. Er dachte an die ganzen Verse, die er für seine Konfirmation auswendig gelernt hatte, das Gelübde, das er Gott gegenüber abgelegt hatte. War das nur eine weitere Lüge, die sich alle erzählten, um morgens aufstehen zu können? Machten sich alle diese Menschen, die glaubten, sie seien gegen das Böse gefeit, nur etwas vor? »Aber, ich meine, wie schlimm?«, fragte er seine Mutter.

»Ich glaube, das weißt du«, sagte sie.

Ja, er wusste es.

Am nächsten Morgen blieb Milo an der Kirchentür stehen, um sie für die Familie, die hinter ihnen kam, aufzuhalten. »Wie schlägst du dich denn so, mein Lieber?«, fragte die Frau, das gleiche harmlose Gesicht wie die meisten Kleinstadtfrauen, alles an ihr erinnerte an frisch aufgegangenen Hefeteig. Seine eigene Mom war mager – wohl nicht nur verglichen mit den anderen Frauen, sondern ganz generell. Sie hatte noch nie viel gegessen, und die Art, wie sie sich die Bluse in die Hose steckte, verriet ihm, dass sie stolz auf ihre Figur war; doch nun, eine Woche nach Peggys Verschwinden, wirkte sie bereits ausgezehrt und zerbrechlich, die Halssehnen traten hervor wie Messerklingen.

Letzte Nacht nach dem Gespräch mit ihr in der Garage hatte Milo wach gelegen und über das, was sie gesagt hatte, nachgedacht. Jahrelang hatte er nichts weiter in ihr gesehen als ein Elternteil, als den Menschen, dessen einzige Aufgabe darin bestand, sich zwischen ihn und unzählige Dosen Cola zu stellen, aber jetzt war ihm klar geworden, dass sie viel scharfsinniger war, als er gedacht hatte. Sie hatte sie wirklich verstanden, ihn und seine Schwester, und beim Gedanken, dass es jemanden gab, der ihn verstand, hätte er am liebsten geweint. Im milchigen Licht der Morgendämmerung war er schließlich eingeschlafen, sein Kopf bleischwer.

Die nächste Familie schob sich dem Eingang entgegen, also hielt Milo die Tür weiter auf, er wollte nicht unhöflich wirken, aber auch nicht zu viel kalte Luft in den Vorraum lassen. Das Familienoberhaupt schüttelte Milo die Hand, eine trockene, schwielige Handfläche, die andere legte er ihm auf die Schulter. Milo staunte, wie unterschiedlich Handschläge sich anfühlen konnten – die einen waren schlaff, die anderen brachen ihm schier die Finger –, doch jedes Mal überließ er seine Hand einfach den Leuten und folgte ihrem Beispiel.

»Hi«, sagte da jemand hinter dem Familienoberhaupt; es war Laura. Milo hatte nicht mal mitbekommen, dass es ihr Vater war, dem er die Hand geschüttelt hatte. Vielleicht sollte er sich entschuldigen, aber er hatte festgestellt, dass er zur Zeit mit nahezu allem durchkam, solange er kein Aufhebens darum machte. Er folgte den Beckers in die Kirche; seine Eltern liefen bereits den Gang hoch und steuerten ihre übliche Kirchenbank an; dass er nicht hinter ihnen ging, war ihnen überhaupt nicht aufgefallen.

»Ich glaub's ja nicht, dass sie dich gezwungen haben, in die Kirche zu gehen«, sagte Laura.

»Ich weiß. Für irgendwas sollte eine vermisste Schwester eigentlich gut sein«, scherzte er, und Laura verzog entsetzt das Gesicht. Er konnte nicht anders; wenn er Witze machte, glaubten die Leute vielleicht, dass alles in Ordnung sei, und womöglich konnte er es dann auch selbst glauben. Laura drückte seine Hand und schlüpfte neben ihre Eltern in eine Bank.

Milo machte kehrt, als hätte er sie wie ein Saaldiener zu ihrem Platz geleitet. Die Leute schauten ihm entweder mit mitfühlender Miene direkt in die Augen oder wandten rasch den Blick ab. Er hob die Hand, um Scott zuzuwinken, doch selbst der sah angestrengt auf seinen Schoß. Sein Vater hatte ihm den Arm, der auf der Lehne der Kirchenbank lag, um die Schultern geschlungen. Milo verspürte einen plötzlichen Energieschub, als hätte er die Superkraft der Unsichtbarkeit weiter perfektioniert. Er lief zurück in den Vorraum, und keiner traute sich, ihn aufzuhalten.

Dort beobachtete er eine Familie, die zu spät gekommen war und sich schnell noch hereinstahl – eine gehetzt wirkende Frau, die ein Baby auf dem Arm hatte und einen etwa drei- oder vierjährigen Jungen hinter sich herzerrte, während ihr Mann in seinem Portemonnaie kramte, vermutlich auf der Suche nach Ein-Dollar-Scheinen für die Kollekte. An der Tür vom Vorraum zur Kapelle reichte die Frau ihrem Mann das Baby, strich sich den Rock glatt und ging hinein.

Das war Milo an Kirchen aufgefallen: Nur dort übernahmen Väter die elterlichen Pflichten, stürzten mit brüllenden Babys in den Vorraum oder brachten quengelige Kleinkinder auf die Toilette. Dabei benahmen sie sich wie Helden, aber Milo hatte sie durchschaut: Sie wollten nur um die Predigt herumkommen. Manchmal drückten sich zwei oder drei Männer vor der Küche herum und umschlichen die kostenlosen Donuts, die vor Ende des Gottesdienstes niemand anrühren durfte, während ihre Kinder wie kleine Tobsüchtige unter den Tischen durchrannten.

Milo stieß die Schwingtüren zur Gemeindeküche auf. Neben der großküchentauglichen Kaffeemaschine mit zwei Heizplatten warteten acht riesige, mit gemahlenem Kaffee gefüllte Filter auf ihren Einsatz; auf der anderen Seite standen zehn weiße Wasserkaraffen. Auf dem Buffet in der Mitte des Raums waren zahllose Teller und Schüsseln mit Brötchen und Plunderteilchen platziert. Milo schlug die Ecke von der Klarsichtfolie auf einem Gebäck zurück, das aussah wie gedeckter Kirschkuchen, stach den Finger in die Mitte des Kuchens, zog ihn bis zum Rand und steckte sich seine Beute in den Mund. Yep, Kirschen, etwas säuerlich, aber insgesamt süß.

Er ließ die Folie aufgeschlagen und kehrte in den Vorraum zurück, um dem Donnern von Pastor Barnes' Stimme und den monotonen Antworten der Kirchengemeinde zu lauschen. Da kam auch schon der erste Vater den Gang herab gezuckelt – Mr. Burke, auf dem Arm ein zweijähriges Mädchen in einem rosa Kleid, das strampelte, um abgesetzt zu werden.

»Hallo, Mr. Burke«, sagte Milo.

Mr. Burke bückte sich, um die Kleine herunterzulassen. Sie hatte rote Druckstellen an den Armen, die Gummibündchen an den Ärmeln ihres Kleides saßen zu straff. Dann blickte er auf und wurde bleich. »Milo. Ich hab dich gar nicht da stehen sehen.«

Natürlich nicht; ich bin ja auch unsichtbar. Ihm fiel wieder ein, was seine Mutter über Peggy und übers Hübschsein gesagt hatte – dass es eine Last war und kein Vorteil. Den Großteil seines Lebens hatte er im Schatten seiner Schwester gestanden; aber vielleicht war es so ja das Beste gewesen. »Wie heißt der Junge von den Aherns noch mal?«, hatte einer von den Gästen auf den freitäglichen Saufabenden bei ihnen einmal gefragt. »Mick?«

Von diesen Abenden her kannte er auch Mr. Burke. Im Vergleich zu den anderen war Mr. Burke noch jung – Milo schätzte ihn auf Ende zwanzig, allerdings sahen für ihn alle Erwachsenen über fünfundzwanzig gleich aus. Hattie, das kleine Mädchen, schob sich jetzt durch die Schwingtüren in die Küche, ein Kind mit Forscherdrang.

»Ich sollte wohl …« Mr. Burke verstummte und lief seiner Tochter nach, Milo lief hinterher.

»Der Kirschkuchen ist gut.« Milo deutete auf den Kuchen, von dem er probiert hatte. Seine Fingerspur zog sich wie ein Baggergraben mit roter Füllung durch den Teigdeckel.

»Sieht gut aus«, sagte Mr. Burke, ohne ein Wort darüber zu verlieren, dass Milo ihn verunstaltet hatte. »Hör mal«, fing er an, brach aber ab, den Blick auf Hattie geheftet, die nach einem Teller mit Plätzchen langte.

»Ja?«

»Ich wollte nur …« Wieder brach er ab. »Das tut mir so leid, das mit deiner Schwester.«

Milo nickte. Alle drucksten dabei immer so verdammt herum, und das konnte er ihnen nicht mal verübeln. Er druckste ja selber rum, hatte dank seiner neuen Superkraft aber herausgefunden, dass das im Grunde keine Rolle spielte. Die Leute waren viel zu sehr mit ihrem eigenen Verhalten beschäftigt, um darauf zu achten, wie er reagierte, und wenigstens hatte Mr. Burke nicht diesen verlogenen Nachsatz hinzugefügt, von wegen, er sei davon überzeugt, dass es ihr gut gehe. »Ist schon in Ordnung.«

Mr. Burke blickte Milo auf eine Weise ins Gesicht, die ihm höchst unangenehm war, und er merkte, wie sich ihm der Magen umdrehte.

»Es ist nicht in Ordnung.« In Mr. Burkes Augen stiegen Tränen auf. »Nichts daran ist in Ordnung.«

Und urplötzlich erinnerte Milo sich wieder an Mr. Burkes Anwesenheit bei einem der Saufwochenenden vor ein paar Monaten, als Peggy aus keinem erkennbaren Grund samstagabends zu Hause geblieben war. Milo hatte sie gefragt, wann sie eigentlich so stinklangweilig geworden sei, und sie hatte erwidert, in ihrem Freundeskreis seien alle nur Babys und sie habe Besseres zu tun, als mit denen rumzuhängen. Sie hatte Kajal aufgetragen, zu Hause, noch so was Komisches, womit er sie aufgezogen hatte, bis sie endlich meinte, er solle die Klappe halten. Scott war auch da gewesen. Scotts Eltern gehörten zwar nicht zu den Trinkern, aber manchmal übernachtete er am Wochenende bei ihnen.

Scott und Milo waren in der Küche und fielen über die offenen Tüten mit Tortillachips her, die Milos Mutter gekauft hatte. Im Treppenhaus konnten sie Peggys wieherndes Lachen hören, das sie immer aufsetzte, wenn sie flirtete. Milo kannte es aus der Schulaula und vom Telefon und von eigentlich jedem Mal, wenn sie bei einem Footballspiel von einem Kerl angequatscht wurde. Scott und er hatten um die Ecke gespäht, in der Erwartung, sie am Telefon zu sehen, stattdessen stand Mr. Burke bei ihr und hielt ihr mit einer Hand die Haare im Nacken hoch, während Peggy das Kinn zur Schulter neigte und aus großen Augen zu ihm aufblickte. »Ist nur ein bisschen rot, alles in Ordnung. Achtung.« Er blies ihr in den Nacken. »Besser?«

»Der Kerl«, flüsterte Scott, »hat ja wirklich unverschämtes Glück.« Er schaufelte sich eine Handvoll Chips in den Mund und kaute drauflos. Wie auf Kommando kam sein räudiger Köter zu ihnen herübergewatschelt, um die Krümel einzusaugen.

Beim Geschlabber des Hundes hellte Peggys Gesicht sich auf. »Was für ein niedlicher kleiner Hund!«, rief sie, obwohl sie Maury schon hundert Mal gesehen hatte und nie sonderlich beeindruckt gewesen war. An dem Abend aber bückte sie sich, um dem Hund den Nacken zu kraulen. »Larry, schau mal!«

»O ja«, sagte Mr. Burke, und Milo folgte Mr. Burkes Blick auf den Hintern seiner Schwester.

Damals war ihm komisch vorgekommen, dass Peggy Maury nicht wegjagte – sie war allergisch und konnte Hunde nicht leiden, was auch der Grund dafür war, dass sie keinen hatten – und dass sie Scott keinen Neandertaler nannte, obwohl seine Hände und Finger mit orangerotem Paprikapulver verschmiert waren. Doch was ihm jetzt komisch vorkam, war das Bild von Mr. Burke, wie er Peggy in den Nacken gepustet hatte. Wie er auf ihren Hintern geschaut hatte. Dass sie ihn »Larry« genannt und geduzt hatte.

Mr. Burke mied Milos Blick und tätschelte seiner Tochter, die er wieder auf den Arm genommen hatte, den Rücken. Milo spürte, wie sich die Luft wandelte und die Moleküle im Raum neu gruppiert wurden, während es um sie herum und in seinem Magen immer kälter wurde. »Sie und Peggy.« Mr. Burke drehte sich um und schaukelte seine Tochter, die sich mit beiden Fäustchen an seinem Hemdkragen festhielt, auf und ab. »Sie kannten sich.«

Ein andermal hatte Milo neben Peggy in der Kirche gesessen, eine Bank hinter Mr. Burke und seiner Familie. Peggy hatte mit weithin vernehmbarem Klicken den Metallverschluss ihrer Handtasche geöffnet, ihren Lippenstift herausgeholt und aufgedreht. Sie fuhr sich mit dem Stift über die Lippen und presste sie dann aufeinander, um die Farbe gleichmäßig darauf zu verteilen. Schließlich öffnete sie den Mund mit einem lauten *Pop!*, und Mr. Burke fuhr zusammen, als hätte er einen Schuss gehört. Ihre Mutter hatte sich zu Peggy hinübergebeugt und sie am Arm gepackt. *Das reicht*, bedeutete dieser Griff.

In der Gemeindeküche war Mr. Burke jetzt aschfahl geworden. »Wir waren nur gute Freunde, Milo, so wie du und ich. Ich bin doch mit allen Kindern hier befreundet. Ich sehe euch fast jede Woche.« Doch Milo wusste, dass das nicht stimmte; Mr. Burke war einer jener schemenhaften Erwachsenen, von denen er wusste, wie sie hießen und dass ihr Erscheinen bei ihnen zu Hause einen Abend mit lockeren Regeln bedeutete. Für diese Erwachsenen war Milo ebenso unsichtbar wie sie für ihn, Peggy jedoch hatte Mr. Burke sehr wohl gesehen. Und normalerweise war Peggy an den Wochenenden nie zu Hause geblieben, erst in letzter Zeit, oder etwa nicht? Zu Hause mit Lidschatten, und sie war sogar zu den anderen mitgegangen, wenn die Saufabende nicht bei ihnen stattfanden. Ihrer Mom hatte sie gesagt, sie würde die Kleinen umsonst babysitten – eine selbstlose Tat! Großer

Gott. Wieso hatte er eins und eins nicht schon eher zusammengezählt?

»Es ist nicht, was du denkst, Milo. Du reimst dir da was zusammen«, aber das glaubte Milo nicht. Laura hatte gesagt, Peggy treffe sich mit *jemandem*. Konnte das Mr. Burke sein, ein Kerl Ende zwanzig, der es geschafft hatte, noch nicht zu verfetten, und auf diese wettergegerbte Weise gut aussah, wegen der die Leute auf Robert Redford abfuhren?

»Ich muss wieder rein. Sonst kommen meine Eltern mich noch suchen.«

»Hör mal.« Mr. Burke streckte die Hand nach Milos Schulter in dem karierten Pulli aus. Milo duckte sich weg.

»Meine Mom mag es gar nicht, wenn ich die Predigt verpasse.«

»Milo«, sagte Mr. Burke, doch Milo machte kehrt und ging so schnell er konnte Richtung Kapelle, durch den Vorraum mit den großen Doppeltüren aus Glas. Auf dem Parkplatz stand ein Streifenwagen mit laufendem Motor, aus dem Auspuff qualmten Abgase. Am Steuer saß Peck Randolph. *Wieso ist er denn hier?* Milo stieß die Außentüren auf, und die eisige Kälte, die ihn unvermittelt anfiel, verschlug ihm den Atem. Peck blickte auf und sagte etwas – es sah aus wie ein Fluch –, dann machte er den Motor aus und stieg aus dem Wagen.

Bis Peck ihn am Bordstein abfing, hatte sich schon Gänsehaut auf Milos Armen gebildet. »Na komm, mein Junge, rein mit dir.« Peck legte Milo eine Hand auf den Rücken und dirigierte ihn zurück in den jetzt leeren Vorraum. Was war mit Mr. Burke passiert?

»Haben Sie sie gefunden?«, fragte Milo Mr. Randolph.

»Ich muss mit deinen Eltern reden, Milo.«

»Sie haben sie aber doch gefunden, oder?« Ein Kirchenlied wurde angestimmt, und Milo versuchte, die einzelnen Noten voneinander zu unterscheiden, um herauszufinden, ob er es kannte. Warum war das plötzlich so wichtig? Sein Kopf fühlte sich riesig an, wie ein Ballon.

»Sind sie drinnen?«, fragte Peck.

»Ja. Wollen Sie, dass ich sie hole?« Milo stellte sich vor, wie er sich wie ein Gespenst den Gang hochschleichen würde, und niemand würde merken, dass er da war, alle würden nur das Kitzeln des Luftzugs spüren, den er beim Vorüberschweben verursachte.

»Lass uns einfach hier draußen warten.« Peck warf einen Blick auf die große Kirchengemeinde. »Das wird sowieso die reinste Katastrophe«, murmelte er.

Milo deutete mit dem Kinn zum Aufenthaltsraum, in dem schon Stühle und Tische bereitstanden, für Kaffee und Kuchen nach dem Gottesdienst. Er wusste nicht, welche Kirche Peck Randolph besuchte, nur, dass er nicht evangelisch-lutherisch war, denn sonst hätte er ihn hier schon einmal gesehen, nicht in Uniform, sondern in einem Paar dieser schlecht sitzenden Anzughosen, wie sie die anderen Männer trugen. Ihm kam der Gedanke, dass Mr. Randolph ja vielleicht überhaupt nicht zur Kirche ging, dass nicht alle Menschen sonntagmorgens früh aufstanden, um Gott zu preisen. Manche Menschen glaubten womöglich gar nicht an Gott und hatten sogar gute Gründe dafür.

Drei Frauen – Milo erkannte Tonya Gary, die Frau von Mr. Gary, doch die beiden anderen waren schon alte Damen – hatten sich vor Ende des Gottesdienstes herausgeschlichen und bereiteten jetzt in der Küche Tassen und Milchkännchen vor, schnitten die gespendeten Blechkuchen in exakt sechs mal sechs Zentimeter große Quadrate und legten sie, ein Stück nach dem anderen, auf Pappteller. Mrs. Gary zog das Buttermesser zwischen Daumen und Zeigefinger ab und steckte sich diese in den Mund. »Wo ist Cheryl eigentlich hin?«, fragte sie. »Hat sie diese Woche nicht Kaffeedienst?«

Milo dachte an sein Gespräch mit Pastor Barnes bei dem Basketballspiel zurück, als er dem Pastor die Hand auf den Arm gelegt hatte. Das hatte genügt, um ihn zu trösten. Milo wurde kreidebleich. Er glaubte nicht an Gott, kein bisschen. Kein winziges bisschen. Diese Erkenntnis überkam ihn mit einer solchen Plötzlichkeit und Grausamkeit wie die Erkenntnis einer weiteren Tatsache, und dass beides von nun an bis in alle Ewigkeit zusammengehören würde.

»Sie ist tot, nicht wahr?«, fragte er. Mr. Randolph drehte sich zu ihm um. »Keine Sorge. Ich weiß es. Ich kann es Ihnen ansehen.«

»Es tut mir leid, mein Junge.«

Und auf einen Schlag wurden alle Ängste, die Milo jemals gehabt hatte, wahr. »Wo haben Sie sie gefunden?«

»Ich muss mit deinen Eltern sprechen, Milo. Wirklich. Die Vorschriften und der Anstand. Du sollst das nicht aus dem Mund eines Fremden erfahren.«

»Sie sind kein Fremder.«

»Tja, ja und nein.«

Milo sah Sheriff Randolph fest in die Augen. »Ich glaube nicht an Gott«, sagte er, und diese Worte gaben ihm zum ersten Mal seit langer Zeit ein Gefühl der Macht. Im selben Moment brach er in Tränen aus.

»Glauben oder nicht glauben«, sagte Sheriff Randolph und zog Milo in seine Arme, »das sind auch nur zwei Seiten derselben Medaille.«

19

Früh am Morgen stapfte Alma durch den frischen Schnee zum Ende der Auffahrt und zog den *Omaha World-Herald* aus dem Briefkasten, die Sonntagsausgabe, so dick wie ein Holzscheit. Sie steckte in einer Plastiktüte, gegen die Feuchtigkeit, und auf dem Weg zurück ins Haus hielt Alma sie fest an die Brust gepresst. Clyle saß mit zwei Tassen Kaffee am Tisch und wartete. Er hatte angeboten, selbst zu gehen und die Zeitung zu holen, doch sie meinte, die frische Luft würde ihr guttun; sie konnte nicht einfach am Tisch herumsitzen und warten.

Da war es, auf der Titelseite: »Mutter enthüllt schwere Vergangenheit«, daneben ein Bild von Marta Bullard mit einer Zigarette in der Hand an ihrem Küchentisch. In der anderen Hand hielt sie das Spielerfoto von Hal als Mitglied der Footballmannschaft an der Highschool. Warum hatten sie nicht das Klassenfoto genommen, auf dem er lächelte? Auf den Spielerfotos hatte der Trainer alle Jungs aufgefordert, eine grimmige Miene zu ziehen und bloß nicht *Cheese!* zu sagen. Zusammen mit den Spielerfotos der anderen stach Hals Bild nicht heraus, doch so, einzeln, sah er aus wie ein Hitzkopf, der gern ein bisschen Schaden anrichten wollte. Neben Martas Bericht wurde auch Larry Burke zitiert, als Freund von Hal, der erzählte, wie Hal diesen Jugendlichen aus Wayne verprügelt hatte, obwohl er da rein rechtlich schon erwachsen gewesen war. Dass Cheryl sich die ganze Sache ausgedacht hatte, um Larry eifersüchtig zu machen, wurde nicht erwähnt. Dass sie Hal zu der Prügelei angestachelt hatten, auch nicht.

Alma stand hinter Clyle und blickte ihm über die Schulter, sie lasen gemeinsam. Marta berichtete über die Vergangenheit von Hals Vater – die fahrlässige Tötung, die ihn '75 ins Gefängnis gebracht hatte, und seine zweite Runde im Knast '78 wegen Beleidigung und Körperverletzung. »Das liegt ihm in den Genen, verstehen Sie«, wurde sie zitiert. »Und außerdem ist er zurückgeblieben. Ich hatte nie eine Chance.«

Dann ließ sie sich darüber aus, wie Hal als Kind gewesen sei – »immer schon ein bisschen seltsam« –, was für Probleme sie gehabt habe, sein hitziges Temperament in den Griff zu bekommen, als er auf die Junior High und die Highschool ging, und dass er daraufhin alles darangesetzt hätte, sie aus seinem Leben auszuschließen. Nur Gott habe ihr durch diese schwere Zeit geholfen. Sie stellte sich als Opfer der Genetik, des Schicksals und der Gesellschaft hin und endete mit den Worten: »Ich weiß nicht, ob er diesem Mädchen etwas angetan hat oder nicht, aber überraschen würde es mich nicht. Auf dieser Welt überrascht mich nur noch wenig.«

Jenen Tag an den Fremont Lakes, als sie besoffen am Ufer gelegen hatte, während ihr Sohn – gerade mal zwei Jahre alt und noch dazu ein Junge, also ohne einen Funken Verstand – immer tiefer ins Wasser gegangen war, um schließlich im Beisein von Rettungskräften und einer Mutter, die meinte, er sei selbst daran schuld, am Ufer wieder zu Bewusstsein zu kommen, erwähnte sie selbstverständlich nicht. Kaum etwas brachte Alma so in Rage wie Frauen, die Mutter hatten werden dürfen und es dann vermasselten.

»Du hattest recht«, sagte Clyle. »Ich hätte sie besser nicht anrufen sollen. Zufrieden?«

In einem seltenen Moment des Entgegenkommens räumte Alma ein: »Sie hätte ohnehin mit denen gesprochen. Dagegen hätten wir kaum was tun können. So musste sie ihm wenigstens ins Gesicht sehen.« Demonstrativ knüllte sie die Zeitungsseite zu einer Kugel und stopfte sie tief in den Mülleimer.

Clyle warf ihr einen zärtlichen Blick zu, der einen Stein hätte erweichen können – er wirkte so dankbar für dieses Zugeständnis. »Ruf ihn doch an. Wir machen einen Ausflug mit dem Wagen.« Das machten sie an den meisten Sonntagen – ein Stündchen ziellos herumfahren, während beide ihren Gedanken nachhingen und das Radio lief –, und je nachdem, wie stark Hals Kater war, stand es fifty-fifty, ob er mitkam; aber Clyle hatte recht: Sie mussten heute etwas mit Hal unternehmen, bevor er die Zeitung sah und verblüfft sein Foto auf der Titelseite anstarrte.

Während Clyle duschte, fischte Alma die Zeitungsseite wieder aus dem Müll und strich sie an ihrer Jeans glatt, wobei sie sich die Finger mit der Druckerschwärze dreckig machte. Sie schaute zur Speisekammer – fünftausend Dollar in einer leeren Butterdose hinter der Büchse mit dem Mehl – und dachte an den Blick, den Clyle ihr eben zugeworfen hatte. In den letzten beiden Nächten hatte sie kaum geschlafen und sich immer wieder gesagt, dass sie, bloß weil sie das Geld abgehoben hatte, noch lange nicht Gebrauch davon machen müsse. Sie schwankte zwischen dem Gedanken an Hal, der ganz auf sich allein gestellt war, daran, den Vega zu tanken und zu ihm zu fahren, und daran, das Geld einfach in der Butterdose zu lassen. Heute war Sonntag, und die Bank hatte geschlossen; heute musste nichts entschieden werden.

Sie fuhren auf dem Highway 57 Richtung Süden nach Harington, wendeten auf dem Parkplatz der evangelischen Dreifaltigkeitskirche, der mit Pick-ups und Limousinen in unterschiedlichster

Verfassung vollgestopft war, und kehrten nach Hause zurück. Hal saß auf der Rückbank, die Äcker waren kahl, die abgeernteten Maisstängel kämpften sich durch den Schnee. Als Clyle in ihre Auffahrt bog, sah Alma die kastigen Umrisse von Lee Earls blauem Wagen.

Clyle hielt neben dem Chevy Caprice und machte den Motor aus. »Auf ins Gefecht.« Hinter dem Steuer des Chevy saß Mr. Earl, der Motor lief, und die Heizung, vermutete Alma, war volle Pulle aufgedreht. Sie musste daran denken, wie Milo gesagt hatte, Earl sehe aus, als käme er direkt aus *Miami Vice* gesprungen, und überlegte süffisant, dass er dieser Kälte sicher nicht gewachsen war, obwohl er in Wirklichkeit in Omaha wohnte, wo das Leben im Winter mindestens ebenso elend war wie in Gunthrum.

Earl stieg in einem kamelhaarfarbenen Wollmantel, der ihm bis über die Knie reichte, aus dem Wagen; kein Mann, der etwas auf sich hielt, sollte etwas anderes tragen als Marineblau oder Schwarz. Alma stieg ebenfalls aus und warf die Tür des Pick-ups hinter sich zu, schwieg aber.

»Mrs. Costagan.« Earl zog einen unsichtbaren Hut. »Wollen Sie mich nicht ins Haus bitten?«

»Fangen damit die Probleme nicht immer an? Ist es nicht so, dass Sie nicht reinkommen dürfen, wenn ich Sie nicht ins Haus bitte?«

»Ich bin kein Vampir.«

»Wer's glaubt.«

»Man hat die Leiche gefunden«, sagte er mit lauter Stimme in der knackig kalten Luft. Alma, Clyle und Hal blieben alle drei abrupt stehen und drehten sich zu Lee Earl um. Alma kämpfte den Drang nieder, den Kopf zu wenden und Hal ins Gesicht zu sehen, wo Earls Blicke sich festgesaugt hatten.

»Tut mir leid, das zu hören«, sagte Clyle.

»Das tut ziemlich vielen Menschen leid«, entgegnete Earl. »Was ist mit dir, Hal? Tut es dir leid?«

»Was für eine Leiche?«, fragte Hal, und Alma zuckte zusammen.

»Die von Peggy Ahern.«

Hal stieß einen langen Atemzug aus und hielt dann inne, die Rädchen drehten sich in seinem Kopf. »Moment mal. Was wollen Sie damit sagen, ›ihre Leiche‹? Ist sie etwa tot?«

»Allerdings«, sagte Earl.

Clyle ging zur Veranda und hielt die Vordertür auf. »Wir können genauso gut reingehen. Alma macht uns einen Kaffee.«

Alma wickelte sich den Schal vom Hals und hängte ihre Jacke an den Haken, an den sie zwei Tage zuvor fünftausend Dollar gehängt hatte. Das ist das einzig wahre Kreuz gegen einen Vampir, dachte sie. Sie bot Lee Earl nicht an, ihm den Mantel abzunehmen, und stattdessen breitete er ihn über die Lehne seines Stuhls. Während die Männer es sich bequem machten und der Schnee von Earls Stiefeln auf ihre Holzdielen schmolz, begann sie damit, den Kaffee zu kochen.

»Also«, sagte Clyle. »Was ist passiert?«

Earl erzählte ihnen, dass Peggys Leichnam in der Nähe des Highway 20 gefunden wurde, nicht weit von O'Neill entfernt, »was, wie in dieser Küche sicher alle wissen, auf dem Weg nach Valentine liegt, wo Hal und die anderen Jungs übernachtet haben«. Jäger hatten den Leichnam am Samstagnachmittag gefunden, als sie ein paar Hundert Meter ins Gelände gegangen waren, um einen Hochsitz zu errichten. »Hat 'ne Weile gedauert, bis die Behörden sich mit dem richtigen County in Verbindung gesetzt hatten, aber der Artikel heute morgen war hilfreich. Hast du den gesehen, Hal? Viel Gerede darüber, was du getan oder nicht getan haben könntest, aber jetzt, wo wir eine Leiche haben, sieht das alles natürlich noch mal ganz anders aus.«

Alma spürte die Wut in sich hochkochen, bewahrte aber eine ungerührte Miene; die Genugtuung, dass sie die Fassung verlor, würde sie ihm nicht geben. Die meiste Zeit ihres Lebens hatte sie mit Männern wie Lee Earl zu tun gehabt – Männer, die glaubten, im Besitz aller Wahrheiten zu sein, weil es ihnen nie in den Sinn kam, dass sie sich auch mal getäuscht haben könnten. Das gehörte zu den Eigenschaften, die sie an Clyle liebte: dass er nicht so war. Und Hal auch nicht. Sie räusperte sich; was sie jetzt sagen musste, war lächerlich, wie ein Satz aus einer ihrer abendlichen Fernsehsendungen. »Und was war die Todesursache?«

»Sie wurde von einem Auto angefahren.« Lee warf einen bedeutungsschwangeren Blick auf Hal. »Von einem Pick-up, würde ich vermuten. Ein Mensch hinterlässt da eine ziemliche Delle, egal, wie schnell man gefahren ist. Wahrscheinlich sieht das so ähnlich aus, als wäre man gegen so was Großes wie eine Garage gekracht.« Er griff in seine Tasche. »Ich habe hier einen richterlichen Beschluss zur Durchsuchung deines Pick-ups sowie zur Entnahme von Proben fürs Labor.«

Alma dachte daran, wie Hals Wagen Montagmorgen ausgesehen hatte, an den blanken Glanz des Metalls. Warum hatte Hal den Pick-up gewaschen? Sie schüttelte den Kopf. »Wofür gilt dieser Beschluss? Nur für den Pick-up? Haben Sie auch was, das Ihnen das Recht gibt, Hal mitzunehmen?«

»Noch nicht, aber das kommt noch. Glauben Sie mir. In Omaha habe ich ein Team, das mir alles, was ich denen gebe, in null Komma nichts bearbeitet. Wenn ich die Ergebnisse kriege und auch nur der kleinste Spritzer Blut nachgewiesen wurde, bringe ich Hal hinter Gitter.«

»Worauf warten Sie dann noch?«, sagte Alma. »Holen Sie sich Ihre verdammten Proben, aber fürs Erste scheren Sie sich aus meinem Haus.«

Earl stand gemächlich auf und reckte sich, ehe er zu seinem hellbraunen Mantel griff. Er sah aus, als würde er in einem gottverdammten Golden Retriever stecken. »Hab ich schon längst. Eingetütet und markiert im Kofferraum. Ich war aus reiner Höflichkeit hier, um Ihnen den Stand der Dinge mitzuteilen.«

Alma schnaubte. »Und ich lasse Sie aus reiner Höflichkeit ohne einen Tritt in den Arsch gehen.«

Clyle streckte die Hand aus – wie oft in ihrer Ehe hatte seine Hand schon in ihrem Sichtfeld geschwebt? *Reg dich ab, Alma. Mach keine Szene, Alma* –, aber dieses Mal legte er sie auf den Türgriff, machte die Tür auf und schloss sie wieder, kaum dass Lee auf die Veranda getreten war.

Auf dem Weg zu seinem Wagen stolperte Earl über eine unter dem Schnee verborgene Schwelle – ach, wie Alma sich über diesen Stolperer freute! –, erlangte jedoch sofort wieder das Gleichgewicht und stieg ein. Bis er die Auffahrt hochgefahren und auf halber Strecke außer Sicht geraten war, hielt sie Hal und Clyle den Rücken zugekehrt.

Hal brach das Schweigen. »Was meint er damit, einen richterlichen Beschluss?«

Clyle setzte die Kaffeetasse ab. »Das heißt, dass er deinen Pick-up durchsuchen darf.«

»Was glaubt er denn, was er da findet?«

Mit Engelsgeduld erklärte Clyle, dass es Lee Earls Job sei, herauszufinden, wer Peggy umgebracht hatte. »Und was hat das mit meinem Pick-up zu tun?« Hal sah Clyle besorgt ins Gesicht. »Will er sich etwa die Beule ansehen?«

Almas Herz machte einen Satz.

»Warum willst du das wissen, Hal?«, fragte Clyle.

»Nix Besonderes. Nur so. Hab dir doch erzählt, dass ich gegen die Garage gefahren bin. Stimmt ja auch. Ich bin schon hundert Mal gegen diese Garage gefahren.«

Wieder musste Alma denken, wie geschickt Hal darin war, die Wahrheit zu verdrehen. »In der Nacht auch? In der Nacht, in der Peggy verschwunden ist?«

Hals Gesicht verfinsterte sich. Ach, er war so leicht zu brechen! Er würde es nie schaffen im Gefängnis, das wusste Alma. »Weiß nich. Kann sein?«

»Wenn nicht, wie erklärst du dir dann die Delle in deinem Pick-up, Hal?«, fragte Clyle. »Du musst uns jetzt die Wahrheit sagen, mein Junge.«

Hal stand auf, schob seinen Stuhl heftig mit den Kniekehlen zurück. »Ich hab die Wahrheit gesagt!«

»Das reicht!«, erklärte Alma und deutete zur Treppe. »Hal, du gehst hoch und legst dich hin. Mach ein Nickerchen, wir können später weiterreden. Das war genug Aufregung für einen Vormittag.« Sie konnte sich jetzt nicht anhören, was er zu sagen hatte. Es war eine Sache, Hal einen Unfall zuzutrauen, doch zu hören, wie er etwas noch Schlimmeres erzählte, das wäre noch einmal was ganz anderes.

Hal ließ den Kopf hängen, tat aber, was sie gesagt hatte – Gott segne die Busfahrerinnenstimme.

Als sie hörten, wie seine Zimmertür oben ins Schloss fiel, ging Clyle zu Alma an die Spüle und legte von hinten die Arme um sie. Diese Umarmung kam so unerwartet und passte so überhaupt nicht zu ihrer Beziehung in den vergangenen Jahren, dass sie zusammenzuckte.

»Tut mir l…«, setzte sie an, doch Clyle war schon mit erhobenen Händen zurückgewichen.

»Ich hab draußen noch zu tun«, sagte er. »Der Hof schläft nie.« Das sagte er immer, wenn er von ihr wegwollte, seine Ausrede, um nicht bei ihr in einem hundertfünfzig Quadratmeter großen Haus bleiben zu müssen.

»Clyle, warte, ich …« Sie stockte, und er blieb stehen, das

Gesicht leer und ausdruckslos. Aber was sollte sie sagen? Tut mir leid, dass ich gezuckt habe? In der Speisekammer liegt Geld; wir können abhauen? Ich liebe dich? Der bloße Gedanke daran war schon lächerlich, so lang war es her, dass sie das zuletzt ausgesprochen hatte.

Clyle schüttelte den Kopf und ging zur Kellertreppe. »Ich hab zu tun.«

Sie lauschte dem hohlen Klang seiner Schritte, die sich unter ihr entfernten, gefolgt von dem Geräusch, mit dem er leise die Tür hinter sich schloss.

Nachdem Alma und Clyle sich sicher waren, dass sie keine Kinder bekommen würden, hatten sie das dritte Zimmer als Nähstube für Alma eingerichtet. Wenn sie damals, als sie noch bei den freitäglichen Saufabenden mitgemacht hatten, selbst die Gastgeber waren, hatten die anderen Frauen stets rumgefaselt, wie glücklich sie sich doch schätzen könne: ein ganzes eigenes Zimmer zum Nähen. Judy Cravens hatte ihre Nähmaschine auf der Kommode stehen und musste immer mit zur Seite geknickten Beinen nähen. O ja, pflegte Alma dann zu sagen. Was bin ich doch für ein Glückspilz.

Als Clyle in der Küche ans Telefon ging, saß Alma gerade im Nähzimmer. Sie ließ das dicke Stoffstück für ihre Patchworkdecke in der Maschine, streckte den Kopf ins Treppenhaus und hörte Clyle sagen: »Danke für den Rückruf, Herb. Sehr freundlich von Ihnen.« Dann schwieg er, während der Anwalt sprach. »Ja, leider ja. Sie haben sie gestern Nachmittag gefunden.«

Alma hob den Hörer vom Zweitapparat neben der Nähmaschine und hielt ihn sich ans Ohr, eine Hand über der Sprechmuschel. Herb redete über den Artikel im *World-Herald.* »Keine sehr schmeichelhafte Darstellung, wie man's dreht und wendet«, schloss er. »Tat mir sehr leid, das zu sehen.«

»Mir auch«, antwortete Clyle.

»Tja, wie Jelane schon gesagt hat«, fuhr Herb jetzt fort, »ist das nicht unbedingt mein Kompetenzbereich, aber eins kann ich Ihnen versichern: Eine schlechte Mutter, die sich das Maul zerreißt, reicht nicht aus, um jemanden zu verhaften. Was hat die Polizei denn sonst noch?«

Clyle gab ihm einen kurzen Überblick über Hals Interesse an Peggy, dass er früher als geplant von dem Jagdausflug zurückgekommen war und die Nacht bis zur Besinnungslosigkeit im OK gesoffen hatte, über das Blut auf der Ladefläche des Pick-ups und die Delle im Kühlergrill, zu der es allerdings ein passendes Gegenstück an Hals Garage gab. »Außerdem …«, setzte er dann an, brach aber ab.

»Außerdem was?« Eine Pause entstand. »Sie müssen mir alles erzählen, was Sie wissen, Clyle. Damit will ich nicht sagen, dass ich ihn vertreten kann, aber je mehr ich weiß, desto besser kann ich Ihnen einen passenden Anwalt empfehlen. Einen, der die Sympathien der Geschworenen gewinnt, oder einen harten Hund.« Alma biss sich auf die Zunge.

»Ich hab das Gefühl, dass Hal uns was verschweigt.«

»Ich möchte jetzt nicht respektlos erscheinen, Clyle, aber wäre Hal schlau genug, einen Mord zu vertuschen?« Alma dachte wieder daran, wie hartnäckig Hal im vergangenen Winter geleugnet hatte, die Furchen in den Hof gefahren zu haben, daran, wie er damals diesen Kerl in Wayne verprügelt hatte. Der Bursche hatte drei Tage im Krankenhaus gelegen, einen davon bewusstlos. Es hatte mehrere Zeugen für die Schlägerei gegeben, trotzdem hatte Hal noch versucht, zu lügen und zu sagen, das sei nicht er gewesen. Nein, schlau war er sicher nicht, doch sein genereller Hang zur Gewalt bereitete ihr Sorgen. Die Mutter des verletzten Jungen im Krankenhaus hatte gebrüllt, Hal sei ein Monster. Und während Clyle sich zum wiederholten Male entschuldigte, hatte

Alma bewegungslos mit der Handtasche im Schoß auf ihrem Stuhl gesessen. Warum zur Hölle hatte sie Hal nicht verteidigt?

»Clyle?«, fragte Herb.

Alma beherrschte sich so lange, wie sie nur konnte, dann platzte sie heraus: »Einen harten Hund, Herb. Wir wollen einen harten Hund.«

»In Ordnung«, sagte Herb, und sie glaubte, dass er jetzt nickte. »Dann gehen wir also so vor. Ich halte Ausschau nach einem harten Hund für Sie. Nur für den Fall.«

Sie hängte ein und ging in die Küche, Clyle saß auf seinem gewohnten Platz, den Kopf in die Hände gelegt. »Das wollte ich auch gerade sagen. Du hättest das Telefonat nicht überwachen müssen.«

»Sicher?«, fragte sie.

»Ich will das Richtige tun. Mehr versuche ich doch gar nicht, Alma.«

»Das ist ja schön und gut, aber ich will Hal beschützen.«

Clyle schüttelte den Kopf, noch bevor sie zu Ende gesprochen hatte. »Tu das nicht. Tu nicht so, als würde ich das nicht auch wollen. Ich bin bereit, zu tun, was nötig ist.«

Sie dachte wieder an Diane, die sich erst vor ein paar Tagen in der Fahrerkabine von Clyles Pick-up zu ihm hinübergebeugt hatte. »Keine Angst. Ich weiß, dass du tust, was nötig ist, um zu kriegen, was du willst.«

Er kniff die Augen zusammen. »Was soll das denn jetzt wieder heißen?«

Sie wollte sich zwingen, alles aus sich heraussprudeln zu lassen – *Ich weiß Bescheid über dich und Diane* –, doch Alma, dieser schwere, zähe Brocken, Alma, die nach Meinung aller anderen immer Tacheles redete, brachte kein Wort heraus. Warum hatte sie es nie ausgesprochen? Warum hatte sie nie gesagt, dass sie es wusste? Darum: Tief im Innern war ihr klar, dass er sie vielleicht verlassen würde, wenn alles auf den Tisch käme. Darum, und weil sie dachte, dass sie ihm das nicht einmal verübeln würde.

Die Anspannung zwischen ihnen wollte nicht weichen. Alma fiel wieder ein, wie Clyle vor langer Zeit einmal gesagt hatte, dass sie etwas in sich verborgen halte, das er nicht zu fassen bekomme. Und dass es sich angefühlt hatte wie eine Superkraft. Vielleicht die einzige Kraft, die ihr noch geblieben war.

Schließlich fügte sie sich. »Ich wollte nur sagen, dass wir tun müssen, was das Beste für Hal ist. Zuallererst muss es um Hal gehen.«

»Wenn du meinst«, erwiderte Clyle und knipste das Radio aus. An der Tür schlüpfte er aus seinen Hausschuhen und zog sich dann, auf der Veranda, Jacke und Stallstiefel an.

Na toll, dachte sie, wirklich toll, und atmete einmal tief durch. Clyle würde jetzt erst mal ein paar Tage auf den Rückruf von Herb warten, und dann noch einen oder zwei, bis er sich mit dem empfohlenen Anwalt in Verbindung setzte, aber wer wusste, was bis dahin alles passierte? Würde Lee Earl mit einem Nachweis für Blut an Hals Pick-up aufkreuzen? Peck Randolph mit einem Haftbefehl für Hal? Sie konnte schweigen, war entschlossen und hatte fünftausend Dollar. Clyle konnte Diane haben, wenn es das war, was er wollte.

Sie blickte ihm aus der warmen Küche heraus nach, wie er durch den Schnee zur Scheune stapfte, wo er, wie sie wusste, das Radio anschalten und ganz allein herumsitzen würde, weniger einsam als in Gesellschaft seiner Frau.

Während Clyle die abendlichen Arbeiten auf dem Hof erledigte, stopfte Alma das Geld in ihre Handtasche und fuhr mit dem Vega zu Hal. Er war so gegen drei bei ihnen aufgebrochen, und nun fand sie ihn draußen im Pferch von Peanutbutter und Jelly, wo er mit dem Schraubenzieher in der Hand an der Tränke herumbastelte.

»Immer noch Ärger damit?«, fragte sie beim Aussteigen.

»Ja. Clyle hat mir einen neuen Schwimmer gegeben, aber es funktioniert immer noch nicht. Muss wohl erst mal eine Schüssel mit Wasser rausstellen.« Er blickte sich um, als könnte sich aus dem Nichts heraus eine Schüssel materialisieren. »Ich geh mal rein und hol eine.« Alma folgte ihm, an der Tür zerrte er sich die Stiefel von den Füßen und tappte strumpfsockig in die Küche, wo er eine große Plastikschüssel hervorkramte, die Alma ihm irgendwann einmal randvoll mit Schokoriegeln mit heimgegeben hatte. »Was machst du eigentlich hier?«, fragte Hal, während er an der Spüle Wasser in die Schüssel laufen ließ.

»Ich wollte mit dir über Peggy reden.«

Er spähte über die Schulter zu ihr hinüber, und das Wasser schwappte ihm über den Schüsselrand auf die Hände. »Ich kann's einfach nicht glauben.«

»Ich auch nicht, Hal.«

»Ich hab …«, begann er, doch Alma hob die Hand.

»Ich will's nicht wissen, was es auch ist.« Es war ihr nicht mehr wichtig, was tatsächlich passiert war; sie hatte in den Problemlösungsmodus gewechselt. Sie dachte an ihre Klienten von damals, als sie bei der Arbeit noch Pumps getragen hatte. Die hatten Drogen genommen, ihre Kinder geprügelt und wer weiß was noch für schreckliche Dinge getan. Dann hatten sie in ihrem Büro gehockt und geheult, und sie hatte erklärt, dass das die Vergangenheit gewesen sei, jetzt aber die Gegenwart zähle. Was geschehen war, war geschehen, aber wie ging es jetzt weiter? Sie war an das Leben ihrer Klienten so pragmatisch herangegangen wie an eine mathematische Aufgabe.

»Na los«, sagte sie zu Hal. »Bring das Wasser raus, damit wir uns unterhalten können.«

Wenige Minuten später kam Hal, sich die Hände am Hosenbund abwischend, zurück. Er setzte sich neben Alma aufs Sofa und wollte nach der Fernbedienung greifen, doch sie legte die Hand auf seine.

»Lass uns einfach nur reden.«

»Worüber denn?«

»Hör zu, Hal. Ich bin mir nicht sicher, ob du verstehst, was los ist, aber die Leute glauben, dass du etwas mit Peggys Tod zu tun hast.« Er machte den Mund auf, und wieder hob sie die Hand. »Sie glauben nicht, dass es ein Unfall war, und auch wenn ich dich gut genug kenne, um zu wissen, dass du niemals jemanden mit Absicht verletzen würdest« – das war doch die Wahrheit, oder? Sie wischte den Gedanken beiseite. Tat nichts mehr zur Sache –, »kennen andere Menschen dich nun mal nicht so gut, verstehst du?«

»Verstehe ich was?«

»Hal, du weißt ja, wie sehr Clyle und ich dich lieben, aber …«

Hal legte die Hand auf den Mund, der dahinter ein überraschtes *Oh* formte.

»Was ist?«, fragte sie.

»Das hast du mir noch nie gesagt.« Alma blickte ihn zweifelnd an, dann durchforstete sie die Erinnerungen in ihrem Kopf – Weihnachtsmorgen, Busfahrten, wie stolz sie auf ihn gewesen war, als er das erste Mal in seiner eigenen Wohnung geschlafen hatte. Sicher hatte sie ihm das schon mal gesagt. »Das stimmt doch gar nicht, Hal, du weißt …«

Er schüttelte heftig den Kopf. »Nein. Nie. Das hast du mir noch nie gesagt.«

Großer Gott, hatte er etwa recht? Die Halskette aus Makkaroni? Als er versucht hatte, ihr zum Geburtstag einen Rührkuchen zu backen, einen verkohlten Ziegelstein in einer Kastenform? Einfach so, an einem ganz gewöhnlichen Dienstag, wenn er aus der Kälte hereingekommen war und sie ihm einen Becher gezuckerten Kaffee gereicht hatte? Sie spürte einen Klumpen im Hals. »Aber das tue ich, Hal. Wirklich.« Sie brachte es nicht über sich, es ein zweites Mal auszusprechen. »Aber du musst verstehen, dass wir deine einzigen Freunde sind. Deine einzige Familie.« Sie stockte, fragte sich, ob Clyle überhaupt noch dazugehörte oder ob er mit Diane eine neue Familie haben würde. Er könnte ihre knollennasigen Töchter adoptieren, die schon groß und auf dem College waren, geistig vollkommen unbeeinträchtigt. Alma griff nach Hals Händen. »Ich möchte, dass du etwas für mich tust, Hal – machst du das?« Er sagte Ja, und dann erzählte sie ihm von dem Geld – fünftausend, das musste jetzt eben reichen –, und dass sie wollte, dass er so weit weg von hier fuhr, wie er konnte. Herr im Himmel, sie verlor schon wieder ein Kind, und das hier schubste sie auch noch selbst von sich.

»Aber ich will nicht wegfahren.« Sie schlang die Arme um ihn, presste seinen kräftigen Oberkörper an ihre Brust.

Dann löste sie sich aus der Umarmung und sah ihm fest in die Augen. Natürlich war da dieser Funke Hoffnung, dass er überhaupt nichts getan hatte, aber das schob sie von sich. Sie musste handeln, nicht hoffen.

»Vertrau mir, Hal. Es gibt keine andere Möglichkeit.«

20

Milo drehte an dem Zauberwürfel auf seinem Schoß herum, während die leeren Felder an ihnen vorbeizogen, von denen man im Licht der Scheinwerfer nur die Ränder sah. Tante Sally beschwerte sich gerade darüber, dass es um die Zeit schon so dunkel war – es war erst kurz nach halb sechs – und wie es angehen könne, dass es jeden Abend etwas früher dunkel wurde. Na ja, dachte Milo, Erdumlaufbahn und so. Seine Mutter war kein redseliger Mensch, und er fand Tante Sallys Geplapper, egal, wie gut gemeint es war, ziemlich anstrengend. Sie waren auf dem Weg nach Gunthrum, um ihre Lebensmittelvorräte aufzustocken, aber Milo wusste genau, dass das nur eine Ausrede war. In all der trübsinnigen Stille bekam Tante Sally Platzangst, und jetzt, im Auto, hatte sie das Radio auf den Top-40-Sender gestellt, Georges Lieblingssender, aber immerhin relativ leise. Sie hatte George auf den Rücksitz verfrachtet, und er hatte sich kommentarlos gefügt. Hatte Milo jemals auf dem begehrten Beifahrersitz mitfahren dürfen? Nein, und alles, was es ihn gekostet hatte, war eine Schwester.

Seit die Polizei die Leiche gefunden hatte und man ihm das am Vormittag mitgeteilt hatte – Peggys Leiche, ermahnte er sich, keine Leiche in einem seiner Chandler-Krimis –, versuchte er, sich nicht ständig makabre Witze auszudenken. Preis für den Beifahrersitz: eine tote Schwester. Endlich bekam er das größere

Zimmer zurück. Beim Abendessen war ab jetzt immer ein Nachtisch übrig. Er dachte sich das aus, um sich selbst zu bestrafen – ihm wurde dabei flau im Magen, und er fand die Bestätigung dafür, dass er genauso beschissen war, wie er sich fühlte.

Als er mit George und Tante Sally in die Stadt fuhr, kannte er bereits die ganzen grausigen Details über den Tod seiner Schwester. Sie war auf einem Feld in der Nähe von O'Neill gefunden worden, in der Nähe des Straßengrabens war sie überfahren und dann auf das Feld geschleift und mit Schnee bedeckt worden. Der Jagdhund von irgendjemandem hatte sie gefunden. Sie war von einem Auto angefahren und dann – das war der springende Punkt – überfahren worden. Dadurch war sie erst gestorben, hatte George gesagt. Das Auto hatte ihren Kopf zerquetscht wie eine Weintraube. Nur dass es Milo gewesen war, der das mit dem Kopf und der Weintraube gesagt hatte. Gott im Himmel! Aber was hatte Gott damit zu tun? Scheiß auf Gott, dachte Milo, und dass er für diesen Gedanken nicht sofort in Flammen aufging, war für ihn ein weiterer Beweis, dass Gott nicht existierte. Nicht dass er noch einen gebraucht hätte; Milo wusste, was er wusste.

Tante Sally drehte das große Lenkrad des Cadillacs nach links und bog in die Main Street ein. Drei Highschool-Schüler spielten auf dem Halbfeld vor der Schule Basketball, und sie fuhr langsamer und hielt am Bordstein an. »Hier. Warum tobt ihr Jungs euch nicht ein bisschen aus, während ich einkaufen gehe?«

Milo wandte sich zu George auf der Rückbank um. Dem war anzusehen, dass er von dieser Idee genauso wenig begeistert war wie Milo. Highschool-Schüler spielten kein Basketball mit Kindern aus der Junior High, schon gar nicht mit welchen, die sie nicht kannten und die keine guten Basketballer waren.

»Na los, ab mit euch.« Sie scheuchte sie aus dem Wagen. »Ich will nicht, dass ihr um mich herumwuselt, wenn die in einer Viertelstunde zumachen. Haut ab!«

Milo kam der Gedanke, dass sie ihn und George gerade genauso satthatte wie er sie, und irgendwie fand er diesen Gedanken beruhigend.

Widerwillig stiegen er und George aus und schlugen die Autotüren beinahe unisono hinter sich zu.

»Und jetzt?«, fragte George, als sich das kaum hörbare Schnurren des Cadillacs seiner Mutter entfernte.

»Scheiße, als ob ich das wüsste«, meinte Milo, und George lachte.

»Ja, scheiße«, sagte er. »Als ob wir das wüssten.«

Milo näherte sich dem Maschendrahtzaun, der das Basketballfeld von der Straße trennte, und hängte seine Finger in die Maschen. Das kalte Metall schnitt ihm in die Haut. Er ließ seinen Körper baumeln, so wie Hal es immer getan hatte, wenn er Peggy dabei zuschaute, wie sie auf der Laufbahn den Sportplatz umrundete. Er wusste, dass alle Highschool-Schüler Publikum liebten, selbst wenn das Publikum nur zwei dumme Kinder waren, und tatsächlich sah er, wie einer von ihnen antäuschte, zur Seite hüpfte und mit einem auffälligen Korbleger den Ball versenkte.

Einer seiner Freunde fing den Ball auf und reckte die Hand zum High five in die Höhe, und der Typ, der den Korbleger gemacht hatte, warf Milo und George einen Blick zu. »Hey«, sagte er und blieb stehen. »Du bist doch Peggys kleiner Bruder.«

Milo wurde flau. Jetzt wusste jeder, wer er war. Die halbe Stadt hatte das schon vorher gewusst, die alten Leute kannten alles und jeden, aber nicht die älteren Jungs, die Sportler. Die Art von Jungs, die ihn bisher auf dem Schulflur keines Blickes gewürdigt hatten und die jetzt plötzlich auf ihn und George zugeschlendert kamen. Einer von ihnen – der längste – dribbelte betont lässig den Basketball, ohne nach unten zu sehen. Wie machte der das bloß?

»Sorry, das zu hören, Mann«, sagte ein anderer Junge, ein Teenager mit jeder Menge Akne im Gesicht, den Milo vom Football- und vom Basketballteam wiedererkannte. »So 'n Mist.«

Der dritte Typ lachte, schnappte dem Dribbelnden den Ball weg, der gerade vom Boden abgeprallt war, und dribbelte härter. »Was war denn das für ein lahmer Spruch? ›So 'n Mist‹? Was du nicht sagst. Seine verfickte Schwester ist ermordet worden.«

»Musst du das so sagen?«, wollte das Aknegesicht wissen. »Meine Güte, reiß dich mal am Riemen.«

»Was denn? Hab ich die etwa umgebracht?«

Milo merkte sofort, dass der mit der Akne – oder eher der mit der schlimmsten Akne – den Typen, der den Ball gestohlen hatte, einen Blondschopf namens Daryl Klaussen, der in die Stufe über Peggy ging, nicht leiden konnte. Tja, wenn man sich in einer Kleinstadt zu einem improvisierten Basketballspiel traf, dann spielte man halt mit jedem, der sich dazu erbot. Er überlegte, wie Daryl ihn wohl dafür nennen würde, dass er ein Wort wie *erbot* benutzte. Streber? Schwuchtel? Und war das nicht inzwischen völlig egal?

»Du musst dich trotzdem nicht wie ein Arschloch aufführen«, sagte Milo zu Daryl, und sein Cousin George schaute ihn mit einem Gesichtsausdruck an, der zu sagen schien: *Respekt, Milo!*

»Wie hast du mich genannt?«, fragte Daryl und kam näher.

»Ein Arschloch«, sagte Milo mit seiner hellen Kinderstimme. »Ein verficktes Arschloch.«

Daryl warf den Basketball gegen den Zaun. Er prallte lautstark gegen das Metall, und Milo zuckte zurück, was ihn noch wütender machte.

»Und?«, fragte Milo. »War das etwa keine Arschlochaktion? Jetzt kommst du rüber wie ein *dummes* verficktes Arschloch. Und Schiss hast du wohl auch. Wirfst du nur mit Bällen um dich, oder regeln wir das Mann gegen Mann?«

George lachte nervös. »Ruhig, Brauner!«, sagte er, aber Daryl war schon auf dem Weg zum Rand vom Spielfeld. Aknegesicht sprintete hinter ihm her, und als Daryl etwa drei Meter von Milo entfernt um den Zaun kam, packte er ihn an der Jacke und riss ihn zurück.

»Lass gut sein«, sagte Aknegesicht. »Er hat gerade seine Schwester verloren.«

»Genau«, sagte Milo, »reiß dich mal am Riemen.«

»Die hätten *dich* umnieten sollen«, sagte Daryl und spuckte auf den Boden. »Deine Schwester war ja wenigstens noch für etwas gut.«

Milo spürte, wie diese Worte in ihn eindrangen und wie sie mit jedem Herzschlag durch seinen Körper, durch jede seiner Adern gepumpt wurden. Genau, dachte er. Er hat recht. Mich hätten sie umnieten sollen. Daryl drehte sich um, um hinter den Zaun zurückzukehren, und Milo rannte hinter ihm her, sprang ihm auf den Rücken und krallte seine Finger in das Gesicht des Typen, wie er hoffte.

»Hey! Was zur Hölle?«, rief Daryl und fiel zu Boden. Milo war noch immer obenauf und hämmerte mit den Fäusten auf Daryls Rücken ein. *Ignorierst du mich jetzt immer noch?* Daryl drehte sich um, kam wieder auf die Beine und schlug Milo seine Faust, an der ein Absolventenring, so groß wie eine Walnuss, steckte, gegen Wange und Nase. Der Schmerz war rechtschaffen, er strahlte und glänzte wie Kometen hinter Milos Augen.

»Yeah!«, hörte er George rufen. Milo wusste, dass das dem Schlag galt, den er eingesteckt hatte, und da begann er wieder blindlings auf Daryl einzuprügeln, und alle paar Schläge traf er etwas Fleischiges, eine Schulter oder nackte Haut, dann wieder verfehlte seine Faust ihr Ziel und segelte durch die Luft. Er wollte die Augen öffnen, aber eines füllte sich gerade wie ein roter Ballon, als Daryl ihn noch einmal an der gleichen Stelle traf. Wieder der strahlende Schmerz.

»Ey, komm«, sagte einer der älteren Jungs. »Komm schon, Mann.«

Milo schlug weiter um sich, aber Daryl hatte offenbar von ihm abgelassen, seine Fäuste fanden kein Ziel mehr. Blinzelnd öffnete er das heile Auge und sah, dass die anderen beiden Daryl an Schultern und Ellbogen gepackt hatten, ihn von ihm wegzogen und herumdrehten. »Was jetzt?«, sagte Milo. »Willst du einfach abhauen?«

Daryl trat mit einem klobigen weißen Adidas-Turnschuh in seine Richtung, und Aknegesicht riss ihn weg. »Lass gut sein, Mann.«

»Lass gut sein«, äffte Milo ihn nach. Daryl drehte sich blitzschnell um und holte mit dem Fuß aus, als ob er Milo gegen den Kopf treten wollte, und diesmal zuckte Milo nicht zurück, sondern grinste, und er hoffte, dass sein Grinsen möglichst verrückt aussah. Ob Blut an seinen Zähnen war?

»Das bringt doch nichts«, sagte Aknegesicht und sah Milo durchdringend an, als wollte er sagen: *Merkst du nicht, dass wir dir helfen wollen?* »Komm, wir holen uns 'ne Pizza.« Er und sein Kumpel zerrten Daryl den Bürgersteig hinunter, und Daryl tat so, als wolle er immer noch kämpfen, aber schließlich begannen sie wieder, den Basketball zu dribbeln, und schon waren sie um die Ecke verschwunden.

»Wir sehen uns«, flötete Milo. »An deiner Stelle möchte ich nicht sein!«

George krümmte sich vor Lachen. »Heilige Scheiße!« Er richtete sich wieder auf und hielt Milo eine Hand hin, um ihn hochzuziehen. »Wo kam das denn her, kleiner Mann?«

Milo berührte sein Gesicht, die Haut war empfindlich. Er untersuchte den Riss über seinem rechten Auge, der von dem Ring herrührte, und spürte das klebrige Blut. »Wie schlimm sieht es aus?«

»Ziemlich schlimm.« George lachte. »Wie rohes Hackfleisch.«

Milos Magen drehte sich um, als er sich vorstellte, was sein Vater und seine Mutter sagen würden, wenn er nach Hause kam. Wenn sie eines nicht gebrauchen konnten, dann, sich auch noch um ihn Sorgen zu machen, aber vielleicht hatte er genau das bezwecken wollen.

Tante Sallys Cadillac kam die Main Street herunter und bog in die Parklücke vor ihnen ein. Sally schaltete die Scheinwerfer ein, und Milo zuckte zusammen und hielt sich eine Hand vor das Auge.

»Was zum ...?« Sie schlug die Tür hinter sich zu. »Milo Ahern, was ist denn mit dir passiert?«

»Das hättest du sehen sollen«, sagte George. »Er hat drei Typen aus der Highschool vermöbelt.« Das war dermaßen übertrieben, dass Milo lächeln musste.

»Du sei still!« Sie wandte sich an George. »Ich wette, daran bist du schuld.«

»Ich habe nichts getan«, sagte er und legte sich die Hand auf die Brust, als würde er gleich voller Inbrunst die Nationalhymne anstimmen.

»Oh, bitte«, murmelte sie und wandte sich wieder Milo zu. »Milo? Geht es dir gut?«, fragte sie laut.

»Ich bin nicht taub«, sagte er, und George lachte.

»Halt die Klappe«, sagte Tante Sally zu George und geleitete Milo zum Beifahrersitz. »Deine Eltern werden ausflippen. Ich wollte doch nur, dass du daheim mal ein bisschen rauskommst.« Sie setzte ihn ins Auto, schlug die Tür hinter ihm zu und eilte zur Fahrerseite.

Sie griff über ihn hinweg und öffnete das Handschuhfach, während er seine Wange an die kühle Scheibe presste, die glatt war wie ein Eisblock. »Hier.« Sie reichte ihm ein Taschentuch. Er hob den Kopf und nahm es.

»Herr im Himmel«, sagte sie, und er folgte ihrem Blick zur Scheibe, die er mit seinem Blut beschmiert hatte. Sie gab ihm noch ein Taschentuch. »Hier. Wisch das bitte weg, ja? Wenn nachher Blut im Auto ist, bringt Randall mich um.« Sie japste und hielt sich eine Hand vor den Mund. »Oh, Schätzchen«, sagte sie zu Milo. »Es tut mir leid. Das hätte ich nicht sagen sollen.«

Zu Hause ließ Milo die Einkäufe auf dem Rücksitz liegen; George würde sie schon hineintragen. Tante Sally war wegen ihres Kommentars, Randall würde sie umbringen, in Tränen ausgebrochen, aber Milo hatte kein schlechtes Gewissen deswegen. Er war mental auf ihre Tränen vorbereitet gewesen, genau wie zuvor auf Daryls Tritt, und jetzt hatte er das Gefühl, nichts und niemand könnte ihm etwas anhaben. Seine Mutter saß mit Oma Alice, seiner Großmutter väterlicherseits, am Küchentisch, und als Milo hereinkam, blinzelte er gegen das helle Deckenlicht an. Die Haut um sein rechtes Auge spannte sich und pochte. »Milo!«, rief seine Mutter und sprang von ihrem Platz auf. »Was ist passiert?«

Er wollte ihr die Wahrheit sagen, aber dann dachte er an die Geschichte, die George im Auto erzählt hatte, von drei Jungs aus der Highschool, die sie aus dem Nichts heraus angegriffen hatten, ohne jeden Grund. *Das ergibt keinen Sinn. Wer soll das denn glauben?* Er hatte an seine Englischlehrerin, Mrs. Toner, denken müssen, wie sie fragte: Was motiviert diese Figur? Aber wer hätte das gedacht – Tante Sally hatte es George abgekauft. Wenn man den Leuten erzählte, was sie hören wollten, glaubten sie einem alles.

George erzählte die Geschichte jetzt noch einmal, und Tante Sally steuerte sogar ein paar grausame Details bei, um gleich darauf zu betonen, sie habe das alles nicht gewollt, als sie die zwei in die Stadt mitgenommen hatte. Milos Mutter holte eine Tüte Erbsen aus dem Gefrierschrank, drückte sie sanft auf sein Gesicht und zog eine Grimasse, als stelle sie sich vor, wie weh das tun musste. »Kinder können so grausam sein«, sagte sie. »Wie die Tiere.«

Oma Alice blieb am Tisch sitzen – sie hatte ein kaputtes Knie –, winkte aber Milo zu sich, um sein Gesicht zu untersuchen. »Du solltest ein Steak darauftun, Linda, keine Erbsen.«

»Das ist das Gleiche«, sagte seine Mutter. »Die Kälte wirkt, nicht das Fleisch. Das ist ein Ammenmärchen.« Immerhin war sie ausgebildete Krankenschwester.

»Mir egal, ob das ein Ammenmärchen ist, ich weiß nur, dass es funktioniert«, sagte seine Großmutter und gab Milo einen Kuss auf seine wund geschlagenen Fingerknöchel. »Ich möchte nicht sehen, wie der andere Kerl ausschaut«, sagte sie zu Milo und zwinkerte ihm zu.

»Oh, der sieht echt scheiße aus«, sagte George. »Wie rohes Hackfleisch.«

»Ts, ts, ts«, machte seine Großmutter. »Nicht solche Ausdrücke!«

»Sorry«, murmelte er. Niemand wagte Oma Alice zu widersprechen, nicht einmal George.

»Ich wüsste zu gerne, was in euch zwei gefahren ist«, fuhr sie fort. Milo nahm an, dass er und George gemeint waren, aber Oma Alice sah seine Mutter und Tante Sally an. »Die Jungen verwildern ja richtig. Keine Disziplin! Meine Jungs haben so etwas nie getan.«

Seine Mutter lachte auf, aber ein Blick reichte, um sie zum Schweigen zu bringen. »Er steht unter enormem Druck«, sagte sie. »Sei nicht so streng mit ihm.« Milo wurde warm ums Herz bei diesen Worten.

»Lach nur, Linda, aber das alles ist erst passiert, seit du wieder zur Arbeit gehst.«

Seine Mutter zuckte zusammen, als hätte man ihr eine Ohrfeige verpasst.

»Moment mal«, sagte Milo, aber seine Großmutter hob die Hand.

»Milo, du hast davon keine Ahnung«, sagte sie. Aber das stimmte nicht! Er musste an das Gespräch mit seiner Mutter in der Garage am Vorabend denken und an die vielen Mahlzeiten, die sie zubereitet und im Ofen gelassen hatte. Er erinnerte sich noch ganz genau an all die Morgen, an denen er sich mürrisch die Treppe hinuntergequält und seine müde Mutter schon mit hohlen Wangen am Küchentisch gesessen hatte, einen Bleistift in den Pferdeschwanz gesteckt und ihre Bücher über Krankenpflege vor sich ausgebreitet. Wie viel hatte sie wohl geopfert für eine Sache, die ihre Familie ihr hätte leichter machen sollen?

»Weißt du, Alice«, begann seine Mutter betont ruhig, »ich finde es nicht fair, dass …« Sie brach ab, als die Haustür aufging.

Sein Vater stand auf der Veranda und trat sich die Stiefel ab, er hatte Randall im Schlepptau. Milos Vater blieb stehen und betrachtete die Szene, die sich ihm bot. Er hatte einmal gescherzt, das Familienwappen der Aherns zeige vier Personen, die aus dem Wohnzimmer fliehen, während Oma Alice allein sitzen bleibt und über die Stille wacht. Sein Blick schweifte durch den Raum und blieb an Milo und seinem malträtierten Gesicht hängen. »Was zur Hölle ist denn mit dir passiert?«

»Ich bin in eine Schlägerei geraten.«

»Mit wem?«

»Ein paar Highschool-Schülern.«

Sein Vater zog sich die Jacke aus und nahm die rot-weiße Strickmütze mit dem MoorMan's-Logo ab. »Mein Gott, Milo. Haben wir nicht schon genug um die Ohren?«

»Keine Ahnung«, gab Milo zurück. »Vielleicht ja nicht.«

Sein Vater hielt in der Bewegung inne. Seine Jacke war nur noch Zentimeter von dem Haken entfernt, an dem er sie immer aufhängte und der stets leer war, wenn sein Vater nicht da war; alle wussten, dass sie gut daran taten, dort nicht ihre eigenen Rucksäcke oder Handtaschen, Regenschirme oder Jacken aufzuhängen. »Wie bitte?« Seine Stimme war leise, aber deutlich zu hören.

»Ich sagte«, erwiderte Milo mit klarer Stimme, »dass ihr vielleicht noch nicht genug um die Ohren habt.«

Oma Alice schaute ihren Sohn und ihren Enkel wachsam an.

»Was ist passiert?«, beharrte sein Vater. »Raus mit der Sprache.« George wollte gerade loslegen, doch Milos Vater hob eine Hand in seine Richtung, und er verstummte. »Sag schon, Milo.«

»Ein paar Jungs haben über Peggy geredet.« Er wusste jetzt, dass er sich ausdenken konnte, was er wollte. »Haben sie beschimpft. Schlampe und so was. Die haben gesagt, sie wäre mit einem älteren Typen aus der Stadt zusammen gewesen. Ich meinte, kann sein, dass sie eine Schlampe war, aber sie war trotzdem meine Schwester.«

Mit drei großen Schritten war sein Vater bei ihm. »Sei vorsichtig, was du sagst.«

»Das war sie, Dad, genau das sagen die Leute. Sie war eine Schlampe.«

Das reichte, sein Vater holte aus und schlug seinem Sohn auf die Wange, zum Glück die linke und nicht die rechte.

»Joe!«, rief seine Mutter.

Randall trat vor. »Joey!«

Milo spürte, wie sich in seinen Augen die Tränen sammelten, und er flehte sie an, dass sie dort bleiben und ihm nicht über die

Wangen laufen würden. Die Erbsen in seiner Hand fühlten sich kalt an.

»Genug!«, rief Linda. »Das reicht jetzt. Schluss damit.« Sie drängte sich zwischen Milo und seinen Vater. »Es *reicht*.« Sie baute sich mit ihren dünnen Armen vor Milo auf. »Du«, sagte sie und deutete auf Joe. »Geh ins Wohnzimmer. Mach dir einen Drink oder so.« Dann zeigte sie auf Randall. »Und du gehst mit.« Die beiden Männer zogen ab, und Milo blieb mit George und den Frauen zurück.

»Er hat nichts dazu gesagt, dass …«, hob Tante Sally an, aber sie brach ab und redete nicht weiter. Was spielte das jetzt noch für eine Rolle?

»Macht euch bettfertig«, befahl seine Mutter den Jungen. »Ihr schlaft im Keller.«

George sah auf die Uhr. »Es ist gerade erst sieben durch!«

»Das ist mir egal. Ab!«

Als Milo die Küche verließ, hörte er seine Großmutter noch sagen, jetzt streng zu sein würde auch nichts mehr nützen, der Rest wurde von Georges Stampfen auf der Holztreppe übertönt. Unten angekommen, drehte er sich um, und ein Grinsen breitete sich auf seinem Gesicht aus. »O Mann«, sagte George. »Du bist echt ein Naturtalent.«

»Ich will das Sofa«, sagte Milo.

»Was?«

»Ich will das Sofa. Zum Schlafen. Du bekommst heute Nacht den Schlafsack.« Er würde auf keinen Fall niedriger schlafen als sein Cousin mit seinen ekligen Spuckefäden. Nie wieder.

George sah ihn erstaunt an. »Okay.«

»Und wehe, du schnarchst wieder so viel.«

»Leck mich, Mann. Das sind meine Nebenhöhlen.«

Milo schritt an ihm vorbei. »Ich putze mir als Erster die Zähne. Und spucke ins Waschbecken.«

Eine Viertelstunde später hatte Milo es sich mit einer Häkeldecke auf dem Sofa gemütlich gemacht, Chandlers *Der lange Abschied* und eine Taschenlampe auf dem Bauch. Sie konnten ihn zwingen, ins Bett zu gehen, aber sie konnten ihn nicht zwingen, zu schlafen.

Seine Mutter kam auf Zehenspitzen die Treppe herunter und kniete sich neben ihn, mit roten Augen und fleckiger Haut. »Du brauchst noch nicht ins Bett zu gehen. Ich wollte dich nur aus der Schusslinie haben.« Sie sagte nichts dazu, dass Milo auf dem Sofa lag, und bat ihn nicht, es ihrem Gast zu überlassen. George war immer noch oben und tat so, als würde er sich die Zähne putzen, und Milo malte sich aus, wie er sich zum Spiegel beugte und sich mit den Zeigefingern die Mitesser ausdrückte. Peggy hatte das auch immer getan, ein Zwang, den sie nicht abstellen konnte, auch wenn sie sich dauernd darüber beklagte, dass man damit alles noch schlimmer machte.

Er steckte einen Finger durch ein Loch in der Decke und wickelte einen losen Faden darum. »Das haben die gar nicht wirklich gesagt. Über Peggy.«

Seine Mutter wischte sich die Feuchtigkeit von der Wange. »Spielt doch keine Rolle, so oder so.«

Zum ersten Mal tat es Milo leid, wie er sich in den letzten paar Stunden verhalten hatte.

»Meinst du, das war ein Fehler?«, fragte seine Mutter. »Dass ich wieder arbeiten gehe?«

Milo schüttelte den Kopf. »Nein. Das ist bescheuert.«

Sie lächelte. »Nenn deine Großmutter nicht bescheuert.«

»Habe ich ja genau genommen gar nicht. Ich habe nur gesagt, dass ihre Argumentation bescheuert war.«

Sie strich ihm das Haar glatt. »Ach, du weißt schon, was ich meine.«

Milo dachte einen Moment darüber nach. »Es tut mir leid,

dass wir dir nicht mehr geholfen haben. Peggy und ich hätten mehr tun sollen, um dir zu helfen.«

»Ihr wart nicht das Problem, Milo. Dein Vater hätte helfen müssen.« Es war wie gestern Abend, als seine Mutter sich ihm anvertraut hatte, aber dieses Mal fühlte er sich mehr auf ihrer Seite. Wie oft war sein Vater abends von der Arbeit nach Hause gekommen, hatte geduscht und sich mit einem Drink vor den Fernseher gesetzt, während seine Mutter, immer noch in ihren Krankenschwesternschuhen, am Herd gestanden und Essen gekocht hatte. War das in allen Ehen so? Früher hatte er sich so oft seinen mächtigen Vater angeschaut, wie er sich im Sessel zurücklehnte, eine Hand unter den Gürtel seiner Jeans gesteckt, und hatte gedacht, eine Ehe sei ja irgendwie eine tolle Sache. Er war nie darauf gekommen, das Ganze anders zu sehen, immerhin war sein Vater ständig unterwegs und hatte seinen Spaß.

Seine Mutter strich ihm die Decke über der Brust glatt, nahm sein Buch und tat so, als würde sie den Text auf der Rückseite lesen. »Weißt du, ob das stimmt? Mit Peggy?«

»Was?«

»Du weißt schon.«

O Mann, wenn es einen Menschen auf der Welt gab, dem er jetzt gerne erzählt hätte, dass seine eigene Mutter ihn fragte, ob seine Schwester eine Schlampe sei, dann war das Peggy. Er spürte wieder den Schmerz, diesen Druck in seiner Brust wie bei einem Herzinfarkt, als er daran dachte, wie Mr. Burke seiner Schwester in den Nacken gepustet hatte – wie sie sich über Scotts Hund gebeugt hatte, die Arme verschränkt, um ihre Brüste zusammenzupressen, die Ellbogen eingezogen, der Pullover mit V-Ausschnitt, der Lippenstift. Er hatte vorgehabt, es den anderen zu erzählen, aber dann war Peck in der Kirche aufgetaucht, und seine Familie war durchgedreht, und er konnte den Gedanken nicht ertragen, ihnen eine weitere bittere Wahrheit aufzutischen. Stattdessen verdrängte er es – wie sein Vater es ihm beigebracht hatte – und startete in der Stadt eine Schlägerei. Noch ein Kampf, den er nicht gewinnen konnte. Milo dachte an seine Mutter, die zu ihm gesagt hatte, hübsche Mädchen würden Ärger magisch anziehen und dass Peggy bestimmt etwas zugestoßen sei. Wenn seinem eigenen Vater die Gefühle seiner Mutter so unwichtig waren, was bedeutete das dann für Mr. Burke und Peggy?

Milo holte tief Luft. »Mom, ich muss dir etwas sagen.«

Milo drückte auf den Knöpfen seines Controllers herum, aber er verpasste den Sprung, und Luigi war wieder einmal dem Tode geweiht. George hatte seinen Nintendo mitgebracht. Als er aus dem Cadillac gestiegen war, hatte er die graue Konsole unter dem Arm gehabt, und nachdem Milo seiner Mutter von Mr. Burke und Peggy erzählt hatte, hatte sie nichts dagegen gehabt, dass er die Konsole an den Fernseher anschloss, und war derweil nach oben gegangen, um mit seinem Vater zu reden. Er vermisste den Joystick vom Atari, den er aggressiv nach vorne rammen konnte; mit dem Daumen fest auf einen Knopf zu drücken, war lange nicht so befriedigend. Sein Gesicht schmerzte an den Stellen, wo Daryl Klaussen ihn erwischt hatte.

»So macht das keinen Spaß«, sagte Milo, als Luigi am unteren Bildschirmrand verschwand und starb.

»Langsamer machen geht leider nicht«, sagte George. »Es gibt keinen extra Spielmodus für Spastis.«

Sofort musste Milo an Hal denken.

Die Kellertür flog auf, und sein Vater stürmte die Treppe herunter. Er trug seine Arbeitskleidung, und seine Stiefel hinterließen Schweinemist auf dem Teppich. »Was hast du gehört?«, rief er und packte Milo grob an der Schulter. »Du sagst mir jetzt sofort, was du gehört hast.«

»Joe«, rief seine Mutter und tauchte hinter ihm auf. »Joe, beruhige dich!«

Milo zuckte zusammen, sein Vater machte ihm Angst. Er wünschte sich, seine Ohrfeige hätte genauso sichtbare Spuren hinterlassen wie Daryls Absolventenring. Sein rechtes Auge war immer noch geschwollen, und der Bluterguss hatte inzwischen das dunkle Violett einer Gewitterfront.

»Was weißt du über Larry Burke?«, schrie er Milo an. Spucke lief ihm aus dem Mundwinkel.

Milo saß da und klappte tonlos den Mund auf und zu wie ein sterbender Fisch, bis sein Vater seinen Zorn auf seine Frau richtete. »Wusstest du davon? Hast du das gewusst, Scheiße noch mal?«

»Natürlich nicht!«

»Du warst ihre verdammte *Mutter*! Wie konntest du das nicht wissen?«

Ihr Körper sackte in sich zusammen, nur einen Millimeter, als wäre sie eine Marionette, bei der jemand an den Fäden gerüttelt hatte. »Du hast ja recht.«

Milos Vater rannte die Treppe hoch, zwei Stufen auf einmal. »Ich rufe Peck an.« Vom Keller aus hörten sie das Surren der Wählscheibe und dann wieder die Stimme seines Vaters. »Larry Burke. Er war auf diesem gottverdammten Jagdausflug.«

»Was spielt ihr da?«, fragte seine Mutter, und es war so offensichtlich, dass sie versuchte, ihn und George abzulenken, dass Milo am liebsten losgeheult hätte.

»Hier«, sagte er und reichte ihr den Controller. George erklärte ihr die Regeln und versuchte, sie komplizierter klingen zu lassen, als sie waren, als würde er sein Leben etwas widmen, das weniger öde war, als zu laufen und zu springen und zu versuchen, nicht in Löcher zu fallen.

»Eigentlich musst du nur so machen«, sagte Milo und zeigte ihr, wie er seine Figur im weißen Overall in vier Richtungen bewegen konnte. Jahrelang hatte er versucht, seine Mutter für seine Hobbys zu interessieren, aber sie hatte immer so viel zu tun – noch eben eine Ladung Wäsche, bevor sie sich hinsetzen und Pause machen konnte, und daraus wurde dann eine Stunde, und schon war es wieder an der Zeit, Abendessen zu machen. Erneut schämte sich Milo, dass er nie daran gedacht hatte, ihr zu helfen. Es hätte ja schon gereicht, hin und wieder mal die Wäsche aus der Waschmaschine zu nehmen und in den Trockner zu stecken.

»Ein bisschen komplexer ist es schon«, sagte George verärgert.

Milos Mutter wischte sich über das Gesicht, dann setzte sie sich im Schneidersitz zu den beiden auf den Fußboden und schaute auf den Fernseher. Er musste an das kleine blonde Mädchen aus *Poltergeist* denken. Er hatte den Film nicht gesehen, nicht einmal in der Fernsehfassung, aber er hatte das Mädchen im Trailer gesehen – und wie sich die Mutter in ihrem roten Footballtrikot am Türrahmen festhielt und ihr weißer Slip hervorblitzte.

»Natürlich wusste ich das nicht, verdammt«, war sein Vater von oben zu hören. Es gab eine längere Pause, während der seine Mutter auf dem Controller herumklickte.

»Hier«, sagte George. »Du musst schneller sein.«

Sein Vater wurde noch lauter. »Verdammt noch mal, Peck!«

Milo musste daran denken, wie seine Schwester an einem Samstagabend, Lippenstift und Eyeliner aufgetragen, zu Hause gesessen hatte. »Es war nicht so, wie ihr denkt«, sagte er zu seiner Mutter. »Peggy mochte ihn.«

»Selbst wenn es nicht so war, war es trotzdem so«, sagte sie. »Mr. Burke ist ein erwachsener Mann.« Milo fuhr sich mit der Hand über das Haar, das sich fettig anfühlte, so lange hatte er nicht mehr geduscht. »Du bist noch zu jung, um das zu verstehen«, fügte sie hinzu, und Milo rollte mit den Augen. Er war es schließlich, der eins und eins zusammengezählt hatte. Und seine Eltern waren zu blind gewesen, um es zu sehen. »Tut mir leid«, sagte sie. »Du hast ja recht. Wenn in dieser Woche jemand erwachsen ist, dann du.«

Großmutter Ahern hatte seiner Mutter vorgeworfen, sie könne ihre Kinder nicht kontrollieren. Als ob es das wäre, was sie bräuchten: kontrolliert zu werden. »Es ist nicht deine Schuld, das weißt du, oder?«, sagte er. Sie wandte sich vom Fernseher ab. »Es ist gut, dass du wieder arbeiten gehst.«

Ihre Augen füllten sich mit Tränen. »Danke, Sweetie. Aber das lasse ich wieder bleiben.«

21

Alma schreckte hoch. Das Klingeln des Telefons hatte sie geweckt. In der letzten Woche war sie öfter vom Telefon oder davon, dass jemand an die Tür klopfte, wach geworden als in den ganzen letzten fünf Jahren. Ihre Mutter hatte immer gesagt, nach neun Uhr abends gebe es keine guten Nachrichten mehr, aber andererseits hatte ihre Mutter die Gabe, aus jeder Nachricht eine schlechte zu machen, genau wie sie.

»Gehst du ran?«, fragte sie Clyle, aber der antwortete nicht, sondern atmete nur lang aus. Sie schnappte sich das Flanellhemd, das sie über den Sessel geworfen hatte, und stapfte in die Küche. Als sie um die Ecke kam, stieß sie sich den Zeh am Tischbein. »Verdammte Scheiße.« Auf der Farm schlief sie nie besonders tief und war ständig müde. Vor ein paar Jahren hatten sie anlässlich einer Hochzeit in der Nähe von Sioux Falls in einem Hotel übernachtet, und das gleichmäßige Brummen der Interstate hatte sie tief und fest schlafen lassen. Irgendetwas in ihrem Gehirn hatte das Geräusch von früher wiedererkannt. Sie fragte sich, ob sie tief in ihrem Inneren noch immer ein Stadtmensch war und ob das der Grund war, warum die Frauen in Gunthrum sie nicht akzeptierten. Es war, als hätten sie schon früh die Großstadt an ihr gerochen und gemerkt, dass sie nicht zu ihnen gehörte, ganz gleich, wie sie sich verkleidete. Erst letzten Monat hatte sie sich in der Bücherei ein Buch ausgeliehen, und die Frau hinterm Tresen hatte zu ihr gesagt: »Alma, Sie sind die Einzige, die sich diese hochtrabenden Bücher anguckt. Es ist schön, mal eine echte Leserin hier zu haben. Die meisten Ladys holen sich hier nur diese Herzschmerz-Schmöker und machen bei den guten Stellen Eselsohren.« Um Himmels willen, sie hatte sich bloß *Große Erwartungen* ausgeliehen, nicht die *Ilias* auf Altgriechisch.

Sie nahm den Hörer ab. »Hallo?«

»Mrs. Costagan? Hier ist Deputy Ross in Lincoln. Wir haben hier einen Mann, der sagt, wir sollen Sie anrufen.« Lincoln? Das war nur zwei Stunden entfernt. Sie warf einen Blick auf die Uhr; es war kurz nach drei Uhr morgens. »Ein gewisser Hal Bullard?«

Sie sank auf Clyles Stuhl am Tisch. »Wieso ruft er mich nicht selbst an?«

»So ist halt das Prozedere, wir können ihn nicht einfach aus seiner Zelle lassen. Er hat einen Mann und eine Frau tätlich angegriffen, als sie ein Lokal verließen.« Alma musste an Peggys geschundenen Körper in einem Feld denken und an den Teenager aus Wayne mit Gehirnerschütterung im Krankenhausbett. »Als wir aufgetaucht sind, hat er einen Polizeibeamten angegriffen.«

Alma spürte ein Stechen in der Brust. »Und wie haben die ihn provoziert?«

»Ma'am?«

»Kann ich ihn abholen?«

»Morgen früh setzen wir eine Kaution fest, sobald er wieder nüchtern ist.«

»Er ist nicht bloß betrunken«, sagte sie, wobei er das höchstwahrscheinlich auch war. Es tat ihr weh, diese Worte zu sagen, aber dann fügte sie hinzu: »Er ist ein wenig zurückgeblieben.«

»Ah«, sagte der Mann und schien im Geiste ein paar Puzzleteile zusammenzufügen, bis ihm die Erkenntnis kam: »Das ist der Verdächtige im Fall Ahern, oder? Tja, das ändert die Lage.«

»Es wurde noch keine Anklage erhoben.«

»Hal Bullard«, sagte der Mann. »Ich wusste doch, dass ich den Namen schon mal gehört hatte.«

Zurück im Schlafzimmer, rüttelte Alma ihren Mann wach. »Clyle, ich brauche dich. Du musst aufstehen.«

Er schaute sie aus einem Auge an und blinzelte gegen das Flurlicht. »Was ist denn?«

Sie berichtete von dem Anruf, während er sich aus dem Bett hievte und in eine Jeans schlüpfte, der Gürtel noch in den Schlaufen. Er fuhr sich mit der Hand durch das Haar und über das Gesicht, wobei sich seine Gesichtshaut verzog. *So wird er aussehen, wenn er alt ist*, dachte Alma. *Älter.*

»Was zum Teufel wollte er denn in Lincoln?«

»Keine Ahnung«, sagte sie und ging in die Küche, um Kaffee zu kochen, den sie in einer Thermoskanne mitnehmen konnte. »Ich fahre hin«, sagte sie, als Clyle ihr in den Flur folgte. »Du musst in ein paar Stunden in den Stall. Das ist wichtiger als alles andere.«

Clyle räusperte sich, während sie Wasser in die Maschine füllte. »Hast du ihm alles gegeben?«

Sie hielt inne, der Löffel mit Kaffeepulver schwebte über dem Filter. »Was – alles?« Sie wusste, dass er das Geld meinte. Sie drehte sich zu Clyle um, der schüttelte den Kopf und blickte zu Boden. »Bitte nicht, Alma. Dazu kennen wir uns zu gut.«

»Woher …«

Er schüttelte erneut den Kopf. »Darüber sprechen wir später. Also, hast du?«

Sie nickte und knallte den Deckel auf die Kaffeemaschine. »Er brauchte eine Chance. Ich habe getan, was ich für ihn tun konnte.« Sie schaute ihm ins Gesicht. »Kannst du das überhaupt nachvollziehen?«

Der Kaffee begann zu tropfen und verströmte seinen Duft. »Ja.«

Am liebsten hätte Alma sich gleich einen Becher genommen, wenn genug in die Glaskanne getropft war, dann war der Kaffee besonders stark und bitter. Aber seit Jahren riss sie sich nun schon zusammen und ließ den Kaffee erst komplett durchlaufen, damit auch Clyle einen vernünftigen Kaffee bekommen konnte. Sie fragte sich, ob ihm überhaupt schon einmal in den Sinn gekommen war, sich einen Kaffee zu nehmen, bevor die Kanne voll war.

»Ich begreife nur nicht, dass du es mir nicht erzählt hast.«

»Ach komm, ich weiß genau, was du gesagt hättest.«

»Was?«

»›Lass uns erst mal abwarten und schauen, was passiert. Hab mal ein bisschen Vertrauen in das System. Geh nicht immer gleich vom Schlimmsten aus.‹« Es machte sie fassungslos, wie viel davon abhing, dass er im Gegensatz zu ihr ein solches Vertrauen in diese Stadt hatte.

»Das hätte ich garantiert nicht gesagt.«

»Woher willst du das wissen?«

»Weil ich seit Freitag von dem Geld weiß und mich nur gefragt habe, wann du es mir sagen würdest oder ob ich aufwachen würde, und du und Hal wärt einfach verschwunden.«

Alma schluckte. Hatte er das gehofft? Dass sie mit Hal verschwinden würde, dass er sie beide endlich los wäre? Der Gedanke machte ihr mehr zu schaffen, als sie gedacht hätte. Sie wandte sich wieder dem Küchenschrank zu und blinzelte mehrmals, während sie ihre Thermoskanne herausholte. »Ich muss los. Hal wartet im Knast.«

»Willst du das, Alma? Mich verlassen?«

»Hal wart…«

»Ich meine nicht jetzt, ich meine für immer. Willst du mich verlassen?«

Sie knallte den Becher auf den Formica-Tresen. »Habe ich ja nicht, oder?«

Clyle stieß ein hohles Bellen aus. »Nein, hast du nicht. Noch nicht.« Er griff nach ihrer Thermoskanne und schüttete Kaffee hinein, dann goss er sich selbst einen Becher ein. »Aber manchmal frage ich mich, warum nicht, Alma. Denn das möchtest du doch ganz offensichtlich.« Mit diesen Worten stand er auf und ging in den Keller, um sich für den Schweinestall umzuziehen. Jetzt wieder ins Bett zu gehen, hatte keinen Sinn.

Eine Dreiviertelstunde dauerte Almas Auseinandersetzung mit der Frau am Empfangstresen bei der Polizei nun schon. Sie hatte sich eingeredet, dass die Frau das Einzige war, was noch zwischen ihr und Hal stand, und ganz egal, ob das nun stimmte oder nicht, Almas Verachtung für diese Frau wuchs zusehends. Sie wusste nicht, wie oft Clyle ihr schon vorgeworfen hatte: »Du traust keiner Autorität«, und wie oft sie darauf gesagt hatte: »Wer tut das schon?« Tja, wer tat das? Clyle Costagan, wie sich ein ums andere Mal herausstellte.

Während der zweistündigen Fahrt hatte sie sich seine Worte immer wieder durch den Kopf gehen lassen. Er hatte seit Freitag von dem Geld gewusst. War er deshalb mit Diane zusammen gewesen? Sie wollte das so gerne glauben, aber das Bild, wie Diane sich im Pick-up zu Clyle herübergebeugt und ihn auf die Wange geküsst hatte, ging ihr nicht aus dem Kopf.

Als ein Mann in Uniform auf sie zukam, blieb sie trotzig sitzen. Sie würde vor diesem Mann nicht katzbuckeln und aufstehen, nur weil er den Raum betrat. Sie würde ihn dazu zwingen, auf sie herabzuschauen, mal sehen, wie lange es dauerte, bis sie die Oberhand gewann. Nicht lange, schätzte sie.

»Mrs. Bullard?«, fragte er, und sie sagte, nein, sie sei Mrs. Costagan.

»Mrs. Bullard ist noch unterwegs«, schaltete sich die Frau hinterm Tresen ein. Sie warf Alma einen süffisanten Blick zu. Ihr linkes Augenlid hing schlaff herunter, und Alma dachte: Geschieht ihr recht.

»Also«, sagte Alma zu dem Beamten, »wo ist er?«

»Da hinten.« Er deutete auf den Raum, aus dem er gerade gekommen war. »Wir sprechen immer noch mit ihm über den Vorfall.«

»Niemand hier verrät mir ein Sterbenswörtchen darüber, was eigentlich passiert ist.« Sie warf der Frau am Schreibtisch wieder einen bösen Blick zu und beobachtete zufrieden, wie sie ihren dicken Hintern wegrollte und sich der Schreibmaschine widmete. »Was auch immer passiert ist, ich bin mir sicher, es ist alles ein Missverständnis.«

»Nein, ein Missverständnis ist das nicht. Er hat Leute geschlagen. Wollte die Zeche prellen, im O'Rourke's im Stadtzentrum, und als die Kellnerin ihn an der Tür aufhalten wollte, hat er sie weggeschubst. Ihr Ehemann Merle arbeitet da ebenfalls, und der ist sofort über den Tresen gesprungen und hat ihn zur Rede gestellt. Dann hat sich der Verdächtige ihm zugewandt und ihn ins Gesicht geschlagen.«

Alma schüttelte den Kopf. »Wie ich schon sagte, ein Missverständnis. Hal weiß nicht, dass er bezahlen muss. Wir wohnen in einer Kleinstadt.«

»Mir ist klar, wo Sie wohnen, Ma'am.«

»Was ich meine, ist, dass Hal normalerweise anschreiben lässt.« Das OK ließ nicht jeden anschreiben, aber Hal hatte allzu oft sein Portemonnaie zu Hause vergessen oder die Scheine falsch zusammengezählt, wenn er gehen wollte. Deshalb hatten sie beschlossen, seine Rechnungen zu sammeln, und am Monatsanfang bezahlte er immer alles zusammen, wenn er von den Costagans sein Gehalt bekam. Das OK stand auf seiner Liste laufender monatlicher Kosten, genau wie Miete, Strom und Wasser.

Hatte sie wirklich geglaubt, Hal könne sich ein eigenes Leben aufbauen? Dass er eine Bar finden würde, bei der er anschreiben konnte? Oder einen Polizisten, der ihn nach Hause eskortierte, wenn er betrunken Auto gefahren war, statt ihm einen Strafzettel zu verpassen? Oder einen Lebensmittelladen, der ihm das Obst, das er aus Versehen fallen ließ, nicht berechnete? Oder ein Restaurant, das ihm den Zwanzig-Dollar-Schein zurückgab, den er als Trinkgeld auf den Tisch legte? Es hatte viele Jahre gedauert, sein Leben so einzurichten, dass es funktionierte, und auch wenn sie es nur ungern zugab, waren es die freundlichen Bewohner von Gunthrum, die das möglich machten.

»Ob man jetzt normalerweise anschreiben lässt oder nicht, man kann nicht einfach irgendwelche Leute verprügeln. Vor allem keine Polizisten. Und keine Frauen.«

Alma stand auf und hängte sich ihre Handtasche über die Schulter. »Nun reicht's aber langsam, lassen Sie mich zu ihm.«

»Er ist immer noch sehr aufgewühlt.«

»Genau wie ich. Lassen Sie mich zu ihm.«

»Ma'am ...«

»Nennen Sie mich nicht *Ma'am*. Ist Ihnen klar, dass der Junge eine geistige Einschränkung hat? Sie lassen mich jetzt sofort mit ihm reden.«

Die Vordertür schwang auf, und Marta Bullard kam hereingewankt, auf ihren Stock gestützt. Inzwischen graute der Morgen, am rosafarbenen Himmel hinter den Gebäuden auf der anderen Straßenseite ging die Sonne auf und verlieh Martas Haut einen Schimmer, der sie gesünder aussehen ließ, als sie war. »Alma«, sagte sie und legte sich die linke Hand auf die Brust. »Danke, dass du hergekommen bist.«

»Ist doch selbstverständlich. Hal hat mich angerufen.«

»Das ist so nicht richtig«, sagte die Frau mit dem hängenden Augenlid. »Er durfte das Telefon gar nicht benutzen.«

»Er weiß doch sowieso nicht, wie das geht«, sagte Marta.

»Ach, Blödsinn«, sagte Alma. »Er ist vielleicht ein bisschen langsam, aber er weiß, wie man telefoniert. Sie haben ihm einfach seine Rechte verweigert.«

»Also«, sagte der Beamte. Die Tür öffnete sich erneut, und Alma kniff die Augen zusammen. Ein großer, knorriger Mann kam auf sie zu, der einen Cowboyhut in der Hand hielt.

»Das ist Eugene«, sagte Marta. »Das ist Alma. Sie kümmert sich um Hal.«

»Ich bin seine Arbeitgeberin«, stellte sie klar. »Er kümmert sich um sich selbst.«

»Aber offensichtlich nicht sehr gut«, bemerkte Marta und versuchte zu lachen. Sie wandte sich an den Polizeibeamten und schaute gleichzeitig Fräulein Schlupflid an, als sie sagte: »Ich bete regelmäßig für den Jungen.«

Alma rollte mit den Augen. »Bete in die eine Hand und scheiß in die andere, mal sehen, welche schneller voll ist.« Das war einer der Sprüche von Clyles Vater gewesen. Sie hatte den Mann immer gemocht.

In der Zelle schlief Hal mit offenem Mund und schnarchte, wie immer, wenn er zu viel getrunken hatte. »Hal«, sagte Alma. »Aufgewacht!«

Er blinzelte, und dann riss er die Augen auf. »Mom!«

Alma schaute auf ihre Füße. Das tat weh. Nach all den Jahren dachte er immer noch zuerst an seine Mutter.

»Hi, Hally«, sagte Marta und streckte eine Hand durch die Gitterstäbe.

»Was machst du denn hier?«

»Ich wollte nach dir sehen. Was machst du nur für Sachen?«

»Ich hab wen geschlagen. Und eine Lady geschubst.«

»Und du weißt, dass das nicht in Ordnung war?«

Alma schnaubte wieder. »Natürlich weiß er, dass das nicht in Ordnung ist.«

»Das war nicht mit Absicht«, sagte Hal.

Wenn Alma als Kind ein Missgeschick passiert war, zum Beispiel, als sie ein Glas Gewürzgurken umgeworfen hatte, hatte ihr Vater zu ihr gesagt: *Es reicht nicht, dass du es nicht mit Absicht getan hast – du musst es mit Absicht* nicht *tun.* Aber dann hatte er gelächelt, im Gegensatz zu ihrer Mutter, die die Lippen zusammengepresst und Alma einen Lappen gereicht hatte. Noch zwei Tage später hatte die Küche nach Essig gerochen.

»Ich hole dich hier raus«, sagte Alma.

»Moment mal«, warf der Beamte ein, »es liegt eine Anzeige gegen ihn vor, und selbst wenn Merle sie fallen lässt – was er meistens tut, wenn jemand die Nacht hinter Gittern war –, werde ich den Burschen zumindest so lange hierbehalten, bis Ihr Sheriff da unten in Gunthrum seinen Arbeitstag beginnt.« Es war gerade erst sechs Uhr morgens.

»Dürfen Sie das einfach so?«

»Wir haben die Anzeige von Merle, und laut Gesetz darf ich ihn vierundzwanzig Stunden festhalten, wenn hinreichende Verdachtsmomente bestehen. Und genau das habe ich vor, bis ich mit dem Kollegen in Gunthrum sprechen kann.«

»Warum sperren Sie mich dann nicht einfach mit ein?«, schlug Alma vor. »Gegen mich haben Sie genauso wenig in der Hand.«

»Wissen Sie was?«, sagte der Beamte. Er war vielleicht Mitte zwanzig und hatte einen Adamsapfel, der so groß war wie eine Babyfaust. »Ich wünschte, Sie würden mich meine Arbeit machen lassen.«

Sie streckte die Hände aus und hielt sie ihm hin, mit den Handflächen nach oben. »Wünschen Sie in die eine Hand und scheißen Sie in die andere.«

Alma saß in einem Café der Perkins-Kette, das rund um die Uhr geöffnet hatte. Marta und Eugene saßen ihr gegenüber, und sie vertrieben sich die Zeit, bis der Barbesitzer die Anzeige zurückzog oder Peck sich dazu äußern würde, ob Hal weiter in Gewahrsam bleiben sollte. Marta fiel nichts Besseres ein, als Alma darauf hinzuweisen, dass sie wahrscheinlich auf dem Polizeirevier hätten warten dürfen, wenn sie sich nicht so unflätig verhalten hätte. Als ihr Frühstück kam, nahmen sich Marta und Eugene theatralisch an den Händen und neigten die Köpfe vor ihrem Essen, während Alma ein großes Würstchen auf die Gabel spießte und sich in den Mund steckte.

»Wir beten schweigend«, sagte Eugene, »aus Respekt vor dem Glauben anderer.«

»Und warum haltet ihr euch dann an den Händen und verbeugt euch? Weil ihr trotzdem nicht auf ein bisschen Show verzichten wollt?« Alma widerten solche selbstgerechten Menschen einfach an.

Marta legte ihre Hand wieder auf die von Eugene. »Wir lassen uns wegen unseres Glaubens nicht diskriminieren.«

Alma lachte mit weit aufgerissenem Mund, den noch nicht hinuntergeschluckten Würstchenbrei in der Backentasche. »Ihr seid Christen mitten in Nebraska. Niemand wird weniger diskriminiert als ihr!« Die Kellnerin kam an den Tisch und schenkte ihnen, ohne zu fragen, Kaffee nach, und Alma senkte den Kopf und sagte: »Gott segne Sie.«

Marta beugte sich vor. »Du musst dich nicht über alles lustig machen. Kein Wunder, dass Hal da gelandet ist, wo er jetzt ist.«

»Hal ist da gelandet, wo er jetzt ist, weil du ihn als Jungen beinahe hast ertrinken lassen.«

Marta schnappte nach Luft. »Das ist ja wohl die Höhe! Ich habe den Jungen so lieb gehabt wie sonst keiner. *Er* wollte von *mir* nichts mehr wissen.«

»Und du bist seine Mutter, also hättest du das nicht zulassen dürfen«, sagte Alma. »Du hättest das nicht zulassen dürfen.«

»Wir haben uns ein paar Gedanken gemacht«, sagte Eugene.

Alma hob die Hand: »Fang gar nicht erst an.«

»Wir haben uns ein paar Gedanken gemacht«, wiederholte Marta. »Hals beste Verteidigung ist es, auf geistige Unzurechnungsfähigkeit zu plädieren. Ich habe mit einem Anwalt gesprochen, der sagt, dann würde Hal nur wegen Totschlags angeklagt werden und käme in eine Einrichtung statt ins Gefängnis.«

»Es wurde noch gar keine offizielle Anklage erhoben!«, sagte Alma, und die Kellnerin hielt am Nebentisch beim Kaffee-Einschenken inne. Sie hörte ganz offensichtlich mit.

Marta schüttelte den Kopf. »Das ist eure Verteidigungsstrategie? Es wurde keine *offizielle* Anklage erhoben?«

Eugene rieb ihr den Rücken. »Denk daran, worüber wir gesprochen haben.«

Marta hob ihr Kinn. »Wir sind Hals Familie. Wir können ihm alles geben, was er braucht.«

Eugene beugte sich vor. »Der Herr sagt: Wenn aber jemand die Seinen nicht versorgt, hat er den Glauben verleugnet.«

»Ja ja, der Herr sagt viel, wenn der Tag lang ist«, erklärte Alma. »Das darf man nicht alles so wörtlich nehmen.«

»Wir können uns um Hal kümmern«, sagte Marta.

»Was glaubst du, was Clyle und ich die ganzen Jahre getan haben?«

»Keine Ahnung«, sagte Marta. »Ich weiß nur, dass er jetzt säuft und wegen Mordes angeklagt wird. Meinst du das?«

»Na ja, Hal hat da immer noch ein Wörtchen mitzureden, zumindest so lange, bis du dafür sorgst, dass er weggesperrt wird.«

»Und erzähl mir nicht, es wäre Hals Idee gewesen, hierherzukommen, zwei Stunden von zu Hause entfernt. Ich kenne meinen Jungen doch. Das ist auf deinem Mist gewachsen, Alma

Costagan, und dass du einen Jungen wie ihn auf die Flucht schickst, gibt einem nicht gerade das Gefühl, dass du einen besonders geeigneten Vormund abgibst.«

»Er ist über achtzehn! Er *hat* keinen Vormund.« Alma nahm noch einen Schluck ihres zu heißen Kaffees und knallte den Becher auf den Tisch. Sie nahm ihre Handtasche, warf sich den Riemen über die Schulter und ließ die beiden mit der Rechnung sitzen. Sie wünschte sich, sie hätte dreimal so viel bestellt.

Auf dem Polizeirevier knöpfte sie sich den Polizisten mit dem Adamsapfel vor und sagte ihm, sie habe mit ihrem Anwalt gesprochen und der habe gesagt, sie dürfe auch ohne sein Beisein zu Hal hinein – eine glatte Lüge.

»Das kommt mir komisch vor«, sagte der junge Mann, aber Alma hatte seit vierzehn Jahren Übung darin, Kinder im Bus dazu zu bringen, sich hinzusetzen und die Klappe zu halten, und so dauerte es nicht lange, bis er einknickte. »Zehn Minuten. Das muss reichen.«

Er öffnete die Tür zu dem Raum, in dem Hal saß. Darin standen zwei Stühle und ein Konferenztisch. Hal sah zu Alma auf, blieb aber sitzen. Ganz offensichtlich hatte er geweint.

»Geht es dir gut?«, fragte sie, und er nickte. Sie blickte wieder zu dem Polizisten. »Wenn Sie uns bitte allein lassen würden?«

»Zehn Minuten. Ich schaue auf die Uhr.« Er schloss die Tür.

Sie setzte sich auf den Stuhl gegenüber von Hal und streckte die Hände nach seinen aus.

Er ergriff sie so fest, dass sie zusammenzuckte. »Weißt du noch, wie ich zur Arbeit gekommen bin, nachdem das mit der Hirschkuh war?«, fragte Hal, und Almas Magen krampfte sich zusammen. Das war der Tag, an dem alles angefangen hatte – an dem Peggy Ahern verschwunden war.

»Natürlich.«

»Weißt du noch, die Beule in meinem Pick-up?«

Sie nickte langsam und betete zu Gott, dass das hier nicht gerade aufgezeichnet wurde. Wäre das vor Gericht als Beweismittel zulässig? Waren sie wirklich allein?

»Ich …« Hal ließ den Kopf sinken. »Ich bin nicht gegen die Garage gefahren.« Rotz tropfte aus seiner Nase.

»Hal, ich würde nicht …«

»Es war ein Unfall«, fuhr Hal fort, »ich wollte sie nicht totfahren«, und mit einem Mal kam es Alma vor, als würde alle Luft aus dem Raum gesaugt. Hals Gesicht verzog sich, und er brach in Tränen aus, und Alma spürte, wie die Hitze ihr den Rücken hinaufkroch. Sie musste daran denken, wie unwohl sie sich bei jenem Picknick letzten Sommer gefühlt hatte, mit Sonnenbrand im Nacken, und daran, wie sauer Hal gewesen war, als sie ihm gesagt hatte, Peggy habe kein Interesse. Mein Gott, er hatte es getan. Er hatte es wirklich getan.

»Was ist passiert?«

Hal schniefte und wischte sich mit einer Hand die Nase ab. »Ich hab sie nicht gesehen. Auf der Straße. Die Sonne hat mich geblendet, und ich hab sie erst gesehen, als es schon zu spät war.«

Es war fast Winter, tagsüber war es nur wenige Stunden hell, und die Sonne ging lange vor dem Abendessen unter. Peck hatte gesagt, der Gerichtsmediziner hätte Peggys Todeszeitpunkt bestimmt, zumindest auf wenige Stunden genau. Wie hatte die Sonne noch scheinen können?

»Hal?« Alma versuchte, ruhig und gelassen zu klingen. »Was meinst du damit, die Sonne hätte dich geblendet?«

»Na, an dem Tag. Als ich die Hirschkuh geschossen hab. Ich hab sie nämlich nicht geschossen. Ich hab sie angefahren. Mit meinem Pick-up.« Er wischte sich wieder die Nase ab, dann wischte er die Hand an seiner Jeans ab. »Es war ein Unfall«, fuhr er fort. »Ich hab sie nicht gesehen, weil ich die Augen zusammengekniffen hatte. Ich hab sie nicht gesehen, bevor es zu spät war.« Er vergrub sein Gesicht in den Händen. »Ich hab sie angefahren, aber ich wollte so gerne, dass alle denken, dass ich sie geschossen hab.«

Alma atmete geräuschvoll aus. »Du hast sie angefahren? Du meinst die Hirschkuh?«

»Mit meinem Pick-up. Ich konnte auf einmal nichts mehr sehen, weil ich die Sonne in den Augen hatte, weil ich in die falsche Richtung gefahren bin, und *zack!*, kam sie wie aus dem Nichts auf die Straße gesprungen. Ich hab sie nicht mit Absicht angefahren, und ich wollte nicht, dass Clyle es weiß, weil er doch will, dass ich gut fahren kann und gut mit Waffen umgehen kann, und dann dachte ich, ich kann ja einfach sagen, ich habe sie geschossen. Also bin ich ausgestiegen, und sie war noch nicht tot, und ich habe sie erschossen, und dann habe ich sie hinten auf meinen Pick-up getan.«

Das war also sein großes Geheimnis, das er nicht hatte verraten wollen. Alma war froh, dass sie wenigstens das richtig eingeschätzt hatte.

»Und was war in der Nacht, nach dem OK?«

»Was meinst du?«

»Hast du ...« Sie hielt inne. »Hast du noch etwas angefahren?«

»Ich glaube nicht.«

»Hal, ›Ich glaube nicht‹ ist leider nicht genug.«

»Aber ich glaube es halt nicht!«

»›Ich glaube nicht‹ und ›Nein, habe ich nicht‹ ist nicht dasselbe.« Ihr Vater fiel ihr wieder ein: *Es reicht nicht, dass du es nicht mit Absicht getan hast – du musst es mit Absicht* nicht *tun.*

»Ich würde mich daran erinnern, wenn ich was angefahren hab. Warum muss ich mich an den Weg vom OK nach Hause erinnern? Da fahr ich doch dauernd lang.«

»Hal, wir müssen Peck das alles erzählen.«

Hal schaute sie mit großen Augen an. »Ich will nicht, dass alle das wissen. Sie sollen denken, ich hab den Hirsch geschossen!«

»Hal, das spielt keine Rolle. Peck weiß genauso gut wie wir, dass du nicht die Wahrheit gesagt hast.« Wieder füllten sich Hals Augen mit Tränen, und Alma spürte, dass ihre Augen auch schon feucht wurden.

»Alle glauben, ich hab einen Hirsch erlegt, wie Sam und Larry. Die lachen mich doch alle aus.«

Sie schüttelte den Kopf. »Hal, du verstehst das nicht.«

»*Du* verstehst das nicht. Niemand hat gedacht, dass ich das schaffe.«

Es klopfte dreimal kurz, dann ging die Tür auf, und Schlupflid steckte den Kopf herein. »Dieser Randolph hat angerufen. Es ist etwas passiert.«

22

Milo radelte den Schotterweg hinunter und versuchte, nicht das Gleichgewicht zu verlieren. »Wie weit ist es noch?«, schnaufte George. Er fuhr auf Peggys altem Zehngangrad, und obwohl er den Sattel so hoch wie möglich gestellt hatte, konnte er die Knie nicht ganz durchstrecken, wenn er in die Pedale trat. Über ihnen stand der Mond am Himmel, es war beinahe Vollmond. Sie waren auf dem Weg zur Castle Farm, und das, obwohl morgen Schule war, es war Montag. Seine Mutter hatte ihm erlaubt, diese Woche zu Hause zu bleiben – die Beerdigung war am Mittwoch – und erst nach Thanksgiving wieder zur Schule zu gehen, falls er sich bereit dafür fühlte. Oder nach Weihnachten.

Normalerweise war seine Mutter um diese Zeit mit dem Backen der Torten und Kuchen für Thanksgiving fertig, die sich dann in Alufolie verpackt auf der Veranda stapelten, die zu Feiertagen als zweiter Gefrierschrank diente. Am ersten Freitag nach Thanksgiving fuhr die ganze Familie immer nach Sioux City, um in der Sunkist Bakery frittierte Kirsch- und Apfelkrapfen zu kaufen. Bisher hatte niemand gesagt, dass sie dort hinfahren würden, und er dachte, das sei vielleicht auch ganz gut so.

Milo warf einen Blick über die Schulter, hatte aber den Lenker fest im Griff; George war ungefähr dreißig Meter hinter ihm. »Zwei Meilen noch.«

»Ja, okay«, sagte George, der schon ganz außer Atem war. Er war im letzten Jahr in die Höhe geschossen, war dabei aber weicher geworden. Er war einer der Jungen, bei denen Milo sich vorstellen konnte, dass sie später einmal dick werden würden.

Am Nachmittag hatte Laura Milo angerufen und gesagt, ihre Freunde hätten eine Trauerfeier organisiert, und Milo hatte geahnt, dass das der Code für das Trinken von Alkohol war, nur halt zu Ehren von Peggy. Offenbar diente sie den Leuten jetzt schon als Vorwand, um zu bekommen, was sie wollten, in diesem Fall, sich an einem Montagabend zu betrinken. »Du kommst doch, oder? Es wäre schön, wenn … na, du weißt schon, wenn wenigstens einer von der Familie mit dabei wäre.« Es knisterte in der Leitung. »Abgesehen von mir.«

Lange war Laura wie ein Teil der Familie gewesen, aber jetzt nicht mehr. Das konnte nur von sich behaupten, wer die Tragödie unmittelbar erlebte, wer mit im Haus wohnte. »Ich weiß nicht. Es ist im Moment ziemlich schwer, hier wegzukommen. Meine Familie braucht mich.«

»*Wir* brauchen dich«, hatte sie gesagt, und das hatte gereicht.

Nach dem Abendessen hatten er und George sich vom Keller aus durch den Hintereingang geschlichen, den sein Vater immer nach der Arbeit auf dem Hof benutzte. Milo wünschte sich, er hätte in seinem Zimmer geschlafen, dann hätte er wie Peggy heimlich aus dem Fenster klettern können. Es war den ganzen Tag und den ganzen Nachmittag bitterkalt gewesen, aber jetzt, wo die Sonne unterging, fühlte es sich fast wärmer an als tagsüber, die Luft war schwer, bald würde es wieder schneien.

Er dachte an all die Male, als er und Peggy morgens bei Neuschnee aufgewacht waren und im Schlafanzug vor dem Fernseher gehockt hatten, um die Lokalnachrichten zu schauen, der hoffnungsvolle Blick auf die Namen der Schulen gerichtet, die am unteren Rand über den Bildschirm liefen. Jedes Mal saßen er und Peggy ganz gespannt da, obwohl ihr County nach der Schneekatastrophe von 1975 nicht mehr so häufig die Schule ausfallen ließ. Damals hatte es so häufig schneefrei gegeben, dass die Sommerferien um eine Woche verkürzt werden mussten. Entweder hatten es die Schulbusse nicht bis zu den Häusern der Kinder geschafft, oder – was wahrscheinlicher war – die Schule hatte begriffen, dass, selbst wenn die Busse durchgekommen wären, die Kinder nicht hätten mitfahren können. Sie wurden daheim auf den Farmen gebraucht, wo sie ihren Vätern dabei halfen, die Wassertanks abzutauen und auf das Vieh aufzupassen. Milo war damals noch gar nicht zur Schule gegangen, aber die Geschichte kannte in der Gegend jedes Kind.

Milo und George waren jetzt etwa eine halbe Meile von der Castle Farm entfernt, am Horizont sahen sie das Lagerfeuer lodern. Milo fuhr langsamer, damit George aufholen und in der Kälte durchschnaufen konnte. »Hey«, sagte George, als er zu ihm aufschloss. »Lass uns mal kurz Pause machen.« Milo bremste und kam auf dem dicken Schotter kurz ins Rutschen, während sein Cousin neben ihm anhielt. »Ein bisschen vorglühen.«

George zog die Handschuhe aus und klemmte sie sich unters Kinn, dann holte er aus der Innentasche seiner Jacke einen kleinen Umschlag. Er war höchstens fünf Zentimeter groß, wie die Umschläge, die Opa Ahern für seine Münzsammlung benutzt hatte. George öffnete die Lasche, hielt den Umschlag über seine hohle Hand, kippte ihn vorsichtig und tippte mit dem Mittelfinger darauf. Ein weißes Pulver landete auf dem Thenar, dem Daumenballen – dass Milo ausgerechnet jetzt dieses Wort aus Mrs. Consolinos Biologieunterricht in den Sinn kam! George beugte sich vor und schnupfte das Pulver mit einem Nasenloch, dann hob er den Kopf und kniff sich in die Nase, Tränen in den Augen.

»Was machst du denn da?«, fragte Milo.

»Muntermacher.«

»Was zum Teufel soll das heißen?«

»Das ist so Zeug, was ich von den Jungs im Futtermittelladen von meinem Vater kriege. Hier.« Er hielt den Umschlag hin. »Du jammerst doch immer, wie hundemüde du bist. Das hier hilft.«

Milo musste an vorige Woche denken, an das Basketballspiel, an George und seine wild aufgerissenen Augen. Er stellte sich vor, wie es wäre, die Müdigkeit loszuwerden, die ihn seit zwei Wochen im Griff hatte, das Gefühl, nie wieder tief und fest schlafen zu können. Was, wenn er das gar nicht müsste? Er schüttelte den Kopf. »Du bist echt ein Trottel«, sagte er zu seinem Cousin und stieg wieder auf sein Fahrrad.

»Nee, nee. Das Zeug ist super. Zwei Typen, die für meinen Vater arbeiten, stellen das in ihrer Scheune her, aus dem Kram, den mein Vater im Großhandel kauft. Den verkauft er ihnen billiger, und dafür kriegt er einen Teil vom Gewinn.«

»Was ist das denn?«

»Das ist komplett natürlich. Ammoniak und so. Halt Kram aus dem Futtermittelladen. Deshalb macht mein Vater so viel Geld.«

Milo dachte an den Cadillac und daran, wie Onkel Randall mit stolzgeschwellter Brust über seinen Erfolg als ortsansässiger Unternehmer redete. »Ist es legal?«

»Pfff«, machte George. »Willst du jetzt was oder nicht?«

Er war auf dem Weg zu einer Party, um den Tod seiner Schwester zu begehen, er hatte seit Ewigkeiten nicht mehr geschlafen, und das Leben, das er sich ausgemalt hatte, entglitt ihm immer mehr. Vielleicht wäre ein Muntermacher gar nicht so schlecht. Vielleicht würde er sich damit besser fühlen. Oder sogar gar nichts mehr fühlen.

Milo zögerte, dann nahm er den Umschlag.

Auf der Zufahrt zur Farm ließen sie am Straßenrand ihre Fahrräder fallen. Dort parkten diverse Autos und Pick-ups in seltsamen Formationen auf dem Rasen. Rund dreißig Leute waren da, ziemlich viele für Gunthrum. Die meisten von Peggys Freunden und Klassenkameraden standen mit Plastikbechern in der Hand herum.

Neben der offenen Heckklappe eines Pick-ups lungerten vier oder fünf Footballer um ein Fass herum, das auf einer Mülltonne stand. Kerry war dabei und auch Daryl Klaussen, und am Lagerfeuer gegenüber rösteten Laura und ein paar ihrer Freundinnen Marshmallows. Scott hatte ihn darüber aufgeklärt, auf welch dramatische Weise Laura und Kerry sich erst getrennt und anschließend wieder versöhnt hatten. Laura hatte ihren Freundinnen erzählt, Kerry hätte möglicherweise etwas mit Peggys Verschwinden zu tun, und als Lee Earl davon erfahren hatte, hatte er Kerry aus dem Matheunterricht herausgeholt und ihn so lange verhört, dass er das Basketballtraining verpasst hatte. Angeblich hatte Kerry sechs Stunden lang nichts zu essen und zu trinken bekommen, was bei einem Jungen im Highschool-Alter als Misshandlung galt. Seine Eltern hatten Klage eingereicht, entweder gegen Lee Earl oder gegen den Bundesstaat, das hatte Scott nicht genau gewusst, aber dann war Larry Burke als Verdächtiger verhaftet worden, und es war die Rede von Mord, und angeblich hatten Kerry und Laura miteinander geredet und alles geklärt, schließlich war er ja kein Mörder.

Milo hatte nur mit einem Ohr zugehört und wieder einmal darüber gestaunt, wie es allen gelang, den Tod seiner Schwester zu ihrem eigenen persönlichen Drama umzufunktionieren. Lee Earl und Sheriff Randolph hatten Larry Burke am Sonntagmorgen zum Verhör vorgeladen – das hatte Milo erfahren, als er seine Eltern belauscht hatte. Sie hatten ihn so lange verhört, bis er zugab, dass er eine Affäre mit Peggy gehabt hatte und dass er sich aus der Hütte heraus- und wieder hineingeschlichen hatte, als Mr. Gary sturzbetrunken gewesen war, auch wenn Sam Gary sich dafür verbürgt hatte, dass Larry die ganze Nacht mit ihm in der Hütte gewesen sei. Das kleine Detail, dass er keinen Pick-up in Valentine hatte, erklärte er damit, dass er sich, ohne zu fragen, den von seinem Cousin ausgeliehen habe, nach Gunthrum gefahren sei und ihn auf dem Rückweg wieder vollgetankt habe. Trotzdem ergab irgendetwas an der Geschichte noch immer keinen Sinn, hatten seine Eltern gesagt.

Laura winkte Milo zu, reichte einem anderen Mädchen ihren Marshmallowspieß und schlenderte zu ihm herüber. »Du hast es geschafft!« Sie umarmte ihn.

»Ja«, bestätigte er.

»Hey, Laura«, sagte George, aber sie ignorierte ihn. Mädchen wie Laura ignorierten Jungs wie George immer.

Sie legte einen Arm um Milos Schultern und zeigte auf die Menge. »Meinst du, du kannst ein paar Worte sagen?«

»Worüber?«

Sie verdrehte die Augen. »Peggy?«

Daryl Klaussen hatte ihn entdeckt, und anstatt rüberzukommen und Milo wieder die Fresse zu polieren, nickte er ihm kurz zu – *Hi, wie geht's?* »Na ja, du kannst ja mal drüber nachdenken.« Sie nickte in Richtung des Fasses. »Willst du ein Bier?«

»Ich nehme eins«, sagte George, während Milo sie nur überrascht anstarrte.

»Ach, komm schon.« Laura klopfte Milo auf die Brust. »Peggy und ich hatten sowieso vor, dich bald mal betrunken zu machen. Es ist nur schade, dass sie es nicht miterleben kann. Sie hat gewettet, dass du einer von denen wärst, die gleich loskotzen.«

Milo wusste nicht, was er dazu sagen sollte. Es stimmte, er hatte schon immer einen ausgeprägten Würgereflex gehabt. Wenn Milch auch nur ein kleines bisschen sauer war, kam sie ihm wieder hoch, und wenn er zu viel Zucker aß, bekam ihm das auch nicht besonders gut. In den Tagen seit Peggys Verschwinden hatte er immer wieder daran denken müssen, was sie jetzt alles nicht mehr gemeinsam tun konnten, wie sich abends zusammen die Zähne zu putzen (wobei er natürlich ins Klo ausspuckte) oder mit dem Auto zu Pamida zu fahren, um Besorgungen für ihre Mutter zu machen (wobei sie sich ausnahmsweise nicht zankten). Aber er hatte noch gar nicht darüber nachgedacht, was sie alles noch nicht gemeinsam getan hatten und nun nicht mehr erleben würden, wie sich zusammen zu betrinken oder zum ersten Mal ein Auto zu kaufen. Er würde nie auf ihrer Hochzeit eine Rede halten und dabei einen schmal geschnittenen schwarzen Anzug mit Einstecktuch tragen. Sie hatten gewitzelt, dass ihre Fahrten zu Pamida nur Testläufe für die Roadtrips waren, die sie eines Tages zusammen unternehmen würden. Einmal, an einer Ampel in Wayne, strömte das Sonnenlicht durch die Windschutzscheibe, und Peggy hatte die Hand am Lenkrad. Sie trat das Gaspedal durch und fragte: »Wohin wollen wir?«, und dann waren sie ins über eine Stunde entfernte Fremont gefahren, um Runzas und geriffelte Pommes zu essen. Peggy hatte eines Tages ein Baby bekommen sollen und dann noch eins und schließlich ein paar Enkelkinder. Er selbst wusste noch gar nicht, ob er irgendwann einmal Kinder haben wollte, aber er war sich ziemlich sicher, dass er eines Tages einen eigenen Hund haben würde, und auch das würde Peggy nun nicht mehr miterleben.

Er spürte, wie Georges Pulver durch seinen Körper strömte, wie elektrischer Strom durch ein defektes Kabel. »Klar, warum nicht? Ich nehme auch ein Bier.« Er war ein zwölfjähriger Junge in Nebraska; es war ja nicht so, dass er noch nie Bier getrunken hätte. Es war bitter und sauer und gleichzeitig nass und trocken, aber er wusste von den paar Malen, die sein Vater ihn hatte nippen lassen, dass er sich an den Geschmack bestimmt gewöhnen konnte, wenn er sich Mühe gab.

Laura legte ihm wieder ihren Arm um die Schultern und lotste ihn zu dem Fass hinüber, wo ein in Folie eingeschweißter Stapel roter Plastikbecher stand, von denen sie sich einen nahm.

»Hey«, sagte einer der Jungs – Bruce Johnston, der Sohn von Schulleiter Irv. Er war erst in der neunten Klasse, und Milo überlegte, wie er es geschafft hatte, eingeladen zu werden, aber dann dachte er sich, wahrscheinlich hatte er das Fass Bier mitgebracht. »Ein Becher einen Dollar.«

»Ernsthaft?« Laura wies mit dem Becher auf Milo.

»Oh, hey, Mann«, sagte Bruce und nahm den Plastikbecher. »Geht aufs Haus.« Er nickte und öffnete den Hahn an der Seite.

»Danke«, murmelte Milo und sah zu, wie das Bier in den Becher floss.

»Nachfüllen ist gratis, die ganze Nacht«, sagte Bruce, als er Milo den Becher reichte. »Sorry wegen deiner Schwester.«

Milo nahm einen Schluck vom schaumigen Bier, und Kerry kam herüber und ließ sich nachfüllen. Er umfasste Laura von hinten und küsste sie, dabei schwappte Bier auf den Boden. Sie streckte eine Hand aus, um seine Wange zu streicheln, ohne sich zu ihm umzudrehen, und lehnte sich an seine Brust.

»Eigentlich nicht zu fassen, oder?«, fragte Laura, und Milo nickte, obwohl er gar nicht wusste, was sie meinte. »Ich meine, ich wusste, dass sie sich mit jemandem trifft – das hatte ich dir doch erzählt, oder? Aber dass er sie so sehr liebt, dass er sie umbringt? O Gott. Ich meine …«

War Laura … eifersüchtig? Er spürte, wie ihm das Bier die Kehle hinaufstieg, aber es gelang ihm, es unten zu halten. Aus einem der Pick-ups war das Autoradio zu hören – irgendein Herzschmerz-Hit von Tanya Tucker –, und einige der Cheerleader am Feuer sangen leise mit und schunkelten.

Ausgelassen war die Stimmung nicht, immerhin handelte es sich ja um eine Trauerfeier. Aber schließlich sagte einer der Footballspieler – nicht Daryl Klaussen, aber einer, der fast genauso aussah: »Hey, Leute, ist das hier die Art von Party, die Peggy gewollt hätte?«, und damit war es plötzlich offenbar okay, von Country zu Huey Lewis & the News zu wechseln. Einige der Mädchen fingen an zu tanzen und warfen dabei ihr langes Haar herum, um besonders ungehemmt zu wirken.

Aus ähnlichen Abenden, bei denen er seine Eltern und deren Bekannte beobachtet hatte, schloss Milo, dass die Leute irgendwann wieder rührselig werden würden. Dann würden sie in ihre Bierbecher weinen und jammern, wie jung und schön Peggy gewesen sei und dass sie sie für immer vermissen würden. Doch später würde die Stimmung wieder umschlagen, und sie würden sich daran erinnern, dass sie selbst ja noch am Leben waren. Aber bis dahin würde es noch ein paar Stunden dauern. Jetzt gerade hakte Laura ihn unter und zog ihn näher ans Lagerfeuer. Sie beugte im Takt der Musik die Knie und stieß ihn dabei mit der Hüfte an. »Das war einer von Peggys Lieblingssongs«, sagte sie und grinste breit.

Eine oder zwei Stunden später – vielleicht auch drei? – war die Party in vollem Gange, alle waren betrunken und ausgelassen, eine Flasche Pfirsichschnaps machte die Runde. Milo nahm zwei große Schlucke, den mochte er lieber als das Bier mit seinem bitteren Nachgeschmack. Nach dem Schnaps wurde ihm ganz warm im Magen, wobei er zu diesem Zeitpunkt nicht mehr genau unterscheiden konnte, was er spürte – die Wärme vom Schnaps, das Bittere vom Bier, Georges Zauberpulver, das er geschnupft hatte. Milo sah nur noch verschwommen, und ihm war kalt und warm und kotzübel, er fühlte sich betäubt und den Tränen nahe, sein Körper versagte ihm die Kontrolle, was er gleichzeitig liebte und hasste.

Inzwischen waren Erwachsene aufgetaucht; einige kannte er von den Partys seiner Eltern und von den wenigen Malen, die sein Vater mit ihm ins OK gegangen war. Mr. und Mrs. Gary waren da – Mr. Gary, der gelogen haben musste, dass Mr. Burke die ganze Nacht über in der Hütte gewesen war – und etwa zehn andere, die in den Siebzigern auf der Highschool gewesen waren und wahrscheinlich damals schon am Lagerfeuer gejammert hatten, dass jetzt alles vorbei sei. Wohl kaum. So schnell konnten die Leute nicht loslassen. Mr. Gary hatte Kerry am Fass gerade einen Zehn-Dollar-Schein gereicht und ihm gesagt, er würde es heute Abend so richtig krachen lassen, während seine Frau mit verschränkten Armen hinter ihm stand, in der Hand die goldfarbene Dose Miller High Life, die sie mitgebracht hatte.

Hal parkte ein, wobei er ein wenig zu nah am Straßengraben hielt. Ein Reifen hing in der Luft, als er den Pick-up abstellte, die verbeulte Front auf das Lagerfeuer gerichtet.

»O Gott«, sagte Milo. So ungern er es sich eingestand, er hatte Spaß gehabt. Er und George waren in die Gang aufgenommen worden, und die Gang hatte sich vorgenommen, die beiden abzufüllen. George hatte sich bereits übergeben, aber Milo hielt durch. Sogar Daryl Klaussen hatte ihm einmal den Becher gefüllt und »Schwamm drüber!« gesagt. Über diesen komischen Ausdruck hatte Milo lachen müssen, und als Nächstes hatte auch Daryl gelacht und seinen Arm um Milos Schultern gelegt.

Inzwischen behandelten die Jungen ihn wie ihren kleinen Bruder und hänselten ihn, während er für die Mädchen mehr wie ein knuddeliges Hündchen war, das sie herzen und an ihre Brust drücken konnten, während sie ihm mit ihren kalten Händen durch das wuschelige Haar fuhren. Doch jetzt drehten alle die Köpfe in Richtung Hal und schirmten die Augen gegen die

Scheinwerfer seines Pick-ups ab. Hal schaltete Licht und Motor aus und öffnete die Tür, ein unsicher wirkender Stiefel berührte den Boden. Selbst Milo sah sofort, dass Hal betrunken war. Sein sonst so hübsches Gesicht war erschlafft und feucht, seine Augen wirkten wie betäubt.

»Nee, oder?«, sagte ein Mädchen neben Milo. »Das darf ja wohl nicht wahr sein!«

Die Anwesenden schauten einander fragend an, um herauszufinden, wer das Sagen hatte, wer sich Hal in den Weg stellen würde. Lauras Gesicht erstarrte, und Milo wünschte sich, er säße näher bei ihr, dann hätte er ihr sagen können: *Hey, denk daran, das soll ein lustiger Abend zu Ehren von Peggy sein!* und *Komm schon, er hat nichts getan* … Aber sie war bereits aufgestanden und ging auf Hal zu, ihre Freundinnen hinter ihr.

Sie verschränkte die Arme vor der Brust, die Hüfte vorgeschoben. »Was machst du hier?«, fragte sie Hal. Selbst jetzt, wo Larry hinter Gittern war, vergaßen die Leute nicht so schnell, wen sie gerade noch verdächtigt hatten.

»Ist das hier keine Party für Peggy?«

Mr. Gary trat vor und zeigte mit seinem Bier auf ihn. »Du bist hier nicht willkommen, Hal. Das habe ich dir doch gesagt.« Er musste ihm im OK über den Weg gelaufen sein, dachte Milo – auch Mr. Gary hatte ganz offensichtlich schon woanders etwas getrunken –, und Hal von dem Lagerfeuer erzählt haben.

Kerry trat vor und streckte Hal warnend die Hand entgegen. »Hau ab, Mann. Ich mein's ernst. Wir wollen dich hier nicht haben.«

Hals Gesicht sah aus wie kalte Butter. »Warum?«

Mr. Gary stellte sich vor seine Frau. »Hal, jetzt ist nicht der richtige Zeitpunkt. Du solltest verschwinden.«

Mrs. Garys Gesicht war fleckig, und Milo bemerkte, dass sie weinte. »Sam?«, hob sie an, und er schüttelte den Kopf. »Aber …«

Hal tat einen Schritt vorwärts, und im nächsten Moment sprangen Daryl Klaussen und ein weiterer Mann auf ihn zu und packten ihn an den Schultern. Milo wurde jetzt erst bewusst, dass er ebenfalls betrunken war, zumindest nahm er an, dass er das war. Er hob einen Fuß und setzte ihn wieder ab, aber der Fuß wackelte, als stünde er auf Götterspeise. Er spürte ein unangenehmes Kribbeln im Magen, wie wenn seine Mutter im Schnellkochtopf Leber kochte und er sich vorstellte, wie das später schmecken würde.

»Jetzt hört schon auf damit!«, rief Mrs. Gary. »Es ist Larrys Schuld!«

»So ein Quatsch!« rief Mr. Gary. »Der hat die Hütte nicht verlassen, das weiß ich genau.« Er versuchte, seine Frau von dem Handgemenge wegzubugsieren, aber sie entriss ihm ihren Arm.

»Fass mich nicht an!«, schrie sie hysterisch, und Mr. Gary hob die Hände. »Das ist alles eure Schuld! Ihr Männer. Larry kriegt, was er verdient.«

Hal versuchte, seinen Arm frei zu bekommen, aber als er ihn wegriss, schnappte Daryl danach, und damit landete Hal den ersten Treffer.

»Hört auf«, sagte Milo, aber niemand schien ihn zu hören. Hatte er das überhaupt laut gesagt? Hals Faust traf Daryls Kiefer, und Kerry schlug Hal in sein betrunkenes Gesicht. Im Feuerschein sah man die rote Schramme, die seine Faust hinterließ.

»Hey!«, schrie Laura. »Lasst das sein!« Aber es kamen immer mehr Männer dazu, darunter auch Mr. Gary, der brüllte: »Scheißbehinderter!«

»Es ist nicht seine Schuld!«, rief Mrs. Gary, und Milo wusste nicht, was sie meinte – dass er ein wenig zurückgeblieben war oder dass Peggy tot war. Hal war auf die Knie gesunken, schwankte und versuchte, den Fuß fest genug aufzusetzen, um sich wieder hochzustemmen, aber die anderen Männer ließen ihn nicht.

Milo schüttelte den Kopf und versuchte, den Nebel zu vertreiben. Er musste Hal helfen. Hal war es nicht gewesen. Er ging auf die Gruppe zu und versuchte, einen von ihnen hinten an der Jacke zu packen, um seine Aufmerksamkeit zu erregen, aber der Kerl warf seinen Arm nach vorne und riss Milo beinahe mit. George packte Milo an der Schulter.

»Wir müssen was tun«, sagte Milo, und sogar in seinen eigenen Ohren klangen seine Worte undeutlich. »Ich kann nicht nach Hause.« Denn auch wenn seine Schwester tot war und Hal gerade halb tot geprügelt wurde, war da immer noch die Logik des Zwölfjährigen, und die besagte, dass er seinen Eltern auf keinen Fall betrunken unter die Augen treten konnte, ganz egal, was sonst geschehen war. Ein wunderbar normaler Gedanke.

»Wir müssen hier weg«, sagte George. »Ich weiß, welcher Truck Klaussen gehört, und alle lassen die Schlüssel stecken.«

Mrs. Costagan. Milo dachte an die pragmatische Art und Weise, wie sie im Schulbus mit ungewöhnlichen Situationen umging. Er wettete, dass sie es nicht schlimm fand, wenn sie dort betrunken auftauchten; Hal hatte das garantiert schon hundert Mal gemacht. »Kannst du überhaupt Auto fahren?«, fragte er George.

»Das tue ich schon seit Jahren!«

»Aber bist du nicht zu betrunken?« Milo konnte sich kaum ausmalen, was für eine Koordination nötig war, um den Fuß vom Gas auf die Bremse zu setzen, genau im richtigen Moment die Kupplung zu betätigen und dabei auch noch das Lenkrad festzuhalten.

»Nein, Trottelgesicht, ich habe gekotzt.« George lächelte stolz und zeigte mit zwei Fingern das Peace-Zeichen. »Zwei Mal.«

23

Alma klappte ihren Larry-McMurtry-Roman zu, als sie den Pick-up in der Einfahrt hörte. Es war fast Mitternacht, und vor einer Stunde hatte Mick Langdon, Hals Nachbar, angerufen und ihnen mitgeteilt, dass Hals Pick-up verschwunden war. »Im Bett kann ich keine verdammte Stunde lang durchschlafen«, hatte Mick gesagt. »Aber wenn ich mich vor *Airwolf*, der einzigen Serie, die ich mag, in den Sessel setze, bin ich sofort weg. Ich bin aufgewacht, und sein Garagentor stand offen.«

»Ich weiß ja zu schätzen, dass du auf ihn aufpasst, aber du musst uns nicht jedes Mal anrufen, wenn er irgendwo hinfährt«, hatte Clyle gesagt. Mick hatte sie fast jeden Tag angerufen, seit er den Hirschkopf in seiner Abfallgrube gefunden hatte. Alma fürchtete schon, Mick würde sie von jetzt an täglich anrufen, bis in alle Ewigkeit, weil er glaubte, Hal Bullard würde irgendwas aushecken. Da konnte Hal so unschuldig sein, wie er wollte.

Mick polterte weiter. »Ich weiß nicht, wie lange er schon weg ist. Vielleicht eine Stunde, vielleicht auch drei.«

Als Clyle aufgelegt hatte, merkte Alma, dass Mick sie mit seiner Aufregung angesteckt hatte. *Eine Stunde, vielleicht auch drei* – das war ganz schön lang, auf jeden Fall lang genug, um einen Haufen falscher Entscheidungen zu treffen.

Clyle war zum OK gefahren, und Alma erkannte am Geräusch des knirschenden Schotters, dass sich ein fremder Pick-up ihrem

Haus näherte. Hal fuhr immer wie der Teufel, und selbst Clyle fuhr schneller als dieser Pick-up da draußen. Sie hatte schon vor einer Weile aufgegeben, zu versuchen zu schlafen. Seit Peck vor acht Tagen in ihre Straße eingebogen war, hatten die Nächte nichts als schlechte Nachrichten gebracht.

Alma erhob sich aus dem Wohnzimmersessel, in dem sie gesessen und jetzt schon mehrmals denselben Absatz gelesen hatte, und zog ihre Jacke an. Sie hatte sich nicht einmal die Mühe gemacht, ein Nachthemd anzuziehen, sondern trug immer noch das Flanellhemd und die Jeans, die sie den ganzen Tag über getragen hatte. Den obersten Knopf der Hose hatte sie geöffnet.

Draußen kam stotternd der Pick-up zum Stehen. Milo riss die Beifahrertür auf, sprang heraus und rannte zur Veranda, wo Alma ihm entgegenkam. Ihr Herz klopfte. Er umarmte sie so heftig, dass er sie fast umstieß, und sie konnte den Alkohol in seinem Atem und den Rauch an seinem Mantel riechen.

»Es geht um Hal. Auf der Castle Farm«, sprudelte es aus Milo heraus, und bruchstückhaft erfuhr Alma, was passiert war – Sauferei, Prügelei, schlechte Nachrichten, Lagerfeuer –, während Milos ungehobelter Cousin von der hohen Sitzbank plumpste, sich aufrichtete und gegen einen Reifen trat. Milo löste sich aus Almas Umarmung, ihre Arme waren plötzlich wieder leer. Sie bürstete sich den Schnee aus dem Haar – wann hatte es bloß angefangen zu schneien? – und trat sich aus reiner Gewohnheit auf der Einfahrt, wo sich die ersten Flocken auf dem Boden sammelten, den Schnee von den Hausschuhen.

Sie setzte sich ans Steuer des Pick-ups Auf dem Weg zur Castle Farm begegnete ihnen ein Auto nach dem anderen, was auf der Schotterstraße zu jeder Tageszeit ungewöhnlich gewesen wäre, aber erst recht mitten in der Nacht. Alma war sich sicher, wenn sie in die Autos hätte hineinschauen können, hätte sie in die verängstigten Gesichter dummer Jugendlicher geblickt, und nach dem, was Milo gesagt hatte, auch in die von einigen Erwachsenen. Sam Gary war am Lagerfeuer gewesen, und jetzt, da Larry verhaftet war und ein Geständnis unterzeichnet hatte, war er wütend wie eine aufgescheuchte Hornisse. Sie drehte das Lenkrad, und die Reifen folgten dem Befehl und steuerten das große Fahrzeug in die verlassene Einfahrt. Obwohl es kaum zehn Minuten her sein konnte, dass Milo und George losgefahren waren, parkte nur noch Hals Pick-up vor der Castle Farm. Das abgelöschte Lagerfeuer zischte, und Rauch stieg auf, und dahinter lag etwas, das aussah wie ein zusammengeknülltes Bettlaken. Hal.

Clyle kam mit zwei Bechern Tankstellenkaffee ins Wartezimmer. Er war kurz nach Alma auf der Castle Farm aufgetaucht, im OK hatte er erfahren, dass Hal dort war. Jetzt waren sie alle in der Notaufnahme vom Providence Medical Center in Wayne, wo Hal mit gebrochenem Arm, geprellten Rippen, gebrochener Nase und einer Gehirnerschütterung in einem Bett lag und schnarchte.

Auf dem Weg hierher hatte Hal auf dem Beifahrersitz gesessen und aus dem Fenster gestarrt und nicht geweint, und da hatte Alma gewusst, dass es schlimm um ihn stand. Drei Meilen vor dem Medical Center war er eingeschlafen und hatte mit trockener Kehle geschnarcht – hätten sie besser dafür sorgen sollen, dass er wach blieb? Unterwegs hatten sie George und Milo an der Farm der Aherns abgesetzt, im Haus war alles dunkel gewesen. Sie hatte daran denken müssen, wie dort in der Woche zuvor, als Peggy noch als vermisst gegolten hatte, jede Nacht in fast allen Zimmern Licht gebrannt hatte.

Clyle reichte Alma einen der Styroporbecher und zog die Nase kraus, als er an seinem Becher nippte. Seit sie ihn kannte, tat er das, wenn er den ersten Schluck von einem heißen Getränk nahm. In der Notaufnahme saß noch ein weiteres Paar, etwas älter als sie. Die Frau hielt sich den Bauch und machte Grimassen, als würde sie gleich sterben. Hin und wieder stieß sie einen übel riechenden Furz aus, und dann schaute sie sich mit einer Mischung aus Erleichterung und Verlegenheit um. Gegenüber saß ein junger Mann, der wie ein Teenager aussah, aber wohl eher in den Zwanzigern war, in einer Anzughose und Lackschuhen und mit Spuren von Tränen im Gesicht. Als er aufstand, um mit der Krankenschwester zu sprechen, erkannte Alma an der Art, wie er auftrat, dass ihm die Füße in den Schuhen wehtaten. Jede Wette, dass er wegen seiner Frau hier war. Hundertprozentig. Vielleicht bekam sie ein Kind.

Der Arzt kam und teilte ihnen mit, dass es eine Weile dauern würde, aber Hal würde wieder gesund werden, vorausgesetzt, die Kopfverletzung verheilte. »Vielleicht ist das ja genau das, was er braucht«, sagte der Arzt, und als Clyle und Alma ihn verständnislos anstarrten, fügte er hinzu: »Er ist doch nicht ganz richtig im Kopf, oder? Ist er nicht der, der das Mädchen umgebracht haben soll?«

»Nein«, sagte Clyle. »Sie haben jemand anderen verhaftet.«

»Da sieht man mal wieder«, sagte der Arzt, führte aber nicht weiter aus, was er damit meinte, und gab ihnen Anweisungen für die häusliche Pflege. »Wir werden ihn morgen entlassen. Übrigens hat die Krankenschwester seine Angehörigen angerufen. Sie meint, sie wären auf dem Weg.« Er zeigte mit seinem Stift auf Alma. »Sie sind ja offenbar doch nicht seine Mutter.«

Bei der Einlieferung hatte sie geflunkert, damit sie an seiner Seite bleiben durfte. »Nein«, gab Alma zu. »Das bin ich wohl nicht.« Daran war sie in der letzten Woche häufiger erinnert worden als in der ganzen Zeit, seit sie Hal in ihre Familie aufgenommen hatten und sie sich vom Gegenteil zu überzeugen versucht hatte.

Marta und Eugene tauchten etwa eine Stunde später auf, Marta war vollständig geschminkt und stützte sich auf ihren Stock, der Geruch von Zigarettenrauch umgab sie. Alma musste daran denken, was für eine ruhige Hand man brauchte, um sich mit einem Mascarastift an den Augen herumzufuhrwerken; Marta hatte gerade erfahren, dass der eigene Sohn im Krankenhaus lag, und dennoch war ihre Schminke perfekt aufgetragen.

»Danke, dass du ihn hergebracht hast, Alma«, sagte Marta, aber Alma verschränkte nur die Arme und starrte sie an. »Na schön. Du willst es wohl nicht anders haben.«

Eine spindeldürre Krankenschwester in Reeboks brachte Marta und Eugene zu Hal, während Alma und Clyle auf ihren unbequemen Plastikstühlen sitzen blieben.

Alma öffnete den Mund, um Clyle zu fragen, ob er im OK etwas über Larry Burke gehört hatte. Was stattdessen herauskam, überraschte selbst sie. »Ich habe ihnen Namen gegeben, weißt du?«

»Wem?«, fragte Clyle, und nach einer langen Pause: »Wie hast du sie denn genannt?«

»Edward, Patrick, Nicholas und Brett.«

»Also wolltest du einen Jungen.«

Alma schüttelte den Kopf. »Ich weiß nicht, ob ich unbedingt einen Jungen wollte oder ob ich einfach nur nicht gewusst hätte, was ich mit einem Mädchen anfangen soll. Albernes Geschnatter mochte ich noch nie. Und du kennst mich, Clyle. Ich kann was zu essen machen, aber ich bin keine gute Köchin.«

»Deine Lasagne finde ich sehr lecker.«

Am Tresen arbeiteten sich zwei Schwestern mit Donutkrümeln in den Mundwinkeln durch einen Stapel Akten.

»Da war noch ein fünftes«, sagte sie. »Ich habe es im dritten Monat verloren. Zwei Jahre, nachdem wir auf die Farm gezogen sind.«

Clyle nickte und nahm ihre Hand. »Ich weiß.« Sie sah ihn überrascht an. »Oder zumindest habe ich es vermutet. Ich wusste wohl nicht so recht, wie ich dich darauf ansprechen sollte.«

Wieder stiegen Alma Tränen in die Augen. »Manchmal habe ich gedacht, dass ich vielleicht nur deshalb keine Kinder kriegen kann, weil ich es mir so sehr gewünscht habe. Dass ich einfach nicht so viel Glück verdient habe.«

»So funktioniert das nicht.«

»Meinst du? Kennst du irgendwen, der wirklich hat, was er sich wünscht?«

Er drückte ihre Hand so fest, dass sie zusammenzuckte und die Hand wegzog. Als sie nach Gunthrum gezogen waren und sich angewöhnt hatten, sonntags in der Gegend herumzufahren, hatten sie auf der Sitzbank des Pick-ups immer Händchen gehalten. Manchmal hatte Clyle nur mit der linken Hand und dem Knie gelenkt, um ihre Hand nicht loslassen zu müssen.

»Ja, ich«, sagte Clyle. »Weißt du noch, als wir auf die Farm gezogen sind? Ganz am Anfang? Als du uns die Kostüme für die Hundertjahrfeier genäht hast und ich mir den Bart habe wachsen lassen? Als wir die Latzhosen in der Scheune gefunden und daraus eine Vogelscheuche gebastelt haben? Du fandst es *toll* hier.« Sie schaute ihn skeptisch an. »Doch, doch. Ich schwör's. Der Tapetenwechsel hat dir gutgetan, nach der Stadt, nach … nach den Fehlgeburten.« Er streckte eine Hand aus und strich ihr über das Haar, das sie abends immer offen trug, nachdem sie es tagsüber zum Pferdeschwanz zusammengebunden hatte, der verräterische Knick noch sichtbar. »Als ich ein Teenager war, bekamen meine Eltern per Post eine Benachrichtigung, dass die Bank die Farm zwangsversteigern würde. Die Post kam Samstagnachmittag, und sie hatten die ganze Nacht und den ganzen Sonntag bis zum Montagmorgen Zeit, sich Gedanken zu machen und zu grübeln, was schiefgelaufen war. Mein Gott, sie wollten diese kleine Farm unbedingt behalten, obwohl sie bis dahin nur darüber geflucht hatten, weil der Boden nichts taugte oder sie nicht genug Hektar hatten oder was weiß ich. Und am Montag stellte sich dann heraus, dass die Bank einen Fehler gemacht hatte. Sie hatten den Bescheid an die falsche Familie geschickt. Meine Eltern waren noch nie so froh gewesen. Bis dahin hatten sie gar nicht zu schätzen gewusst, was sie besaßen.«

»Diese Geschichte hast du mir bestimmt schon hundert Mal erzählt, Clyle.«

»Du kennst alle meine Geschichten. Jede einzelne.« Er strich ihr wieder über das Haar. »Das mit den Babys tut mir leid. Wirklich.«

Diesmal griff sie nach seiner Hand und zog sie zurück in ihren Schoß. Er strich mit der Kuppe seines Daumens über ihre Handfläche, und sie spürte, wie sich etwas in ihr lockerte. Alma räusperte sich. »Mir auch.«

Etwa eine Stunde später tauchte Peck auf, in Jeans, Flanellhemd und Daunenweste, mit Schnee auf den Schultern. »Es schneit immer noch. Bestimmt geht das bis zum Frühling so weiter.« Er setzte sich neben Clyle, zog an den Hosenbeinen seiner Lee und schlug die Beine übereinander.

»Bist du gekommen, um dich zu entschuldigen?«, fragte Alma.

Peck schenkte ihr ein müdes Lächeln. »Ich muss mich nicht dafür entschuldigen, dass ich meinen Job mache. Natürlich tut es mir leid, dass Hal da hineingezogen wurde, aber das heißt nicht, dass ich mich für irgendwas entschuldigen muss.«

»Warum bist du dann hier? Du hast doch deinen Mörder.«

»Nein, ich habe ein Geständnis. Das ist nicht dasselbe.«

Alma runzelte die Stirn. »Was zur Hölle soll das denn bedeuten?« Clyle legte ihr eine Hand auf den Arm.

»Das bedeutet, dass ich jede Wette eingehe, dass Larry Burke Peggy Ahern nicht umgebracht hat.«

»Also, Hal war es definitiv auch n…«

Peck hob eine Hand, um Alma zu unterbrechen. »Ich sage ja gar nicht, dass er es war. Aber es gibt noch weitere Parteien, die es zu berücksichtigen gilt.« Er wandte sich an Clyle. »Wer ist der eine Mensch, für den du einen Mord gestehen würdest, den du nicht begangen hast?«

Clyle sah Alma an, und zum ersten Mal seit Langem war sie überzeugt, dass Clyle alles tun würde, um sie zu beschützen.

»Du willst doch wohl nicht …«, begann Alma und brach ab. »Na, das schlägt ja wohl dem Fass den Boden aus. Cheryl Burke. Eine Frau.« Auf die Idee war sie noch gar nicht gekommen, aber es ergab natürlich Sinn.

Peck hob wieder die Hand und teilte ihr und Clyle mit, es sei nur eine Theorie, ein Gedanke, der ihm gekommen war, nachdem Sam Gary Stein und Bein geschworen hatte, dass Larry die Hütte nicht verlassen hatte. Sam hatte beteuert, dass er einen sehr leichten Schlaf habe, und Alma kannte viele Trunkenbolde, bei denen das der Fall war.

Der junge Mann mit den kneifenden Schuhen lehnte sich gegen den Schwesterntresen und balancierte auf einem Fuß, während er mit einer älteren Krankenschwester sprach. Die Frau, wahrscheinlich in den Sechzigern, griff sich hinter die Hüfte und zog dezent ihren Slip aus der Poritze, und als Alma das sah, wurde ihr klar, welche Erinnerung an das Picknick im letzten Jahr ihr die ganze Zeit im Hinterkopf herumgespukt war.

Eigentlich war es eine absolute Nebensächlichkeit. Alma hatte bei dem Tisch mit den Desserts gestanden, verlegen und verschwitzt in ihren viel zu engen Shorts, bei denen sie schon den obersten Knopf geöffnet hatte und die an den Oberschenkeln so sehr spannten, dass sie sich gar nicht hinsetzen konnte. Es half alles nichts: Sie brauchte größere Hosen. Jedes Jahr dachte sie, über den Sommer würde sie ein paar Pfund abnehmen, wenn sie den Garten jätete und den Rasen mähte, aber im Sommer darauf waren die Shorts schon wieder enger.

Cheryl Burke hatte neben ihr gestanden, ebenfalls in sehr engen Shorts. Obwohl sie erst siebenundzwanzig war, hatte sie sich bereits mit diesen bunt gemusterten Pyjama-Shorts abgefunden, die man sich aus einem Meter Stoff und einem Stück Kordel selbst nähen konnte. Sie sahen an ihr nicht schlechter aus als bei irgendwem sonst, denn diese Art Shorts sah bei niemandem gut aus. »Nun schau dir das an«, hatte Cheryl ihrer Freundin so laut zugeflüstert, dass Alma es hören konnte, »Alma Costagan und ihre schlaffen blassen Haxen in Shorts. Ich hoffe, wenn ich so alt bin, habe ich mehr Würde.« Alma war vor Scham rot geworden. Diese Art von Scham verspürte sie fast jeden Tag auf den Straßen von Gunthrum, wenn sie das Gefühl hatte, nicht dazuzugehören, es nicht genau richtig gemacht zu haben. Noch mehr schämte sie sich aber dafür, dass ihr das so wichtig war. Ihre Augen brannten, und auch wenn sie sich einredete, dass es der Schweiß und die Sonnenmilch waren, wusste sie es besser.

Sie hatte die Erinnerung an diesen Moment verdrängt, weil sie sich darüber ärgerte, wie sehr sie nach wie vor dazugehören wollte; wie sehr sie eine der Frauen sein wollte, die mit einem Eistee in der Hand und einem Lächeln auf den Lippen bei den Desserts standen. Jetzt fiel ihr Cheryls grausamer Kommentar wieder ein, der Hass, der aus ihren Worten sprach, während sie die anderen Frauen niedermachte, eine nach der anderen.

Auf dem Heimweg hatte sie sich immer noch über die Bemerkung geärgert. Wer gab ihr das Recht dazu? Aber sie hatte nur dagesessen und auf den Moment gewartet, wenn Hal ihr von Peggy erzählen und berichten würde, dass sie Interesse gezeigt hätte und er sie vielleicht nach einem Date fragen würde. Alma hatte auf dem Beifahrersitz gesessen, auf dem Schoß eine leere Auflaufform, die den engen Schritt ihrer Shorts bedeckte, und auf den Moment gewartet, in dem sie ihm sagen konnte, dass er ein Depp war, und sie seine dämlichen Hoffnungen zerstören konnte, eine nach der anderen.

24

Die ältere Krankenschwester sprach eher mit Clyle als mit Hal, als sie ihnen die Instruktionen für Hals Entlassung gab: beim Duschen eine Plastiktüte über den Gips; Beginn der Physiotherapie in zwei Wochen; morgens nach dem Duschen den Kopfverband wechseln. Clyle dachte, dass er in all den Jahren, in denen er Hal kannte, noch nie mit ihm zusammen auf einem Bett gesessen hatte. Obwohl noch jemand dabei war und ihnen medizinische Anweisungen gab, fühlte es sich seltsam intim an.

Clyle hatte die Beine übereinandergeschlagen und die Hände im Schoß und nickte, um zu zeigen, dass er aufpasste. Marta und Eugene waren in Wayne, um bei Pamida Laken und Handtücher zu kaufen, er würde ihnen später alles noch einmal erzählen müssen. Marta hatte gesagt, sie würden Hal im Gästezimmer unterbringen, bis sie in Axtell einen Platz für ihn in einer Einrichtung der Lutheraner bekämen. Für die Zeit bis dahin hatten sie einige Aktivitäten im Gemeindezentrum aufgetan, Gruppenausflüge für Menschen wie Hal. Vor Jahren hatte Clyle einmal den Milchbetrieb eines Bekannten besucht, um sich dessen neue Melkmaschinen anzuschauen, als eine Gruppe behinderter Erwachsener hereinkam, die alle neongelbe T-Shirts trugen und an den Handgelenken mit einem Seil zusammengebunden waren. Clyles Freund hatte erklärt, er sei so stolz auf seine neuen Maschinen, dass er jetzt Führungen anbot, »gegen eine kleine Gebühr«.

Am Morgen, nach der Arbeit, hatte Clyle auf dem Weg zum Krankenhaus beim Standard angehalten, um einen Kaffee zu trinken und sich zu informieren, was es Neues gab. Peck hatte recht gehabt. Er hatte am Morgen die Costagans zu Hause angerufen, um ihnen mitzuteilen, dass Cheryl sich gestellt hatte; Larry hatten sie nach Hause geschickt. Clyle musste daran denken, wie Cheryl Burke mit einer Tüte Lebensmittel im Arm im Haus der Aherns gestanden hatte, als Peggy noch als vermisst galt. Er hatte sich nichts dabei gedacht; in so einer Situation brachte man Leuten halt Lebensmittel vorbei und half, wo man konnte. Die Stammgäste an der Theke unterhielten sich bereits darüber, wie Cheryls Anwalt – ein Typ aus Omaha – versuchen würde, die Sache herunterzuspielen und auf fahrlässige Tötung zu plädieren.

»Ich schätze, Larry hat einen Vorgeschmack darauf bekommen, wie es ist, im Knast zu sitzen, und hat Cheryl gesagt, dass er sie nun doch verpfeifen wird«, hatte Lonnie McGee gesagt, Larrys Boss in der Werkstatt. »So groß war die Liebe dann wohl doch nicht. Gestern Abend im County-Gefängnis hat sie herumgezetert und behauptet, das wäre alles Larrys Schuld – wenn er nicht so ein Scheißnichtsnutz wäre, wäre das alles nicht passiert. Am Ende hat Peck dann doch noch verstanden, was sie sagen wollte. Larry behauptet immer noch, es wäre ein Unfall gewesen, aber jetzt, wo sich das mit ihm und der kleinen Ahern herumgesprochen hat … Na, wir werden ja sehen, was passiert.« Clyle hatte ein Jahr lang eine Affäre mit Diane gehabt. Was hätte Alma in der gleichen Situation getan? Gut möglich, dass Cheryl Peggy nicht absichtlich totgefahren hatte, aber vielleicht waren Impuls und Vorsatz zwei Seiten ein und derselben Medaille. Aktion und Reaktion. Die Affäre und die Konsequenzen. So oder so änderte es nichts am Resultat.

Noch Jahre nach dem Ende der Affäre lag Clyle manche Nacht wach und dachte an Dianes unbeschwerte Art. Wie sie über die unwichtigsten Dinge lächeln konnte – einen Vierteldollar, den sie in ihrer Jackentasche fand, oder einen Schokoriegel mit Kokosnuss, den er ihr aus dem Supermarkt mitbrachte.

Alma war ganz anders. Einmal hatte er ihr zu Weihnachten den kompletten Satz der roten *Encyclopedia Britannica Junior* gekauft, die sie als Kind gehabt hatte. Den hatte er bei einem Nachlassverkauf erstanden, nur fehlte der Band *I–J*. Monatelang hatte er die Flohmärkte abgeklappert, bis er schließlich auch diesen Band gefunden hatte. Am Weihnachtsmorgen hatte sie den Registerband ausgepackt, und er hatte gegrinst und gesagt: »Den Rest habe ich in der Scheune versteckt.«

Sie hatte den dicken Wälzer in ihren Händen betrachtet. »Die müssen ein Vermögen gekostet haben.«

Jahre zuvor hatte sie ihm erzählt, wie sehr sie als kleines Mädchen Enzyklopädien geliebt hatte. Wie sie stundenlang auf dem mit Cord bezogenen Polster ihrer Fensterbank in der Sonne gesessen und sich über altägyptische Pharaonen, den Kohlebergbau und den Erdumfang informiert hatte.

»Du bist es wert«, hatte er gesagt und ihr zugezwinkert – er hatte ihr tatsächlich zugezwinkert!

Sie hatte sich zu ihm hinübergebeugt und ihn lautstark auf den Mund geküsst, während Hal neben dem Weihnachtsbaum, vor dem sich einen Meter hoch die Geschenke stapelten, gesessen und gelacht hatte.

So war Alma: Bei ihr musste man sich Mühe geben, aber es lohnte sich.

Marta betrat das Zimmer, als die Krankenschwester gerade fertig war, Eugene folgte ihr wie ein allgegenwärtiger Schatten. Mit Zeigefinger und Daumen trug sie eine Plastiktüte mit Hals Habseligkeiten – Jeans und Jacke, beides blutverschmiert, Portemonnaie und Schlüsselbund. Als Clyle an diesem Morgen im Krankenhaus eingetroffen war – die Spitzen seines feuchten

Haars von dem kurzen Weg vom Pick-up zur Klinik gefroren –, hatte Alma sich ihre Handtasche über die Schulter gehängt und verkündet, sie werde jetzt gehen. »Ich habe mich schon von ihm verabschiedet.« Sie nickte in Richtung von Hals Zimmer. »Einmal reicht.«

Auf Hals Wange und neben seinem Auge prangten wulstige Blutergüsse; der Schorf an seinem Kinn sah aus wie rotes Kreppband. Dass er unschuldig war, würde für die Leute auf lange Sicht keine Rolle spielen; sie würden sich nur noch daran erinnern, dass Hal mit dem Tod des Ahern-Mädchens in Verbindung gebracht worden war, und nicht mehr daran, dass er nicht Täter, sondern Opfer gewesen war. Sein Name und Peggys Tod wären so unausweichlich miteinander verbunden wie eine Fliege und ein Hundehaufen. Vielleicht war es besser für alle Beteiligten, dass er aus Gunthrum wegzog, oder vielleicht musste Clyle sich das auch einfach einreden, so wie Marta sich einreden musste, dass sie eine gute Mutter war.

Clyle blickte auf und sah, dass Marta ihn anstarrte. »Und das können wir doch, oder, Clyle? Auf deine Hilfe zählen?«

»Wobei?«

»Name des Vermieters, Stromrechnung, die Schafe, die er da draußen hat.« Sie zählte die Punkte ihrer Liste an den Fingern ab.

Er nickte.

»Also gut. Schön, dass es bei euch wenigstens einen vernünftigen Menschen gibt.«

Bei Hal zu Hause wartete Alma im Wohnzimmer auf Clyle. Sie hatte die Füße auf den Couchtisch gelegt und die Fernbedienung auf dem Schoß. »Du bist ruhiger, als ich erwartet hatte«, sagte Clyle, und sie deutete mit dem Daumen in Richtung Küche. Um die Ecke sah er die zerbrochenen Teller und Kaffeetassen auf dem Linoleumboden. »Und, fühlst du dich jetzt besser?«

»Nicht wirklich.«

Er setzte sich neben sie auf die Couch. »Was guckst du da?«

Sie deutete auf den stumm geschalteten Fernseher, wo sich ein gut aussehendes Paar tonlos anbrüllte, die Frau mit schwarzer Betonfrisur und verheultem Make-up. Für ihn sahen alle Seifenopern gleich aus, aber immerhin erkannte er an den großen goldenen Ohrringen und den übertriebenen Schulterpolstern, dass es sich um eine handeln musste. »Die Schwarzhaarige? Das ist Felicia Gallant. Die macht nichts als Ärger.«

»Hast du das die ganze Zeit geguckt, und ich habe nichts davon mitbekommen?«

»Wohl kaum.«

In ihrem Pferch liefen Peanutbutter und Jelly hin und her. Sie spielten miteinander, was für den frühen Nachmittag reichlich ungewöhnlich war. Sie stiegen einander an und ruderten mit den Vorderhufen in der Luft herum, um im nächsten Moment die Flucht zu ergreifen. Er würde auf ihrer Farm ein ähnliches Gehege für sie bauen müssen, mit einem dreiseitigen Unterstand für den Winter. Er musste sich mit Mick Langdon in Verbindung setzen, um Hals Mietvertrag zu kündigen, und die restlichen Details regeln. Wenigstens war jetzt nicht mehr so viel Geschirr da, das sie einpacken mussten.

Alma lehnte den Kopf zurück. »Das Leben auf der Farm liegt mir einfach nicht.«

»Warum glaubst du das?«

»Ich passe nicht hierher, Clyle. Das weißt du doch. Seit wir in Gunthrum sind – wie lange, fünfzehn Jahre? …«

»Vierzehn.«

»Vierzehn Jahre, und ich habe hier immer noch keine Freundin, die ich mal einfach so besuchen kann. Niemanden, bei dem ich unangemeldet vorbeikommen und in der Küche sitzen kann.«

»Glaubst du, in Chicago hättest du das?«

»Nein, aber da bräuchte ich das vielleicht auch nicht. Ich würde den ganzen Tag arbeiten. Dann bräuchte ich keine dämlichen Freundinnen, um mich zu beschäftigen.«

»Vielleicht hast du auch keine Freundinnen, weil du sie von vornherein dämlich nennst.«

Sie lächelte. »Tja, da hast du vielleicht sogar recht.« Die Frau im Fernsehen – die ganz schön herrisch wirkte, wie Clyle fand – warf gerade einem Mann mit einer enormen Haartolle verführerische Blicke zu. »Aber ich hätte eine Aufgabe. Ich könnte wieder arbeiten gehen und tun, was ich gerne tue.«

Clyle verkniff sich den Hinweis darauf, dass sie sich damals fast jeden Abend bei ihm darüber beschwert hatte, wie sich ihre Klienten mit falschen Entscheidungen das Leben versauten.

Draußen warf eines der Schafe – auf diese Entfernung konnte er sie nicht auseinanderhalten – das andere zu Boden, setzte sich auf seine Seite und hechelte. »Und jetzt? Willst du mich verlassen?« Er wollte, dass es klang, als würde er einen Witz machen, aber dann hielt er doch den Atem an. Darauf lief es wohl hinaus: ja oder nein. Würde sie bei ihm bleiben? Wollte sie das überhaupt?

Alma legte die Hände in den Schoß. »Triffst du dich noch mit ihr?«

Die Frage traf ihn komplett unvorbereitet.

Sie schaute ihn eindringlich an, und Clyle spürte ein Ziehen in seiner Brust. Sie hatten noch nie über Diane geredet. So direkt sie sonst war, all die Jahre hatte sie ihn nie darauf angesprochen. »Alma …« Clyle streckte die Hand nach ihr aus, aber Alma faltete die Hände so fest, dass die Knöchel weiß wurden.

»Ob du dich noch mit ihr triffst.«

Er dachte an Diane in seinem Pick-up, daran, wie der süßliche Geruch ihres Parfums hinterher noch eine Weile in der Luft gehangen hatte. »Nein. Definitiv nicht, Alma.«

Alma schüttelte den Kopf. Weinte sie? »Ich habe dich mit ihr gesehen. Am Freitag.«

»Sie hat mich angerufen, um mir von dem Geld zu erzählen. Das war der einzige Grund. Ich … ich habe mich seit Jahren nicht mehr mit ihr getroffen.«

Alma nahm die Fernsehzeitschrift vom Couchtisch und fächelte sich damit Luft zu: schon wieder eine Hitzewallung. »Ich wusste, dass sie das nicht für sich behalten würde.«

»Glaubst du wirklich, du kannst unsere gesamten Ersparnisse abheben, und ich erfahre nichts davon? Du bist lange genug in Gunthrum, das hättest du dir doch denken können.«

»Das waren nicht unsere gesamten Ersparnisse.«

»Aber fast.«

Sie saßen schweigend bis zum Ende der Werbepause da – Tide-Waschmittel, zuckerfreie Velamints, schnell und einfach zuzubereitende Tyson Chick'n Chunks. Clyle hatte noch nie so gebannt auf einen Fernseher gestarrt und so wenig davon mitbekommen, was dort lief. Er hatte sein Leben verpfuscht, all seine Fehltritte kamen jetzt als Querschläger zurück und verletzten Alma und Diane und wahrscheinlich auch Lonnie und wen nicht sonst noch alles. »Es tut mir leid, Alma. Es tut mir so leid. Als ich zur Vernunft gekommen bin, hatte ich dich irgendwie schon verloren, und ich konnte nichts mehr sagen, um es wiedergutzumachen.«

Sie wandte sich zu ihm um und, ja, sie weinte. Er konnte die Male, die sie geweint hatte, an zwei Händen abzählen. »Weißt du, was ich daran am schlimmsten finde? Du bist der liebenswürdigste Mann, den ich kenne, Clyle. Bei Weitem der liebenswürdigste. Und wenn sogar du zu so etwas fähig bist, kann der Rest von uns doch eigentlich einpacken.« Er wusste nicht, was er dazu sagen sollte. »Ich dachte, du würdest froh sein, wenn ich dich verlasse, aber ich konnte einfach nicht«, sagte sie und wandte sich ab. »Ich schätze, es spielt keine Rolle, warum.«

Er legte den Daumen unter ihr Kinn und drehte ihr Gesicht zu sich, bis sie ihn wieder ansah – ihre mattblauen Augen waren von Fältchen umgeben. »Ich wäre mit dir und Hal mitgekommen. Ich hätte Gunthrum auf der Stelle verlassen.«

»Aber du liebst diese Stadt doch!«

Das stimmte. Trotz der Jahre im College und bei IBM und trotz der Tatsache, dass er Alma versprochen hatte, der Umzug in seine Heimatstadt sei nur vorübergehend, war er genau dort gelandet, wo er hingewollt hatte: Gunthrum, Nebraska. »Das wäre mir egal gewesen.«

Alma hielt einen Moment inne, dann lehnte sie sich an ihn, seine Hand streichelte ihre Wange. »Ich bin eine alte Bärin, Clyle. Die Leute bewundern dich dafür, dass du es mit mir aushältst.«

Clyles Kehle schnürte sich zu. »Es ist mir eine Ehre. Jede Sekunde.«

Sie zog die Füße aufs Sofa und setzte sich in den Schneidersitz. »Du wärst wirklich mit mir mitgekommen?«

»Ja«, sagte er, und das war so wahr wie die Farbe des Himmels, über die sie damals gestritten hatten, vor so vielen Jahren. Er sagte das nicht aus Verantwortungsgefühl oder Angst vorm Alleinsein; er liebte die Frau, die neben ihm saß, von ganzem Herzen. »Du hättest nur fragen müssen.«

25

Alma saß im Wartebereich, die Handtasche auf dem Schoß. Ihre Fäustlinge hatte sie gar nicht erst ausgezogen. Es war zwei Tage vor Weihnachten und kalt wie im Februar. Sie hatte Clyle morgens beim Frühstück gesagt, dass ihnen ein brutaler Winter bevorstand, und dann hatte sie innegehalten und hinzugefügt: »Gut, dass Mrs. Dunn den Schulbus fährt, dann bin nicht ich es, die bei dem Wetter im Straßengraben landet.« Sie versuchte, in allem das Positive zu sehen. Gab sich immer bei allem Mühe.

Peck kam aus dem Hinterzimmer und schloss die Tür hinter sich. »Du kannst jetzt zu ihr«, sagte er und nahm Platz. Sie befanden sich in der Haftanstalt von Thurston County, wo Frauen untergebracht waren, die auf ihre Gerichtsverhandlung warteten. Wie man sich erzählte, hatte Cheryls Schwiegermutter bis dahin inoffiziell das Sorgerecht für Hattie übernommen, weil sie es nicht richtig fand, dass Larry sich allein um sie kümmern musste. So lief das wohl. Männer setzten Kinder in die Welt und führten sich selbst wie unerzogene Gören auf.

Peck hatte Alma am Tag zuvor angerufen und ihr mitgeteilt, dass Cheryl darum gebeten hatte, mit ihr zu sprechen. »Möchtest du?«, hatte er gefragt.

Warum eigentlich nicht?, hatte Alma gedacht. Sie war neugierig, was Cheryl zu sagen hatte, und noch neugieriger, warum sie es ausgerechnet ihr sagen wollte.

Peck stand auf, und Alma folgte ihm zur Tür. »Ich setze euch in den Konferenzraum. Ist es okay für dich, wenn sie keine Handschellen trägt?«, wollte er wissen. »Laut Vorschriften könnten wir sie fixieren.«

Alma schüttelte den Kopf. »Ohne Handschellen ist prima.« Bei Licht besehen fiel es ihr schwer, sich vorzustellen, dass Cheryl Burke jemandem gefährlich werden konnte. Trotz allem, was passiert war.

Er geleitete Alma durch die Tür und dann durch eine weitere, in einen kahlen Raum mit einem zwei Meter langen Klapptisch und vier Stühlen. Es roch nach Schimmel, was Alma an den alten Angelkasten erinnerte, den Clyle im Keller aufbewahrte. Cheryl saß an der Stirnseite des Tischs, einen Fuß auf der Sitzfläche ihres Stuhls, das Kinn auf das Knie gestützt. Sie trug eine blaue Gefängnishose und ein graues Sweatshirt. Ungeschminkt sah sie jünger aus als bei den Footballspielen, zu denen sie sich die Augen mit Wimperntusche zukleisterte und den Mund mit Lippenstift bemalte, nur um dann in der Kälte zu stehen und zu klatschen, als wäre ihr Freund noch im Team.

»Hi, Alma. Danke, dass du gekommen bist.«

Peck blieb an der Tür stehen. »Ich lasse die hier auf und die draußen auch. Sagt Bescheid, wenn ihr Ladys etwas braucht.« Cheryl nickte, das Kinn immer noch auf dem Knie. Alma setzte sich, stellte ihre Handtasche auf dem Boden ab, zog die Handschuhe aus und legte sie auf die Tasche.

»Danke, dass du gekommen bist«, sagte Cheryl noch einmal.

»Als mich deine Bitte erreicht hat, war ich gleich neugierig. Ich konnte mir nicht so recht vorstellen, was du mir zu sagen hast.«

Cheryl verzog den Mund. »Dass es mir leidtut, schätze ich mal.«

So leicht würde Alma es ihr nicht machen. »Dass dir was leidtut?«

»Hal? Du weißt schon, dass man ihn beschuldigt hat.«

Alma schniefte. »Nein, wie großzügig! Was bist du doch für ein guter Mensch.«

Cheryl sah sie irritiert an. »Ich versuche gerade, mich zu entschuldigen.«

»Und du glaubst, damit ist alles vergeben und vergessen?«

»Nein, es ist nur – « Cheryl brach ab und räusperte sich. »Ich wollte nicht, dass das passiert. Ich weiß, das hilft jetzt auch nichts mehr, aber es stimmt.«

»Also war es ein Unfall?«

Cheryl verzog wieder den Mund. Alma kannte diesen Blick von damals, als Cheryl im Schulbus mitgefahren war, hin- und hergerissen, neben wen sie sich setzen sollte. »Ja, ein Unfall. Oder eher ein Impuls, glaube ich. Ein Fehler. Ich meine, ich hab es getan, aber ich denke, ich war nicht ganz bei Verstand. Das sagt jedenfalls mein Anwalt. Larry hat mir einen Kerl aus Omaha besorgt, einen richtig harten Hund. Der wird dafür sorgen, dass meine Strafe reduziert wird. Ich muss trotzdem ins Gefängnis, aber nicht so lange.«

»Und das findest du fair?«

Sie zuckte mit den Schultern. »Ich hab eine Tochter. Die braucht mich.«

»Das hättest du dir vielleicht früher überlegen sollen.«

Cheryl stellte den Fuß auf den Boden und lehnte sich vor. »Ich wusste von der Affäre, weißt du.« Für einen Moment dachte Alma, sie meinte Clyle und Diane. »Ich hatte das erst eine Woche vorher herausgefunden, hatte mir alles zusammengereimt und hab überlegt, was ich tun soll.« Alma fragte sich, ob jemand Cheryl einen Tipp gegeben hatte, dass zwischen Larry und Peggy etwas lief, so wie Phyllis Alma vor Jahren das mit Clyle und Diane verraten hatte, als sie bei ihr auf dem Friseurstuhl gesessen hatte, Phyllis den nassen Kamm in der Hand. »Dieser Idiot. Ich hatte gewusst, dass irgendwas im Busch war, ich wusste nur nicht, mit wem. Und dann, bei einem Footballspiel am Freitag davor, musste ich Hattie unter der Tribüne hervorzerren, als er eigentlich auf sie hatte aufpassen sollen, und da hab ich gesehen, wie er Peggy am Imbissstand mit dem Finger über den Hintern strich.« Sie hob ihren Zeigefinger wie einen Reißverschluss. »Zipp, einfach so. Ein, zwei Tage später hat er mir dann von einem Jagdausflug erzählt, angeblich mit Hal Bullard, und ich dachte mir, dass er in Wirklichkeit das Wochenende mit seiner kleinen Freundin verbringen würde. Kein Mensch würde Hal ein Gewehr in die Hand drücken! Und dann hab ich Hal an dem Abend im OK gesehen und war mir sicher, weißt du? Dass Larry mich angelogen hat.«

»Hat er aber gar nicht«, sagte Alma.

»O doch, das hat er. Und wie! Als ich Peggy dann an dem Abend auf der Castle Farm gesehen hab – Tonya und ich waren da nach dem OK hingefahren –, dachte ich mir, ich gucke noch einmal, ob sie wirklich da ist, denn Hal war in der Stadt und hat mit seinem Hirsch geprahlt. Jedenfalls hab ich Peggy auf dem Feld entdeckt, wo sie gerade am Pinkeln war, und ich meinte zu ihr: Du hältst dich besser von Larry fern. Wir haben eine Tochter und so. Ich hab ihr gesagt, sie darf mir nicht einfach so mein Leben wegnehmen.« Ihr Kiefer spannte sich an, und sie schaute Alma direkt in die Augen. »Weißt du, was sie zu mir gesagt hat?«

»Keine Ahnung.«

»Sie hat gesagt, sie würde mein beschissenes Leben gar nicht haben wollen. Sie hat gesagt, das wäre nichts für sie. Sie würde nach ihrem Abschluss auf die Uni gehen, um Pädagogik zu studieren. Sie hätte nicht vor, in einer Scheißstadt wie der hier zu bleiben und in einem Leben gefangen zu sein, wie ich das hätte.« Cheryl schluckte und versuchte, genug Luft in ihre Lungen zu bekommen. »Das hat sie mir einfach so ins Gesicht gesagt. Und sie hat ja recht, oder? Ich habe ein beschissenes Leben in einer beschissenen Stadt.«

»Auf jeden Fall hast du deine Aussichten nicht gerade verbessert«, sagte Alma.

Cheryl stieß einen hysterischen Lacher aus. »Nein, das wohl nicht.«

»Und, was ist dann passiert?«, fragte Alma. Es gab so viele Gerüchte – dass Cheryl Peggy aus Versehen angefahren hatte, dass sie sie absichtlich überfahren hatte, dass sie geglaubt hatte, sie hätte eine Hirschkuh angefahren, und so weiter. Es gab keine Variante, über die die Leute nicht spekuliert hatten. Endlich konnte Alma aus erster Hand erfahren, was passiert war.

Cheryl schüttelte den Kopf. »Ich kann mich gar nicht richtig erinnern. Es ist, als hätte ich so oft daran denken müssen, dass ich gar nicht mehr genau weiß, wie das wirklich war. Ich hab die Party zusammen mit Tonya verlassen und sie nach Hause gefahren, aber ich musste immer wieder an diese Bemerkung denken. Also hab ich beschlossen, wieder zurückzufahren – ich hatte ganz schön einen im Tee, weißt du? –, und da läuft die am Straßenrand lang, und … Ich hab sie angefahren, auf diesem Schotterweg bei eurem Haus. Im Grunde war es ein Unfall. Ich wollte das nicht. Ich meine, ich hab sie gesehen, aber es war dunkel und …« Sie hielt inne. »Ich weiß nicht. Ich wollte das nicht.«

Alma fragte sich, wie das sein konnte, aber dann erinnerte sie sich, wie sie einmal Diane bei Gunthrum Foods über den Weg gelaufen war, ein paar Wochen, nachdem sie von ihrer Affäre mit Clyle erfahren hatte. Da hatte sie sich am Griff ihres Einkaufswagens festklammern müssen, um die Frau nicht zu ohrfeigen. Alma hatte ihre Hand keinen Zentimeter bewegt, aber der Drang war so stark gewesen, dass sie sich nicht gewundert hätte, wenn sie nach unten geschaut hätte und ihre Handfläche plötzlich rot gewesen wäre – so schnell wäre es geschehen.

»Larry hat fast sofort gemerkt, was passiert ist, oder eher, dass ich was angestellt hatte. Ich musste nach Valentine fahren, um sie abzuholen – ich hab dafür Larrys Pick-up genommen, weil, na ja, du weißt schon –, und hab versucht, mich zusammenzureißen. Ich wusste nicht, was ich tun sollte. Aber er hat mich nur angeguckt und direkt gewusst, dass da was nicht stimmte. Er wusste es einfach. Zuerst dachte er, ich hätte das mit seinem Seitensprung herausgefunden und würde ihn gleich damit konfrontieren, aber zu dem Zeitpunkt, als alles herauskam, spielte das Thema längst keine Rolle mehr. Er hat mein Auto gewaschen und in der Werkstatt den Kotflügel und den Scheinwerfer ausgetauscht. Ab da war er – tja, wie soll man das nennen? Mein Komplize? Wir dachten uns, selbst wenn man mir auf die Schliche kommen würde, könnte man ihn nicht zu einem Geständnis zwingen, weil wir verheiratet sind. Ich bin mir ziemlich sicher, dass das so funktioniert.« Cheryl zog eine Grimasse, die die Fältchen um ihre Augen und ihren Mund stärker hervortreten ließ, die ersten Anzeichen bei einer Frau, dass sie alt wird. Sie lehnte sich vor. »Darf ich dir noch was erzählen?«

Alma zuckte mit den Schultern. Ihr armer Anwalt, der harte Hund, wenn er sie in den Zeugenstand rief. Die plapperte alles aus, was ihr gerade in den Sinn kam.

»Die Woche, bevor er sich bei Peck gemeldet und ihm gesagt hat, er wäre es gewesen, tja, ich sage es nur ungern, aber das war die beste Woche unserer Ehe seit Langem. Wir hatten auch Angst und so, aber trotzdem. Wir saßen im gleichen Boot.«

Alma nahm ihre Handtasche und kramte nach der Dose mit Sucrets-Hustenbonbons. Hauptsache, sie war abgelenkt und musste Cheryl jetzt nicht in die Augen schauen. Nach der ersten Fehlgeburt war sie einmal mit dem Kopf in Clyles Schoß eingeschlafen, während er ihr Haar gestreichelt hatte. Eine Stunde später war sie aufgewacht, und seine Hand hatte noch immer im selben Rhythmus über ihr Haar gestrichen, und ihr erster Gedanke war gewesen, wie herrlich sich das anfühlte. Sie nahm ein Bonbon und hielt Cheryl die Dose hin.

»Dann ging das mit Hal los«, fuhr Cheryl fort und steckte sich ein Hustenbonbon in den Mund. »Die Leute meinten, er wäre es gewesen, er wäre der Schuldige, und wir dachten, das wäre vielleicht gar nicht so schlecht, weißt du? Dann würde man ihn vielleicht in so eine Art Heim stecken, ein Heim für Leute mit Problemen, und man würde sich um ihn kümmern. Er hatte ja auch schon andere Sachen gemacht, zum Beispiel Leute verprügelt, wenn er betrunken war, also wäre es vielleicht nur eine Frage der Zeit, bis er da landen würde. Wir dachten, der kommt schon irgendwohin, wo es ihm gut geht.«

Alma klappte die Sucrets-Dose zu. »Hal hatte ein gutes Leben in Gunthrum, auch wenn es für dich vielleicht nicht so aussah. Er hatte Freunde, Familie. Menschen, die ihn gernhaben.« Sie dachte an das Mitgefühl, das sie gerade noch für Cheryl und ihre zerbrochene Ehe gehabt hatte. Das war jetzt verschwunden. Niemand darf ohne Konsequenzen auf dem Leben anderer Menschen herumtrampeln.

Cheryl stand auf und hielt sich an beiden Seiten des Tisches fest. »Ich habe ein Kind!«

Alma spürte, wie Feuer über ihr Gesicht und ihre Schultern lief – wieder eine Hitzewallung, oder war das einfach nur Zorn? »Die kriegt man quasi hinterhergeworfen, nicht wahr? Wir werden ja sehen, wie viel Zeit dein Kind mit seiner Mom verbringen will, wenn es erfährt, was du getan hast, oder was aus deiner Ehe wird, wenn du erst einmal im Gefängnis sitzt. Die beste Woche eurer Ehe. Himmelherrgott!«

»Hör mal –«, sagte Cheryl.

»Nein, jetzt hörst du mir mal zu!« Alma kniff die Augen zu Schlitzen zusammen. »Moment. Du hast gesagt, die Leute hätten über Hal geredet, und das hätte dich auf die Idee gebracht, alles auf ihn zu schieben. Aber man hat ihren Leichnam doch in der Nähe von O'Neill gefunden.«

Cheryl biss sich auf die Lippe und sah hinunter auf ihre Hände.

»Ihr müsst den Leichnam bewegt haben. Du und Larry. Und zwar quasi sofort, anders ist das gar nicht möglich. *Ihr* habt die Gerüchte in die Welt gesetzt.«

»Ich wollte das nicht!«, sagte Cheryl, aber Alma hatte schon ihre Handtasche genommen und war auf dem Weg zur Tür.

»Warte«, sagte Cheryl. »Ich weiß nicht – «

»Ach, verschon mich.« Alma verließ den Raum und schlug die Tür hinter sich zu. Wie schnell die Menschen doch bereit waren, das Leben anderer zu ruinieren, als wäre das alles nur ein Spiel. Hatte sie das auch getan, mit ihrem dauernden Genörgel und ihren ständigen Vorwürfen? Alma atmete tief durch, dann ging sie den Korridor hinunter.

Peck saß im Wartebereich und blätterte in den Papieren auf seinem Schoß, und an der Art und Weise, wie er das tat, erkannte Alma, dass er die Papiere gerade erst zur Hand genommen hatte, nachdem er sie belauscht hatte. »Wie ist es gelaufen?«

»Ungefähr so, wie zu erwarten war. Die ganzen Gründe, warum es nicht ihre Schuld war.«

Peck nickte und kratzte sich am Kinn. »Ich muss zugeben, vorher hatte ich ein bisschen mehr Mitleid mit ihr.«

»Ich habe null Mitleid«, sagte Alma. »Sie hat das Mädchen umgebracht und versucht, es jemand anderem in die Schuhe zu schieben, einem Unschuldigen.«

»Wie ging es dir denn, als du dachtest, Hal könnte es gewesen sein?«

Alma nickte. Er hatte nicht ganz unrecht – ihr war egal gewesen, was mit Peggy war, sie hatte nur an Hal gedacht.

»Die Leute meinen immer, Gefühle dürften in der Polizeiarbeit keine Rolle spielen, aber das ist falsch. Das ist in etwa so, wie wenn man Kinder großzieht – man versucht, seine Gefühle dazu zu verwenden, das Richtige zu tun, während man sich innerhalb der Regeln bewegt, die man aufgestellt hat.« Er schmunzelte. »Schon lustig, dass ich das ausgerechnet mit der Kindererziehung vergleiche. Ein eingefleischter Junggeselle wie ich.« Er sah Alma an. »Hast du dir eigentlich jemals Kinder gewünscht?«

Sofort hatte sie Bilder im Kopf: ein Baby, in eine Decke gewickelt; ein Kleinkind, das in kurzen Hosen hinter einem Schwein herläuft; ein Teenager bei der Abschlussfeier mit einem viereckigen Hut mit Quaste, die an der Nase kitzelt.

Peck hob die Hand. »Geht mich ja auch gar nichts an. Ich bedaure nur manchmal, dass ich keine Familie gegründet habe. Vor allem jetzt, um Weihnachten herum.«

»Doch«, sagte sie mit belegter Stimme. »Ich wollte ein Kind. Mehr als alles andere in meinem Leben.«

Peck nickte nachdenklich, dann sah er sie an. Es war selten, dass jemand einem so aufmerksam in die Augen schaute. »Tut mir leid, dass das bei dir nicht geklappt hat.«

Alma schluckte. »Danke.« Sie verharrte noch einen Moment in dieser Position und erwiderte Pecks Blick, dann zog sie ihre Fäustlinge an. »Willst du Weihnachten zu uns kommen?« Sie war selbst überrascht über ihre Worte. »Ich mache einen Braten, und Clyle kippt immer so viel Lord Calvert in den Eierpunsch – wenn mir das Essen anbrennt, kümmert einen das gar nicht mehr.«

»Ich bin kein großer Trinker.«

»Stimmt«, sagte sie, »wir eigentlich auch nicht mehr. Clyle trinkt meistens zwei Gläser und schläft dann ein. Du könntest wach bleiben und mit mir Gin Rommé spielen.«

Peck zuckte mit den Schultern. »Was soll's.«

»Na prima.«

Er nickte, als sie ihre Tasche schulterte. Damit war mit Weihnachten alles geklärt. »Also dann.«

Draußen im Auto hielt Alma ihre behandschuhten Hände vor den Lüftungsschlitz, aus dem immer noch warme Luft strömte; sie war nur eine Viertelstunde bei Cheryl gewesen, da hatte das Auto keine Zeit gehabt, um auszukühlen. Ein Unfall? Der Mord an Peggy, das mochte vielleicht ein Unfall gewesen sein – dass sie alles auf Hal geschoben hatten, war keiner. Manchmal hatte Alma sich tatsächlich gefragt, ob Hal der Täter war. Das hatten alle getan, sogar Clyle. Verdammt noch mal, offenbar war sich sogar Hal nicht mehr sicher gewesen, als er versuchte, sich durch den Alkoholnebel jener Samstagnacht zu erinnern. Cheryl würde jede Woche in ihrer Zelle auf die Besuchszeit warten, und Larry würde ihrer kleinen Tochter extra für den Besuch bei ihrer Mutter die widerspenstigen Locken kämmen.

Alma würde sich anstrengen müssen. So wütend sie auch darüber war, dass Hal bei Marta und diesem Volltrottel Eugene einzog, sie würde sich ebenfalls anstrengen müssen. Sie würde ihm alle zwei Tage einen Brief schreiben und ihn einmal pro Woche besuchen. Sie würde ihn mit Oreo-Keksen versorgen, die er bei Marta garantiert nicht bekam. Und sie würde ihm Southern Comfort mitbringen, damit er betrunken seiner lieben Mami die Meinung geigen konnte. Dann würde man ja sehen, wie gut ihr diese Familienzusammenführung gefiel.

Ja, sie würde sich anstrengen müssen.

Alma legte den Gang ein und beschloss, bei Pickett Hardware vorbeizufahren, um Girlanden und Lichterketten zu besorgen. Sie hatten die Veranda seit bestimmt zehn Jahren nicht mehr dekoriert. Das Haus der Aherns, sonst jedes Jahr von vorne bis hinten von bunten, blinkenden Lämpchen erleuchtet, blieb dieses Jahr dunkel, nur aus den Fenstern des Farmhauses schien

Licht. Sie hatte beschlossen, nur schlichte weiße Lichterketten zu kaufen, die nicht blinkten – sie wollte nicht, dass die Aherns einen falschen Eindruck bekamen. Doch dann schalt sie sich, dass sie glaubte, die Aherns hätten nichts Besseres zu tun, als sich über ihre kitschige Weihnachtsdeko aufzuregen. Oder dass ausgerechnet ihre kitschige Weihnachtsdeko sie daran erinnern würde, was sie verloren hatten. Daran erinnerte sie ohnehin alles, wie sie annahm. Sie dachte daran, wie Milo im Schulbus versucht hatte, sich normal zu verhalten, damals, als man noch geglaubt hatte, Peggy sei einfach nur verschwunden. Vielleicht würde er die Festbeleuchtung zu schätzen wissen. Milo, der mitten in der Nacht bei ihrem Haus aufgetaucht war, weil er wusste, dass sie eine Frau war, die ihm helfen würde.

Als sie auf den Parkplatz vor Pickett's einbog, nahm sie sich vor, den Verkäufer zu fragen, was sie benutzen sollte, um das ganze Zeug aufzuhängen, und dann nach Hause zu fahren und es selbst zu machen. Was soll's, dachte sie, vielleicht backe ich sogar Weihnachtsplätzchen, und sofort wurde ihr schmerzhaft bewusst, dass Hal nicht da sein würde, um ihr zu sagen, dass Oreos besser waren. Morgen würde sie ihm einen Brief schreiben, und sie fügte ihrer gedanklichen Einkaufsliste Briefpapier hinzu, das würde sie im Drugstore direkt neben Pickett's bekommen. Clyle war noch den ganzen Nachmittag über auf einer Auktion für Landmaschinen – im Dezember gingen viele Farmer in Rente. Sie würde ihn überraschen. Noch kam er auf dem Hof ganz gut ohne Hals Hilfe zurecht, aber im Frühjahr würde das anders aussehen.

Sie stellte sich vor, wie er in der Dämmerung nach Hause kam und die Lichter funkelten, während der Schnee fiel. »Nun sieh mal einer an«, würde er sagen, wenn er aus seinem Wagen stieg. »Sieht ja ganz so aus, als käme der Weihnachtsmann doch noch.«

Sie stellte sich vor, dass sie auf die Veranda trat, sich die Hände mit einem Geschirrtuch abtrocknete und in sein überraschtes Gesicht sah. Ihr erster Instinkt würde sein, ihm zu sagen, das seien doch bloß ein paar schlichte weiße Lichter, aber vielleicht würde sie sich das auch verkneifen. Vielleicht würde sie ihm einfach nur entgegengehen und sich in seine Arme kuscheln – vielleicht würde sie keine Jacke tragen, weil sie nicht damit gerechnet hatte, länger als ein paar Sekunden in der Kälte zu stehen – und sich dann an seine Brust lehnen und sagen: »Die sind schön, oder? Die habe ich gerade erst aufgehängt.«

26

Milo warf sich den Rucksack über die Schulter, als er in den Schulbus einstieg. Seine Winterjacke hatte er an einem der Riemen festgebunden. Er musste sie anziehen, bevor er wieder ausstieg, sonst würde seine Mutter einen Wutanfall bekommen. Heute waren es zehn Grad, und am Wochenende sollte das Thermometer noch auf fünfzehn Grad steigen, aber Anfang der Woche würde es wieder frieren. Trotzdem war es schön, dass es ein paar Tage etwas wärmer war.

Scott sah Milo kommen und rückte vom Gang zum Fenster auf. »Hast du gesehen, wie sich Lisa in der Fünften nach der Kreide gebückt hat?«, fragte er, noch bevor Milo sich hingesetzt hatte. »Ich hab fast einen Herzinfarkt gekriegt.«

»Perversling«, sagte Milo, und Scott wackelte mit den Augenbrauen. Sie redeten wieder miteinander wie früher. Scott war sein bester Freund, und es war ihnen gelungen, ihren alten Groove wiederzufinden und auszublenden, dass Milo der Junge war, dessen Schwester ermordet worden war, auch wenn es offiziell nicht als Mord bezeichnet wurde. Die Frau wurde nur wegen fahrlässiger Tötung angeklagt, also war Milo genau genommen eher der Junge, dessen Schwester aus Versehen totgefahren worden war. Peggy hatte ihm immer vorgeworfen, dass er so ein Erbsenzähler war, und er überlegte, ob sie das wohl lustig gefunden hätte. Er hielt es für ziemlich wahrscheinlich, immerhin hatte seine Schwester es auch lustig gefunden, regelmäßig ihre Popel an seinem Bein abzuwischen.

Er wollte es sich nicht eingestehen, aber seine Erinnerung an sie begann bereits zu verblassen. Letzten Sommer hatte seine Mutter beschlossen, es sei an der Zeit, die Teppiche zu reinigen, und sie hatten das Sofa von der Wand weggerückt. Er hatte nicht gedacht, dass ein Teppich so stark verblassen konnte, aber dort, wo das Sofa gestanden hatte, war er viel dunkler gewesen.

Als Milo nach den Weihnachtsferien wieder zur Schule ging, machten in der Schule alle einen großen Bogen um ihn. Es war, als ob ihn auf den Gängen ein unsichtbares Kraftfeld umgab. Lehrer legten ihm verständnisvoll die Hand auf die Schulter, und wenn es in der Cafeteria Sloppy Joe gab, bekam er extra Gurkenscheiben, obwohl jedem eigentlich nur zwei zustanden. Vor ein paar Wochen hatten seine Tante und sein Onkel übers Wochenende George zu ihnen geschickt, um Milo aufzumuntern, und George hatte ihm ein Tütchen mit dem weißen Zeug dagelassen, »für den Notfall«. Milo hatte darüber nachgedacht, es aber schließlich die Toilette hinuntergespült, denn selbst wenn er nie aus Gunthrum herauskäme, waren Drogen keine Lösung.

Irgendwann Mitte Februar war Milo auf dem Weg zur Orchesterprobe an Daryl Klaussen vorbeigegangen, und der hatte ihm einen Ellbogen in die Schulter gerammt und ihn dann angeglotzt, als wäre es Milos Schuld gewesen. In den nächsten Tagen hatte Milo immer wieder mit den Fingerspitzen die Prellung berührt, um den dumpfen Schmerz zu spüren. Danach hatte Scott ihn an einem Samstag eingeladen, bei ihm zu übernachten, und sie futterten so viele Oatmeal Creme Pies, dass Scott sich in die Toilette übergeben musste. Zumindest oberflächlich betrachtet war also alles wieder beim Alten.

»Hast du deinen Mathetest zurück?«, fragte Milo, und Scott riss eine Hand hoch und kippte den Kopf zur Seite, als würde er sich erhängen. »Geht mir genauso«, sagte Milo, obwohl er ein B+ bekommen hatte. Die Junior High war ganz anders als die Grundschule, wo sie den ganzen Tag zusammen in einem Klassenzimmer verbracht hatten. Jetzt hatte Milo im Anschluss an Mathe Englisch und Scott Werken.

»Hast du schon mit deiner Mutter gesprochen?«, fragte Scott.

Milo schüttelte den Kopf. »Mache ich heute Abend.« Die letzten drei Samstage hatte er bei Familie Ross verbracht, und Scott hatte ständig genörgelt, dass er lieber bei Milo wäre, um Nintendo zu spielen. Milo hatte die Konsole zu Weihnachten bekommen, zusammen mit Super Mario Bros. und Duck Hunt und einem eigenen Fernseher für sein Zimmer. Das war eine ziemlich gute Ausbeute, allerdings hatte seine Familie Weihnachten erst eine Woche nach Weihnachten gefeiert, und kein Geschenk der Welt war es wert, als einziges Kind unter den Adleraugen seiner Großmutter sitzen und auspacken zu müssen, während sein Vater Bourbon in seinen Kaffee kippte. Seine Mutter war nicht wieder zu ihrem Job im Krankenhaus zurückgekehrt. Sie blieb zu Hause, backte Kekse und rauchte Zigaretten in der Garage, ihr Gesicht hohl, die Wangenknochen deutlich sichtbar.

Er hatte Bedenken, seine Mutter zu fragen, ob Scott bei ihnen übernachten könne. Er dachte daran, wie laut zwei Jungs wären, die im ersten Stock ihre Jungsgeräusche machten – Gepolter, Gelächter und das immer schneller werdende *Piep, piep, piep!*, wenn beim Videospiel die Zeit ablief. Es war schon erstaunlich, wie viel lauter zwei Kinder in einem Haus waren als eines. Wenn Milo allein war, stellte er seinen Fernseher immer so leise, dass er direkt davor sitzen musste. Sein Vater verbrachte die Abende im OK, während Milo und seine Mutter Fertiglasagne aus der Mikrowelle aßen; dann kam Dad nach Hause, ließ das Abendessen ausfallen und musste sich manchmal mitten in der Nacht heftig übergeben. Keiner schlief.

Wie ging es seinen Eltern? Beide waren mitten in der Nacht wach und wussten nichts zu sagen, und er versteckte sich in seinem Zimmer, weil auch er nichts zu sagen wusste. Nachdem Cheryl Burke gestanden hatte, hatte Pastor Barnes zu Milo gesagt, jetzt könne seine Familie damit endlich abschließen und nach vorne schauen, aber so war es nicht. Da wurde nichts geschlossen. Im Gegenteil, es öffneten sich eher neue Türen, die zu immer weiteren Türen führten und zu neuen Gedanken und Grübeleien. An dem Tag, als Sheriff Randolph in der Kirche auftauchte, um Milo mitzuteilen, dass seine Schwester tot war, sagte er, Glauben und Nicht-Glauben seien zwei Seiten ein und derselben Medaille. Milo hatte viel darüber nachgedacht, aber jetzt meinte er zu wissen, was das bedeutete: Wenn man nicht glaubte, dann glaubte man trotzdem, nur halt an etwas anderes.

Scott und seine kleine Schwester, ein Mädchen mit langweiligem Gesicht und Zahnspange, stiegen vor ihrem Haus aus dem Schulbus. Als der Bus mittig auf der Schotterstraße weiterfuhr, küsste Scott seinen Mittelfinger und salutierte in Milos Richtung. Milo winkte zurück. Seit er in die Grundschule gekommen war und zum ersten Mal auf dem Hof helfen musste, hatte Milo nur noch an den Tag gedacht, an dem er endlich aus Gunthrum verschwinden konnte. Er würde seinen Highschool-Abschluss machen, aufs College gehen und anschließend in eine große Stadt ziehen, wo niemand wusste, wer er war. Auf und davon. Nach vorne schauen. Er hatte sich seinen ganzen weiteren Lebensweg immer auf der Grundlage dessen ausgemalt, was er hier zurücklassen würde, aber galt das jetzt immer noch? Hatten seine Eltern zu viel verloren? Wenn er nach Hause kam, würde er seine Mutter fragen, ob Scott bei ihnen übernachten durfte. Definitiv.

Irgendetwas flog an seinem Kopf vorbei – ein Suspensorium oder eine Socke, das konnte er nicht genau erkennen –, und aus dem vorderen Teil des Busses war Mrs. Dunns brummige

Stimme zu hören. »Ihr hört sofort auf, ist das klar? Schluss damit.« Es nützte nichts, wie immer. Scott hatte ihm erzählt, an einem ihrer ersten Tage als Busfahrerin hätte sie geheult, weil ein Viertklässler nicht aufhören wollte, im Gang hin- und herzurennen, und sie nicht gewusst hatte, was sie tun sollte. Wenn schon ein Viertklässler einen fertigmachen konnte, dann gute Nacht.

Der Bus bog in Milos Straße ein. Mrs. Costagan holte gerade die Zeitung und einen Stapel Post aus dem Briefkasten, steckte einen Brief hinein und klappte den roten Wimpel hoch. Sie schaute selbstzufrieden drein, als der Bus an ihr vorbeifuhr. Milo fragte sich, ob sie es vermisste, den Schulbus zu fahren, und ob die anderen Schüler bemerkt hatten, wie viel besser es ihr immer gelungen war als Mrs. Dunn, die Kinder in Schach und alle Räder auf der Straße zu halten. In der fünften Sitzreihe hatte jemand eine Strichliste angelegt – jedes Mal, wenn Mrs. Dunn den Bus abwürgte, weil sie es nicht richtig schaffte, von der Kupplung zum Gas zu wechseln, kam eine Kerbe hinzu.

»Hey«, sagte Milo und nahm seinen Rucksack. »Können Sie mich hier rauslassen?«

Mrs. Dunn erwiderte seinen Blick im Rückspiegel. »Ich muss dich direkt nach Hause bringen, außer du hast einen Zettel von deiner Mutter.«

»Sie hat nur vergessen, mir einen zu schreiben, ehrlich. Ich soll bei den Costagans raus.«

»Dann geht das wohl klar.« Sie bremste ab und drehte das Lenkrad nach rechts. Milo stampfte die große Treppe hinunter. »Hab einen schönen Tag!« Milo winkte zurück.

Er ging zu Mrs. Costagan hinüber, die ihre Post unter dem Arm klemmen hatte. »Hast du einen Zettel von deiner Mutter?«, fragte sie, und er schüttelte den Kopf. »War ja klar. Ich staune, dass es überhaupt jemand heil nach Hause schafft, solange diese dämliche Frau am Steuer sitzt.« Obwohl es heute wärmer war als die letzten Tage, war ihr Gesicht von der Kälte gerötet. Wie lange sie wohl schon hier draußen gestanden hatte?

»Wie geht es dir?«, fragte sie.

Er zuckte mit den Schultern. »Ganz okay, denke ich.«

»Und deinen Eltern?«

Er zuckte wieder mit den Schultern.

»Kann ich verstehen.« Mit großer Geste blätterte sie die Briefe in ihrer Hand durch.

Ob Hal ihr hin und wieder schrieb? Milo ging nicht davon aus, dass Briefeschreiben zu Hals Stärken zählte. Milo wusste, dass Hal weggezogen war und sein Farmhaus jetzt an ein junges Paar vermietet war, das hatte heiraten müssen, weil er sie geschwängert hatte. Beide waren noch auf der Highschool, eine Klasse über Peggy.

»Hast du Pläne fürs Wochenende?«, wollte Mrs. Costagan wissen.

»Ich will fragen, ob mein Kumpel Scott Samstag bei mir übernachten kann, aber das war's auch schon.« Er würde fragen, sobald er nach Hause kam, auch wenn seine Mutter gerade mit ihren Zigaretten in der Garage war.

»Sonntag hast du noch nichts vor?«

Er schüttelte den Kopf.

»Wie wär's, wenn du zu uns herübergeradelt kommst und Clyle zur Hand gehst?«

»Wobei?«

»Es ist eine Farm. Da ist immer genug zu tun.«

Als Kind hatte Milo nichts mehr geliebt, als draußen im Garten Zuckerschoten mit dem Daumennagel aufzuschlitzen und die Erbsen zu naschen. Doch irgendwann war das Ganze in Arbeit ausgeartet: Unkraut jäten, Abfalleimer leeren, später dann mit dem Radlader die Ställe sauber machen. Irgendwie war es Peggy gelungen, sich aus all dem herauszuhalten; sie saß mit ihrer Mutter in der Küche, trank Eistee und lernte, wie man Brot backt. Er wusste nicht, ob es die Arbeit an sich gewesen war, die er nicht gemocht hatte, oder Seite an Seite mit seinem Vater zu arbeiten. Vielleicht durfte er die niedlichen Schafe füttern, die die Costagans hatten, die dicken, die den ganzen Winter über nicht geschoren worden waren.

»Fünf Dollar die Stunde«, fügte Mrs. Costagan hinzu.

Milo zog die Augenbrauen hoch. Das war so viel wie sein Taschengeld für eine ganze Woche! »Klar. Gerne, mach ich. Aber es geht erst nach der Kirche.« Auch wenn er nicht mehr an Gott glaubte, musste er den Schein wahren. Das Leben in Gunthrum hatte ihn zumindest das gelehrt.

»Kein Problem.«

»Vielleicht können Sie mir davon erzählen, wie es war, in Chicago zu leben«, sagte er. Ihre Gesichtszüge wurden weicher, und er fragte sich, ob sie es wohl schon einmal bereut hatte, weggegangen zu sein. Er konnte sich nicht vorstellen, warum jemand Chicago verlassen würde, um in ein Kaff wie Gunthrum zu ziehen. Was trieb einen dazu? »Wenn ich groß bin, will ich da hinziehen.«

»Eine teure Stadt«, sagte Mrs. Costagan. »Du kannst ja schon mal ein bisschen sparen.«

»Ich will eine Wohnung mit Teppichboden überall. Sogar auf dem Klo.«

Sie erschauderte. »Dann hast du nie mit Clyle zusammengewohnt.« Sie klopfte mit der schmalen Kante der Briefumschläge gegen die Oberseite des Briefkastens, um den Stapel auszugleichen. »Kannst du um elf hier sein?«

»Ja, Ma'am.«

»Um Himmels willen, sag Alma zu mir.«

»Alma.«

»Ja, bitte?«, sagte sie, und er sah sie verständnislos an. »Das war ein Witz. Du hast meinen Namen gesagt, um zu testen, wie er klingt, und ich habe so getan, als hättest du mich angesprochen. Die Leute denken immer, ich hätte keinen Sinn für Humor, aber das stimmt nicht.«

»Ich weiß nicht. Nichts für ungut, Alma, aber das war nicht so lustig.«

Sie grinste und drehte sich mit einer unrunden Bewegung in Richtung ihrer Farm. »Verdammt kalt«, sagte sie und ging zum Haus zurück.

Jetzt war er sich sicher, dass sie extra am Briefkasten auf ihn gewartet hatte. Mrs. Dunn setzte die Kinder immer zu unterschiedlichen Zeiten ab, nicht wie Mrs. Costagan, nach der man die Uhr hätte stellen können; wie lange sie wohl schon da draußen gestanden hatte? Milo sah ihr hinterher, während sie fortging. Er bezweifelte, dass sie sich noch einmal umdrehen und ihm zuwinken würde; dafür war sie nicht der Typ, sie war weder besonders freundlich noch sentimental. Milo hatte immer noch Peggy vor Augen, wie sie in der Küche saß und ihre Mutter ihr gegen den Arm knuffte, damit sie die Ellbogen vom Tisch nahm. Wie sie die Beine über der Armlehne des Sessels ihres Vaters baumeln ließ und sich einen Kaugummi um den Finger wickelte. Wie sie Volleyball spielte. Wie sie sich ganz nah vor den Badezimmerspiegel stellte und sich einen Pickel ausdrückte.

All das war geschehen, all diese Momente hatten existiert. Mit siebzehn hatte sie zu existieren aufgehört. Nur noch fünf kurze Jahre, dann würde er älter sein, als sie je geworden war.

Ihm wurde ein wenig flau, als Mrs. Costagan zu seiner großen Überraschung doch noch einmal stehen blieb und sich umdrehte. Er fühlte sich ertappt, als hätte er sie in einem intimen Moment beobachtet, dabei war sie nur eine alte Frau, die die Auffahrt zu ihrem Haus hinaufging. Sie rief ihm etwas zu, das er nicht verstand, und er zeigte auf sein Ohr.

Sie legte eine Hand an den Mund und rief: »Ich sagte, sei bitte pünktlich!«

Er nickte, und sie drehte sich wieder um und ging in Richtung Farmhaus. Er würde definitiv pünktlich sein. Wahrscheinlich würde er Samstagnacht vor lauter Aufregung kein Auge zubekommen. Oder vielleicht, ganz vielleicht, würde er endlich einmal wieder durchschlafen.

DANKSAGUNG

Ich danke dem Ohio Arts Council, das mich so unermüdlich unterstützt, dem Antioch Writers' Workshop, der mich sehr herzlich empfangen hat, der Wright State University, die mir ein berufliches Zuhause gibt und mir wunderbare Kolleginnen und Kollegen an die Seite stellt, und den witzigen, klugen Studierenden dort, die zu unterrichten mir eine Ehre ist.

Ich danke dem Sheriff's Department von Wayne County und der Nebraska Game and Parks Commission, die mir geholfen haben, nachzuvollziehen, wie in den 1980er-Jahren die dortigen Abläufe aussahen. Michael Dunekacke danke ich für sein Wissen über Nebraska und über die Jagd, Chris Garland für seine Nintendo-Kenntnisse und den Bibliothekarinnen Kayla Hennis und Holly Jackson für ihre Hilfe bei der Recherche. (Holly danke ich ganz besonders dafür, dass sie meinen Roman gelesen und mir ihre persönlichen Eindrücke mitgeteilt hat.) Für alle Ungenauigkeiten oder Fehler bin ich verantwortlich.

Ein ganz großes Dankeschön geht an die gesamte Belegschaft von University of Nebraska Press für die kontinuierliche Unterstützung meiner Arbeit, insbesondere an Elizabeth Gratch und Courtney Ochsner, die mich in Zusammenhang mit diesem Buch ganz hervorragend beraten haben.

Ich danke den Autorinnen Sharon Short und Christina Consolino sowie Tiffany Yates Martin von FoxPrint Editorial für ihre klugen Ratschläge zu frühen und späten Manuskriptfassungen, Carol Loranger für die regelmäßigen Treffen zum Schreiben, sowohl virtuell als auch in persona, und Charlotte Hogg, die seit zwanzig Jahren meine Schreibpartnerin und ganz persönliche Oprah Winfrey ist. Ich danke meiner Familie – Doug Hansen, Andrew Hansen, Alicia Warbitton, Nat Henry und Katie Smith sowie allen vom Milligan-Clan, insbesondere Gene, Lynda und Melinda Shea. Ein ganz besonderer Dank geht an meine Eltern, Judy und Ken Flanagan, und an meine Schwester Kelly Hansen, für ihre präzisen Erinnerungen und für die vielen Abenteuer unserer Kindheit auf der Farm (ja, sogar an Kelly, die mich zwang, die Zahnpasta in die Toilette zu spucken, obwohl sie schwört, dass es nur ein Mal war).

Vielen Dank auch an Barry Milligan, den besten Problemlöser, den ich kenne.

Und zu guter Letzt danke ich mit Tränen in den Augen meinen Kindern Ellen Milligan, Neil Milligan und Cora Dunekacke. Ich habe euch wahnsinnig lieb.

Erin Flanagan ist Autorin und Professorin für Englische Sprache und Literatur an der Wright State University in Dayton, Ohio. Ihr Debütroman *Dunkelzeit* wurde 2022 mit dem *Edgar Allan Poe Award* für das beste Debüt einer US-amerikanischen Autorin ausgezeichnet und steht auf der Shortlist der *Midwest Book Awards* im Bereich Fiction. Sie ist außerdem Autorin von zwei Kurzgeschichtensammlungen.

Stefanie Kremer arbeitet als Übersetzerin für Sachbücher und Belletristik aus dem Englischen und Französischen. Zu den von ihr übersetzten Autor:innen zählen u. a. Willa Cather, Ann Cleeves, Elly Griffiths und Ross King.

Cornelius Hartz ist Krimi- und Sachbuchautor sowie Übersetzer. Zu den von ihm ins Deutsche übertragenen Autor:innen zählen D. K. Hood, Rye Curtis, Catherine Nixey und Edward Carey.